MICHAELA KASTEL

UNSTERBLICH

THRILLER

WILHELM HEYNE VERLAG
MÜNCHEN

Sollte diese Publikation Links auf Webseiten Dritter enthalten,
so übernehmen wir für deren Inhalte keine Haftung,
da wir uns diese nicht zu eigen machen, sondern lediglich
auf deren Stand zum Zeitpunkt der Erstveröffentlichung verweisen.

Penguin Random House Verlagsgruppe FSC® N001967

2. Auflage
Originalausgabe 4/2023
Copyright © 2023 Michaela Kastel
Copyright © 2023 dieser Ausgabe
by Wilhelm Heyne Verlag, München,
in der Penguin Random House Verlagsgruppe GmbH
Neumarkter Str. 28, 81673 München
Redaktion: Claudia Alt
Umschlaggestaltung: Nele Schütz Design,
unter Verwendung von Shutterstock/Jean Schweitzer,
Wirestock Creators und Mona Monash
Satz: Leingärtner, Nabburg
Druck und Bindung: GGP Media GmbH, Pößneck
Printed in Germany
ISBN: 978-3-453-42759-4

www.michaelakastel.at
www.heyne.de

ES RIECHT NACH BENZIN. *Das ist das Erste, was ich merke.*

Dann die Fesseln. Um meine Hände ist ein Strick gebunden. Und um meine Fußgelenke. Ein dumpfer Schmerz pocht in meiner Stirn und zieht sich weit bis ins Innere meines Kopfes. Benommen öffne ich die Augen und sehe mich um. Ich bin an einen Stuhl gefesselt, bewegungsunfähig. Bei mir zu Hause. Die Lichter sind eingeschaltet, der Ofen brennt. Und ich bin nicht allein.

Die beiden Männer stehen vor mir. Einer von ihnen hält ein Feuerzeug in der Hand, der zweite schüttet das letzte bisschen Benzin an den Wänden aus. Er stellt den Kanister weg und sieht mich an.

»Brenn, Hexe, brenn.«

Ich hätte nie gedacht, dass ich so sterben würde. Hilflos. Im Wald. Ohne sie retten zu können.

DAS I. PRÄPARAT

1.

MANCHE SAGEN, ich lebe in meiner eigenen Welt. Als ob das so furchtbar wäre. Hier bin ich wenigstens ungestört.

Ich weiß nicht, wie die anderen die Welt sehen, aber meine Welt ist schön. Voller Liebe. Ich liebe die glasklare Luft, wenn ich morgens das Fenster öffne und um mich herum nur Stille herrscht. Das beruhigende Grün der Nadelbäume, das sich oftmals nicht vom Schwarz der Nacht unterscheiden lässt. Das feine Rascheln des Laubs unter meinen Füßen, das Zwitschern der Vögel im Geäst und den satten Geruch nach Holz. Es gibt dafür ein Wort: Magie. Wenn man nicht aufpasst, findet man sich plötzlich in einem verwunschenen Märchenreich wieder. Wo die Wiesen in bunten Blüten erstrahlen und sich im Sonnenlicht der Goldstaub der Feen sammelt. Oft ist es bloß ein Schritt, der den Unterschied macht. Ein simpler Schritt über die Grenzen der Realität hinaus.

Diese Welt ist sehr einsam, doch wenn es stimmt, was die Leute sagen, dann ist es meine Welt, meine ganz allein, und ich werde sie verteidigen. Mit allem, was ich habe.

Der Falke hat die Welt bereits verlassen. Schlapp und reglos liegt der gefiederte Körper auf meinem Arbeitstisch, nachdem ich ihn behutsam aus dem Plastiksack, in dem er mir übergeben wurde, genommen habe. Heute Morgen habe ich den Kadaver von seinem Besitzer abgeholt und komplett vermessen, nun möchte ich schnellstmöglich mit der Präparation beginnen.

Alles ist vorbereitet, auch wenn das auf den ersten Blick nicht so aussieht. Der kleine Garagenanbau meines Hauses erinnert an eine Gerümpelkammer: Marode Holzstellagen verstellen die Wände, vollgeräumt mit Kanistern voller Chemikalien zur Konservierung, Farbeimern, Holzsockeln, Gipsformen, allerhand Kleinmaterial für die Präparation. In den Ecken habe ich Säcke mit Kartoffelmehl und Holzwolle gelagert, daneben wölben sich Drahtrollen in unterschiedlichen Größen und Stärken. Dazwischen liegen Spritzen mit Alkohol, Wurzeln, Äste und andere Holzstücke, die ich im Wald finde, und mittendrin eine Ansammlung älterer Präparate, die gereinigt oder neu aufgesetzt werden müssen und das Chaos als stille Beobachter überwachen. Vielleicht wirkt es eher wie ein Gruselkabinett. Für mich ist es ein Atelier. Innerhalb dieser überfüllten vier Wände lasse ich meiner Kreativität freien Lauf.

Nadel und Faden, Föhn und Skalpell. Ich beginne mit dem Entnehmen der Organe. Der Schnitt am Bauch geht schnell und fühlt sich erstaunlich weich an, weil das Gewebe so stark nachgibt. Magen, Lunge, Darm. Alles so winzig, so fragil. Das Herz kommt zum Schluss. Fasziniert schaue ich es an, dieses kleine rote Gebilde in meiner Hand, die vielen Adern, durch die längst kein Blut mehr fließt, und ich strecke den Finger aus und berühre es ganz sachte. Fahre konzentriert die Linien nach, spüre das kalte, feuchte Fleisch, das sich bei meiner Berührung leicht zusammenzuziehen scheint, als hätte ich es erschreckt. Das pure Leben liegt da in meiner Hand. Erstarrt jetzt, bloß noch ein toter Muskel ohne Wärme und Zweck, aber immer noch wunderschön. Ich höre die Stimme meines Großvaters in meinem Kopf, als ich ihm zum ersten Mal bei der Arbeit zusehen durfte: »Alle Tiere kommen in den Himmel, nachdem ich ihr Herz in Händen gehalten habe. Denn nur so kann man ihre Seele befreien. Du musst ihr Herz berühren. Und wenn du genau aufpasst, dann spürst du, dass sie dein Herz in diesem Moment auch berühren.«

Daran glaube ich noch heute. Du musst ihr Herz berühren. Dann berühren sie auch deines.

Die Organe gebe ich in einen Plastiksack, um sie später zu entsorgen. Als Nächstes kommt das Entfleischen der Flügel und Beine. Auch hier setze ich kleine präzise Schnitte, um anschließend die Haut wie eine Strumpfhose von innen nach außen zu stülpen. Da die Knochen dran bleiben, ist das die beste Methode, um das Federkleid intakt zu halten. Zielsicher greife ich nach dem Sack mit Kartoffelmehl, das ich zum Einreiben des Gefieders benutze. Salz ginge auch, aber ich bevorzuge das Mehl, da es Flüssigkeit aufsaugt und beim Hantieren für besseren Griff sorgt.

Früher habe ich meinen Großvater für sein Geschick und seine extrem ruhige Hand bewundert, heute beherrsche ich diese Tätigkeit genauso gut. Mit gerade einmal siebenundzwanzig kann ich mich wohl als eine Meisterin meines Fachs bezeichnen. Die geregelten Abläufe, die Genauigkeit, die kleinen, bedachten Handgriffe, das alles hat eine beruhigende Wirkung auf mich. So war es nicht immer. Als ich zum ersten Mal mit in die Werkstatt durfte, jagte mir die Geräuschkulisse einen Mordsschrecken ein. Dieses Rupfen und Knacken, Hobeln und Tropfen.

Wenn du einem Tier die Haut abziehst, entsteht ein ganz eigenes Geräusch, du spürst es förmlich. Wie es in deinen Ohren kribbelt. Hirschen muss man das Geweih mitsamt der oberen Schädeldecke absägen. Das ist buchstäblich Knochenarbeit und entsprechend laut. Mein Großvater pflegte dazu Musik aus einem alten Radio zu hören. Für mich hingegen gehört der spezielle Klang mittlerweile einfach dazu.

Sobald der Vogel ausreichend mit Mehl eingerieben ist, schabe und schneide ich das Fleisch und die Sehnen von den Knochen, als würde ich eine Holzskulptur schnitzen. Das ist wichtig, um Fäulnis oder Schadinsekten erst gar keine Chance zu geben. Es ist ein recht grober Vorgang, ich bin alles andere als zimperlich. Mit jedem Stückchen Fleisch, das ich entferne, steigt mir der Geruch des Federkleids in die Nase, vermischt mit Nuancen von Blut und der schweren Note der alten Holzstellagen. Von draußen dringt dumpf der Klang des Waldes zu mir vor, Vogelzwitschern, Windrauschen, aber ich konzentriere mich auf das, was hier drin stattfindet. Diesen Teil der Präparation mag ich besonders gern. Die dünnen Gliedmaßen in meinen Händen fühlen sich so zerbrechlich an, dabei bräuchte ich einiges an Kraft, um sie zu zerschmettern.

Das Federkleid inklusive Knochen wird nun gereinigt und getrocknet. Dafür habe ich einen Eimer Wasser mit Seifenlauge und einem Schuss Insektenschutzmittel versetzt. Eine trübe, nicht gerade einladende Suppe, deren penetranter Gestank das ganze Atelier erfüllt. Bei den meisten Tieren kommt zusätzlich ein Salzbad zur Gerbung zum Einsatz, in dem die Haut mehrere Tage eingeweicht und anschließend getrocknet wird. Bei Vögeln hat das keinen Sinn, da das Federkleid darunter leiden würde.

Ich habe den Falken eben in der Lauge verschwinden lassen, als ich eine Gestalt am Fenster vorbeihuschen sehe.

Mein Herz macht einen nervösen Satz. Niemand verirrt sich auf meine abgeschiedene Lichtung. Rasch trockne ich die Hände an meiner Schürze ab und eile aus dem Haus. Die klare Luft des

Morgens kriecht unvermittelt in meine Nase, als ich konzentriert in alle Richtungen schaue. Das Vogelzwitschern wirkt plötzlich doppelt so laut, der Wind hat aufgefrischt und zerrt verbissen an meiner Kleidung. Nichts zu sehen. Ich gehe eine Runde ums Haus, berühre Sträucher und Büsche, als könnten sie mir bestätigen, was ich da eben gesehen habe. Immer noch nichts. Habe ich mir die Bewegung vor dem Fenster am Ende nur eingebildet? Manchmal passiert das, wenn meine Sinne zu sehr auf die Arbeit konzentriert sind und ich die Außenwelt komplett vergesse. Da wirkt aus dem Augenwinkel ein im Wind wippender Ast plötzlich wie ein lebendiges Wesen.

Vielleicht sollte ich eine Pause machen. Der Falke befindet sich ohnehin in seinem Reinigungsbad. Ich gehe ins Haus zurück, entzünde ein Feuer im Ofen und setze Wasser für einen Tee auf. In den kleinen verwinkelten Räumen des Hauses hält sich noch die Kühle der letzten Nacht, und ich atme den vertrauten Geruch des alten, in Stierblut eingelassenen Deckenholzes ein. In der Küche finde ich mich trotz schlechter Lichtverhältnisse leicht zurecht, alles hat seinen fixen Platz.

Mit meiner Teetasse gehe ich in die Stube, wo Hexe bereits ungeduldig vor ihrer leeren Futterschüssel wartet. Mit ihrem pechschwarzen langen Fell ist sie oft nicht vom dunklen Kachelofen zu unterscheiden, der wie ein versteinerter Troll in der Ecke steht. Sie stürzt sich gierig auf die Mischung aus Reis und gekochtem Hühnerfleisch. Ich selbst schiebe mir bloß rasch eine Banane in den Mund, um meinen knurrenden Magen zu beruhigen. Wenn ich arbeite, habe ich nie großen Appetit. Auch wenn ich mit dem Essen etwas nachlässig bin, während der Präparationsphasen achte ich streng auf saubere Kleidung sowie Handschuhe und halte möglichst Ordnung. Nicht so wie mein Großvater. Er kam mir vor wie ein Schlächter mit seiner schmutzigen Schürze und dem chaotischen Arbeitstisch. Ein Metzger bei der Schlachtung, nur unheimlicher.

Erst mit der Zeit begriff ich, mit welchem Feingefühl und wie respektvoll er mit den Tieren umging. Er glaubte fest daran, dass auch Tiere eine Seele haben. Ich weiß nicht, ob das stimmt. Aber ich versuche mir dabei stets eines bewusst zu machen: Die meisten Tiere waren alt oder krank. Ihre Zeit war gekommen.

Hexe ist fertig mit ihrer Schüssel und sitzt schwanzwedelnd vor mir auf dem Teppich. Ihre Art, mich zu fragen, was als nächstes Spannendes passiert. Sie wurde von ihren früheren Besitzern im Tierheim abgeliefert, weil sie angeblich zu stürmisch war. Offenbar wussten diese Leute nicht, wie Hunde funktionieren; dass sie Auslauf und Aufmerksamkeit brauchen genauso wie strenge Regeln. Und dass es einem Hund selbst in jungen Jahren das Herz bricht, wenn er abgegeben wird. Die meisten Leute wissen überhaupt sehr wenig über irgendwas.

»Jetzt bist du bei mir«, raune ich ihr lächelnd zu. Eine ganze Welt habe ich ihr zum Austoben geschenkt. Ihr gehört das Haus, die Lichtung, der Wald. Hier hat sie alles, was sie braucht, und noch viel mehr.

Ich lasse sie nach draußen und schaue auf einen Sprung im kältegeschützten Gewächshaus vorbei. Es liegt etwas abseits am Rand der Lichtung und verleiht diesem Ort einen Hauch von Zivilisation. Ich versuche so viel wie möglich selbst anzubauen, Karotten, Kartoffeln, Salat, Kräuter und dergleichen. Hin und wieder gelingt es mir auch, ein paar Kürbisse großzuziehen. Während Hexe ihr wolliges Fell im feuchten Gras reibt, zupfe ich Karotten aus der Erde und schneide frische Petersilie ab.

Die Sonne sieht man hier nur selten. Die umliegenden Berge schieben Unwetter ins Tal, die den Wald regelmäßig unter tiefgrauen Wolken und Nebel begraben. Ich spüre, dass es bald regnen wird. Mit der geernteten Petersilie und den Karotten gehe ich zurück Richtung Haus, da bemerke ich abermals etwas Seltsames. Fußabdrücke im Gras, nicht viele und sehr klein. Die Spuren eines Kindes? Aber was zum Teufel hätte ein Kind hier zu suchen?

Die Fährte verliert sich auf dem Schotter, den ich vor dem Haus gestreut habe, da der Boden bei Schlechtwetter sonst zu leicht morastig wird. Erneut werfe ich einen Blick in alle Richtungen. War da doch jemand vorhin bei meinem Fenster?

Erste dicke Tropfen berühren meine Stirn. Ich rufe Hexe zu mir und eile mit ihr ins Haus, ihre schmutzigen Pfoten hinterlassen Abdrücke auf dem Boden. Im nächsten Moment beginnt es zu schütten. Mit verschränkten Armen stehe ich am Fenster und blicke nach draußen in den Regen. Wer auch immer bei meinem Haus herumgeschlichen ist, hat jetzt zumindest einen guten Grund, sich aus dem Staub zu machen.

Ich kehre zurück ins Atelier, Hexe bleibt in der Stube, da sie weiß, dass sie hier drin nichts zu suchen hat. Ein Blick in den Eimer zeigt: der Falke braucht noch ein bisschen. Zeit, um auf dem Handy meine E-Mails zu checken.

Im Posteingang finde ich eine Anfrage zu meinen aktuellen Preisen für mittelgroße Hunde. Der Wettbewerb ist hart, wer billig ist, macht in der Regel das Rennen. Ich stelle mich ans Fenster, wo ich für gewöhnlich den besten Empfang habe, und tippe eine kurze Antwort.

In einer guten Woche bekomme ich bis zu drei Kundenanfragen, in einer schlechten keine einzige. Der Verdienst variiert. Theoretisch habe ich fixe Preise, die sich an meinem Arbeitsaufwand und der gewünschten Gewinnspanne orientieren; für Kleintiere wie Hamster, Wellensittiche oder Meerschweinchen berechne ich zwischen hundert und fünfhundert Euro, teurer wird es in den größeren Gewichtsklassen wie Hunde, Katzen oder auch kleinere Wildtiere. Besondere Anfragen wie Rennpferde oder Hirsche bewegen sich sogar in einer Preisklasse zwischen zwanzig- und siebzigtausend Euro. Das kommt allerdings äußerst selten vor. Kunden mit solchen Anliegen wenden sich an große Präparationsfirmen, die entsprechende Lager- und Kühlkapazitäten haben, der Rest geht lieber zur Konkurrenz. Hier in der Gegend habe ich nicht gerade den besten Ruf und muss nehmen, was ich kriegen kann. Das bedeutet leider, dass ich meine Preise oftmals anpassen muss, um überhaupt etwas zu verdienen.

Doch es gibt einige wenige, die meine präzise und hochwertige Arbeit zu schätzen wissen und bereit sind, das zu zahlen, was ich verlange. Dadurch habe ich mir im Laufe der Zeit eine kleine, aber feine Stammkundschaft aufgebaut, die seit Jahren halbwegs mein Auskommen sichert. Hauptsächlich bewegen sich die Aufträge im Bereich des Kuriosen – eine Nische, die die wenigsten kennen. Fabelwesen. Ungeheuer. Das ist meine Spezialität.

Ich biete diesen Dienst nicht aktiv an. Wer mich beauftragen will, der findet mich. Diskretion ist das A und O. Mein bester Kunde im Kuriositätenbereich heißt Walter Hillmann, ein verschrobener alter Mann im Rollstuhl mit einem Faible für alles, was es nicht gibt. Einhörner, Greifen, Lindwürmer, die Liste der Exponate ist lang. Zuletzt durfte ich einen Mantikor für ihn bauen: Menschenkopf, Löwenkörper, Schwanz eines Skorpions. Zwei Meter hoch, drei Meter zwanzig lang. Scharlachrotes Fell, schwarze Mähne, Zähne so groß wie ein menschlicher Finger. Für solche Präparate braucht man natürlich ein Körpermodell. Zunächst fertige ich detailgetreue Zeichnungen an, aus welchen der Kunde seinen Favoriten auswählt. Dann wird modelliert, manchmal ganz altmodisch aus Ton, aber viel öfter aus dem leichteren Schaumstoff, kleinere Körperteile wie Zunge oder Krallen oft auch aus Kunststoff. Über das fertige Modell kommt dann die gegerbte Haut der jeweiligen Tiere. Löwenfell sowie Mähne sind echt, bloß mit der Farbe habe ich beim Mantikor etwas nachgeholfen. Die Krallen stammen von den Tatzen eines Braunbären, das Gebiss von einem Tiger.

All diese Einzelteile zu besorgen ist kostspielig. Und oft alles andere als legal. Zum Glück verfüge ich über gewisse Branchenkontakte, die mir entweder mein Großvater vermacht hat oder die ich mir selbst aufgebaut habe.

Ich hatte gehofft, einen neuen Auftrag von Hillmann im Postfach zu finden, da der letzte schon eine Weile zurückliegt. Stattdessen leuchtet der Absender eines anderen Stammkunden auf: Lothar Jungblut. Er hat sein Geld mit Immobilien gemacht und residiert in einer Villa auf einem Hügel nahe der Stadt. Alle paar Monate beehrt er mich mit einer neuen kryptischen Anfrage. Er schreibt seine Mails auch nicht selbst, das erledigt sein Assistent.

Sehr geehrtes Fräulein Valkyria,
Herr Jungblut hätte einen neuen Auftrag für Sie. Gewichtsklasse II, Kostenpunkt nach persönlicher Einschätzung. Wir erwarten Sie zur Auftragsbesprechung morgen in Herrn Jungbluts Haus, Punkt 11 Uhr vormittags.

MfG
A. K.

Ich antworte sofort. Kunden dieser Art muss man pflegen.

Komme morgen zur gewünschten Uhrzeit vorbei.

Gruß
V.

Jetzt aber zurück zu meinem Falken.

Nachdem ich ihn aus dem Bad genommen habe, kommt er in ein Tuch gewickelt für kurze Zeit in die Schleuder, um das Gröbste an Feuchtigkeit aus dem Gefieder zu ziehen. Anschließend reibe ich ihn innen und außen wieder mit Kartoffelmehl ein, um die letzte Feuchtigkeit aufzusaugen. Das hilft beim nächsten Arbeitsschritt, dem eigentlichen Präparieren. Dafür knipse ich mit der Zange Drahtstücke von den Rollen am Boden und bilde damit ein stützendes Gerüst rund um die erhalten gebliebenen Knochen, auch für den Kopf und die Flügel. Drum herum wickle ich ganz feine Holzwolle zur Nachbildung der vom Knochen entfernten Muskulatur. Ich habe immer noch meinen Großvater im Ohr, wie er predigt, dass man niemals stopfen darf, so wie es früher praktiziert wurde, sondern tatsächlich wickeln muss, da dies viel realistischer wirkt.

An das fertig gewickelte Gerüst bringe ich anschließend die Haut mit dem Federkleid an. Danach beginne ich mit dem Annähen der Haut. Hier ist wieder Fingerspitzengefühl gefragt. Nadelstich für Nadelstich wird mein Kunstwerk vollendet, der Faden ist dick und robust, darf später aber nicht zu sehen sein. Es dauert bis zum Nachmittag. Der Falke hat nun Stand und wird auf ein großes Stück Holz platziert. Augen und Farbnachbesserungen an Schnabel und Füßen werde ich morgen erledigen. Jetzt heißt es erst einmal Feierabend. Ich zupfe das Federkleid zurecht und befreie es von überschüssigem Mehl.

Als ich das Licht des Ateliers abschalte, verschwindet das Präparat in der Dunkelheit, und ich stelle mir gerne vor, dass das Tier jetzt Frieden hat. Nach dem Schließen der Tür halte ich für ein paar Sekunden inne. Ich denke wieder an die Worte meines Großvaters: dass es auch für die Tiere einen Himmel gibt und dass jemand bei ihnen bleiben muss, damit sie den Weg dorthin finden.

Als Kind fand ich diesen Gedanken wunderschön. Unbedingt wollte ich so jemand werden. Eine Begleiterin für die Toten auf dem Weg ins Jenseits. Eine Walküre – so hat mich mein Großvater manchmal scherzhaft genannt. Daher auch mein Künstlername Valkyria. Ich wollte etwas Kurzes, Einprägsames, das zugleich auch mich und meine Arbeitsphilosophie repräsentiert.

Jetzt bin ich mal dies, mal das. Künstlerin für die einen, Leichenfledderin für die anderen. Wie lautete noch mal die E-Mail von Jungbluts Assistenten? *Kostenpunkt nach persönlicher Einschätzung.* Das verspricht ein lukrativer Auftrag zu werden, und lukrative Aufträge habe ich mehr als nötig. Auch wenn ich Jungblut nicht mag. Aber wer bin ich, über andere zu urteilen? Ich stelle keine Fragen und erledige meinen Job. Das ist es, was meine Kunden an mir schätzen. Davon finanziere ich mein Haus, mein Atelier, meine einsame Welt.

Morgen also. Ein neuer Auftrag aus Teufels Küche.

2.

DER MORGEN IST KALT, und es liegt der Geruch des nahenden Winters in der Luft.

Heute gibt es viel zu tun. Ich muss den Falken fertigstellen, davor steht mein Besuch bei Jungblut an. Außerdem gehen mir die verdächtigen Fußabdrücke und die huschende Gestalt nicht aus dem Kopf. Besser, ich schaue vor meinem Besuch bei Jungblut beim Bunker vorbei, falls es den Herumtreiber auch dorthin verschlagen hat. Ich kann keine Eindringlinge gebrauchen. Dieser Wald gehört mir. Wenn man mich sucht, findet man mich nicht. Mein Haus ist so tief in der Wildnis versteckt, dass man es nur entdeckt, wenn man den Weg dorthin kennt. Wer hier lebt, möchte vergessen werden. Und manchmal vergisst man sogar sich selbst – vergisst, wer man war, bevor man in diese malerische Abgeschiedenheit gekommen ist. Bevor die Stille zu jenem Geräusch wurde, das man am häufigsten hört. Ich wollte Hexe und mich hier verstecken, so wie man einen Schatz versteckt. Niemand soll uns je finden.

Ich bin gut im Verstecken von Dingen. Habe früh gelernt, das zu schützen, was mir lieb und teuer ist. Hier draußen sind wir sicher. Für diese Sicherheit würde ich kämpfen. Mit allem, was ich habe. Das wird der Eindringling schon noch merken.

Eben erst ist die Sonne hinter den Wipfeln aufgetaucht. In der nebligen Morgendämmerung wirkt der Wald wie verwunschen. Breite Schatten ziehen über den Boden wie die Spuren eines Fabelwesens, das bei Nacht heimlich durch die tiefen Schluchten oder über die steilen Hänge wandert. Nur ein falscher Schritt, ein unbedachtes Geräusch, und du stöberst es auf.

Ich glaube nicht an Fabelwesen, wohl aber an Geister. In Wäldern wie diesen ist es für sie besonders leicht, sich versteckt zu halten. In all den finsteren Winkeln und Höhlen, an all den verlassenen Orten, die längst vergessene Geschichten und Legenden erzählen. Es gibt eine Mühle im Herzen des Waldes, im tiefsten Inneren dieser dunklen, stillen Wildnis, wo die Geister ihre Feste feiern. Was so gut versteckt ist, kann unmöglich unbewohnt sein.

Ich mache mich auf den Weg, Hexe begleitet mich. Der Bunker fungiert als eine Art Zweigstelle meines Ateliers, ausgelegt für besonders komplizierte Aufträge. Als ehemaliges Wasserreservoir ist er ans örtliche Stromnetz angeschlossen, zusätzlich habe ich zwei Wärmepumpen, die mein abgeschiedenes, unterirdisches Reich im Notfall am Laufen halten. Über die Jahre habe ich mir dort unten ein richtiges kleines Labor eingerichtet. Manche Kunden wünschen kein normales Präparat, sondern eine Darstellung des Gewebes und der Muskulatur, Professoren zum Beispiel oder Ärzte. In solchen Fällen greife ich auf die hohe Kunst der Plastination zurück, hierbei muss Körperwasser durch Kunststoff ersetzt werden. Ich bin stolze Besitzerin einer eigens zu diesem Zweck entwickelten Vakuumkammer, sowie einer Vakuumpumpe und einer explosionsgeschützten Tiefkühltruhe. Teuer, aber letztendlich eine lohnende Investition.

Mein Urgroßvater war als Landbesitzer für die Instandhaltung des Bunkers zuständig gewesen. Doch nun ist er schon seit Jahrzehnten stillgelegt und in Vergessenheit geraten. Ich erreiche ihn in wenigen Gehminuten, ich kenne den Weg und habe keine Scheu vor Gestrüpp und Bergauf-Passagen. Hinter Büschen, Tannen und großen Wackelsteinen liegt er gut versteckt. Direkt in einen Hang hineingebaut, alt und von Gestrüpp umwuchert, blickt er stillschweigend dem Verfall entgegen. Der einzige Schlüssel befindet sich in meiner sicheren Obhut.

Zuallererst drehe ich eine Runde um das Gebäude auf der Suche nach weiteren verdächtigen Fußspuren. So weit, so gut, alles wirkt unverändert. Beruhigt schließe ich auf und öffne die ächzende Metalltür. Gleich dahinter verlaufen Steinstufen ins vermeintliche Nichts. Wo es früher nach Moder roch, kriecht mir nun der sterile Geruch eines Krankenhauses entgegen. Ich nehme die Taschenlampe, die neben der Tür an der Wand hängt, und leuchte mir meinen Weg hinunter ins Labor.

Schemenhaft zeichnen sich die Stellagen, die Arbeitstische und die Azetontanks, die bei der Plastination benötigt werden, in der Dunkelheit ab. Wie klobige Gräber ragen die Umrisse vor mir auf. Ich finde den Schalter an der Wand, und Leuchtstoffröhren springen an. Kantige Formen und spiegelglatte Flächen kommen zum Vorschein. In einem der Tanks habe ich bis vor Kurzem den Kopf eines Wildschweins gelagert. Eigentlich wollte ich ihn für eines von Hillmanns Fantasiegeschöpfen verwenden, doch als dieser kurzerhand den Auftrag stornierte, hatte ich keine Verwendung mehr dafür. Also habe ich ihn eingefroren. Verrechnet wurde er Hillmann selbstverständlich trotzdem.

Konzentriert gehe ich den Raum ab. Halte Ausschau nach Schmutz, Ungeziefer oder anderen unangenehmen Überraschungen. Doch alles ist blank und steril, ebenmäßig und modern.

Auch wenn ich gerade nichts im Bunker zu tun habe, bin ich gerne hier unten, genieße die aus allen Winkeln strömende Perfektion und bestaune meine Schmuckstücke. Ich öffne die Lade mit den Skalpellen – mein größter Stolz. Gerade, saubere Schnitte, Präzisionsarbeit, darauf lege ich Wert. Von den Skalpellen geht es weiter zum großen Arbeitstisch. Mit den Handflächen streiche ich über das kühle Metall, spüre die glatte Oberfläche und komme sofort in Stimmung, mein nächstes Meisterwerk zu beginnen. Eine offene Packung Müsliriegel liegt rechts auf einem Beistelltisch. Es gibt auch fließendes Wasser und einen kleinen Kühlschrank, in dem ich stets ein paar Sachen eingelagert habe. Brote, Joghurts, manchmal sogar Obst. Auch Hexe hat eine eigene Decke und einen Vorrat an Futter.

Ein Geräusch oben an der Tür lässt mich herumfahren. Da draußen schleicht jemand herum. Wieder der Herumtreiber von gestern? Ich schalte das Licht ab, stürme die Stufen hinauf und aus dem Bunker. Nebelschwaden wabern zwischen den Bäumen wie geisterhafte Leintücher. In der Ferne ruft ein Uhu, der Wind trägt das Geräusch in alle Richtungen. Erneut knackst etwas im Unterholz. Ich drehe mich um und entdecke eine kleine Gestalt am Hang über dem Bunker. Ein Kind, tatsächlich. Zunächst bin ich erleichtert, doch dann wird es mir urplötzlich klar: Kinder haben hier erst recht nichts zu suchen, verflucht!

»He, was machst du da? Komm da sofort runter, das hier ist Privatbesitz! Sieh zu, dass du verschwindest!«

Ein kleines Mädchen, vielleicht sieben Jahre alt. Sie hat die Kapuze ihres Mantels über den Kopf geschlagen und weicht erschrocken zurück.

»Du warst gestern doch bei meinem Haus, nicht wahr? Ich hab dich gesehen. Hau sofort ab! Herumschnüffeln gehört sich nicht!«

Endlich zeigt mein Geschimpfe Wirkung. Sie läuft unbeholfen seitlich den Abhang hinunter und verschwindet zwischen den Bäumen wie ein kapuzentragendes Gespenst.

»Neugieriges Gör«, murmle ich, während ich die Tür doppelt und dreifach verschließe.

Bisher haben sich nie Menschen in diese Gegend verirrt. Deswegen ist dieser Ort ja so perfekt. Niemand sieht, was ich treibe im Inneren dieses Bunkers.

Noch einmal gehe ich die nähere Umgebung ab, lausche in die Stille. Keine Schritte, kein Knacksen. Das Mädchen ist weg. Und das wird hoffentlich auch so bleiben.

3.

MEIN GROSSVATER hat mir einen alten Jeep hinterlassen. Als er noch lebte, durfte ich nicht damit fahren. Trotz der zerkratzten Lackierung, des ratternden Getriebes und der fadenscheinigen Sitzbezüge war er fest davon überzeugt, dass nur er dieses Schrotthaufens würdig sei. Eine witzige Gemeinsamkeit, die er mit meinem Vater hatte. Der war genauso pingelig, wenn es um seinen heiß geliebten BMW ging. Meiner Mutter borgte er das Auto ausschließlich, wenn sich ihres in der Werkstatt befand, und selbst dann nur unter sehr strengen Auflagen. Ironischerweise war es der BMW, mit dem sie den Unfall hatten. In alle Einzelteile zerlegt. Genau wie sie.

Jetzt parkt der Jeep meist unbewegt in einem Blechschuppen am Rand der Lichtung, weil ich es bevorzuge, meine Wegstrecken zu Fuß zu bewältigen. Und wieder: welch Ironie.

Bewegung ist mir wichtig. Ich laufe jeden Tag mindestens drei Kilometer und versuche meinen Körper in Schuss zu halten. Das Hantieren mit kiloschweren toten Tieren hält die Muskeln zusätzlich auf Trab. Seit mein Großvater vor drei Jahren gestorben ist und ich seine kleine Präparationsstube übernommen habe, hat sich mein Aussehen stark verändert. Mein Körper ist drahtiger geworden, geformt von Disziplin und harter Arbeit. Weil mich mein langes dunkles Haar beim Arbeiten gestört hat, habe ich mir vor einiger Zeit einen Kurzhaarschnitt zugelegt. Damit wirke ich kühler und kantig, manchmal ernte ich schiefe Blicke. Mich stört das nicht. Sollen sie Abstand halten.

Im Laufe des Vormittags sind die Temperaturen ein Stück gestiegen. Die Sonne scheint und lässt den Wald in bunten Farben erstrahlen. Ich mag Tage wie diese, wenn die Düsternis der Lebendigkeit weicht und die Geistergeschichten tief in den Verstand zurückgedrängt werden. Sosehr ich mein Leben im Wald auch genieße, manchmal hätte ich gern etwas mehr Licht um mich herum. Selbst im Sommer gibt es Plätze, wo die Schatten niemals ganz verschwinden. Sie bleiben dann zwangsläufig auch in deinem Kopf, lassen dich Dinge sehen oder Gedanken verfolgen, die zu absurd sind, um sie laut auszusprechen. Wie etwa die Angst, ganz plötzlich Schritte hinter dir zu hören, oder das eisige Gefühl, im Haus nicht allein zu sein, obwohl du mit absoluter Gewissheit weißt, dass niemand da ist und auch niemand kommen wird, selbst wenn du um dein Leben schreist.

Hexe läuft wie immer ein Stück voraus. Ihr schwarzes Wuschelfell huscht durch das Unterholz, während sie überdreht den Boden beschnüffelt. Ab und zu lugt ihr Kopf hervor, wenn sie stehen bleibt und sich nach mir umsieht. In Gedanken an Jungblut grummelt mir ein wenig der Bauch. Denk an das Geld, sage ich mir immer wieder.

Der Wald wird langsam lichter, wir nähern uns der Straße. Gadenhof, eine Fünftausend-Einwohner-Gemeinde mit dem künstlichen Charme eines Winterskiortes, liegt an einem Fluss, der die Zivilisation von der Wildnis trennt. Schon von Weitem höre ich das Wasser rauschen. Als silbern glitzerndes Band schlängelt es sich entlang der Straße, über eine malerische kleine Brücke gelangt man auf die andere Seite. Soeben möchte ich Hexe zu mir rufen, um sie an die Leine zu nehmen, da merke ich, dass ich sie aus den Augen verloren habe. Komisch. Sonst macht sie sich nie aus dem Staub. Da höre ich sie plötzlich nicht weit entfernt bellen, dazu mischt sich das Lachen eines Kindes.

Ich folge den Geräuschen, und hinter einer Wegbiegung entdecke ich Hexe zusammen mit dem Mädchen von vorhin. Es versucht lachend, Hexe einen Stock aus dem Maul zu ziehen.

»Hexe, hierher!«, rufe ich.

Das Mädchen erschrickt, Hexe kommt schwanzwedelnd zu mir gelaufen. Den Stock nimmt sie mit. Wütend ziehe ich ihn weg, und sie schaut mich mit ihren großen braunen Augen unschuldig an.

»Hallo«, sagt das Mädchen und lässt die Kapuze herunter. Ein langer blonder Zopf fällt über ihre Schulter. Ihre Wangen sind von der Kälte gerötet, und sie mustert mich mit strahlend blauen Puppenaugen. Ich starre wütend zurück, packe Hexe am Halsband und lege ihr die Leine an.

»Wie heißt der Hund?«, will das Mädchen wissen.

»Hexe.«

»Das ist aber ein komischer Name.«

»Bist du hier ganz allein unterwegs?«

»Unser Haus liegt gleich da drüben!« Sie zeigt Richtung Osten, wo hinter den Wipfeln bereits Dächer zu erkennen sind. »Ich heiße Klara, und du?«

»Du solltest nicht allein im Wald herumlaufen. Was hast du hier zu suchen?«

»Spielen.«

Ich ziehe Hexe von dem Stock weg, an dem sie soeben zu kauen begonnen hat. »Der Wald ist kein Ort zum Spielen. Du solltest nach Hause gehen. Hast du keine Schule?«

Sie lacht. »Heute ist doch Samstag.«

Was weiß ich. Da draußen vergisst man schnell die Tage, die Zeit, seinen eigenen Namen. Ich weiß nur, dass ich einen Termin habe, und den sollte ich nicht versäumen.

»Geh nach Hause«, wiederhole ich. »In dieser Gegend kann man sich leicht verlaufen.«

Sie sieht sich verwundert um. »Ist aber so schön hier. Kennst du dich gut aus im Wald?«

»Redest du immer so viel mit Fremden?«

»Du bist keine Fremde, ich hab dich vorhin schon gesehen.«

»Richtig, und da bist du mir schon ungut aufgefallen.«

»Ich hab von dir gehört. Du bist doch die Frau, die da draußen in dem alten Haus lebt. Die Frau, die Tiere ausstopft.«

»Dann weißt du sicher, dass ich ab und zu auch Menschen ausstopfe. Kleine Mädchen ganz besonders gern.«

Sie reißt erschrocken die Augen auf. »Du lügst doch!«, sagt sie.

Ich drehe mich nach dem Weg um. Ich möchte mich nicht länger mit ihr aufhalten, aber genauso wenig sollte ich dieses Kind weiter hier herumstreunen lassen. Wer weiß, ob sie dann nicht auf blöde Gedanken kommt und zurück zum Bunker schleicht. Oder zu meinem Haus. Besser, ich sorge höchstpersönlich dafür, dass sie verschwindet.

»Wo genau wohnst du?«, frage ich.

»Da drüben.« Sie zeigt auf eines der Häuser hinter den Wipfeln. Es ist nicht weit weg. Zehn Minuten maximal.

Ich seufze verärgert und strecke ihr die Hand hin. »Dann komm, ich bring dich nach Hause.«

»Wieso, was hab ich gemacht?«

»Du gehorchst nicht, wenn man dir was sagt! Ich bring dich jetzt zu deinen Eltern.«

»Nein, das ist unfair!«

»Keine Widerrede, du kommst jetzt mit!«

Sie führt mich zu einem Neubau, hellgelb gestrichen, mit flachem Dach und abgedecktem Pool im Vorgarten. Ungemein hässlich, aber so sehen die meisten Häuser hier aus. Modern, austauschbar und ohne jeden Charme. Das Haus meiner Eltern war ganz anders. Kleiner und älter, ja, aber auch viel wohnlicher, nicht so steril. Meine ich zumindest. Leider erinnere ich mich an sehr wenig, was vor dem Unfall passiert ist.

Ein gepflasterter Weg führt an kahlen Blumenbeeten und einer fein getrimmten Hecke vorbei. Hexe wartet auf dem gepflegten Rasen.

Mittlerweile ist es kurz vor elf Uhr. Mist. Vergeblich suche ich eine Klingel und hämmere schließlich mit der Faust gegen die Tür.

Mir öffnet ein junger blonder Mann mit blauem Hemd und Kaffeebecher in der Hand.

»Ist das Ihre Tochter? Ich hab sie im Wald gefunden.«

Er wirkt verwirrt und stellt eilig den Becher weg. Seine Augen schweifen zwischen mir und Klara hin und her. »Tut mir leid. Hat sie etwas ausgefressen? Klara?«

Die Kleine schüttelt energisch den Kopf. Dann schlüpft sie ins Haus und murmelt ihm zu: »Das ist die Hexe aus dem Wald.«

Ich funkle sie wütend an, ihr Vater lächelt entschuldigend. »Ich bin mir sicher, dass sie keine Hexe ist, okay? Jetzt ab mit dir und lass mich das klären.«

»Aber Papa, wenn ich's dir doch sag! Das ist ganz sicher die Hexe aus dem Wald! Die, von der alle in der Schule reden!«

»Geh jetzt in dein Zimmer, Klara.«

»Pass auf, sie stopft Tiere aus und manchmal auch Menschen!«

»Tut mir wirklich leid«, sagt er errötend zu mir, während er die Kleine weiter ins Innere schiebt. »Also, was hat sie denn angestellt?«

»Sie ist mir unbeaufsichtigt im Wald über den Weg gelaufen, zweimal.«

»Ach so«, antwortet er erleichtert, »und ich hab schon befürchtet, sie hätte Probleme gemacht.«

»Nein, aber sie war unbeaufsichtigt.«

»Sie war doch gar nicht weit weg.«

Genau das mag ich nicht an Städtern – sie unterschätzen die Natur und all die Gefahren darin.

»Wie dem auch sei«, sage ich und schaue genervt auf meine Armbanduhr. »Wegen der Kleinen komme ich zu spät zu einem wichtigen Termin, also sagen Sie ihr bitte, dass sie nicht mehr allein herumspazieren soll, okay? Und schon gar nicht auf meinem Privatbesitz.«

»Natürlich, das mache ich. Ich wollte wirklich nicht, dass sie Ihnen Umstände bereitet. Wir sind eben erst hergezogen, wir kennen die Gepflogenheiten hier noch nicht so gut.«

»Passen Sie einfach besser auf sie auf.«

»Ist Ihr Termin denn sehr bald?«

»Jetzt gleich.«

Er dreht sich nach seiner Tochter um, die sich eben im Wohnzimmer vor den Fernseher gesetzt hat. »Wie weit ist es von hier? Soll ich Sie mit dem Auto hinbringen?«

»Nein, vielen Dank.«

»Doch, doch, ich bestehe darauf!« Im Nu hat er sich Sportschuhe angezogen und hält einen Schlüssel in der Hand. »Kommen Sie, ich bring Sie schnell hin.«

Ich weiche einen großen Schritt zurück.

»Das ist wirklich nicht nötig«, sage ich eindringlich.

»Ist das Ihr Hund, der da auf meinen Rasen pinkelt?«

»Hexe, aus!«

Er lacht. »Lassen Sie mich Ihren Chauffeur spielen, und wir sind quitt, einverstanden?«

Die Kirchturmglocken läuten. Punkt elf Uhr. Selbst wenn ich laufe, brauche ich für die Anhöhe, auf der Jungbluts Anwesen thront, mindestens zehn Minuten. Und jetzt fällt Hexe auch noch ein, dass sie Gras aus dem Rasen rupfen muss.

»Gut, dann fahren wir«, sage ich.

4.

ER HEISST JONATHAN, ist vierunddreißig und offenbar der neue Tierarzt in der Stadt. Ich wusste gar nicht, dass der alte gestorben ist.

Jonathan schlägt vor, mit Hexe doch beizeiten mal für einen Routinecheck in seiner Praxis vorbeizuschauen. Ich lächle bloß verkrampft und konzentriere mich auf die Straße. Er jedoch redet ungestört weiter, dabei strahlt er mich mit blaugrauen Augen an. Er ist Witwer, seine Frau starb vor einigen Jahren an Krebs, seitdem kümmert er sich allein um die Kleine. Das alles erzählt er mir, obwohl wir uns gar nicht kennen. Obwohl ich nicht mal antworte.

»Tut mir echt leid, dass Sie wegen Klara Umstände hatten«, sagt er zum wiederholten Mal, als wir am Fuß des Berges angelangt sind. »Sie kennt die Gegend noch nicht und wollte sich nur mal ein bisschen umsehen. Sie war schon immer eine kleine Abenteurerin.«

»Das kann ich verstehen, aber dieser Wald ist nichts für Kinder. Man verirrt sich leicht.«

»Und Sie sind also die berühmte Tierpräparatorin?«
Ich zucke bloß mit den Schultern.
»Das ist nämlich das Erste, was man hört, wenn man mit den Leuten hier redet. Sie scheinen eine Attraktion zu sein.«
Abermals fällt mir keine Antwort ein.
»Die meisten finden wohl, dass Sie irgendwie ... ungewöhnlich sind. Aber das ist ja nichts Schlechtes«, fügt er hastig hinzu. »Wo jetzt lang?«
»Links. Und dann einfach der Nase nach.«
Er biegt ab und beschleunigt ein wenig, sodass Hexe auf dem Rücksitz hin und her geworfen wird.
»Und Sie haben jetzt einen Termin mit einem Kunden?«, fragt er und grinst im nächsten Moment betreten. »Entschuldigen Sie, falls ich zu neugierig bin. Sie sind die erste Tierpräparatorin, die ich kennenlerne.«
»Ist nichts anderes als das, was Sie machen. Nur dass bei mir die Tiere schon tot sind.«
Er nickt, als klinge das vollkommen plausibel. Ist es ja auch, doch die meisten hätten mich nach einem solchen Spruch schief angeschaut.
»Ich bin gespannt auf meine Arbeit hier«, wechselt er das Thema. »Als neuer Arzt muss man sich immer erst eine gewisse Vertrauensbasis schaffen. Man hat mir angeboten, die alte Praxis von Dr. Raabe zu übernehmen, aber ich arbeite lieber in meiner eigenen. Mal sehen, ob die Leute den Weg zu mir finden.«
Ich verkrieche mich weiterhin in meinem Schweigen. Am liebsten würde ich die Tür öffnen und rausspringen. Mit ihm in diesem engen Auto zu sitzen, so nahe beieinander, fühlt sich nicht gut an. Dass er so hartnäckig die Konversation sucht, macht es nicht besser. Was haben die Menschen gegen Stille?
»So, da wären wir.« Er hält vor dem gold lackierten Gittertor,

das am Ende der Straße auf uns wartet. Endlich. »Wow. Das sieht ja richtig nobel aus. Wem gehört das denn?«

»Lothar Jungblut, ein ziemlich reicher Kerl.«

»Also bei dem Tor glaube ich das sofort. Gibt's da drin auch perlenbesetzte Aufzüge?«

»Weiß nicht.«

Er dreht sich lächelnd zu mir. »Vielen Dank, dass Sie Klara nach Hause begleitet haben. Ich wollte nicht, dass Sie sich unsertwegen verspäten.«

»Keine Ursache. Die Kleine soll einfach aufpassen.«

Ich steige aus und lasse Hexe aus dem Auto springen.

»Sie können jederzeit in meine Praxis kommen«, ruft er aus dem Fenster. »Sie wissen ja jetzt, wo ich wohne. Die Praxis ist gleich ans Haus angebaut.«

»Danke, auch fürs Fahren.«

Während er wendet, drücke ich den Summer neben dem Tor. Eine knarzige Stimme meldet sich via Gegensprechanlage. »Sie sind zu spät.«

Gleich darauf wird das Tor geöffnet.

Die Einfahrt ist lang. Das weitläufige Parkareal strotzt nur so vor zur Schau gestellter Perfektion und Protz: akkurat gepflegte Blumenbeete, stets fein geharkter Kies, getrimmte Büsche und Buchsbäume in Form verschiedenster Tiere. Im Sommer erstrahlt hier alles in tausend Farben, jetzt im Herbst wechselt die Szenerie zu rotbraunen Hecken und reichlich Laub auf dem makellosen Rasen. Zwei Gärtner sind gerade dabei, die Blätter zu großen Haufen zusammenzukehren. An der doppelten Eingangstür wartet A. K. bereits auf mich. Ein aufgeweckter Bursche, zwar nur halb so groß wie ich, aber immer versucht, einen Kopf größer zu wirken. Stets im Anzug, einparfümiert, gegeltes Haar. Wofür A. K. steht, weiß ich nicht, vermutlich für ArschKriecher. Wortlos nimmt er mich in Empfang und begleitet mich das weite Treppenhaus hoch Richtung Büro. Hexe macht auf mein Kommando artig Sitz und wartet bei der Eingangstür.

Arschkriecher hat Mühe, mit seinen kurzen Beinen Schritt zu halten. Mehr schlecht als recht überholt er mich, um seinem Boss mein Erscheinen anzukündigen. Kurz darauf werde ich ins Büro gebeten. Deckenhohe Fenster, dunkle, schwere Vorhänge und massenhaft Trophäen an den Wänden. Die meisten davon habe ich präpariert. Ich erkenne meine Handschrift sofort, auch wenn ich mich nicht an jedes einzelne Tier erinnere. Rechts befinden sich die herkömmlichen Präparate, Wildtiere, Vögel, Fische. Links ist die Kuriositätenwand. Bloß dass man sie keineswegs als solche erkennt. Das ist Jungbluts Fetisch. Während Hillmann auf die äußere Überraschung setzt, geht es Jungblut um das Innere des Kunstwerks. Um die Geschichte dahinter, die Herkunft. Es sind gewöhnliche Tiere. Katzen, Hunde. Doch hier kann ich mich an alle erinnern. An jeden einzelnen Handgriff.

Jungblut residiert an einem verhältnismäßig kleinen Schreibtisch, wie gewohnt trägt er einen schwarzen Anzug mit Krawatte, hinter seinen Brillengläsern schauen die dunklen Augen hervor. Sein graues Haar ist streng zurückgekämmt, und der künstliche Tannenzapfengeruch seines Aftershaves hängt in der Luft. Er deutet auf den Stuhl ihm gegenüber. Wortlos sinke ich ins Polster.

»Sitzen Sie bequem? Möchten Sie vielleicht noch einen Fußschemel?«

»Passt schon, danke.«

»Da bin ich aber beruhigt.« Seine Stimme ist tief und sanft. Alles, was er sagt, klingt so harmlos. »Möchten Sie einen Tee? Schwarztee mit Zitrone, richtig?«

Bevor ich antworten kann, stellt mir Arschkriecher eine Tasse vor die Nase, ehe er ganz schnell und lautlos wieder verschwindet.

Die Tasse ist filigran und kunstvoll bemalt, mit echtem Silberlöffel und garantiert uralt. Es widerstrebt mir, es zuzugeben, aber hier schmeckt der Tee besonders gut.

»Wie geht es Ihnen?«, fragt Jungblut.

»Tut mir leid, dass ich mich verspätet habe.«

Jungblut winkt ab. »Nie nehmen Sie Ihren Hund mit ins Büro. Ich würde ihn so gern mal streicheln.«

»Ihr Laufbursche hat gesagt, Sie hätten einen neuen Auftrag für mich.«

Ein lebloses Lächeln kriecht über sein Gesicht. »Charmant wie eh und je.«

»Ich möchte Ihre Zeit nicht zu sehr in Anspruch nehmen.«

»Das tun Sie nicht. Ich verbringe gern Zeit mit Ihnen. Ich habe das Gefühl, wir beide verstehen einander.«

Ich antworte nicht.

»Nun denn.« Jungblut betätigt einen Summer, kurz darauf bringt Arschkriecher eine weiße Katzentransportbox herein. Er stellt sie zwischen seinem Boss und mir auf den Schreibtisch und lässt uns abermals so unverzüglich allein, als stünde der Raum in Flammen. Ich beuge mich ein Stück nach vorn, um einen Blick ins Innere der Box zu werfen.

»Eine Perserkatze«, sage ich. »Wunderschön.«

»Allerdings, das ist sie.«

»Woher haben Sie sie?«

Er sieht mich überrascht an. Natürlich, diese Frage stelle ich normalerweise nicht. Ich weiß nicht, wieso sie mir so plötzlich herausgerutscht ist. Meine Aufgabe beschränkt sich allein auf die Präparation, alles andere möchte ich nicht wissen.

»Wie lange ist es her?« Ich strecke einen Finger durch das Gitter und berühre das Fell. »Sie fühlt sich noch warm an.«

»Sie ist eben erst verschieden. Sie war fünfzehn, ein stolzes

Alter. Es ging ihr am Schluss nicht mehr gut. Ihre Schönheit hat darunter sehr gelitten. Deswegen sind Sie hier. Helfen Sie ihr, wieder schön zu werden.«

Ich ziehe den Finger zurück und nicke.

»Wie lautet die Vorgabe?«, frage ich.

Er öffnet eine Lade seines Schreibtisches und zieht ein Foto daraus hervor. Umgedreht legt er es vor sich auf den Tisch, schiebt es aber nicht wie sonst zu mir herüber.

»Sagen Sie, Fräulein … haben Sie eigentlich viele Kunden wie mich?«

»Seit wann interessiert Sie das?«

»Ich bin einfach neugierig. Gibt es mehr Menschen wie mich? Menschen, die verstehen, was Sie tun? Ein paar zumindest?«

»Sie haben sicher dafür Verständnis, dass ich über keinen meiner Kunden nähere Auskunft geben kann.«

»Papperlapapp.« Er wirft die Lade zu und rollt ein Stück mit seinem Stuhl zurück. »Wir beide sind doch Freunde. Sie können mir vertrauen.«

»Wir sind keine Freunde«, antworte ich.

»Ist das so? Wie schade. Dennoch bin ich dankbar, dass sich unsere Wege gekreuzt haben. Sie beherrschen die seltene Kunst des Seelenkonservierens. In niemandes Obhut würde ich diese Schneekönigin lieber wissen als in Ihrer. Sie werden gut auf sie achtgeben, nicht wahr? Sie werden diese Katze unsterblich machen.«

»Natürlich. Wie immer.«

Er schiebt das Foto über den Tisch. Ich stelle die Teetasse weg und drehe es um.

Es zeigt die weiße Perserkatze im Gras liegend mit einem Kristallanhänger. Die blauen Augen schimmern wie ein ganzer Ozean im Sonnenlicht. Für solche Tiere werden horrende Summen bezahlt. Auf der Rückseite des Fotos steht eine Anleitung, wie das Tier präpariert werden soll. Körperhaltung, Blickrichtung und dergleichen. In diesem Fall steht sogar das Lieblingsfutter des Tieres dabei. Offenbar soll ich eine kleine Schüssel künstlicher Käsehäppchen daneben platzieren. Damit die Katze niemals hungrig sein muss. Ich stecke das Foto in meine Jackentasche und nicke erneut.

»Zehntausend«, sage ich.

»Sie werden ja immer teurer.«

»Es hieß, Kostenpunkt nach persönlicher Einschätzung.«

»Nach meiner persönlichen Einschätzung.«

Ich lasse einen Moment verstreichen. Die größten Geizhälse sind doch immer die Millionäre. »Achttausendachthundert. Günstiger geht's nicht.«

»Die letzte Katze kostete acht drei. Die war nicht kleiner als diese hier.«

»Doch, war sie. Wollen Sie nun meine Dienste in Anspruch nehmen oder nicht?«

»Aber mein Fräulein, Sie müssen nicht gleich ruppig werden. Acht fünf. Damit wir fair bleiben.«

Ich schlucke meine Wut routiniert hinunter und zwinge mich, pragmatisch zu denken. Für einen solchen Betrag müsste ich einen Haufen Haustiere präparieren und mit jeder Menge Menschen sprechen. Das hier ist zwar hart, aber es erspart mir viel Zeit und Arbeit.

»Einverstanden«, würge ich hervor.

Er grinst wie auf Knopfdruck. »Wunderbar. Wie schön, dass wir uns so schnell einig werden. Wir sind gute Geschäftspartner.«

»Wie immer die Hälfte im Voraus, der Rest bei Lieferung.«

»Wie immer.«

»Möchten Sie eine andere Augenfarbe? Oder soll ich sonst etwas verändern?«

»Nein. Halten Sie sich bloß an die Anleitung. Vollführen Sie Ihre Magie.«

Ich stehe auf und hebe die Box vom Tisch. »Sie hören von mir, wenn das Präparat fertig ist.«

»Küss die Hand, mein Fräulein.« Und an die Box gerichtet: »Bis bald, meine Schönheit. Hab eine gute Reise.«

»Sie können sich auf mich verlassen.«

Ich verabschiede mich, Arschkriecher bringt mich zur Tür. Erst als ich zurück an der frischen Luft bin und Hexe mich schwanzwedelnd begrüßt, habe ich das Gefühl, wieder frei atmen zu können.

5.

EINE KÜHLE, tiefschwarze Nacht ist genauso das, was ich nach einem Besuch bei Jungblut brauche – das Gefühl, in ein dickes Tuch gehüllt zu sein, das mich vor den Blicken der Welt abschirmt und gleichzeitig nichts von mir nach außen durchsickern lässt. Keine Gedanken, keine Geräusche. Hier draußen, bei Nacht, ist die Sicherheit, die ich so dringend brauche, stets am deutlichsten zu spüren. Wenn ich weiß, dass niemand meinen Weg kreuzen wird. Wenn ich aus tiefstem Halse losschreien könnte und niemand würde es hören. Das ist Frieden.

Den ganzen Tag über war ich unruhig, dachte an mein Gespräch mit Jungblut und konnte die heilende Dämmerung kaum erwarten. Nun bekomme ich endlich den Kopf frei. Auch Hexe liebt unsere spätabendlichen Spaziergänge durch den Wald. Manchmal kommt es mir vor, als könne nichts diesen Hund ermüden, solche Energie steckt in ihr. Trotz später Stunde flitzt sie durch das Unterholz, als wäre sie endlos lange eingesperrt gewesen. Ab und zu leuchte ich mit der Taschenlampe in ihre Richtung, um mich zu vergewissern, dass sie noch in der Nähe ist. Ich lasse sie meistens frei herumstreunen, da ich weiß, dass ich mich auf sie verlassen kann. Bisher kam sie immer verlässlich zurück, ganz gleich, wie weit sie weg war. Daher verunsichert es mich nicht, als sie zwischen den Büschen verschwindet und ich sie plötzlich weder sehen noch hören kann. Gelassen spaziere ich weiter. Hinter den Wolken schiebt sich der Mond hervor und verleiht dieser pechschwarzen Nacht einen Hauch Helligkeit. Ich denke an die weiße Katze in ihrer Box. Seit ich sie nach Hause gebracht habe, sind meine Gedanken bei ihr. Es quält mich, zieht mich runter, wie jedes Mal, nachdem ich in diesem gruseligen Haus war. Es ist, als wäre da etwas, das ich verstehen sollte. Etwas, das ich nicht weiß, aber unbedingt wissen muss. Ein scheußliches Gefühl.

Ein Geräusch in der Ferne lässt mich aufhorchen. Ein plötzliches Aufheulen, gefolgt von einem gequälten Winseln. »Hexe!«, rufe ich erschrocken.

Sie kommt nicht. In welche Richtung ist sie gelaufen? Verdammter Mist.

Ich rufe sie erneut, darauf fängt das Winseln wieder an. Es kommt aus dieser Richtung! Panisch renne ich los, mit der Taschenlampe kämpfe ich mich durch das Dickicht und an dunklen, schlanken Bäumen vorbei, bis ich im Lichtstrahl eine Bewegung erkenne. Hexe liegt am Boden und kann offenbar nicht aufstehen. Als sie mich sieht, hört sie auf zu winseln und beginnt erleichtert mit dem Schwanz zu wedeln. Sie hechelt stark und schaut mit ihren angsterfüllten Augen hilfesuchend zu mir hoch. Ich stürze neben ihr zu Boden und begreife geschockt, was passiert ist. Ihre linke Vorderpfote hat sich in einer Art Stacheldraht verheddert, der am Boden gespannt war. Diese verfluchten Arschlöcher! Schon einmal haben sie das versucht, damals habe ich den Draht rechtzeitig gesehen, außerdem war Hexe nicht dabei. Ich hätte nicht gedacht, dass sie es ein zweites Mal tun.

Ich lege die Taschenlampe beiseite und berühre vorsichtig die verletzte Pfote. Mit etwas Glück kann ich den Draht vielleicht entfernen.

»Ganz ruhig«, flüstere ich, als Hexe winselnd die Pfote einzuziehen versucht. Ich will ihr nicht wehtun, aber ich fürchte, ich muss. Mit einer Hand halte ich die Pfote fest, mit der anderen zerre ich in einer raschen Bewegung den Draht aus dem Fleisch. Hexe jault schmerzlich auf und versucht vergeblich aufzustehen. Ich hole den Draht ein und verstaue ihn in meinem Rucksack, den ich immer dabeihabe. Meine Gedanken jagen von einem Punkt zum anderen und finden plötzlich zu Jonathan zurück. Rasch greife ich zum Handy, um die Nummer seiner Praxis zu googeln. Kein Netz. Verdammt. Es ist nach Mitternacht und nicht gerade ein Katzensprung bis in die Stadt, aber was bleibt mir anderes übrig? Ich kann nur hoffen, dass er seine Pflicht als Tierarzt ernst nimmt und mich nicht abweist.

»Okay, ganz ruhig, mein Mädchen. Es wird alles gut. Ich bring dich jetzt zum Arzt.«

Ich hebe sie vorsichtig auf und marschiere los. Der Weg durch den Wald ist beschwerlich, überall ragen Wurzeln aus dem Boden, die ich ohne Taschenlampe nicht sehe. Hexe wird immer schwerer in meinen Armen, aber ich bleibe kein einziges Mal stehen.

Nach einer gefühlten Ewigkeit höre ich endlich den Fluss rauschen. Über die Brücke gelange ich nach Gadenhof, das zu dieser Uhrzeit in tiefem Schlaf versunken ist. Keuchend folge ich dem Licht der spärlichen Straßenlaternen, bis ich endlich die richtige Abzweigung gefunden habe. Doch Jonathans Haus muss ich zwischen den Reihen an identisch aussehenden Einfamilienhäusern erst suchen. Hexe wird unruhig in meinen Armen, strampelt herum, jault immer wieder auf. Verflucht, wo ist dieses Haus? Dort drüben. Das gelbe Gebäude, ich erinnere mich.

Mit Hexe im Arm renne ich über den Rasen und läute Sturm. Bitte lass ihn da sein, bitte lass ihn da sein! Es dauert ein bisschen, ehe ein Licht im Vorzimmer angeht. Gleich darauf wird die Tür geöffnet.

»Sie hat sich in einem Draht verheddert«, überfalle ich ihn atemlos. »Sie kann nicht mehr laufen.«

Er trägt bloß Boxershorts und ein graues T-Shirt – offenbar habe ich ihn aus dem Bett geklingelt, aber er reagiert augenblicklich. »Okay, geben Sie sie mir. Wir machen das schon.«

Er nimmt mir Hexe ab und marschiert voraus, ich folge ihm aufgelöst. Über eine Treppe geht es nach unten in die angebaute Praxis. Ich habe Mühe, in meiner Aufregung nicht das Atmen zu vergessen, mit jeder Sekunde, die verstreicht, werde ich nervöser. Hexe hat aufgehört zu winseln und hängt teilnahmslos in Jonathans Armen.

»Wie ist das passiert, haben Sie gesagt?«, fragt er.

»Stacheldraht, der über den Boden gespannt war.«

»Wer macht denn so was?«

Ich könnte ihm sagen, dass ich in dieser Stadt nicht gerade viele Freunde habe und es eine Menge Leute gibt, die es auf mich abgesehen haben. Aber ich schüttle bloß den Kopf und schiebe mich gehetzt hinter ihm in die Praxis.

»Dass es so was gibt«, sagt er, während er die Tür zum Behandlungszimmer mit der Schulter aufstößt.

»Es war meine Schuld. Ich hab sie aus den Augen gelassen.«

»Machen Sie sich keine Sorgen. Das kriegen wir hin.«

Er dreht Licht auf und legt Hexe auf den Untersuchungstisch. Ich weiche nicht von ihrer Seite, streichle ihren Kopf und rede ihr gut zu. Ich bin so darin vertieft, ihr beizustehen, dass ich gar nicht bemerke, wie Jonathan die Wunden untersucht. Hexe zieht winselnd die verletzte Pfote zurück, während er ihr eine schmerzstillende

Spritze gibt. Immer noch streichle ich ihren Kopf. Ich bin wie gefangen in dieser Bewegung. Jonathans Stimme klingt dumpf und weit entfernt.

»Das wird schon. Sie ist bald wieder auf den Beinen.«

»Danke«, murmle ich nur. Nach und nach lässt meine Schockstarre nach.

Jonathan beginnt mit dem Reinigen der Wunden, und ich weiche widerstrebend ein Stück zurück, um ihm Platz zu machen.

»Danke«, wiederhole ich, nun deutlich gefasster. »Danke, dass Sie sich um sie kümmern trotz der späten Stunde.«

»Ist doch selbstverständlich.«

Nein, ist es nicht. Andere hätten der Einsiedlerin aus dem Wald die Tür vor der Nase zugeschlagen. Er nicht. Und wieder andere spannen Stacheldraht.

»Danke«, wiederhole ich. Ich kann nicht mehr damit aufhören.

Er wirft mir einen kurzen, aber warmen Blick zu. »Keine Sorge. Ihr Hund ist bei mir in guten Händen.«

Das glaube ich auch.

»Kommen Sie einfach in zwei, drei Tagen zur Kontrolle vorbei«, sagt er am Schluss.

Danach bietet er mir noch an, mich mit dem Auto nach Hause zu bringen, damit ich Hexe nicht tragen muss. Ich lehne höflich ab und mache mich mit meinem verletzten Hund im Arm in der Dunkelheit auf den Heimweg.

»Wie kannst du mir so einen Schrecken einjagen?«, murmle ich ihr zu. Sie wirkt müde, die schmerzstillende Spritze scheint zu wirken. Mit dem Kopf an meine Brust gelehnt, lässt sie sich tragen, und ich denke an diesen flüchtigen warmen Blick, den Jonathan mir zugeworfen hat.

6.

BEI TAGESLICHT ist Jonathans Haus viel besser zu finden, als ich drei Tage später Hexe für die Kontrolluntersuchung zu ihm bringe. In den Fenstern der Praxis steht groß »Tierarzt«. Schon beim Eintreten fällt mir auf, wie sauber alles ist und wie liebevoll die Räume dekoriert sind. Hunde- und Katzenbilder hängen an den Wänden, offenbar von Kindern gemalt. Auf den Tischen liegen Broschüren zu verschiedenen Gesundheitsthemen, es gibt eine Kinderecke mit Malbüchern und ein paar Bauklötzen. Seine Sprechstundenhilfe Becky kenne ich noch von früher. Eine Erinnerung, die ich tief vergraben habe und nie mehr hervorholen möchte. Wie witzig, dass aus ihr eine Empfangsdame geworden ist. Bei ihren Manieren eine totale Berufsverfehlung.

Sie hier zu treffen, berührt mich nicht, ich habe damit bereits vor langer Zeit abgeschlossen – allerdings frage ich mich, ob es ihr genauso geht. Sie sieht mir nicht in die Augen und überreicht mir wortlos einen Fragebogen, den ich nach wenigen Minuten ausgefüllt habe. Als ich ihr den Zettel zurückgebe, schickt sie mich mit einer vagen Handbewegung in den angrenzenden Warteraum.

Trotz dreier weiterer Besucher, die mich verstohlen aus dem Augenwinkel mustern, muss ich nicht lange warten. Nach nicht einmal einer Viertelstunde kommt Jonathan aus dem Behandlungszimmer und bittet mich und Hexe mit einem strahlenden Lächeln herein.

»Frau ... Raich«, sagt er nach einem kurzen Blick auf den Fragebogen. »Jetzt kennen wir uns endlich hochoffiziell. Und haben diesmal auch hoffentlich keinen Stress.«

Ich hätte erwartet, dass er einen Kittel trägt, doch er ist im Hemd unterwegs. Ich könnte mir vorstellen, dass er sich hier schnell großer Beliebtheit erfreuen wird. Gut aussehend, freundlich, jung. Dass ich tatsächlich so verlässlich zu Hexes Nachsorgetermin vorbeigekommen bin, scheint ihn zu freuen. Zumindest hört er nicht auf zu grinsen.

»Sehr schöne Praxis«, sage ich. »Und offenbar hat sich die Kunde verbreitet. Da draußen sitzen ja schon einige Leute.«

»Ja, zum Glück sind Tierärzte immer gefragt. Aber ich war selbst ein bisschen überrascht. Offenbar hat man hier nur auf mich gewartet.«

Ich schiebe meinen Hund in den Vordergrund und folge ihm auf die andere Seite des Raumes, wo der Untersuchungstisch steht. Sie strampelt wie ein Welpe, als Jonathan und ich sie mit vereinten Kräften auf den Tisch setzen.

»Tut mir leid«, sage ich. »So führt sie sich sonst eigentlich nicht auf.«

»Das ist ja auch eine aufregende Situation, oder, Hexe? Und der letzte Besuch hier war ja auch nicht sonderlich lustig.«

Hexe hat für dieses Gesäusel vorerst wenig übrig. Sie versucht trotz ihres lädierten Beins vom Tisch zu springen, ich halte sie fest, während Jonathan ihr ein Fieberthermometer in den Hintern steckt.

»So. Temperatur ist normal. Wie alt ist sie eigentlich?«

»Sie wird nächstes Frühjahr acht.«

»Und noch so hitzköpfig.«

»Zu ihrer Verteidigung muss ich sagen, dass sie Tierärzte nicht besonders mag.«

»Dann hast du wohl noch nie die besten Leckerlis aller Zeiten probiert. Warte.« Er greift in einen Sack und hält Hexe einen Keks unter die Nase. Ratzeputz ist er verschwunden, und Jonathan nickt. »Dieser Hund weiß eindeutig, was gut ist. Jetzt lass mich deine Wunde anschauen, Kleines. Sehr brav. Stillhalten. Ah, das sieht sehr gut aus. Läuft sie wieder brav?«

»Eigentlich schon.«

»Passen Sie auf, dass sie sich nicht zu sehr verausgabt. Das Bein braucht noch ein bisschen Schonung. Wir wechseln den Verband, und nach ein paar Tagen können Sie ihn dann abnehmen.«

»Sehr gut.«

Er nimmt sein Stethoskop zur Hand. »So, jetzt hören wir uns mal deinen Herzschlag an. Mhm. Alles normal. Es scheint, als hätten Sie einen topfitten Hund.«

»Wunderbar.«

Er geht an einen Nebentisch, um den Verbandwechsel vorzubereiten. In der kurzen Stille habe ich Zeit, mein gesamtes Verhalten zu hinterfragen.

Ich lächle mich hier durch einen Arztbesuch, als wäre es das Normalste der Welt. Und stehe jetzt da und freue mich an jedem Handgriff, den er tut. Es muss daran liegen, dass er Tierarzt ist. Die sehen die Welt ein bisschen mehr so wie ich. Die Art, wie er mit Hexe umgeht, gefällt mir. Spielerisch und doch feinfühlig und kompetent. Hexe ist auch deutlich ruhiger geworden im Laufe der Untersuchung.

»Okay, dann wollen wir mal. Ganz ruhig ... Braves Mädchen.«

Er bindet den Verband neu, zieht sich die Einweghandschuhe aus und nickt. »Vier bis fünf Tage, dann kann der Verband weg.«

»Alles klar.«

Er hilft mir, Hexe vom Tisch zu heben. Er riecht gut. Ich weiche einen Schritt zurück.

»Und Sie arbeiten dann weiter an Ihren Präparaten?«

»Ja, klar.«

»Interessant, und wie ist das so? Also … machen Sie das schon lange?«

»Hauptberuflich schon seit drei Jahren. Davor habe ich meinem Großvater assistiert.«

»War der auch Tierpräparator?«

»Sein ganzes Leben lang. Er hat mir alles beigebracht.«

»Also liegt das bei Ihnen in der Familie. O Gott, entschuldigen Sie«, sagt er und muss plötzlich lachen. »Das war ganz mieser Small Talk. Ich würde einfach nur gerne mehr über Sie erfahren.«

»Was möchten Sie denn wissen?«

»Ihren Vornamen vielleicht?«

»Ich heiße Sonja.«

»Würden Sie gern mal mit mir essen gehen, Sonja?«

Das überrascht mich.

Nein, eigentlich überrascht es mich nicht. Trotzdem bringe ich keinen Ton heraus.

»Tut mir leid. War das zu forsch?«

»Nein, ich … ich bin nur … ja«, sage ich endlich. »Ja, sehr gerne.«

»Sehr schön«, antwortet er lächelnd.

Ich kann mein Herz pochen hören, und ich schwöre, er hört es auch.

»Ich muss jetzt gehen.« Mit Hexe an der Leine eile ich wie ferngesteuert zur Tür. Gerade möchte ich abhauen, da platzt Klara unangekündigt in den Untersuchungsraum, durch eine Nebentür im hinteren Bereich. Sie trägt bunt gestreifte Leggings und hat das Haar zu zwei Zöpfen geflochten. Als sie mich sieht, verschwindet das breite Grinsen auf ihrem Gesicht, jedoch nur für einen Moment. Denn beim Anblick meines Hundes geht ein Freudenkonzert los.

Schwanzwedelnd tapst Hexe ihr entgegen, Klara fiepst vergnügt und lässt sich lachend die Wangen abschlecken. Halbherzig versuche ich Hexe wegzuziehen. Nach zwei missglückten Versuchen gebe ich auf. Jonathan umrundet den Untersuchungstisch und kommt zu mir an die Tür.

»Wann wäre es Ihnen denn recht?«

»Was?«

»Wann möchten Sie gerne essen gehen?«

»Ich weiß nicht ... ich melde mich.«

Erneut ziehe ich an der Leine.

»Klara, Schluss jetzt!«, sagt Jonathan. Artig lässt Klara von Hexe ab und setzt sich auf einen Hocker neben dem Untersuchungstisch, von wo aus sie mich aufmerksam beobachtet. Rasch zerre ich Hexe zu mir, Jonathan strahlt mich hoffnungsvoll an.

»Passt Ihnen Freitagabend?«

»Was ist Freitagabend?«, will Klara wissen.

»Da gehst du früh ins Bett, du kleine Laus.«

»Bäh.« Sie springt vom Hocker und nimmt mich abwägend ins Visier. Dann flüstert sie Jonathan viel zu laut ins Ohr: »Papa, sie ist zwar wunderschön, aber vielleicht ja doch eine Hexe.«

»So was sagt man nicht, Klara. Entschuldige dich.«

Stattdessen plappert sie gleich weiter. »Hast du sie schon gefragt, ob sie dich küssen will?«

Er atmet angestrengt durch, will etwas sagen und zuckt stattdessen bloß hilflos mit den Schultern.

»Freitag ist gut«, sage ich schmunzelnd.

»Am Freitag küsst du sie?«, quietscht Klara.

Jonathan grinst, doch dahinter hat sein Gesicht einen derart verzweifelten Ausdruck angenommen, dass ich beinahe lachen muss.

»Ist zwar gegen den Datenschutz, aber ist es okay, wenn ich mir Ihre Nummer vom Fragebogen klaue?«, fragt er.

»Vollkommen okay.«

»Dann bis Freitag.«

Ich verlasse mit klopfendem Herzen und einem total überdrehten Hund den Untersuchungsraum, Klara sieht mir neugierig hinterher. Als die Tür hinter mir zufällt, atme ich erst mal tief durch.

Freitag. Essen gehen. Eine leichte Panik zieht mir die Gedärme zusammen. Männer fragen mich nicht, ob ich mit ihnen ausgehen will. Was ich da spüre, ist bloß der Schock. Eine ungewohnte Situation, mehr nicht. Bis Freitag wird sich das hoffentlich gelegt haben.

Als ich an der Rezeption die Untersuchung bezahle, spricht mich eine ältere Frau an. »Entschuldigen Sie, haben Sie vielleicht meine Flocke gesehen?«

Sie hält mir ein Foto einer weißen Perserkatze entgegen.

»Sorry, leider nicht«, antworte ich, während es mich siedend heiß durchfährt.

»Sind Sie sicher? Sie ist schneeweiß!«

Ich schüttle den Kopf, stecke den Beleg ein und dränge mich schnell an ihr vorbei.

Im Hintergrund höre ich sie mit Becky reden. »Flocke ist jetzt seit drei Tagen verschwunden. Dürfte ich ihr Foto bei Ihnen in der Praxis aufhängen? Vielleicht hat sie ja jemand gesehen.«

Die Tür fällt zu, und die Stimme der Frau verliert sich dahinter.

Ich bleibe für einen Augenblick stehen, starre auf den Boden und spüre einen dumpfen, tief sitzenden Schmerz in meiner Brust. Flocke. Die schöne weiße Schneekönigin mit den Ozeanaugen. Fünfzehn Jahre alt. Eben erst verschieden.

Seit drei Tagen verschwunden.

Flocke ist jetzt in meiner Welt.

7.

MEIN ATELIER. Seit jeher mein liebster Rückzugsort. Das chaotische kleine Paradies, wo ich sein kann, wie ich bin. Hier existiert kein Lärm, kein Gedränge, keine Ablehnung. Hier gibt es nur mich und die Präparate. Reglose, stille Gefährten. Leicht zu handhaben, viel leichter als Menschen. Sie beschweren sich nicht, haben keine fixe Meinung von mir. In ihren leeren Glasaugen spiegeln sich bloß Licht und Schatten. Sie tun, was ich ihnen sage, und zwar nichts. Meine kleine starre Puppenfamilie.

Eigentlich fühle ich mich wohl in ihrer Nähe. Nach Interaktionen mit anderen Menschen, nach erzwungenen Ausflügen in die laute, stressbehaftete Welt sind ihre reglosen Gesichter wie ein weiches Kissen, in das ich mich fallen lassen kann. Doch heute will mir das nicht gelingen. Flocke. Gestohlen, weggeschafft und an mich übergeben – wie ein Stück Ware. Und ich habe mich zum Handlanger gemacht. Wenn ich ehrlich bin: Tief in mir drinnen hatte ich geahnt, dass mit Jungbluts Tieren etwas nicht stimmt. Aber jetzt habe ich die grausige Gewissheit. Ein Wissen, das ich nie mehr wegschieben kann. Mir ist schlecht vor lauter Abscheu.

Abscheu und die tief nagende Angst, in etwas hineingeraten zu sein, aus dem ich so schnell nicht wieder herauskommen werde. Nicht bei jemandem wie Jungblut.

Diese Angst treibt mich an. Sie lässt mich schneller und exakter arbeiten als jemals zuvor, damit Flocke so bald wie möglich aus meinem Atelier verschwindet. Damit ich nichts mehr mit dieser Sache zu tun habe. Arme Katze. Eine Tierarztpraxis hatte sie wohl das letzte Mal vor Jahren von innen gesehen. Unter dem prachtvollen Fell hat sie ein paar alte Verletzungen, die wohl von Zusammenstößen mit Möbeln stammen. Wie kann man nicht merken, dass die eigene Katze im Begriff ist, zu erblinden? Erst als das flauschige Kätzchen seit drei langen Tagen nicht mehr da war, konnte diese ignorante Kuh von Besitzerin sich aufraffen, ihren Hintern in Bewegung zu setzen und sich um Flocke zu kümmern. Zu spät, man hat sich bereits um sie gekümmert. Ich wünschte, ich könnte dieser Frau das ins Gesicht sagen: *Es ist deine Schuld.*

Mit diesem Gedanken versuche ich mein Gewissen zu beruhigen. Denn ich weiß, Flocke hat jetzt zumindest Ruhe. Hier auf meinem Tisch, unter dem weichen Licht der Lampe.

Hexe liegt schnarchend neben dem Ofen. Ich mache mir Tee und esse eine kleine Portion Müsli. Dazu setze ich mich an den Tisch in der Stube, durch das Fenster beobachte ich die Lichtung, sehe zu, wie der Wind die Baumkronen bewegt und wie braune Blätter zu Boden segeln wie die Bruchstücke eines dunklen Traumes. Ich habe die Sache angefangen, jetzt muss ich sie auch vollenden. Flocke Unsterblichkeit schenken. Jungblut dieses geraubte Leben zurückgeben. Ohne einen Plan zu haben, was ich tun kann, wenn er mich für den nächsten Auftrag holt.

Um mich abzulenken und in der Hoffnung auf erfreulichere Aufträge, bearbeite ich einige Mails. Herr Grabmeyer möchte wissen, wie es mit seinem Falken aussieht. Ich antworte ihm knapp, dass ich das Präparat im Laufe der Woche vorbeibringen werde. Grundsätzlich ist der Falke fertig, jedoch behalte ich die Präparate gerne noch ein paar Tage. Manchmal fällt der Abschied schwer, vor allem bei langwierigen Projekten. Doch am Ende bin ich stets von Stolz erfüllt, meine Schützlinge ihren rechtmäßigen Besitzern zu übergeben und sie auf eine friedvolle Reise in die Ewigkeit zu entsenden. Die Haltbarkeit eines Präparats ist nahezu unbegrenzt. Wenn ich schon lange tot bin, werden meine Kunstwerke noch da sein, wohlbehütet und im Kreise jener Familie, die sie über den Tod hinaus geliebt hat. Ein herzerwärmender Gedanke.

Ich habe außerdem eine Mail von Herrn Hillmann mit der Bitte um Rückruf. Voller Vorfreude wähle ich seine Nummer.

»Hillmann.«

»Hier ist Valkyria. Sie wollten mich sprechen.«

»Ah, wie schön, dass Sie anrufen! Warten Sie, ich begebe mich nur schnell ins Wohnzimmer.«

Ich höre das Geräusch seines Rollstuhls im Hintergrund. Dann das Zufallen einer Tür. Im nächsten Moment ist er wieder am Handy. »Ich hoffe, es geht Ihnen gut? Ist viel zu tun?«

»Für Sie habe ich immer Zeit.«

»Mir kam neulich so ein Gedanke. Jetzt haben Sie ja schon nahezu alles für mich präpariert. Aber der Mantikor sucht doch seinesgleichen. Die Statur, diese Monstrosität! Meine Enkeltochter ist begeistert!«

»Es freut mich, dass Sie mit meiner Arbeit zufrieden sind.«

»Absolut! Was mir an diesem Stück besonders gefällt, sind die Gesichtszüge. Die Verbindung des Menschlichen mit dem Tierhaften. Grandios.«

»Ich habe mein Bestes gegeben.«

»Gewiss haben Sie das. Aber wissen Sie ... seit der Mantikor bei mir eingezogen ist, frage ich mich jeden Tag, ob da nicht noch mehr ginge. Noch ein bisschen mehr.«

»Wie meinen Sie das?«

»Ich will das Leben, meine Liebe. Die pure, ungeschönte Natur des Menschen. Vereint mit dem Schrecken eines Monstrums. Der Mantikor war gut, aber ich möchte, dass Sie noch einen Schritt weitergehen. Dass Sie das Leben noch echter und greifbarer nachbilden. Meine Enkeltochter soll weglaufen vor Schreck, wenn sie das Präparat zum ersten Mal sieht. Danach kommt sie ja ohnehin kichernd wieder zurück und hat eine neue Mutprobe in ihrem Leben gemeistert. Sie sind eine geborene Präparatorin. Niemand vermag es, den Skulpturen solches Leben einzuhauchen wie Sie. Und doch glaube ich, dass Sie sich zurückhalten. Sie könnten so viel mehr schaffen! Tun Sie das für mich. Erschaffen Sie für mich ein Monstrum – halb Mensch, halb Tier.«

»Welche Art von Monstrum hätten Sie sich denn vorgestellt?«

»Das überlasse ich ganz der Künstlerin. Meine einzige Bedingung ist, dass es ein menschliches Gesicht hat. Menschliche Züge, ins Monströse verformt. Ich möchte mich nicht einfach nur gruseln, ich möchte schockiert sein! Es soll so lebendig aussehen, dass man denkt, es könnte sprechen. Glauben Sie, dass Sie das schaffen?«

Ich schweige. Hexe ist aus ihrem Nickerchen erwacht. Es ist mucksmäuschenstill um mich.

»Ja«, antworte ich. »Ich erschaffe Ihnen das realistischste Monster, das die Welt je gesehen hat.«

»Hervorragend. Die Designvorschläge schicken Sie mir wie immer vorab zu?«

»Natürlich. Ich werde gleich mit den Skizzen beginnen.«

»Ich freue mich drauf! Haben Sie noch einen schönen Tag!«

»Gleichfalls.«

Er legt auf. Hexe ist zu mir an den Tisch gekommen. Neugierig blicken ihre braunen Knopfaugen zu mir hoch, während ich in Gedanken bereits die ersten Ideen durchgehe. Ein Monstrum mit menschlichem Gesicht. Ein Werwolf vielleicht?

Ich hole Stift und Papier und beginne zu zeichnen.

8.

Liebe Mama, lieber Papa!
Ich wohne jetzt bei Großvater. Er hat mir gesagt, ich soll euch einfach einen Brief schreiben, wenn ich euch vermisse. Ich vermisse euch die ganze Zeit! Ich will wieder bei euch sein, bitte, kommt zurück. Ich weiß, das geht nicht, weil ihr tot seid, aber trotzdem. Bitte kommt zurück. Ich will nicht hierbleiben. Hier sind lauter tote Tiere.

Liebe Mama, lieber Papa,
letzte Nacht bin ich aufgewacht und hab einen toten Wildschweinkopf an der Wand gesehen. Ich hab ganz laut geschrien. Als Großvater reingekommen ist und das Licht aufgedreht hat, war der Kopf weg. Mama, Papa, wisst ihr, was hier los ist? Wieso diese Tiere mich so anstarren? Ich will nie mehr einschlafen!

Liebe Mama, lieber Papa!
Ich weiß jetzt, wieso hier so viele tote Tiere sind. Großvater stopft sie aus. Also er zieht ihnen das Fell ab, nimmt alle Eingeweide raus und füllt dann alles mit Stroh oder so. Er sagt, viele Leute wollen das so, also dass ihre Haustiere für immer bei ihnen bleiben können, auch dann, wenn sie schon tot sind. Ich

hätte so gern, dass ihr auch für immer bei mir seid! Aber ohne Ausstopfen, das wäre gruselig.

Das Haus ist auch gruselig, aber das wisst ihr sicher. Großvater sagt, ihr mögt ihn nicht, eben weil er Tiere ausstopft. Ich finde ihn nett, aber manchmal auch komisch. Er redet nicht so viel. Papa, du würdest sagen, er grübelt! Ich weiß nicht, über was, aber er hat so einen seltsamen Blick. Immer ein bisschen dunkel innen drin, also hinter den Augen. So als wäre da etwas versteckt. Wisst ihr, was ich meine?

Ich will nach Hause. Ich vermisse euch ganz arg!

Liebe Mama, lieber Papa!
Warum seid ihr gestorben? Ich verstehe es nicht. Großvater sagt, so ist der Lauf der Dinge. Das verstehe ich auch nicht. Was für ein Lauf? Er verbringt viel Zeit mit toten Tieren, ich glaube, das hat ihn so merkwürdig gemacht. Manchmal lässt er mich zuschauen oder mithelfen, dann redet er auch mehr. Er redet dann sogar richtig viel! Er sagt, es ist schön, mich dabeizuhaben, dann fühlt er sich nicht so allein.

Ich fühle mich eigentlich immer allein. Auch wenn ich bei ihm bin. In die Schule muss ich nicht mehr, Großvater bringt mir alles bei. Aber mir fehlen meine Freunde. Niemand kommt zu uns in den Wald. Hier gibt es nur Bäume und Tiere. Großvater sagt, ich muss brav sein, damit ihr im Himmel stolz auf mich seid. Und das werde ich, ich werde ganz brav sein, versprochen!

Liebe Mama, lieber Papa!
Ich finde es blöd, dass ihr mir nicht antwortet. Ich weiß schon, dass ihr tot seid, aber trotzdem. Es würde helfen. Nur eine ganz kurze Antwort. Ich habe ganz oft Albträume, aber von euch träume ich gar nicht mehr. Wo seid ihr?

9.

DIE GRABMEYERS WOHNEN im zehn Kilometer entfernten Nachbarort, ich liefere den Falken per Auto. Kunden aus der unmittelbaren Umgebung sind selten. Die Besitzer des Falken sind also entweder neu in der Gegend, oder sie unterhalten sich nicht oft mit anderen Menschen. Wenn ich könnte, wäre ich genauso wählerisch, was meinen Umgang betrifft, doch leider kann ich mir Empfindlichkeit nicht leisten. Das Geschäft läuft nun mal schleppend, wenn man allerorts als Hexe oder verschrobene Einsiedlerin verschrien ist. Bereits mein Großvater hatte seinerzeit mit einer lahmen Auftragslage zu kämpfen und hinterließ mir neben all den Kostbarkeiten wie dem Haus, dem Bunker und seiner Werkstatt vor allem einen riesigen Schuldenberg.

Lange Zeit war ich wütend auf ihn, dass er unsere finanziellen Probleme bis zum Schluss vor mir geheim gehalten hatte. Und wütend auf mich selbst, weil ich nie versucht habe, mit ihm über dieses Thema zu reden. Dabei ahnte ich, dass etwas im Busch war. Man spürt so etwas zwangsläufig, denn es lässt sich nicht hinter einem falschen Lächeln und vertröstenden Worten verstecken.

Doch ich wollte keinen Streit, und am allerwenigsten wollte ich meinen kranken Großvater noch zusätzlich belasten. Also ertrug ich sein Schweigen und akzeptierte zähneknirschend, was sein Tod in Wahrheit bedeutete: nicht nur Trauer und eine ungeahnte Verantwortung, sondern auch jede Menge Arbeit und Druck.

Gäbe es nicht Kunden wie Hillmann oder Jungblut, die mich mit ihren gut bezahlten Aufträgen regelmäßig aus dem tiefen Sumpf ziehen, in dem ich dank meines Großvaters herumdümple, würde ich längst am Grund des Existenzminimums dahinvegetieren.

In den letzten zwei Tagen habe ich noch einmal viel Zeit mit dem Präparieren von Flocke verbracht. Stillschweigend wachte der Falke mit seinen goldbraunen Augen über die Geschehnisse auf dem Arbeitstisch. Als ich Flockes Organe entnommen und mit einem scharfen Skalpell die Haut mitsamt Fell abgezogen habe. Als ich alles gewaschen und getrocknet und die Haut ein paar Tage lang in Salz eingelegt habe, um sie dauerhaft haltbar zu machen. Als ich schnell und präzise die Drahtprothesen umwickelt und die Nähte gesetzt habe. Bei Katzen und Hunden bevorzuge ich diese althergebrachte Art des Präparierens, während viele meiner Kollegen hier bereits Kunst- oder Schaumstoffmodelle zum Einsatz bringen. Mir ist meine Methode lieber. Die modellierte Anatomie muss zu hundert Prozent überzeugen, das funktioniert am besten mit einem nachgebauten Skelett. Alles ist authentisch, selbst die Augen, hierfür benutze ich Glasgehäuse. Allein für Katzen habe ich Hunderte Modelle in meinem Atelier. Sie lagern in einem Schrank neben der Tür. Als ich klein war, jagten mir die Reihen an Augen Angst ein, jetzt sehe ich bloß die Formen und Farben, die enorme Auswahl, aus der ich jeden Tag schöpfen kann. Um mit ihnen ein Präparat wie Flocke zu einem Meisterwerk zu machen.

Während der Fahrt telefoniere ich mit Jonathan. Er hat mich gestern schon angerufen, doch da war ich zu beschäftigt und musste ihn abwimmeln.

»Ich wollte nur fragen, welche Uhrzeit Ihnen morgen recht wäre«, sagt er.

Richtig, morgen ist ja schon Freitag. Eigentlich habe ich keine Lust auf Essengehen, ein Spaziergang am Fluss entlang wäre mir lieber. Aber ich möchte nicht zu eigenbrötlerisch oder seltsam wirken. Also ein Abendessen. Wie normale Menschen das eben so machen. »Wäre neunzehn Uhr okay?«

»Sicher, das passt wunderbar. Ich muss es nur rechtzeitig vorher wissen, damit ich Klara bei unserer Nachbarin abliefern kann.«

»Dann bin ich um neunzehn Uhr bei Ihnen.«

»Ich kann Sie auch gerne abholen.«

»Nein, das ist nicht möglich. Mein Haus liegt zu abgelegen für Ihren Audi.«

»Ich habe auch einen Range Rover, wissen Sie.«

»Kann man sich den als Tierarzt leisten?«

»Offenbar«, antwortet er lachend. »Also darf ich immer noch nicht erfahren, wo Sie wohnen?«

»Ich komme einfach um neunzehn Uhr in die Stadt, in Ordnung?«

»In Ordnung. Ich freu mich schon!«

Ich überlege, ob ich »Ich auch« sagen soll. Es wäre nicht gelogen. Doch ich verschlucke die Worte und lege stattdessen einfach auf. Totale Kurzschlussreaktion. Einen Pokal für zwischenmenschliche Interaktion bitte.

Gleich darauf habe ich das Haus der Grabmeyers erreicht. Ich parke am Straßenrand und hole den in Plastik eingepackten Falken aus dem Kofferraum. Herr Grabmeyer, ein schlaksiger Hüne mit dunklem Bartschatten und Flanellhemd, kommt freudestrahlend aus dem Haus geeilt. Bereits im Gehen streckt er mir die Hand entgegen.

»Toll, dass Sie es heute einrichten konnten! Möchten Sie auf einen Kaffee reinkommen?«

»Danke, aber ich muss gleich weiter, ein anderes Präparat abliefern.«

»Etwa dieses hier?« Er hat Flocke entdeckt, die ebenfalls in Plastik gehüllt im Kofferraum liegt. Bevor er irgendwelche Details erkennen kann, schließe ich schnell den Kofferraum und drücke ihm den Falken in die Hand.

»Ihr Auftrag«, sage ich.

»Oh, natürlich! Ich bin so aufgeregt! Darf ich ihn gleich auspacken?«

»Er gehört Ihnen.«

Übermütig reißt er das Plastik runter und macht beim Anblick des Falken große Augen. »Wow. Das ist ja sogar noch besser, als ich es mir vorgestellt habe! Eva, schau dir das an! Mein Vater wird begeistert sein.«

Seine Frau, die in der offenen Tür gestanden hat, kommt näher, kurz darauf lugt auch der kleine Sohn aus dem Fenster.

»Ist das nicht das perfekte Geschenk?«, fragt er sie. »Mein Vater ist nämlich leidenschaftlicher Vogelkundler«, erklärt er mir. »Er hat schon ein paar ausgestopfte Vögel, aber keiner davon ist so schön wie dieser. Stimmt's, Eva?«

»Ja, auf jeden Fall«, stimmt sie zu.

»Es freut mich, dass ich Ihre Wünsche umsetzen konnte«, sage ich.

Die beiden sind ganz verliebt in ihren neuen Besitz. Sie drehen und wenden das Präparat, um ein Haar lassen sie es fallen. Ich packe die Schutzfolie wieder dran und weise die Herrschaften höflich auf mein noch ausstehendes Honorar hin, indem ich ihnen ein Kuvert überreiche. »Ihre Rechnung.«

»Aber ja, natürlich. Das waren siebenhundertfünfzig, nicht wahr?« Herr Grabmeyer holt sein Portemonnaie heraus und übergibt mir das Geld in bar. »Wir sind wirklich sehr zufrieden! Und wir empfehlen Sie auf jeden Fall weiter! Sind Sie auf Facebook? Oder Instagram?«

»Ich habe nur eine Homepage.«

»Das sollten Sie aber ganz schnell ändern! Dann könnten Sie viele neue Kunden dazugewinnen.«

Wie nett, dass er das annimmt.

Ich stecke das Geld ein und schüttle den beiden die Hand. »Wenn Sie wieder etwas brauchen, melden Sie sich einfach. Wünsche noch einen schönen Tag.«

Mein abrupter Abgang hinterlässt lange Gesichter. Ich weiß nicht, was die Menschen von mir erwarten. Kaffeekränzchen können sie mit ihren Freunden abhalten. Zurück ins Auto und schnellstmöglich die Kurve gekratzt.

Unterwegs rufe ich noch einmal Jonathan an.

»Wäre zwanzig Uhr auch okay?«, frage ich.

»Ähm, sicher. Was immer Sie wollen.«

Das ist es ja. Ich weiß nicht, ob ich das wirklich will. Mich mit einem Mann treffen, der auch noch eine kleine Tochter hat. Der mit Sicherheit mit gewissen Erwartungen an dieses Abendessen herangeht. Der meinetwegen jetzt das Babysitten verschieben muss und als junger, lediger Tierarzt wahrscheinlich das Gespräch der Stadt ist. Es jagt mir Angst ein, weil ich keine Ahnung habe, wie so etwas funktioniert. Essen gehen, sich kennenlernen, das gehört nicht zu meiner Welt. Schon als Teenie habe ich lieber den Haushalt geschmissen und Großvaters Werkstatt oder den Wald unsicher gemacht, als mich mit Gleichaltrigen, geschweige denn

Jungs auseinanderzusetzen. Wobei es auch nicht unbedingt viele Möglichkeiten gegeben hat. Und die Lektionen, die ich lernen musste, waren hart genug.

Mit fünfzehn war ich in den Sohn des hiesigen Fleischers verliebt. Er half manchmal im Laden aus, wenn mein Großvater und ich dort einkauften. Ein hübscher Bursche, blond, groß, Grübchen. Er nahm nie von mir Notiz, aber in meiner Naivität dachte ich, es gäbe Chancen. Wie das eben so ist, wenn man jung und verknallt ist und in jedem noch so kurzen Blickkontakt ein Zeichen sieht. Eines Tages traf ich ihn mit ein paar Freunden zufällig im Wald, als sie unweit von unserem Haus ein Lagerfeuer veranstalteten. Schon damals hatte ich gelernt, wie Ablehnung aussieht, wie unerwartet sie oft kommt und wie sehr sie schmerzt. Manche Menschen möchten einfach nichts mit dir zu schaffen haben, obwohl du ihnen rein gar nichts getan hast. Du musst nur ein bisschen anders sein, und schon stehst du auf ihrer Abschussliste.

Ich wusste, dass es ein Fehler war, aber ich wollte es um jeden Preis versuchen. Einmal wollte ich mutig und offen sein und meinem Glück auf die Sprünge helfen. Ich ging zu ihnen ans Lagerfeuer und fragte, ob ich mich zu ihnen setzen dürfte. Einfach nur zu ihnen setzen. Mehr nicht.

Das Traurige ist ja, dass es niemals die übrigen sind, die mit dem Gelächter und den Beschimpfungen beginnen. Sondern immer der eine, um den es geht.

Tränenüberströmt lief ich nach Hause. Ich schämte mich so sehr, fühlte mich wie eine Aussätzige, wie ein ekelhaftes Insekt, denn genau so behandelten sie mich. Nach diesem Vorfall habe ich von Männern jahrelang die Finger gelassen. Erst nach dem Tod meines Großvaters sammelte ich ein paar Erfahrungen, da ich endlich den Jeep benutzen und in die umliegenden Städte fahren konnte, wo mich keiner kannte. Geblieben ist nichts außer schlechten Gefühlen.

Jonathan würde nicht verstehen, warum mir alles, was mit Menschen zu tun hat, so schwerfällt. Keiner versteht es, denn es ist ja auch nicht »normal«.

»Wenn es morgen für Sie ungünstig ist, dann können wir auch gerne einen anderen Tag ausmachen«, sagt er jetzt.

»Nein, nein, morgen passt gut. Machen wir einfach zwanzig Uhr.«

»In Ordnung. Bis dann!«

Wieder lege ich auf, ohne etwas zu erwidern. Wenn ich so weitermache, wird er das Date ganz von allein absagen. Aber das will ich doch gar nicht. Ich wünschte, ich wüsste, was ich will.

Auf dem Heimweg liefere ich Flocke ab. Ich will Arschkriecher das Paket übergeben, doch er teilt mir mit, dass sein Boss es von mir persönlich überreicht bekommen möchte.

Jungblut wartet in seinem Büro auf mich. Langsam glaube ich, er verbringt den ganzen Tag in diesem Raum. Was auch immer er hier drin treibt – wenn ich komme, sitzt er an seinem Schreibtisch und lächelt. Beim Anblick des Pakets steht er erwartungsvoll auf.

»Zeigen Sie sie mir«, sagt er.

Ich stelle das Präparat auf dem Schreibtisch ab und löse die Schutzfolie.

Jungblut erstarrt. In solchen Momenten glaube ich immer, sein Herz bleibe vor Verzückung stehen. Kein Staunen oder begeistertes Betasten. Mit nur einem Blick scheint er die ganze Schönheit der Katze zu erfassen. Den Stolz und die Erhabenheit, und gleichzeitig den zarten Hauch der Unsterblichkeit, der aus den meerblauen Augen strahlt und den gesamten Raum erfüllt wie die Reflexionen hauchzarter Wellen.

»Sie atmet«, flüstert er.

»Das bilden Sie sich ein.«

Ihm entkommt ein verzücktes Lachen. »Sie ist so wunderschön.«

»Danke.«

»Gute Arbeit, mein Fräulein. Wirklich sehr gute Arbeit.«

»Ich erwarte den Rest meines Honorars bis übermorgen auf meinem Konto.«

»Ich werde die Überweisung sofort veranlassen.«

»Wäre das dann alles?«

»Ja. Küss die Hand, mein Fräulein!«

Ich gehe ohne ein weiteres Wort. Selbst die Luft in diesem Haus schmeckt scheußlich. Durch die langen, leeren Gänge heult die Einsamkeit, an den antiken Möbelstücken nagt der Zahn der Zeit. Das ganze Anwesen ist wie ein uraltes, verschimmeltes Präparat, von außen noch schön anzusehen, aber innerlich von Fäulnis zerfressen. Mir fröstelt beim Gedanken, jemals wieder hierherzukommen, eine weitere Box überreicht zu bekommen, ein weiteres Mal den Mund zu halten, bloß für Geld. Ist es das wert? Ja, denn sonst werde ich alles verlieren. Meine Freiheit, meine Ruhe. Ich werde haufenweise Haustiere präparieren und mit fremden Menschen Kaffee trinken müssen und trotzdem nicht über die Runden kommen. Der Schuldenberg wird weiter wachsen, und irgendwann wird alles, was ich besitze, zwischen meinen Händen zerrinnen wie Staub.

Arschkriecher begleitet mich wie immer zur Tür. Meine Gesellschaft ist dieser laufenden Eiterbeule genauso zuwider wie umgekehrt, doch heute wirkt er angespannter als sonst. Ich spüre, dass ihm etwas auf der Zunge liegt, seine falschen Augen suchen Blickkontakt. Als wir das Haus verlassen, rückt er schließlich damit raus.

»Wie fühlt es sich an?«, fragt er. »Ein Tier in seine Einzelteile zu zerlegen?«

Ich antworte nicht.

»Macht es Spaß?«, hakt er nach. »Mir können Sie's doch verraten. Gefällt Ihnen das, geilt Sie das auf? Das wollte ich immer schon wissen.«

Widerliches Arschloch. Ich würde ihm ins Gesicht spucken, wenn ich mich dafür nicht so weit hinunterbeugen müsste.

»Sie reden nicht viel, stimmt's?«, ruft er mir nach. »Ach kommen Sie, ich bin bloß neugierig! Sie macht das an, stimmt's?«

Er gibt schließlich auf und lässt mich ziehen. Ich steige in meinen Jeep und mache mich schnurstracks auf den Heimweg. Unterwegs rufe ich ein drittes Mal Jonathan an.

»Ich hab's mir überlegt, neunzehn Uhr wäre doch besser. Oder vielleicht sogar achtzehn dreißig.«

»Sie müssen einen ganz schön komplizierten Alltag haben, so oft, wie Sie umdisponieren.«

»Bereitet Ihnen das Umstände? Sollen wir bei zwanzig Uhr bleiben?«

Er seufzt, aber nicht auf die hingerissene Art. Mein unreifes Herumplanen scheint ihm allmählich auf die Nerven zu gehen.
»Wenn Sie da sind, sind Sie da. Ich sehe zu, dass Klara ab achtzehn Uhr versorgt ist.«

»Okay. Dann bis morgen.«

»Freu mich!«

Es ist schwer. Es ist wirklich schwer. Aber ich kriege es hin.

»Ich mich auch.«

Daran werde ich bis morgen zu kauen haben.

Ich zeichne. Im Schutz meiner ruhigen vier Wände, mit einer heißen Tasse Tee auf dem Tisch und einem schnarchenden Hund zu meinen Füßen.

Ich habe mich tatsächlich für einen Werwolf entschieden. Zunächst habe ich im Internet nach Inspirationen gesucht. Man findet zu diesem Thema natürlich massenhaft Illustrationen, von tierhaft bis übertrieben menschlich, von bloßen Skizzen bis zu detailverliebten kleinen Meisterwerken. Von der vermenschlichten Variante möchte ich grundsätzlich Abstand nehmen, auch wenn Hillmann auf genau diesen Part besonderen Wert legt. Mir schwebt etwas anderes vor.

Zunächst skizziere ich den Rumpf des Geschöpfes: gekrümmter Rücken, gesträubtes Fell, fast etwas katzenhaft. Die Beine sind gespreizt, der Kopf ist leicht geneigt, als wolle die Kreatur zum Sprung ansetzen. Ein langer, borstiger Schwanz, dazu riesige Pfoten mit messerscharfen Krallen. In vielen Illustrationen werden Werwölfe auf zwei Beinen laufend gezeigt, oft mit zerfetzter Kleidung am Körper und menschlich anmutenden Muskeln. Auch mein Geschöpf bekommt einen muskulösen Körper, doch ich verzichte auf allzu übertriebene Details und konzentriere mich auf die Haltung. Durch die Stellung auf vier Beinen hat er auf den ersten Blick natürlich mehr Tierhaftes als Menschliches an sich, das ist aber gewollt. Allein der Kopf soll den Unterschied machen. Wie Herr Hillmann es wollte: das Monströse mit dem Menschlichen vermischt. Genau dieser Kontrast könnte den gewünschten Schrecken hervorrufen. Jeder noch so winzige menschliche Zug wird doppelt verstörend wirken, wenn Gestalt und Haltung jene eines Tieres sind.

Ich zeichne bis tief in die Nacht hinein. Mein Körper verlangt nach Schlaf, aber mein Kopf arbeitet weiter. Schließlich habe ich zwei Entwürfe angefertigt, die sich lediglich durch winzige Details voneinander unterscheiden. Der erste Entwurf zeigt den Werwolf schräg von vorne, mit gefletschten Zähnen und stechend grünen Augen. Der Schwanz ist aufgestellt, die Krallen sind weit ausgefahren. Im zweiten Entwurf sind die Augen schwarz, und der Körper ist etwas drahtiger, weniger Muskeln und größere spitze Ohren. In beiden Entwürfen habe ich auf die wolftypische lange Schnauze verzichtet und mich stattdessen an der Schädelform eines Menschenaffen orientiert: große Fangzähne, wulstige Knochenstruktur und breite Nasenlöcher. Aber der Schlüssel sind die Augen. Wer in diese Augen sieht, soll das befremdende Gefühl haben, ein empfindsames Wesen vor sich zu haben, mit Emotionen, Gedanken und einer Seele. Nichts ist erschreckender, als dem Bösen eine Persönlichkeit zu verleihen.

Zu jedem Entwurf fertige ich Skizzen in unterschiedlichen Körperhaltungen und aus verschiedenen Blickwinkeln an. Dann lege ich die Stifte weg und strecke meine Glieder.

Es ist kurz vor zwei Uhr nachts. Hexe schlummert friedlich auf dem Teppich, doch als ich aufstehe, öffnet sie die Augen und spitzt die Ohren. Ich fotografiere die Entwürfe und sende die Dateien an Hillmanns E-Mail-Adresse.

Ich hoffe, er mag sie. Liebend gern würde ich diese Bestie für ihn zum Leben erwecken.

10.

REQUISITEN. Es ist mir unbegreiflich, wie wir ausgerechnet bei diesem Thema hängen bleiben konnten. Ich hatte mir geschworen, Fragen zu meinem Beruf möglichst aus dem Weg zu gehen, doch Jonathan ist hartnäckig. Entweder bringt er mich gern in Verlegenheit, oder Präparation interessiert ihn tatsächlich.

»Das wäre doch eine rentable Einnahmequelle. Produktionsfirmen suchen sicher ständig nach irgendwelchen Tier-Dummies.«

»Das schon«, antworte ich, »aber die Filmbranche interessiert mich nicht.«

»Und wieso nicht, wenn ich fragen darf?«

»Ist einfach nicht das, was ich will.«

»Aber es wäre doch sicher spannend. Und ein zusätzliches Standbein.«

»Keine Ahnung, vielleicht.«

»Okay, okay. War nur so ein Gedanke.«

Er lächelt verhalten, aber ich spüre deutlich, dass ich ihn mit meinem Abblocken verunsichert habe. Dabei lief es bisher ganz gut für meine Verhältnisse. Wir haben es sogar endlich geschafft, uns zu duzen, nachdem wir anfänglich um diese Hürde herumgeschlichen waren. Seitdem bin ich eigentlich deutlich entspannter, meine Redseligkeit hält sich jedoch in Grenzen. In seiner Nähe komme ich mir wie ein nervöser Teenager vor. Zum Glück scheinen ihn meine knappen Antworten nicht in die Flucht zu schlagen, was mir wiederum ein wenig Mut macht.

Ich nehme einen Schluck Wein und kratze sämtliche Wörter zusammen, die mir in meinem Gedankendurcheinander einfallen. »Meine Arbeit soll einfach einen Mehrwert haben. Vielen Leuten erweise ich einen wichtigen Dienst. Wenn ihr geliebtes Haustier gestorben ist, können sich einige nicht davon trennen. Ich mache die Tiere quasi unsterblich, das ist ein schönes Gefühl. Besser als Film-Dummys.«

»Da hast du natürlich recht«, stimmt er sofort zu, sichtlich dankbar für mein spärliches Entgegenkommen. »Ich finde es toll, dass du so viel Leidenschaft für den Beruf hast! Das gibt's so selten.«

Wieder fällt mir keine passende Antwort ein. Auch er schweigt, und ich fühle den Druck immer heftiger auf meiner Brust. Das kann doch nicht so schwer sein, zum Teufel! Ich bin erwachsen, ich muss einfach nur den Mund aufmachen.

»Wie schaut es bei dir aus?«, wage ich einen vorsichtigen Schritt auf ihn zu. »Wofür kannst du dich begeistern?«

»Meine Tochter«, antwortet er, ohne zu zögern. »Und Tiere. Ich kann sie vielleicht nicht unsterblich machen, aber ich tu alles, damit sie ein langes und gesundes Leben haben. Das ist ebenfalls ein schönes Gefühl, wenn man abends ins Bett geht.«

»Das stimmt.« Und nach einem Moment füge ich hinzu: »Tierärztin wäre mein Ersatzplan gewesen.«

»Wenn aus dem Präparieren nichts geworden wäre, meinst du?«

»Nun ja, eigentlich hatte ich keine wirkliche Wahl. Jemand musste die Werkstatt meines Großvaters schließlich weiterführen, dafür habe ich das Handwerk gelernt.«

»Und ist dir das schwergefallen? Für einen Laien wirkt der Beruf ja durchaus abschreckend. Oder für ein Kind. Hast du nicht gesagt, du hättest schon sehr früh mit der Präparation angefangen?«

All die Fragen, er drängt mich in die Enge. Aber ich bemühe mich, ruhig und offen zu wirken, schließlich will ich den Abend nicht versauen. »Zu helfen begonnen habe ich meinem Großvater schon mit sieben oder acht.«

»Wow. Und das hat dir gar nichts ausgemacht?«

»Was meinst du?«

»Na ja, Kinder haben doch sicher andere Interessen als das Präparieren toter Tiere.«

»Im Gegenteil, ich fand das schon immer interessant. Oft musste ich meinen Großvater sogar anbetteln, dass er mich mithelfen lässt.«

Er grinst schief. »Du warst offenbar ein außergewöhnliches Mädchen.«

Der Kellner bringt endlich unser Essen. Ich habe mich für einen Salat mit Ziegenkäse entschieden, Jonathan gönnt sich eine Pizza. Wir sind in der einzigen Pizzeria der Stadt, alle Tische besetzt, und seit unserem Eintreten werden wir von allen Seiten angestarrt. Schon klar. Was hat der neue Tierarzt auch mit der eigentümlichen Einsiedlerin zu schaffen, die so selten hier auftaucht, dass sie selbst ohne Begleitung verdutzte Gesichter hervorrufen würde? Ihn scheint die ungewollte Aufmerksamkeit jedoch nicht zu stören, zumindest hat er noch kein einziges Mal den Blick von mir abgewandt, seit ich um Punkt halb sieben an seiner Tür geläutet habe.

»Guten Appetit! Ich war noch nie hier, aber angeblich soll das Essen großartig sein. Viele meiner Patienten schwärmen davon. Also die Menschen, nicht die Tiere.« Er schneidet seine Pizza und probiert den ersten Bissen. »Ja, nicht gelogen. Schmeckt echt gut. Wie ist dein Salat?«

»Gut, danke.«

»Wir waren bei deinem Beruf.« Ich nicke bloß vage, und er hebt verwundert den Blick. »Stört dich das Thema?«

»Nein, es ist nur ...«

»Tut mir leid, ich finde das einfach faszinierend. Und deine Augen leuchten richtig, wenn du über deine Arbeit redest.«

Erneut weiß ich nicht, was ich darauf sagen soll, also konzentriere ich mich auf meinen Salat. Insgesamt halte ich mich recht tapfer, finde ich. Peinliches Schweigen gab es bisher bloß auf dem kurzen Fußweg von seinem Haus hierher, seitdem sind wir mehr oder weniger ins Gespräch vertieft. Irgendwie schafft er es, mich zum Erzählen zu bringen. Er hat mir bereits zweimal gesagt, wie hübsch ich heute aussehe. Da steckt auch ganz schön Arbeit drin – so lange im Bad war ich nicht mehr, seit ich mich für meinen Termin beim Steuerberater zurechtgemacht habe. Damit der mir an den Lippen hängt und meine Einnahme-Ausgabe-Posten nicht groß hinterfragt, muss ich mich einmal jährlich richtig ins Zeug legen, zuckersüßer Augenaufschlag inklusive. Jonathan lächelt dermaßen viel, dass seine Wangen bereits schmerzen müssen. Und dennoch habe ich den unbändigen Drang, aufzuspringen und zurück in meine schützende Wildnis zu flüchten. Ich versuche das Gefühl zu unterdrücken, aber es ist permanent da.

»Wir können aber natürlich gerne über etwas anderes reden«, ergreift er wieder das Wort. »Was machst du sonst so, was interessiert dich? Abgesehen vom Präparieren toter Tiere.«

»Ich weiß nicht ... Ich fürchte, ich bin da sehr eindimensional.

Ich habe diese eine Leidenschaft und sonst nichts. Damit bin ich die ganze Zeit beschäftigt.«

»Du hast mir noch gar nicht gesagt, wieso du bei deinem Großvater aufgewachsen bist. Was ist mit deinen Eltern?«

»Ich habe gar keine Eltern.«

Er verschluckt sich an seinem Wein – weil er lachen muss.

»Findest du das lustig?«

»Nein, absolut nicht«, sagt er schnell und stellt das Glas weg. »Entschuldige. Es klingt bloß so verrückt, wenn ausgerechnet du das sagst.«

»Wieso?«

»Du weißt schon. Die Hexe aus den Wäldern und so weiter. Erzähl das bloß nicht den Leuten, sonst heißt es noch, du bist aus einem Ei geschlüpft.«

Ich vergrabe den Blick in meinem Salat. »Sehr witzig.«

»Hey, das war ein Scherz. Willst du mir mehr darüber erzählen? Wurdest du als Kind weggegeben?«

»Nein, sie hatten einen Autounfall. Seitdem habe ich bei meinem Großvater gelebt.«

»Ein Autounfall? Das tut mir leid. Wie alt warst du damals?«

»Ich weiß nicht mehr genau. Sechs oder sieben. Es ist aber nicht so schlimm, ich kann mich kaum noch an sie erinnern.«

Er nickt verständnisvoll, scheint zu warten, dass ich von selbst weitererzähle. Dabei waren die wenigen Worte, die ich bereits darüber verloren habe, schon gelogen. Ich kann mich sehr wohl an meine Eltern erinnern. Und an unser Haus, klein, hellblau gestrichen und charmant. Ich weiß noch, wie es morgens immer nach Kaffee gerochen hat, wenn ich die Treppe runterkam. Mein Vater liebte Kaffee. Kaffeetorte, Kaffeeschokolade, Kaffeeeis. Es sind die schönen Dinge, die ich mir bewahrt habe, die Gesichter meiner Eltern, ihr Lachen, die liebevolle Art, wie sie meinen Namen gesagt haben. Die Hände meiner Mutter. Sie waren wunderschön, schmal und elegant, stets gepflegt, und sie tat alles auf diese sanfte, langsame Weise. Sie trug auch immer einen Ring am rechten Ringfinger. Ich erinnere mich genau, wie er aussah. Filigran, golden, mit einem winzigen hellen Stein.

Den Rest habe ich bewusst vergessen. Nach dem Unfall bekam ich ein neues Leben, eine neue Chance, eine neue Familie. Ob das nun ein Fluch oder Segen war, ich habe es akzeptiert.

»Und dein Großvater«, spricht Jonathan schließlich weiter, »hat er nie von ihnen erzählt?«

Ich schüttle den Kopf. »Er wollte wohl auch keine schmerzlichen Erinnerungen wachhalten. Aber er hat mir gesagt, ich solle Briefe an sie schreiben. Das habe ich anfangs sehr intensiv betrieben, dann mit der Zeit ist es immer weniger geworden, auch der Kummer. Irgendwann war alles komplett aus meinem Kopf verschwunden.«

»Aber ist das nicht schade?«

»Wieso? Was hätte es mir denn gebracht, andauernd nur traurig zu sein? Ich hatte es gut bei meinem Großvater. Mir hat es an nichts gefehlt. Was bringt es da, in der Vergangenheit zu leben?«

»Bin ich dir zu nahe getreten?«, fragt Jonathan.

»Nein, ist schon gut. Ich würde nur gern über etwas anderes reden.«

»Erzähl mir doch mehr über das Leben im Wald. Hast du dort draußen überhaupt fließendes Wasser?«

»Ja, aber es gibt keinen Anschluss ans öffentliche Kanalsystem. Mein Urgroßvater hat seinerzeit Rohre von einer Quelle bis zum Haus verlegt, so beziehe ich mein Wasser. Man muss es aber abkochen.«

»Interessant. Und der Strom?«

»Fotovoltaikanlage. Und im Notfall Generatoren.«

»Dann bist du ja richtig autark da draußen.«

»So könnte man es sagen, man lernt aber auf jeden Fall, sparsam mit seinen Ressourcen umzugehen. Licht schalte ich zum Beispiel nur abends ein, und auf Technik verzichte ich fast völlig.«

»Kein Fernseher, keine Waschmaschine?«

Ich schüttle den Kopf.

Er runzelt halb irritiert, halb beeindruckt die Stirn. »Und was hat dich zu diesem Leben verleitet? Ich stelle es mir ziemlich hart vor. Und einsam.«

»Man kann mit fünf Leuten zusammenleben und trotzdem einsam sein.«

»Das stimmt natürlich.« Er betrachtet mich nachdenklich, und ich frage mich, was ihm wohl gerade durch den Kopf geht.

»Und du?«, rede ich drauflos. »Bist du manchmal einsam?«

»Wow, das ist mal eine Frage.«

»Ich finde es ganz natürlich, einsam zu sein. Manchmal gefällt es mir sogar. Dafür braucht man sich nicht zu schämen.« Er antwortet nicht, und auf verrückte Weise habe ich Blut geleckt. »Bist du's?«, frage ich erneut. »Bist du einsam?«

»Manchmal.«

»Wolltest du deswegen mit mir essen gehen?«

Er stutzt, im nächsten Moment hat er wieder dieses Lächeln im Gesicht. »Ich wollte mit dir essen gehen, weil ich dich interessant finde.«

»Du kennst mich doch gar nicht.«

»Stimmt. Aber ich habe dich als eine Frau erlebt, die lieber einen Geschäftstermin verpasst, als ein kleines Mädchen schutzlos im Wald herumlaufen zu lassen. Und das finde ich auf jeden Fall interessant genug für den Anfang.«

Den Anfang wovon?

Nervös stochere ich in meinem Salat. Irgendwie wird das alles immer absurder. Er, ich, dieses Restaurant, das köstliche Essen, das mir kaum die Kehle runter möchte vor Anspannung. Vor einer Woche hätte ich jedem, der mir das prophezeit hätte, ins Gesicht gelacht. Jetzt sitze ich hier. Jonathan hat sein Besteck hingelegt und nimmt einen Schluck Wein.

»Hör zu, Sonja. Falls ich dich hier mit irgendwas bedränge oder überfordere, sag es mir. Ich bin ganz ehrlich, ich hatte schon ewig keine Verabredung mehr. Und ich gebe zu, es fühlt sich auch ein bisschen komisch für mich an, denn seit dem Tod meiner Frau ... Kann sein, dass ich hier gerade alles falsch mache. Ich bin echt nicht in Übung. Hoffentlich findest du den Abend nicht völlig grauenhaft.«

»Nein, absolut nicht!«, antworte ich rasch. »Ich bin auch nicht in Übung. Mein letztes Date hatte ich ... Es ist lange her.«

»Ach wirklich? Wie kommt's?«

Ungewollt muss ich lachen. »Ich weiß nicht, was du in mir siehst, aber für den Rest der Welt bin ich ein ziemlicher Underdog.«

»Der Rest der Welt interessiert mich nicht.«

Er ahnt es nicht, aber damit hat er es geschafft. Mit diesen simplen, wahrscheinlich komplett unüberlegten Worten.

Plötzlich sind die Blicke der anderen gar nicht mehr wichtig. Ich nehme sie gar nicht mehr wahr.

Denn der Rest der Welt interessiert mich genauso wenig. Das ist die Gemeinsamkeit, die für mich wirklich zählt.

11.

WIR SPAZIEREN DURCH die abendliche Stadt. Nach dem Aufbruch aus dem Restaurant ist gut eine halbe Stunde vergangen. Langsam werde ich müde, nicht nur körperlich, auch mental. Das viele Reden hat mir sämtliche Energie geraubt.

Nachdem wir uns über seinen Job, Hunde und sogar kurz über Klara unterhalten haben, werde ich wieder wortkarg, was ihn aber nicht weiter zu beunruhigen scheint. Ganz entspannt geht er neben mir her, und ich spüre nun keinen Druck mehr, nur noch die herrlich kalte Luft und das leckere Essen in meinem Bauch.

Es ist sternenklar heute Nacht. Bald haben wir Vollmond. Ich denke an meinen Werwolf und die vielen Stunden Arbeit, die auf mich warten. Präparate dieser Art benötigen viele Wochen bis zur Fertigstellung. Eine spannende Zeit.

»Schön heute Abend, oder? Angenehm ruhig. Bei der Kälte wagt sich außer uns offenbar keiner raus.«

Jonathans Stimme reißt mich aus meinen Gedanken. Ich hatte fast vergessen, dass er da ist. Nein, das stimmt natürlich nicht.

Aber die Bewegung hilft, das letzte Gefühl der Anspannung und Enge zu vertreiben.

»Hoffentlich regnet es bald wieder«, sage ich. »Ich arbeite gern bei Regen.«

»Wieso?«

»Wegen der Geräusche. Es kommt mir dann so ruhig vor. Als würde der Regen alle Klänge aus der Welt waschen. Das mag ich.«

»Klingt interessant und ein bisschen gruselig zugleich.«

Nichts, was ich sage, scheint ihn abzuschrecken. Seit über drei Stunden unterhalten wir uns, und er hat immer noch nicht die Flucht ergriffen. Unwillkürlich lächle ich.

»Darf ich dir was sagen?«, fragt er. »Du hast ein wahnsinnig hübsches Lächeln. Das soll jetzt kein blöder Spruch sein. Ich meine es ernst. Dein Lächeln ist bezaubernd.«

»Das kommt dir nur so vor, weil ich so selten lächle.«

»Reine Taktik also.«

»Vielleicht.«

Ich hole mein Handy heraus und stelle den Wecker auf 5 Uhr 30, was Jonathan stirnrunzelnd beobachtet.

»Hast du morgen viel zu tun?«, will er wissen.

»Ja, ein neuer Auftrag, sehr zeitintensiv. Außerdem muss ich in der Früh laufen gehen.«

Es folgt eine kurze Stille, die mich aber bei Weitem nicht mehr so nervös macht. Die zwei Gläser Wein, auf die Jonathan bestanden hat, haben natürlich geholfen. »Ehrlich gestanden habe ich lange nicht mehr so viel geredet wie heute Abend«, rutscht es mir heraus.

»Und ist das etwas Gutes oder etwas Schlechtes?«

»Ich überlege noch.«

Er kommt etwas näher. Nicht viel, aber es fällt mir auf. Es stört mich nicht, es macht mich bloß wieder nervös.

»Wohin sind wir eigentlich unterwegs?«, frage ich.

»Weiß nicht. Wir spazieren einfach nur. Ich hab mir die Stadt noch nie bei Nacht angesehen.«

»Ich auch nicht. Eigentlich bin ich sowieso nie hier. Gerade mal um einzukaufen oder Aufträge auszuliefern.«

»Und um zum Tierarzt zu fahren.«

»Das Wichtigste überhaupt.«

»Was meinst du ... Wollen wir vielleicht noch ein bisschen zu mir gehen? Zum Plaudern«, fügt er schnell hinzu. »Falls es dir draußen zu kalt ist.«

»Ich weiß nicht ... ich sollte dann langsam nach Hause fahren.«

»Ich hab Wein zu Hause. Und Klara ist nicht da. Okay, das war jetzt plump.«

»Schon ein bisschen.«

»Hab mir auch extra viel Mühe gegeben.«

Ich schüttle den Kopf. »Ich sollte wirklich schauen, dass ich nach Hause komme. Hexe ist sonst zu lange allein.«

»In Ordnung. Ich bin untröstlich, aber schon okay.«

»Du kannst mich aber noch zu meinem Auto begleiten.«

Er setzt ein jungenhaftes Grinsen auf und greift, als wäre es selbstverständlich, nach meiner Hand. »Als ob ich was anderes vorgehabt hätte.«

Ich habe den Jeep am Waldrand geparkt, im Schutz einiger dichter Tannen. Wir müssen den Fluss überqueren, der Gadenhof von der Wildnis trennt. Aus der Distanz wirkt der Wald wie eine schwarze, undurchdringliche Mauer. Geradezu verrückt, dass dort drin mein Zuhause liegt. Jetzt gerade würde ich lieber hier bleiben, mich mit Jonathan auf seine Wohnzimmercouch setzen und das Licht und die Wärme genießen. Lachhaft, wenn man bedenkt, wie lichtscheu und kälteverliebt ich eigentlich bin.

»Du hättest dein Auto eigentlich auch direkt bei mir in der Einfahrt abstellen können«, sagt er. »Na, beim nächsten Mal dann.«

Beim nächsten Mal. Und schon wieder verschlägt es mir die Sprache, nachdem ich mich in den letzten Stunden doch so deutlich verbessert hatte.

Vor der Brücke schäle ich vorsichtig meine Hand aus seinem Griff. »Da wären wir.«

»Ich seh hier gar kein Auto.«

»Hab es dort vorne am Waldrand geparkt.«

»Darf ich nicht wissen, wo genau, oder willst du mich einfach nur loswerden?«

Ich seufze verhalten. Wird er versuchen, mich zum Abschied zu küssen? Was mache ich dann? Und wenn er es nicht versucht? Was *dann*? Mein Kopf ist am Explodieren, sodass ich es gar nicht merke, dass er wieder meine Hand genommen hat. Wir überqueren die Brücke, und im letzten Licht der Stadtbeleuchtung erkenne ich die Umrisse des Jeeps.

Jonathan tritt noch einige Schritte näher. »Was ist denn hier passiert?«

Erschrocken erkenne ich, was er meint. Der Jeep wurde mit Sprayfarbe verunstaltet, quer über die Motorhaube, die Frontscheibe und das Dach steht das Wort »Leichenfledderin« geschrieben. Auf der Rückscheibe steht: »Hau ab ins Hexenhaus!« Außerdem klebt überall an den Türen Matsch. Zumindest hoffe ich, dass es nur Matsch ist.

»Nicht schon wieder«, stoße ich aus.

»Nicht schon wieder?« Jonathan starrt auf den Jeep und anschließend in mein Gesicht. »Ist das etwa schon öfter passiert?«

»Immer mal wieder«, sage ich, während ich ein Taschentuch aus meiner Jeanstasche ziehe und die mit Dreck beschmierte

Klinke der Fahrertür abwische. »So sind die Leute hier. Die mögen mich einfach nicht.«

»Das musst du anzeigen. Weißt du, wer das war?«

»Keine Ahnung. Irgendwelche Teenies, nehme ich an.«

»Und die kommen einfach damit durch?«

»Was soll ich denn machen? Ist nur Dreck.«

Jonathan bringt vor Wut und Empörung kein Wort mehr heraus. Mit einem Putztuch aus dem Kofferraum versuche ich zumindest die Frontscheibe notdürftig sauber zu machen. Um den Rest werde ich mich morgen kümmern. Inzwischen weiß ich ja, wie das am besten geht.

»Ich bin fassungslos«, sagt Jonathan.

»Tut mir leid, dass du das sehen musstest. Wenn du dich jetzt nicht mehr mit mir treffen willst, kann ich das verstehen.«

Er blinzelt verwirrt. »Ich hab gerade eher das Bedürfnis, alle anderen Leute hier nie wieder zu treffen. Einfach unfassbar. Warte, lass mich dir helfen.«

»Nein, schon gut!« Ich halte ihn davon ab, sich ebenfalls ein Tuch aus dem Kofferraum zu holen. »Ehrlich, nicht so schlimm. Der Jeep gewinnt sowieso keinen Schönheitspreis mehr.«

»Darum geht's nicht.«

Ich nicke. Er ist ein guter Mensch. Und er weiß nicht, worauf er sich da einlässt.

»Ich bin müde«, gebe ich ehrlich zu. »Ich fahr jetzt einfach nach Hause.«

»Okay.« Als ich die Fahrertür öffne, entweicht ihm ein erschöpfter Laut. »Ich finde diese Stadt gerade einfach nur zum Kotzen.«

»Sie mögen mich eben nicht.«

»Verletzt dich das gar nicht?«

»Es ist mir egal.« Was nicht stimmt, aber … egal.

»Das tut mir so leid ...«

»Muss es nicht. Ehrlich, das macht nichts. Dann ist das Auto halt dreckig. Aber ärgerlich, dass unser Date so blöd geendet hat.«

Endlich schleicht sich wieder ein Lächeln in sein Gesicht, wenn auch ein bitteres. »Ich hatte mir eigentlich fest vorgenommen, dich zu küssen. Wirkt es jetzt fehl am Platz, wenn ich es trotzdem mache?«

Ich schüttle den Kopf. »Jetzt wäre es sogar ziemlich hilfreich.«

Das Lächeln wird breiter, was ich trotz der Dunkelheit sehr gut erkennen kann. Er küsst mich, und ich umarme ihn mit meinen schmutzigen Händen. Ein seltsam perfekter Moment. Alles scheint zusammenzupassen. Wir, der Vollmond, dieses bedeutungslose Wort auf meinem Auto. Bin ich eben eine Leichenfledderin. Ihn scheint es nicht zu stören.

12.

DER NÄCHSTE TAG. Es ist sehr früh am Morgen, die Sonne kriecht nur müde hinter den nassen Baumwipfeln hervor. Ich habe noch nicht gefrühstückt und werde es fürs Erste auch dabei belassen. Es gibt Arbeit zu erledigen.

Ich habe den Jeep auf der Lichtung abgestellt und versuche mich mal wieder als Lackiererin. Dieses Auto hat bereits so oft einen neuen Anstrich verpasst bekommen, dass ich gar nicht mehr weiß, wie es ursprünglich ausgesehen hat. Dunkelgrün, glaube ich. Für das derzeitige Beige hat jedenfalls das letzte Stündlein geschlagen.

Nachdem ich den Wagen mit dem Schlauch abgespritzt und sämtlichen Schmutz beseitigt habe, geht es ans Lackieren. Bereits vor einer Weile habe ich mir alle dafür notwendigen Utensilien zugelegt. Es wird wieder ein Dunkelgrün, die Farbe gefällt mir. Sie passt zum Wald. Und erinnert mich an früher.

Jonathan fällt mir ein. Wie fassungslos er war. Seine Reaktion beweist nur seine Ahnungslosigkeit – er ist neu hier und kennt die Menschen bloß von ihrer guten Seite. Die netten Nachbarn mit den Hunden und Katzen, die tagtäglich in seine Praxis kommen und ihm zum Dank Schokolade mitbringen.

Am späten Vormittag bin ich fertig. Mit einer heißen Tasse Tee und einem geschnittenen Apfel setze ich mich an den Stubentisch und entspanne mich erst mal. Mein Laptop ist geöffnet, in meinem Postfach blinkt eine neue E-Mail auf. Absender Walter Hillmann.

Sehr gut! Bitte den ersten Entwurf.
Kosten passen auch!
Freue mich auf das Ergebnis!

Gruß
Walter Hillmann

Na also, geht doch. Ich proste Hexe, die eben schlammverschmiert zur Tür hereinkommt, mit meiner Teetasse zu.

»Wir haben wieder einen Auftrag, Kleines!«

Sie antwortet mit einem Schwanzwedeln.

Beim Herstellen von Kuriositäten bin ich auf eingekaufte Felle, Hörner oder auch Gebisse angewiesen. Für den geplanten Werwolf wird das Fell eines gewöhnlichen Wolfes nicht reichen. Es hätte auch nicht die Textur, die ich mir vorstelle – ich möchte etwas Samtiges, Glänzendes. Bärenfelle haben sich da sehr bewährt, richtig gegerbt und mit Farben bearbeitet kann man damit schockierende Wunder vollbringen. Allerdings haben sie ein beträchtliches Gewicht. Früher arbeiteten mein Großvater und ich im Team, wenn es um große Präparate ging, heute muss ich alles buchstäblich allein stemmen.

Wenn ich den Werwolf ähnlich groß wie den Mantikor anlege,

werde ich allein für den Rumpf zwei oder drei Felle brauchen. Ich habe sehr verlässliche Quellen, was das Beschaffen spezifischer Einzelteile angeht. So kann ich alles besorgen, wenn ich will. Und ich will. Dieses Präparat soll mein Meisterstück werden.

Man arbeitet im Steckprinzip, quasi wie bei einem Baukasten. Körperteil für Körperteil wird zunächst entworfen, aus Ton, Schaum- oder Kunststoff geformt, und hinterher bringt man die entsprechende Haut beziehungsweise das entsprechende Fell an. Zum Schluss wird alles zusammengeschraubt und fixiert, und fertig ist das Monstrum.

Ich werde versuchen, einen echten Gorillaschädel zu bekommen. Das Gebiss könnte ich mit dem eines Bären austauschen. Wegen der Klauen überlege ich noch. Echte Wolfsklauen wären viel zu klein, Klauen oder Tatzen anderer Tiere würden vom Design her nicht passen. Vielleicht modelliere ich sie ausnahmsweise selbst, hin und wieder erlaube ich mir das, solange es der Wirkung und dem Schockeffekt dient.

Nun stehen viele E-Mails und Telefonate an. Mit einigen habe ich wegen der langen Vorlaufzeit bereits vor Hillmanns Okay Kontakt aufgenommen. Bärenfelle kommen meistens aus Russland oder Nordamerika, doch nun finde ich einen kanadischen Händler, der mir das vorgegerbte Fell eines Grizzlys besorgen kann. Gekauft. Der Gorillaschädel wird schwierig. Hier ist Recherche im Darknet gefragt, aber das hat Zeit. Der Kopf kommt zuletzt.

Nachdem ich meine Recherche beendet und Bestellungen aufgegeben habe, beginne ich mit dem Modellieren der einzelnen Tonkörperteile. Ein Präparat aus Schaumstoff wäre zwar leichter zu transportieren, aber Hillmann besteht auf Ton. Er meint zu Recht, das Gewicht verleihe der Kreatur zusätzliche Echtheit. In meinem Bunker besitze ich zwei Holzbrennöfen, einen großen und einen etwas kleineren. Modelliert wird ebenfalls dort. Es ist eine sehr angenehme Arbeit, schmutzig zwar, aber das macht mir nichts aus. Jeden Morgen nach meinem Waldlauf schnappe ich Hexe und gehe mit ihr rauf zum Bunker. Anders als im Atelier, wo es wegen des verwinkelten Grundrisses eher eng ist, habe ich hier ein eigenes Plätzchen für sie eingerichtet. Sie schläft oder bearbeitet ihren Kauknochen, während ich den Ton bearbeite.

Die nächsten Tage sehe und höre ich niemanden. Meine E-Mails verschiebe ich auf später, Anrufe ignoriere ich. Bloß Jonathan lasse ich vereinzelt in meine Blase, indem ich zumindest seine Nachrichten lese. Er möchte sich wieder mit mir treffen. Aber in diesem Zustand des Arbeitsrauschs kann ich nicht vernünftig mit ihm kommunizieren. Meine Gedanken sind einfach ganz woanders. Als seine Nachrichten jedoch aufhören, komme ich schlagartig aus der Versenkung gekrochen. Ich darf das hier nicht vermasseln. Auch wenn der Gedanke an Nähe mir eine absurde Angst einjagt – die Angst, hier womöglich eine einzigartige Chance zu verpassen, ist viel größer.

Ich lege alles beiseite und rufe ihn an.

Die kurze Zeit, ehe er abhebt, kommt mir wie eine Ewigkeit vor. Er klingt überrascht und deutlich distanzierter als sonst. »Sonja, wie schön. Wie geht es dir?«

»Gut, alles bestens. Es gibt nur viel zu tun gerade.«

»Das dachte ich mir.«

Das war's, mehr kriege ich von ihm nicht. Den Rest darf ich selbst erledigen. Kein Wunder, nachdem ich ihn über eine Woche lang ignoriert habe, kann ich vermutlich froh sein, dass er überhaupt abgehoben hat. Verfluchter zwischenmenschlicher Mist. Es sollte leicht gehen, aber es fühlt sich an wie die härteste Herausforderung, der ich mich je gestellt habe.

Ich sammle allen Mut, den ich aufbringen kann, und frage: »Hättest du morgen vielleicht Lust, dich mit mir zu treffen?«

Es dauert ein wenig, ehe er antwortet. Ob vor Erstaunen oder weil er mich schmoren lassen will, entzieht sich meiner Kenntnis. »Morgen ist etwas kurzfristig. Da habe ich keine Zeit.«

»Dann übermorgen.«

»Übermorgen …« Er lässt mich schmoren, eindeutig. Doch dann kehrt die Wärme in seine Stimme zurück, als er sagt: »Übermorgen passt perfekt. Möchtest du wieder essen gehen? Halb sieben wie letztes Mal?«

»Wenn es ginge, würde ich lieber etwas untertags machen. Ich versuche mir die Abende zum Arbeiten frei zu halten, wegen der Stille.«

»Oh. Das verstehe ich, aber bis siebzehn Uhr bin ich in der Praxis.«

»Soll ich dann vielleicht einfach dorthin kommen?«

Eine überraschte Stille. »Wenn du das willst. Ich weiß aber nicht, ob wir da so viel Zeit und Ruhe hätten.«

»Mir würde es nichts ausmachen«, erwidere ich rasch, obwohl das glatt gelogen ist. Auf die Blicke der Leute kann ich gut und gerne verzichten, aber bevor wir uns gar nicht sehen, lieber so. »Ich schau dir gerne mal über die Schulter, ich finde das interessant. Aber nur, wenn es dich nicht stört.«

Er überlegt. Bestimmt hat er sich etwas Romantischeres vorgestellt. Ich ja ebenfalls, aber was soll ich tun?

Schließlich stimmt er zu. »Komm um sechzehn Uhr vorbei. Kurz vor Schluss ist in der Regel nicht mehr viel los, dann haben wir noch etwas Zeit, bis du arbeiten musst.«

»Das klingt gut. Bis dann.«

Aus Gewohnheit lege ich mal wieder viel zu schnell auf. Dass ich mir das aber nicht mehr leisten kann, wird mir unmissverständlich klar, als sich abermals diese verrückte Angst in meinen Magen gräbt. Ich greife zum Handy und schreibe ihm rasch eine

Nachricht, wie sehr ich mich auf übermorgen freue. Der Text ist voller Tippfehler. Trotzdem bekomme ich sofort eine Antwort, und die ist wie Balsam für meine Seele.

Ich freue mich auch! Hatte schon befürchtet, dass du doch kein Interesse hast, weil du dich so lange nicht gemeldet hast ... aber jetzt bin ich erleichtert. :) Bis übermorgen, und arbeite nicht zu viel!

Er ist erleichtert. Ob ihm dieser Satz einfach so herausgerutscht ist? Oder fällt es anderen Menschen schlicht und ergreifend nicht so schwer, ehrlich ihre Gefühle auszudrücken? Was er wohl an mir findet? Ich bin vielleicht nicht die böse Hexe, wie mir alle Leute einreden wollen, aber meine Warmherzigkeit hält sich doch in Grenzen. Als Vater einer kleinen Tochter sucht er höchstwahrscheinlich etwas Längerfristiges, während mich derzeit bloß die Lieferzeit meiner bestellten Felle interessiert. Und wie ich an diesen Gorillaschädel rankomme, ohne auf einer internationalen Fahndungsliste zu landen. Zwei verschiedene Welten.

Ein paar E-Mails warten auf ihre Bearbeitung, unter anderem drei neue Kundenanfragen. Ungewöhnlich viel auf einmal. Eigentlich ein Grund zur Freude, aber neben Hillmanns Werwolf wird mir nicht viel Zeit für gewöhnliche Haustierpräparate bleiben, obwohl ich den zusätzlichen Verdienst bitter nötig hätte. Schweren Herzens sage ich die ersten beiden Anfragen ab. Nur die letzte Nachricht lese ich mir genauer durch, da es sich um einen potenziellen Neukunden handelt.

Sehr geehrte Frau Valkyria,
meine Familie und ich sind auf der Suche nach einer Präparatorin. Bereits von mehreren Seiten wurden Sie mir als äußerst kompetente Fachfrau empfohlen, deren Arbeit sich bei Weitem von jener der

Konkurrenz unterscheidet. Da unser Anliegen von sehr ungewöhnlicher Natur ist, würden wir es vorziehen, mit Ihnen persönlich darüber zu sprechen, gerne in den nächsten Tagen bei einer Tasse Tee bei uns zu Hause.

Wenn Sie Interesse haben und anspruchsvollen Aufträgen nicht abgeneigt sind, würde ich mich freuen, von Ihnen zu hören!

Hochachtungsvoll
Jörg Eckhart

Was für eine kryptische Nachricht. Und doch hat Herr Jörg Eckhart mein Interesse geweckt.

Höre mir Ihr Anliegen gerne an.
    Bitte um Telefonnummer, Adresse und gewünschtes Datum für ein Kennenlernen.
    Hausbesuche kosten extra.

Gruß
V.

13.

UM PUNKT SECHZEHN UHR bin ich in der Praxis. Das Wartezimmer ist beinahe leer, bloß eine Frau mit einem Husky und eine alte Dame mit zwei Katzen sind noch da. Ich schmuggle mich zu Jonathan ins Untersuchungszimmer und warte geduldig im Hintergrund, bis die letzten Patienten versorgt sind.

Anfangs merkt man ihm an, dass ihn meine Anwesenheit nervös macht, er vergisst, Handschuhe anzuziehen, und sucht vergeblich nach einem Kugelschreiber, obwohl einer direkt vor seiner Nase liegt. Dann jedoch wird er gelassener, blendet mich aus und konzentriert sich ganz auf seine tierischen Patienten.

Im Nachhinein bin ich sehr froh, ihn hierzu überredet zu haben. Ihm zuzuschauen ist nicht bloß interessant, ich habe auch das Gefühl, ihn dadurch besser kennenzulernen. Dass er ein ganz besonderes Gespür für Tiere besitzt, habe ich bereits bei meinem abendlichen Überfall nach Hexes Unfall und bei der Nachuntersuchung erkannt. Wie geduldig und gründlich er ist. Wie schnell er sich auf unterschiedliche Situationen einstellt.

Als Letztes ist der schneeweiße Husky namens Rambo an der

Reihe. Ein aufgeweckter, verspielter Bursche mit wunderschönen blauen Augen. Beim Herumtollen hat er sich die rechte Vorderpfote verstaucht. Jonathan verpasst ihm einen Verband und eine Schmerzspritze, was der quirlige Kerl brav über sich ergehen lässt. Unglaublich. Selbst ein aufgekratztes Exemplar wie dieser Husky wird nach wenigen Worten und Streicheleinheiten ganz zahm und ruhig. Rambos Besitzerin, eine korpulente Mittfünfzigerin ohne jeden Charme und Stil, kann ihr Erstaunen kaum in Worte fassen.

»Sie müssen mir sagen, wie Sie das gemacht haben«, bittet sie Jonathan, als er den Hund vom Untersuchungstisch hebt. »Seit Monaten versuche ich ihn ruhiger zu bekommen, aber er tut, was er will.«

»Ist alles eine Frage der Zeit. Geben Sie ihm viel Auslauf, damit er sich auspowern kann. Bringen Sie ihm Tricks bei. Huskys müssen beschäftigt werden, sonst drehen sie durch.«

»Das versuche ich ja. Aber er hört einfach nicht auf mich.«

»Sprechen Sie ruhig mit ihm. Kein Brüllen, da schalten Hunde ab.«

»Bei Ihnen klingt das so leicht!«

»Es ist nicht leicht, im Gegenteil, man braucht viel Geduld und Ausdauer. Aber Rambo ist doch ein schlaues Kerlchen. Er lernt sicher schnell.«

»Hoffentlich irren Sie sich nicht! Das nächste Mal bricht er sich am Ende noch das Genick.«

Ich rolle mit den Augen. Die Frau ist überfordert mit diesem armen Hund. Er sollte bei Menschen leben, die wissen, was sie tun, die seiner würdig sind. Sie hat sich den Hund wahrscheinlich wegen seines Aussehens zugelegt. Dachte, einen Husky zu haben, wäre cool. Armer Rambo. Er hat Glück, wenn es nur bei einem verstauchten Bein bleibt.

Die Frau verabschiedet sich von Jonathan, ohne mich eines

Blickes zu würdigen, und verlässt mit dem Hund, der gehörig an der Leine zieht, den Raum. Das war es für heute. Jonathan streift sich die Handschuhe ab und lächelt mich erleichtert an. »Und, hast du brav aufgepasst?«

»Natürlich.«

»Und welches Resümee hast du gezogen?«

»Dass du ein sehr guter Tierarzt bist. Diese Frau aber leider eine miserable Hundebesitzerin.«

Er verzieht den Mund. »Du kannst ihnen nicht das gesamte Haustier-ABC auf einmal erklären. Am Ende des Tages kannst du nur hoffen, dass sie deine paar Tipps beherzigen.«

»Ärgert dich so etwas gar nicht?«

»Was meinst du?«

»Solche Menschen. Ahnungslose, selbstsüchtige Idioten, die ein Tier als Statussymbol oder Zeitvertreib sehen. Von Respekt keine Spur.«

»Wie gesagt, ich kann ihnen höchstens die Basics erklären. Wie sie mit dem Tier umgehen, entzieht sich meinem Einfluss.«

»Eben, und das muss dich doch ärgern. Mich würde es wütend machen. Solche Menschen gehören bestraft.«

Er zuckt mit den Schultern und wechselt das Thema. »Hast du Hunger?«

»Ein bisschen.«

»Wenn du möchtest, dann koche ich für uns. Also wenn du noch etwas Zeit hast. Klara hat sicher auch schon Hunger.«

»Meinst du, bei dir zu Hause?«

»Wie gesagt, wenn du Lust und noch etwas Zeit hast. Du bist herzlich eingeladen.«

Ich zögere allzu offensichtlich. Seine Praxis ist eine Sache, aber sein Haus? Außerdem würde Klara dabei sein. Ich weiß nicht, ob ich das aushalte. Dennoch antworte ich: »Gerne.«

Er öffnet die Tür und sagt Becky, dass sie für heute Schluss machen kann. Dann erledigt er noch ein paar Kleinigkeiten, und zum Schluss dreht er die Lichter ab und versperrt die Eingangstür zur Praxis.

Über die schmale Treppe gelangen wir direkt ins Wohnzimmer. Fast bin ich fassungslos, seine Einladung tatsächlich angenommen zu haben. Ich wollte doch arbeiten. Unverzüglich setzt die Nervosität wieder ein: fremdes Haus, fremde Umgebung, aber er ist nicht länger fremd. Ich habe das Gefühl, ihm vertrauen zu können, darum fasse ich mir ein Herz und sehe mich ein wenig um.

Moderne Einrichtung, ein bisschen zu kühl für meinen Geschmack, aber man fühlt sich wohl. Es riecht sauber und sieht sehr aufgeräumt aus. Küche und Wohnzimmer gehen ineinander über. Klara sitzt vor dem Fernseher und löffelt einen Schokopudding.

»Hallo, Kleines, schau mal, wer da ist.«

Bei meinem Anblick fährt Klara von der Couch hoch und reißt die Augen auf. »Hallo!«, ruft sie freudestrahlend.

»Klara, wir haben doch schon über Pudding vor dem Abendessen geredet. Wirf wenigstens den Becher weg.«

»Ja, Papa.«

»Hast du deine Hausaufgaben erledigt?«

Sie macht einen Schmollmund. »Mathe fehlt noch.«

»Dann schnell, bevor es Abendessen gibt.«

Sie dreht den Fernseher ab, wirft den leeren Puddingbecher in den Mülleimer und verschwindet in den ersten Stock. Ohne ein Wort der Widerrede. Erstaunlich. Offenbar zieht seine ruhige, besänftigende Art nicht nur bei bockigen Tieren.

»Isst du gern Spaghetti?«, fragt er, als er einen Topf und Nudeln aus dem Schrank holt. »Ich koche ganz anständig. Zumindest Klara hat sich noch nie beschwert.«

»Ich will mich nicht aufdrängen.«

»Es ist kein Aufdrängen, wenn man eingeladen wird.«

»Dann bitte eine klitzekleine Portion«, antworte ich lächelnd.

Während er kocht, unterhalten wir uns. Über alles Mögliche, Tiere, unsere Berufe, Klara, Erziehung im Generellen. Je mehr Zeit ich mit ihm verbringe, umso lockerer wird der Griff meines inneren Sklaventreibers. Ja, ich sollte eigentlich arbeiten. Aber das hier fühlt sich fast wie Urlaub von mir selbst an. Ich genieße die Aufmerksamkeit und die warmen Blicke, die er mir zuwirft, obwohl er eigentlich keinen Grund dafür hat. Wir kennen uns kaum. Ich kann seine Tochter nicht ausstehen. Nun gut, ich lerne gerade, sie zu tolerieren. Aber andere Frauen wären von so einem hübschen, süßen Mädchen doch sofort hin und weg. Was erwartet er von mir? Und wie kann ich diesen Erwartungen nur gerecht werden? Allein die Geduldsprobe, als wir zu dritt am Esstisch sitzen und Klara scheinbar endlos erzählt, was sie neulich alles für tolle Stöcke und Äste im Garten gefunden hat. Anfangs versuche ich sie zu ignorieren, dann gehe ich zu knappen, unfreundlichen Antworten über, die Klara aber eher dazu ermuntern, noch lauter und schneller zu quasseln.

Am Schluss ertappe ich mich dabei, wie ich mit ihr über den schönen Husky rede, den ihr Vater heute behandelt hat. Sie erzählt mir, dass sie auch gerne einen Hund hätte, Jonathan es aber nicht erlaubt.

»Vielleicht kannst du dich ein bisschen mehr mit Hexe anfreunden«, schlägt Jonathan vor. »Ihr beide scheint euch ja zu mögen.«

Klara ist ganz aus dem Häuschen. »Oh ja, darf ich das, darf ich das? Darf ich mir Hexe mal ausleihen, Sonja?«

Ich werfe Jonathan einen bitterbösen Blick zu. Er lächelt bloß und isst unbekümmert seine Spaghetti.

»Vielleicht«, antworte ich Klara. »Aber da musst du mir zuerst beweisen, dass du mit Hunden umgehen kannst.«

»Ha! Ich kann voll gut mit Hunden umgehen, stimmt's, Papa?«

»Wenn Sonja Beweise will, dann musst du Beweise liefern, Mäuschen.«

»Okay! Was muss ich tun? Soll ich auf Hexe aufpassen, während du arbeitest? Dann kannst du dich besser konzentrieren!«

Jonathan hebt bedeutsam die Gabel. »Das ist doch ein guter Vorschlag, oder nicht?«

Nicht zu fassen. Ich werde hier gerade haushoch überstimmt.

»Mal sehen«, antworte ich.

»Na siehst du, Klara, man muss nur nett fragen.«

»Stimmt!«, sagt sie stolz.

»Bist du fertig mit dem Essen?«

»Ja, bin satt!«

»Dann bring deinen Teller weg und geh rauf in dein Zimmer.«

Klara tut, was er sagt. So leicht geht das mal wieder. Als wir von oben ihre Zimmertür zuschlagen hören, holt Jonathan zwei Weingläser aus dem Schrank und grinst so breit, dass auch ich grinsen muss.

»Und so«, sagt er, »wird man meine Tochter erfolgreich los. Mit Freundlichkeit, Geduld und ein paar lockenden Versprechungen.«

Um kurz nach zweiundzwanzig Uhr mache ich mich auf den Heimweg. So viel zu meinem Plan, mir den Abend zum Arbeiten frei zu halten. Nachdem ich ungefähr zwanzig Versuche gebraucht habe, um Jonathan davon zu überzeugen, dass es *nicht* zu dunkel und zu spät und zu kalt dafür ist, befinde ich mich mit gut einem Promille im Blut auf dem schmalen Pfad Richtung Heimat und denke an alles außer mein Projekt.

Natürlich hätte ich bei ihm bleiben können. Mit einem warmen Gefühl im Bauch denke ich an unsere Küsse zurück. Hexe hat eine volle Futterschüssel und zur Not die Hundeklappe, nichts zwingt mich heim. Aber ich möchte nichts überstürzen.

Zu Hause ist alles wie gehabt. Hexe liegt auf ihrem Platz und schläft. Die dunklen Räume atmen Gegenwart ein und stoßen Vergangenheit aus. Ich bin total aufgekratzt, gleich ins Bett zu gehen kommt nicht infrage. Meine Gedanken sind weiterhin bei Jonathan, wo ich doch eigentlich mein derzeitiges Projekt im Kopf haben sollte. Dieser Eckhart hat bereits auf meine Mail geantwortet. Morgen steht mein Besuch bei ihm zu Hause an. Wieder ein Tag ohne Fortschritt. Es wühlt mich innerlich auf, nicht weiter an dem Werwolf arbeiten zu können, gleichzeitig flackert da eine Freude in mir, die ich lange Zeit für erloschen hielt. Ich möchte ihn wiedersehen. So schnell wie möglich. Das soll noch einer verstehen.

Mitten in der Nacht schrecke ich auf. Schweißverklebt, desorientiert, mit verwackelten, dunklen Bildern vor Augen, die nur träge zurück in meinen Verstand sickern. Hexe hebt verwundert den Kopf vom Teppich und beobachtet meine verwirrten Versuche, den Schalter meiner Nachttischlampe in der Dunkelheit zu finden. Als es endlich hell ist, schiebe ich die Beine aus dem Bett und atme ein paarmal tief durch.

Schon lange habe ich keinen Albtraum mehr gehabt. Als Kind träumte ich ständig von schrecklichen Dingen, dem dunklen Wald, Großvaters blutiger Arbeitsschürze, den leeren Augen der Präparate im Atelier, die mich permanent zu verfolgen schienen. Das ist alles so lange her, dass ich die Gefühle von damals kaum noch in Erinnerung habe. Doch jetzt sind sie plötzlich da, alle auf einmal.

Es war ein Traum von der alten Mühle tief im Wald. Ein ganz und gar finsterer Ort, zumindest für ein Kind. Mein Großvater und ich sind früher oft gemeinsam durch den Wald gestreift. Da gab es Hexe noch nicht. Wir konnten stundenlang die Gegend erkunden, ohne zu reden. Ich sammelte Pilze, Beeren oder Äste, er dachte an sein nächstes Projekt.

Eine unserer Routen war der Weg zur alten Mühle. Seit Jahrzehnten hält sie im Herzen des Waldes ihren tiefen Winterschlaf. Als Kind glaubte ich immer, ein Mädchen in ihrem Inneren zu erkennen, ein blasses, müdes Gesicht hinter dem schmutzigen Glas der Fenster. Natürlich reine Einbildung, mein Großvater meinte scherzhaft, das wäre der alte Mühlengeist namens Lotte. Er dachte sich sogar ein Märchen dazu aus, »Die Geschichte des Mühlengeistes«, aber mir ließ es keine Ruhe.

Eines Tages, ich war vielleicht zehn oder elf, schlich ich mich allein in den Wald, um nachzuschauen, was es mit dem Geist in der Mühle auf sich hatte. Mein Großvater arbeitete in der Werkstatt und bemerkte nicht, dass ich fortging. Es war ein heller, freundlicher Tag, und doch habe ich den Weg als dunkel und gespenstisch in Erinnerung. Mein Herz klopfte wie verrückt, als ich auf der Lichtung ankam. Insekten zirpten im sattgrünen Gebüsch, Sonnenstrahlen sprenkelten die Mühle mit Lichtflecken. Ein malerisches Bild, und doch spürte ich sofort das Böse, das diesen Ort bewohnte. Es kroch aus allen Winkeln, stieg unter dem Türschlitz empor wie giftiger Rauch. Fast wäre ich wieder umgekehrt, aber ich wollte es wissen. Ich wollte wissen, was an der Geschichte dran ist.

Vorsichtig trat ich näher, und plötzlich erkannte ich, dass die Türe mit großen Steinen vermauert, die Fenster mit Brettern vernagelt waren. Ich ging mehrere Runden um die Mühle, versuchte irgendwie hineinzukommen, aber es gab keinen Eingang mehr.

Wahrscheinlich wollte mir mein Großvater damit die Furcht nehmen – und hat sie stattdessen nur noch größer gemacht. Seit damals bin ich nicht mehr dort gewesen. Zu groß war bisher die

Angst, was hinter den vernagelten Fenstern immer noch lauern könnte.

Warum muss ich plötzlich wieder an die Mühle denken? Wieso taucht sie in meinen Träumen auf, nach so vielen Jahren? Ein Blick auf die Uhr, dann ein Blick aus dem Fenster. Es ist kurz nach vier, die Nacht hat den Wald unter sich begraben.

»Das ist doch Unsinn«, murmle ich Hexe zu und lege mich wieder hin. Aber die Bilder bleiben. Tief im Kopf, da rumoren sie, tanzen vor meinen Augen wie nervendes Blitzlichtgewitter. Ich wäre alt genug, um dem Spuk ein Ende zu bereiten. Schlafen kann ich in diesem aufgelösten Zustand ohnehin nicht mehr.

Ich setze mich wieder auf. Hexe kommt ans Bett getrottet und sieht mich abwartend an.

»Lust auf einen kleinen Horrortrip?«, frage ich sie.

Als Antwort bekomme ich blinzelnde Knopfaugen und stumpfsinniges Gehechel. Das reicht mir als Zustimmung.

»Dann komm, suchen wir die Geistermühle.«

Es geht am Rande einer Schlucht entlang, durch die ein Ausläufer des Flusses fließt. Ein prächtiger Wasserfall markiert den Pfad durch die Steilwände hindurch. Hinter einem schmalen Spalt gelangt man zurück auf den Pfad und kurz darauf auf die Lichtung mit den Farn- und Bärengrasfeldern.

Da steht sie, die Mühle. Eine irrationale Furcht schlingt sich um meine Brust, wie die Erinnerung an etwas Schreckliches, das sich nie ereignet hat und dennoch real zu sein scheint. Ich trete näher, leuchte mit der Taschenlampe die dunkle Holzfassade ab. Ein Glück, dass Hexe bei mir ist. Ihrem scharfen Hunderadar entgeht nichts, hoffentlich auch keine Geister. Während sie unbekümmert eine Runde um die Mühle dreht, stehe ich auf der Lichtung und spüre meinen hämmernden Herzschlag.

Bretter vor den Fenstern, genau wie damals. Eine vermauerte Tür. Vorsichtig strecke ich die Hand nach einem der Bretter aus. Ich rüttle daran, zuerst zaghaft, dann lege ich die Taschenlampe weg und versuche das Ding herunterzureißen.

Keine Chance. Ich bräuchte Werkzeug. Und Tageslicht.

Ich drehe ebenfalls eine Runde um die Hütte, inspiziere das Rad, blicke in den schmalen, leise plätschernden Bach. Etwas Jenseitiges geht von diesem Ort aus. Wie ein dunkler Zauber, der in der Luft hängt und alles unter sich erstickt. Abermals sehe ich das blasse Gesicht vor mir, das mir früher aus den Fenstern entgegengestarrt hat. Mit einem Schaudern drehe ich mich um, als urplötzlich Wind über die Lichtung braust und irgendwo Äste aneinanderschlagen lässt.

Dann Stille. Hexe kommt aus dem Gebüsch gesprungen und stellt sich hechelnd an meine Seite.

Ich werde dieses Schaudern nicht los. Was, wenn mein Großvater seine Gründe hatte, alle Eingänge zu versperren? Wenn da drin tatsächlich etwas war, das niemand sehen durfte?

Nein, er wollte mich bloß vor mir selbst beschützen, vor mir und meiner allzu lebhaften Fantasie. Ich sollte mich nicht ablenken lassen. Die Zeit, die ich zum Demontieren der Bretter bräuchte, lässt sich durchaus sinnvoller nutzen.

Ich rufe Hexe bei Fuß und mache mich wieder auf den Rückweg. Wenn da wirklich Geister in dieser Mühle sind, dann sollen sie auch da drin bleiben. Mir reichen die Geister in meiner Werkstatt.

Als wir zurück im Haus sind, gönne ich mir eine warme Dusche und hinterher noch eine Tasse Tee. Zugegeben, es war vielleicht nicht die beste Idee, den Gruselort meiner Kindheit mitten in der Nacht aufzusuchen. Ich ziehe alle Vorhänge zu und verschließe die Tür, drehe die Lichter ab und verkrieche mich in mein Bett.

Ich versuche meine Gedanken im Hier und Jetzt zu behalten, aber sie driften ab, zurück zur alten Mühle und meiner merkwürdigen Angst davor. Woher diese Angst? Hätten mich als Kind nicht ganz andere Albträume plagen sollen? Durch die Luft fliegende Autos, zerquetschte, blutige Körper, die erstarrten Gesichter meiner Eltern, als sie im zertrümmerten Wrack ihre letzten qualvollen Atemzüge taten ... So etwas hätte mich verfolgen sollen. Stattdessen war es die Mühle, immer nur die Mühle.

Ich würde es nie jemandem erzählen, aber manchmal mache ich meinen Großvater für alles verantwortlich. Dass ich so merkwürdig bin. Empfindlich auf der einen Seite, abgestumpft auf der anderen. Abgestumpft ... Wann ist das passiert, wann bin ich so geworden? Als ich anfing, meinem Großvater in der Werkstatt zu helfen? Als der Anblick toter, ausgeweideter oder zerstückelter Tiere völlig normal für mich wurde? Oder erst später, als die Aufträge rar wurden und ich gezwungen war, mein Leistungsangebot um eine erschreckende Rubrik zu erweitern?

Es spielt längst keine Rolle mehr, doch ich frage mich, was aus mir geworden wäre, hätte mein Großvater diese Mühle nicht verbarrikadiert. Angenommen, ich hätte dem vermeintlichen Grauen da drin ins Auge geblickt – wäre ich dann weggelaufen, anstatt bei ihm zu bleiben? Bin ich nur deshalb so abgestumpft, weil ich nie etwas gesehen habe, das mir wirklich Angst eingejagt hat?

Trotz meiner Unruhe schlafe ich noch einmal ein. Im Traum erzählt mein Großvater mir die Geschichte, die mich als Kind hätte beruhigen sollen und dann doch bloß noch mehr verängstigt hat. Aber ich höre die Worte nun etwas anders. Der Schrecken tritt in den Hintergrund und lässt der Wärme allen Platz. Er wollte nichts sehnlicher, als mir Sicherheit zu geben. Dafür wurde er zum Zauberer, zum Geschichtenerzähler, zum Licht in dunklen Stunden. Ich vermisse ihn. Mehr als ich es manchmal zugeben will.

14.

Die Geschichte des Mühlengeistes

Tief versteckt im dunklen Wald, hinter Berg und Tal, auf einer kleinen einsamen Lichtung, wo die Sonne kaum scheint und der Bach leise rauscht, da lebte einst ein Mädchen in einer Mühle.
Ihr Name war Lotte.
Sie wohnte ganz allein dort draußen, niemand kam sie je besuchen. Sie war fleißig, aber einsam. Abenteuerlustig, aber auch voller Misstrauen. Das Wasser, das ihre Mühle führte, war ihr kostbarster Besitz. Sie lauschte dem Klang, genoss den herrlich frischen Geschmack, von dem es hieß, dass er selbst dem traurigsten Gemüt ein Lächeln ins Gesicht zu zaubern vermochte, und nicht selten verfiel sie dem Glitzern, in dem sich die Sterne spiegelten, so erzählte man sich. Wenn das sanfte Licht der Dämmerung sich im Wasser brach, dann schien es, als hielte ein Strom aus Silber das Mühlenrad unaufhörlich in Bewegung. Etwas Magisches, Unbezahlbares, das nur ihr allein gehörte.
Tag für Tag erledigte sie ihre Arbeit, kümmerte sich um das Haus

und sprach mit keiner Menschenseele. Bis eines Abends ein Wanderer aus den Tiefen des Waldes kam, ausgelaugt und durstig. Ganz plötzlich stand er vor der Mühle, als hätte die Natur ihn aus Luft und Blättern geformt. Ein merkwürdiger Geselle, in einen schwarzen Umhang gehüllt, groß und kräftig wie ein Bär.

Er klopfte an die Tür und fragte: »Gibst du mir etwas zu trinken in deinem Heim? Ich bin weit gereist und habe Durst.«

Da Lotte noch nie einen solchen Mann gesehen hatte, ängstigte sie sich sehr.

»Wer bist du?«, rief sie durch die Tür.

»Was kümmert's dich?«

»Sag mir, wer du bist! Sag mir, wem ich mein kostbares Wasser geben soll.«

»Ich bin das Leben«, antwortete er. »Oder der Tod. Du selbst entscheidest.«

»Der Tod?« Rasch lief Lotte nach draußen und schöpfte mit einem großen Krug Wasser vom Rad der Mühle. »Hier, trink! Trink, so viel du möchtest. Aber dann geh. Du bist hier nicht am richtigen Ort!«

»Ist das die Entscheidung, die du treffen möchtest? Du bittest mich nicht herein? Ich bin müde.«

»Trink und geh, habe ich gesagt!«

Geruhsam trank der Wanderer den Krug leer.

»Ich danke dir«, sagte er und setzte seine Reise fort.

Erleichtert ging Lotte ins Haus zurück. Da habe ich dem Tod ein Schnippchen geschlagen, dachte sie stolz.

Doch spät in der Nacht, als sie schon schlief, kam ein zweiter Wanderer aus dem Wald auf die Lichtung. Nicht durstig diesmal, sondern hungrig. Er klopfte, und als niemand ihm öffnete, trat er ein.

Er fand nichts zu essen in der Mühle. Also nahm er sich das, was da war.

Man erzählt sich seither, dass Lotte die falsche Entscheidung getroffen habe an jenem verhängnisvollen Tag. Nicht den Tod habe sie fortgeschickt, sondern das Leben. Seitdem ist die Mühle auf der Lichtung verlassen. Doch manchmal sieht man Lotte aus einem der trüben Fenster schauen. Sie wartet auf den Wanderer, den sie mit Wasser gelabt hat. Voller Hoffnung blickt sie nach draußen auf der Suche nach dem Leben. Bis heute.

15.

EINE VILLA MIT RIESENGROSSEN, erleuchteten Fenstern. Eine Einfahrt so lang, dass man eine Landkarte braucht. Prächtige Inneneinrichtung, gigantische Deckengewölbe und eine unverschämt breite Treppe.

Ich habe eine gehörige Wegstrecke in Kauf genommen, um Familie Eckhart meine Dienste zu unterbreiten. Empfangen werde ich jedoch zunächst einmal gar nicht. Geschlagene zehn Minuten stehe ich im protzigen Eingangsbereich herum und warte, dass jemand kommt. Geöffnet hat mir irgendein Angestellter. Während ich warte, zähle ich in Gedanken all die Dinge auf, die ich momentan lieber tun würde: präparieren. Mit Hexe durch die Wildnis laufen. Meine Einsamkeit zelebrieren. Mit Jonathan sprechen. Mit Klara sprechen. Richtig, sogar sie hat es auf die Liste geschafft. Mit ihrer hellen, nervtötenden Liebenswürdigkeit. Mit ihrem hübschen Gesicht, das dem ihres Vaters so ähnlich ist. Ich vermisse ihn. Ihn und sein normales Leben, eine Welt, die ich bisher nie verstanden habe. Jonathan ist ein unverhofftes Glück. Solch merkwürdige

Gedanken kommen mir, als ich immer noch hier stehe und nichts passiert.

Doch dann ein Lebenszeichen, endlich. Der Angestellte eilt herbei und entschuldigt sich, dass ich warten musste. Schon okay, Kleiner. Ob ich ihm bitte folgen wolle? Er führt mich in ein Wohnzimmer von den Ausmaßen eines Kleinstaates. Deckenhohe Fenster, ein offener Kamin, riesige Regale und Vitrinen mit Büchern und teurem Geschirr. Ich hätte Trophäen an den Wänden erwartet, wie es für die meisten meiner Kunden üblich ist. Doch hier hängen bloß Bilder. Familienporträts und Landschaftsgemälde. Ein etwa vierzigjähriger Mann im Anzug springt mir entgegen und reicht mir die Hand.

»Frau Valkyria, wir hatten miteinander korrespondiert. Jörg Eckhart mein Name.« Er deutet auf die riesige Couchlandschaft. »Das ist meine Frau Barbara. Und mein Vater, Heinz Eckhart.«

»Sehr angenehm.«

»Bitte, nehmen Sie doch Platz.«

Ich setze mich auf die Sofakante, die illustre Gesellschaft residiert mir gegenüber. Barbara Eckhart ist eine schmale, groß gewachsene Frau Ende dreißig, die auf den ersten Blick den Charme einer Plastikpflanze versprüht: steif und irgendwie nicht schön anzusehen. Mit ihrer extravaganten Garderobe, dem Goldschmuck und dem glamourös gestylten langen Haar versucht sie das offenbar auszugleichen. Während ihr Mann gar nicht aufhören möchte zu lächeln, schenkt sie mir bloß einen kurzen, skeptischen Blick, ehe sich ihre Aufmerksamkeit wieder auf ihre ineinander verkeilten Finger auf ihrem Schoß richtet. Neben ihr sitzt ein alter Mann, der sichtlich krank oder gelähmt ist. Sein Kopf ist leicht zur Seite geneigt, in seinem Gesicht erkenne ich kein Zeichen von geistiger Anwesenheit. Er wirkt gruselig, wie er so regungslos dasitzt und nichts weiter tut als zu atmen. Mich ansieht mit starrem, leerem Blick. Fast so, als wäre er … ausgestopft.

»Möchten Sie etwas zu trinken?«, fragt Eckhart. »Kaffee, Tee, Wasser?«

»Schwarztee mit Zitrone, ohne Zucker.«

Der Angestellte flitzt aus dem Raum, um meinen Wunsch zu erfüllen.

»Also«, sage ich, »womit kann ich Ihnen denn behilflich sein?«

Blicke werden getauscht, Köpfe gesenkt. Keiner will den Anfang machen. Schließlich ergreift wieder Jörg Eckhart das Wort.

»Wie ich schon in meiner E-Mail angedeutet habe, ist die Sache etwas heikel. Vielleicht warten wir auf den Tee.«

»Ich bin gerade drei Stunden gefahren, bin müde und habe eigentlich Arbeit zu erledigen. Jetzt rücken Sie schon raus damit.«

Er räuspert sich. »Wir wollen Sie nicht überrumpeln. Sie müssen wissen, dass wir schon länger auf der Suche nach jemandem sind, der unsere Wünsche erfüllen kann. Laut meiner Recherche ist das, was wir wollen, nicht durchführbar. Ich lüge also nicht, wenn ich sage, dass alles ein bisschen kompliziert ist.« Er macht eine Pause. »Wir verstehen es also, wenn Ihnen das auch nicht behagt.«

»Ich weiß immer noch nicht, um was es überhaupt geht.«

»Wissen Sie, unsere Familie blickt auf eine lange Tradition zurück. Wir legen großen Wert auf, sagen wir, altmodische Gepflogenheiten. Der Respekt vor der älteren Generation ist uns sehr wichtig. Das müssen Sie unbedingt verstehen, bevor wir Ihnen den Auftrag erläutern.«

»Okay, Schluss mit der Geheimniskrämerei. Ich hab schon viel erlebt, mich kann nichts so schnell umhauen.«

»Was wir wollen, haben Sie höchstwahrscheinlich noch nicht erlebt.«

»Was soll ich denn präparieren, das Nachbarspferd? Einen streng geschützten Berggorilla? Alles schon gehabt. Also was ist es? Die Großmutter?«

»Exakt.«

Ich schweige.

Wir alle schweigen.

Irgendwo tickt eine Uhr.

»Die Großmutter«, wiederhole ich. Nur für den Fall, dass ich mich verhört habe.

Eckhart nickt zögerlich.

»Sie wollen mich auf den Arm nehmen.«

»Ganz und gar nicht.«

Ich schaue von Gesicht zu Gesicht. Eckhart lächelt gequält, seine Ehefrau weiß gar nicht, wo sie hinsehen soll, bloß der alte Mann rührt weiterhin keine Miene. Dann räuspert sich Herr Eckhart erneut.

»Es geht um meine Mutter. Sie ist vor einigen Wochen von uns gegangen. Meinen Vater ...« Er greift über seine Frau hinweg und berührt den alten, reglosen Mann flüchtig am Arm, »... hat das schwer getroffen. Er hatte kurz nach Mutters Tod einen Schlaganfall und kann kaum noch sprechen. Eine schreckliche Zeit für uns alle. Das da ist sie.«

Er zeigt auf das Gemälde über dem Kamin. Eine alte Frau mit Brille und hochgebundenem grauen Haar thront wie die letzte Kaiserin auf einem Stuhl und blickt hoheitsvoll in den riesigen Raum. Zu ihren Füßen liegt ein weißer Pudel. Blumen stehen auf dem Tisch im Hintergrund, durch das Fenster fallen Sonnenstrahlen. Eine freundliche Szenerie, und doch jagt mir dieses Bild einen Schauer über den Rücken.

»Verzeihen Sie, dass ich erneut frage, aber: Wollen Sie mich auf den Arm nehmen?«

Eckhart schüttelt den Kopf. »Wir haben lange darüber nachgedacht und diskutiert. Glauben Sie mir, sehr lange. Aber schließlich war der Entschluss gefasst. Sie können das vermutlich nicht verstehen. Wie auch, es ist verrückt, das wissen wir. Aber wir wollen es so. Sie soll für immer einen Platz bei uns haben. Einen Platz bei meinem Vater. Und nun suchen wir nach einem passenden Präparator. Das verstehen Sie doch, oder? Bitte sagen Sie mir, dass Sie es verstehen.« Er wartet. Auf seiner Stirn glänzen winzige Schweißperlen. »Sie verstehen es. Ich sehe es. Also – würden Sie in Betracht ziehen, uns zu helfen?«

Ich kämpfe. Nicht nur mit einem Lachen, auch mit einem Anfall von Übelkeit. Ich brauche ein paar Sekunden, um mich zu sammeln.

Sie sind ja irre, möchte ich im ersten Impuls sagen. Ich wette, das hat er bereits öfter gehört. Vielleicht glaubt er es inzwischen sogar selbst – dass er verrückt ist und krank. Aber dann denkt mein Gehirn schon einen Schritt weiter. Denn was ist in meiner Welt schon verrückt?

»Erstens«, beginne ich. »Das Präparieren von Tieren lässt sich nicht eins zu eins ummünzen auf das Präparieren menschlicher Körper. Das stellen sich Laien oft so vor, aber es geht nicht. Höchstens mit einem speziellen Verfahren, das aber sehr, sehr aufwendig und zeitintensiv ist. Zweitens: Hierzulande herrscht Friedhofspflicht. Dass Sie von mir verlangen, eine menschliche Leiche zu präparieren, legt nahe, dass sich diese noch in Ihrem Besitz befindet. Gut gekühlt, hoffe ich. Damit haben Sie schon mal gegen mindestens ein Gesetz verstoßen. Gehen wir davon aus, ich nehme den Auftrag an. Dann mache ich mich nicht bloß mitschuldig, sondern betreibe auch noch Leichenschändung. Drittens: Das würde teuer werden. Sehr teuer.«

Verwirrte Gesichter. Verwirrt und hoffnungsvoll zugleich. Herr Eckhart und seine Frau wechseln einen flüchtigen Blick.

»Heißt das, Sie würden es erwägen?«, fragt er vorsichtig. »Meine Mutter für uns zu präparieren?«

»Ich bin mir nicht sicher. Man könnte es natürlich versuchen, aber ..,«

Ich zucke mit der Schulter, lasse den Satz unvollendet, aber das scheint ihm bereits zu reichen. Trotz meiner Unentschlossenheit sind die Freude und Erleichterung, die in diesem Moment von ihm Besitz ergreifen, beinahe physisch spürbar – wie ein plötzlicher Schwall von Wärme und Frischluft, der ins Zimmer strömt und alles zum Klingen bringt. Er greift unwillkürlich nach meiner Hand und drückt sie, dann wendet er sich zu seiner Frau, küsst ihre Wange und strahlt sie an. Sie lächelt etwas unsicher, der Greis sitzt weiterhin da wie versteinert. Nein, das stimmt nicht. Seine Augen ... sie sind jetzt auf seinen Sohn gerichtet und nicht länger auf mich.

»Ist das Ihr Ernst?«, fragt Eckhart. »Sie ziehen uns nicht auf?«

»Alles der Reihe nach, ich muss mir das erst mal gründlich durch den Kopf gehen lassen. Das ist noch keine Zusage.«

»Aber natürlich, lassen Sie sich Zeit. Lassen Sie sich alle Zeit der Welt.«

Ich versuche mich zu konzentrieren. Versuche die Gesichter um mich auszublenden und diese verrückte Anfrage logisch und aus rein beruflicher Sicht zu betrachten. Theoretisch wäre es möglich. Ich besitze alles, was für eine Leichenplastination nötig ist. Aber ich habe noch nie an einem Menschen gearbeitet, das wäre der Hauptgrund, abzulehnen. Dann natürlich die moralische Komponente. Einen Menschen zu präparieren, für Geld. Diese Familie braucht psychologische Betreuung, keine ausgestopfte Großmutter.

Dennoch.

»Ich hätte ein paar Fragen«, sage ich.

»Fragen Sie«, antwortet Eckhart. »Fragen Sie alles, was Sie wollen.«

»Die Leiche – wo befindet sie sich derzeit?«

»In einem Kühlhaus, gut geschützt und in bestem Zustand. Darum müssen Sie sich keine Sorgen machen.«

»Wie haben Sie das hingekriegt?«

»Mit Beziehungen.«

»Und viel Geld?«

»Auch. Aber vor allem kennen wir die richtigen Leute. Glauben Sie mir, den Leichnam meiner Mutter vor der Bestattung zu bewahren war der leichteste Teil.«

Tatsächlich. Widerlich, was in manchen Kreisen möglich ist.

»Und wie war der Gesundheitszustand Ihrer Mutter zum Zeitpunkt ihres Todes? Gab es schwerwiegende Erkrankungen, Geschwüre, Krebs oder dergleichen?«

»Nein. Mal abgesehen von den altersbedingten Erkrankungen war sie gesund. Sie ist friedlich eingeschlafen.«

»Solche Faktoren sind nämlich sehr wichtig. Je gesünder der Körper, desto leichter die Arbeit. Geschwüre müsste ich zum Beispiel erst entfernen, das kostet Zeit und gefährdet das Ergebnis.«

»Wir versichern Ihnen, dass meine Mutter gesund war. Nur einfach schon zu schwach. Der Tod hat sie viel zu früh ereilt.«

»Haben Sie schon an Einbalsamierung gedacht? Das wäre unter gewissen Umständen legal, soweit ich weiß.«

»Nein, das wollen wir nicht!«, stellt Herr Eckhart klar. »Wir wollen nicht, dass sie in irgendeinem Mausoleum aufgebahrt vor sich hinvegetiert. Sie soll ein Mitglied der Familie bleiben!«

»Verstehe.«

Ich überlege. Die Frau auf dem Bild glotzt stillschweigend auf mich herab. Als warte auch sie auf eine Entscheidung.

»Ich brauche alles an Bildmaterial, was Sie mir zur Verfügung stellen können«, sage ich. »Fotos, Filme, Porträts. Außerdem möchte ich, dass Sie sich eine Pose überlegen. Die sollte möglichst natürlich sein, zum Beispiel sitzend wie auf dem Bild. Vor allem möchte ich, dass Sie sich von dem Gedanken verabschieden, dass ein Präparat Ihrer Mutter die Frau auf dem Bild ersetzen könnte. Es gibt keine Garantie, dass der Versuch klappt, geschweige denn lebensecht aussehen wird. Denken Sie immer daran, es wäre nur die Hülle Ihrer Mutter, nicht Ihre Mutter selbst.«

Herr Eckhart nickt bei jedem meiner Worte. Seine Frau sieht mich schweigsam an.

»Ich glaube, ich mache es«, sage ich.

Eckhart lacht. Es kommt wie ein Kanonenschuss, dieses Lachen. Fast klingt es ein bisschen wahnsinnig.

»Der Tee kommt«, sagt seine Frau.

Ein Tablett mit Kanne und Tasse wird vor mir abgestellt, aber ich beachte es gar nicht, in meinem Kopf hat es bereits zu werken begonnen. Das wird ein langwieriger Prozess. Das Entfernen allen Gewebes könnte Wochen dauern. Hinzu kommt das Problem mit der Haut. Kein Gerber der Welt wird Menschenhaut für mich behandeln. Das würde wohl auch nicht funktionieren. Ein weiterer Fall für das Darknet.

»Sie sagten, es wird teuer«, ergreift Eckhart wieder das Wort. »Von welcher Größenordnung sprechen wir da? Zweihunderttausend?«

Irgendetwas an meinem Gesichtsausdruck scheint ihn zu verunsichern. Er blinzelt und fragt schnell: »Fünfhunderttausend?«

Da hat er tatsächlich mein vor Schock erstarrtes Gesicht mit einem Ausdruck von Widerwillen verwechselt.

Eine halbe Million. Grundgütiger.

»Das kann ich zum derzeitigen Stand noch nicht sagen«, antworte ich so gelassen wie möglich, während ich innerlich bereits die Geldsäcke zähle. »Es würden natürlich Recherchemittel anfallen. Ganz zu schweigen vom Wert der benötigten Materialien. Und ich betone noch mal, ich kann es versuchen, aber garantieren kann ich nichts. Ehrlich gestanden habe ich noch nie zuvor mit einem menschlichen Körper gearbeitet. Es können unerwartete Probleme auftauchen. Und vom persönlichen Risiko will ich gar nicht sprechen. Das ist höchst illegal, was Sie da von mir verlangen. Dafür könnten wir alle ins Gefängnis wandern.«

»Ich weiß«, sagt Herr Eckhart ruhig. »Das ist uns bewusst. Doch wir haben unsere Entscheidung getroffen. Und wir sind bereit, alles zu geben, was es kostet. Nennen Sie uns einen Preis, und wir werden ihn bezahlen. Im Gegenzug erwarten wir von Ihnen natürlich höchste Diskretion.«

Erneut blicke ich in dieses entschlossene Gesicht. Wie seine Frau dazu steht, kann ich nicht einschätzen, aber er scheint felsenfest von der Sache überzeugt zu sein, und das soll mir genügen. Der Auftrag könnte mich reich machen und gleichzeitig alles kosten. Meine Freiheit, meinen Ruf, meinen Verstand. Noch nie zuvor habe ich einen Menschen präpariert. Noch nie zuvor habe ich überhaupt über so etwas nachgedacht. Und doch ist da dieses Gefühl in mir, das mich drängt, mich mitten ins Verderben zu stürzen, nein, nicht ins Verderben, sondern in die Herausforderung. Ich rede doch immer davon, den Tieren Unsterblichkeit zu verleihen. Ihren Besitzern einen kostbaren Dienst zu erweisen, indem ich ihnen zurückgebe, was sie verloren haben, zumindest zum Teil. Wieso sollte ich hier die Grenze ziehen? Wieso sollte ich diesen Menschen meine Hilfe verwehren, wenn sie doch nichts anderes wollen als meine übrigen Kunden: Trost und Erinnerung in einer Zeit der Trauer.

»Ich muss noch mal ganz genau darüber nachdenken«, sage

ich. »Das alles durchrechnen. Dann melde ich mich wieder bei Ihnen, in Ordnung?«

Das Ehepaar nickt synchron, der alte Mann wirkt steif wie eine Vogelscheuche. Er hat den Blick von uns allen abgewandt, seine Atmung geht nun etwas flacher.

Herr Eckhart ergreift die Hand seiner Frau. »Sie wissen gar nicht, wie glücklich Sie uns machen.«

Ich nehme einen großen Schluck Tee und erhebe mich.

Herr Eckhart steht ebenfalls auf. »Vielen Dank, dass Sie zu uns gekommen sind. Hoffentlich haben wir Sie nicht zu sehr erschreckt.«

»Wenn ich so darüber nachdenke, ist das Präparieren der Großmutter gar nicht so schlimm.«

»Ach ja? Welche Anfragen bekommen Sie denn sonst, wenn ich fragen darf?«

Die Bilder rotieren in meinem Kopf. Flocke. All ihre Vorgänger. Die Großmutter mag grotesk sein, aber wenigstens ist sie Teil der Familie. Und bereits tot.

»Sie würden lachen«, sage ich voller Bitterkeit. »Was sich manche Menschen gerne in ihr Zuhause stellen. Sie würden es nicht glauben.«

Herr Eckhart und seine Frau begleiten mich zur Tür. Erneut bedankt er sich, kann gar nicht mehr damit aufhören, während sie bloß danebensteht und mit den Gedanken längst woanders zu sein scheint. Ich habe ein mulmiges Gefühl im Magen. Als hätte ich ein Versprechen gegeben, das ich nicht halten kann.

»Wann hören wir von Ihnen?«, möchte Herr Eckhart wissen.

»Bitte üben Sie sich in Geduld. Ich werde mich bemühen, Ihnen in den nächsten zwei Wochen Bescheid zu geben.«

Er wendet sich seiner Frau zu, und erneut agiert sie wie auf Knopfdruck. Sie greift nach meiner Hand und drückt sie innig.

»Sie wissen gar nicht, was Sie da für uns tun«, sagt sie leise. »Wir hatten schon alle Hoffnung aufgegeben.«

»Wenn ich Ihnen eine Frage stellen darf: Angenommen, ich hätte Nein gesagt und es hätte sich auch niemand anderes gefunden – was hätten Sie dann mit der Leiche gemacht?«

Die beiden schauen sich an. Herr Eckhart setzt ein unschuldiges Gesicht auf. »Bestattet natürlich.«

Ich verabschiede mich und mache mich auf den Weg zu meinem Jeep. Wenn das am Schluss ehrlich war, fresse ich einen Besen.

16.

Liebe Mama, lieber Papa!
Heute ist was Komisches passiert. Wir haben zum ersten Mal überhaupt Besuch bekommen. Aber es war nicht schön. Ich lag schon im Bett, da hat es plötzlich an der Tür geklopft. Ganz spät am Abend, deswegen hatte ich gleich ein bisschen Angst. Großvater hat die Tür aufgemacht und mit einem Mann gesprochen, ich konnte die Stimmen durch die Wände hören. Aber ich habe nicht genau verstanden, was sie gesagt haben. Der fremde Mann wollte irgendwas von Großvater. Großvater ist laut geworden, da bin ich aufgestanden und hab mich aus dem Zimmer geschlichen. Ich weiß, Papa, man lauscht nicht heimlich. Aber ich war so neugierig! Und die Stimme des fremden Mannes hat so gruselig geklungen. Auf der Treppe hab ich mich ganz klein gemacht und ein paar Minuten zugehört. Der fremde Mann hat immer wieder gefragt: »Wo ist sie?« Und: »Ich will sie sehen!« Wahrscheinlich ging's um irgendein ausgestopftes Tier.

    Großvater ist immer wütender geworden. Auf einmal hat er den Mann gepackt und rausgeworfen. Der Mann hat noch ein paarmal geklopft, dann war Ruhe. Ich bin ganz schnell zurück ins Bett geschlichen. Danach konnte ich ganz lang nicht einschlafen. Jetzt kommt wahrscheinlich nie mehr Besuch.

Liebe Mama, lieber Papa!
Ich habe Großvater heute beim Frühstück gefragt, wer uns da neulich besucht hat. Zuerst war er richtig sauer, weil ich heimlich zugehört habe. Aber dann hat er gesagt, dass es viele böse Menschen da draußen gibt und ich niemals jemand anderem trauen soll als ihm. Stimmt das? Gibt es viele böse Menschen? Ihr habt mir das nie gesagt.

Er hat mir versprochen, mich bis zu seinem Tod zu beschützen. Ich hab ihn lieb. Bei ihm fühle ich mich sicher, auch ohne euch.

Liebe Mama, lieber Papa!
Ich glaube, ich werde euch ab jetzt nicht mehr so oft schreiben. Großvater hat gesagt, es soll sowieso nur für den Anfang sein. Solange, wie es halt wehtut. Ich weiß nicht, ob ihr mir zuhört. Aber wenn es etwas gibt, erzähle ich es euch, versprochen!

Liebe Mama, lieber Papa,
Ich weiß jetzt, dass ihr nicht im Himmel seid. Ihr seid einfach nur tot, unter der Erde, wahrscheinlich längst verrottet. Aber das ist der Lauf der Dinge. Großvater hatte recht. Er ist sehr klug. Mir macht die Vorstellung, dass ihr unter der Erde liegt, überhaupt keine Angst mehr. Es ist nur schade, dass niemand eure Herzen berühren konnte, als es passiert ist. Aber wisst ihr was? Großvater sagt, das stimmt gar nicht. Ich hätte nämlich eure Herzen berührt, schon am Tag meiner Geburt. Ich hoffe, ihr vergesst das nicht, wo auch immer ihr seid.

17.

DER BUNKER HAT mich wieder. Ich arbeite jedoch nicht, ich denke nach. Die einzelnen Tonkörper für Hillmanns Werwolf sind mittlerweile fertig. In den nächsten Tagen erwarte ich die Lieferung meiner Bärenfelle, sofern mir der Zoll keinen Strich durch die Rechnung macht. Als Tierpräparatorin habe ich zwar alle möglichen Zertifikate, die solche Waren legalisieren, aber manches wird dann doch länger geprüft als erwartet. Geliefert wird alles an das hiesige Postamt, von wo ich es dann mit dem Auto abhole. Bloß die heiklen Waren laufen über einen anderen Bestellweg, hier kenne ich zum Glück ein paar Leute, die wiederum Leute kennen, die meine Pakete zu mir in den Wald liefern, mit einer exakten Wegbeschreibung und gegen entsprechendes Kleingeld, versteht sich. Wie die das alles ins Land bekommen, ist deren Sache.

Die Fortschritte beim Werwolf sollten mich freuen, doch ich fühle mich zerstreut, nicht ganz bei der Sache. Gestern habe ich nachgerechnet, wie lange das Plastinieren der gruseligen Großmutter dauern würde. Unter einem halben Jahr geht da nichts. Ich weiß ja noch nicht mal, ob ich sie im Ganzen bearbeiten oder auseinandersägen und hinterher wieder zusammenschrauben soll. Oder Möglichkeiten nutzen, ihre Gelenke beweglich zu halten. In dem Fall hätten die Eckharts nicht bloß eine ausgestopfte Oma, sondern eine Oma-Puppe. Aber das wollen sie mit Sicherheit nicht.

Soll ich doch absagen? Noch käme ich aus der Nummer raus, die Eckharts könnten mir nach der Vorgeschichte schlecht einen Vorwurf machen. Und außerdem, bei wem sollten sie sich denn beschweren, wenn ich einen derartig illegalen Auftrag ablehne?

Allein dass ich ihn in Betracht ziehe, sagt so einiges über meine geistige Verfassung aus. Ich könnte doch anders Geld verdienen. Aber am Ende läuft es natürlich auf genau das hinaus: Geld. Eine Menge Geld, die schlagartig all meine Probleme lösen würde. Ich käme endlich von Jungbluts unmoralischen Aufträgen los und könnte mich auf Jonathan und unsere Beziehung konzentrieren. Es gäbe dann keine dunklen Geheimnisse mehr. Nichts, wofür ich mich schämen oder das ich vor ihm verbergen müsste. Ich könnte mich ihm ganz und gar öffnen. Das muss ein wundervolles Gefühl sein.

Und ja, mich reizt auch der Gedanke, über meine eigenen Grenzen zu gehen, herauszufinden, welche versteckten Fähigkeiten in mir schlummern. Bei all den finanziellen Engpässen vergesse ich manchmal, dass ich am Ende immer noch eine Künstlerin bin. Ich sollte tun, was mir gefällt. So lange es niemandem schadet?

Trotzdem. Soll ich das wirklich durchziehen?

Den ganzen Tag wälze ich diese Frage in meinem Kopf hin und her. Während ich eigentlich produktiv sein sollte, bin ich stattdessen mit meinen rasenden Gedanken beschäftigt, gehe mit Hexe eine Runde spazieren, putze das Haus, backe sogar ein gesundes Bananenbrot, alles nur, um mich irgendwie abzulenken.

Als es draußen bereits dämmert und ich immer noch mit meinem Gewissen hadere, habe ich es satt. Es muss ein Zeichen sein, dass mir diese Sache ein derart komisches Gefühl beschert. Ich greife zum Handy und wähle Eckharts Nummer.

»Frau Valkyria, wie schön!«, begrüßt er mich überschwänglich. Offenbar hat er meine Nummer bereits eingespeichert. »Was kann ich für Sie tun?«

»Es tut mir leid, ich muss doch absagen. Ich fürchte, ich bin dieser Aufgabe nicht gewachsen.«

Eine erschrockene Stille, damit habe ich gerechnet. Ich sammle Mut und Atem, um fortzufahren, ihm zumindest eine Erklärung zu liefern.

»Leider war ich etwas zu voreilig mit meiner Zusage. Wie Sie wissen, bin ich Tierpräparatorin, und das Plastinieren eines menschlichen Körpers gehört nicht zu meinem Fachgebiet. Ich könnte Ihnen kein optimales Ergebnis garantieren, aber da das zu meinem Standard gehört, wäre es unprofessionell, Ihnen etwas zu versprechen, das ich möglicherweise nicht …«

»Bitte!«

Das Wort kommt schnell, innig, fast schon flehend. Ich schließe besinnend die Augen. »… das ich möglicherweise nicht halten kann«, beende ich meinen Satz, obwohl es sinnlos ist.

»Bitte«, wiederholt er, und es klingt, als bettle er um sein Leben. »Sie waren unsere letzte Hoffnung. Sie müssen mir helfen, ich flehe Sie an!«

»Herr Eckhart … glauben Sie wirklich, dass das Plastinieren Ihrer Mutter Sie glücklich machen würde? Es würde ewig dauern. Spätestens bis dahin haben Sie Ihre Meinung geändert.«

»Sie verstehen das nicht«, stößt er aus, und ja, ich verstehe es wirklich nicht. »Sie hat meinem Vater alles bedeutet. Er zerbricht an ihrem Tod! Sie haben ihn doch mit eigenen Augen gesehen.

Ich möchte ihm die Möglichkeit geben, sie wieder bei sich zu haben, das bin ich ihm schuldig! Er hat alles für mich getan.«

»Aber sind Sie sich sicher?«, beharre ich. »Absolut sicher, dass Sie das wollen? Auch noch in einem Jahr?«

»Glauben Sie mir, eine solche Entscheidung trifft man nicht, wenn man nicht zu hundert Prozent überzeugt ist.«

»Schön, dann eine andere Frage. Sind Sie sich darüber im Klaren, was Sie von mir verlangen?«

Eine erneute Stille, gefolgt von einem tiefen, schweren Atemzug.

»Bitte«, sagt er noch einmal. Leise jetzt, schwach.

Lachhaft. Da stehe ich und lasse mich anbetteln. Lasse ihn doch tatsächlich darum betteln, mir eine Unsumme an Geld zu zahlen, und wieso? Habe ich tatsächlich Gewissensbisse oder doch bloß Schiss, es zu vermasseln?

»Frau Valkyria. Ich kann Ihre Bedenken verstehen. Und mir ist auch bewusst, dass Sie so etwas zum ersten Mal tun würden. Aber ich habe mich an die Beste gewendet. Wenn es jemand schafft, dann Sie.«

Scheiße, jetzt hat er mich. Appelle an die Eitelkeit ziehen doch jedes verfluchte Mal.

»Ich melde mich noch wegen der Details«, sage ich heiser.

Er atmet erleichtert durch. »Tausend Dank. Großer Gott, Sie wissen gar nicht, wie dankbar ich Ihnen bin.«

»Ist schon gut.« Was für lächerliche Worte. Nichts ist hier gut. Aber nun gilt es. »Wir hören voneinander.«

»In Ordnung! Nochmals vielen ...«

Ich lege auf und lasse mich in den Stuhl sinken. Bin ich größenwahnsinnig? Ja, wahrscheinlich. Ein kompletter menschlicher Körper. Präpariert von oben bis unten. Im Alleingang.

Zum Teufel, er hat recht. Ich schaffe das. Wenn es jemand hinkriegt, dann ich.

Der nächste Morgen. Kalt, nebelig, zukunftsträchtig. Ich telefoniere wieder mit Herrn Eckhart. Jetzt geht es um harte Fakten.

»Ich brauche die Leiche gut gekühlt und in Plastik verpackt. Können Sie einen Transport organisieren?«

»Selbstverständlich. Wann wäre es Ihnen recht?«

»Diesen Mittwoch um sieben Uhr morgens. Sie brauchen einen geländegängigen Wagen, mein Arbeitsplatz ist sehr abgelegen.«

»Kein Problem. Brauchen Sie sonst noch etwas von uns?«

»Nur das Geld.«

»Die erste Rate weise ich unverzüglich an.«

Eine halbe Million. Ein Klacks für diesen Mann, aber die Rettung für mich. Mein ganzes Leben wird sich zum Guten wenden, wenn ich nur durchhalte und diesen einen absurden Auftrag erledige. Ich muss es hinkriegen. Koste es, was es wolle.

»Wir haben es geschafft«, flüstere ich Hexe zu, die neben mir steht und hechelt. Fast kommen mir die Tränen.

Mittwoch bekomme ich wie vereinbart Besuch. Ein monströser Geländewagen ruckelt auf der Suche nach meinem Bunker durch den Wald. Ich warte ein Stück davor am Wegrand. Der Wagen hält, und zwei Männer steigen aus.

»Sind Sie Valkyria?«, fragt mich der Fahrer.

Ich nicke.

»Wir haben etwas für Sie.«

»Holen Sie das Paket aus dem Auto. Den Rest müssen wir zu Fuß gehen.«

Die Männer folgen mir, auf den Schultern eine längliche Kühlbox. Sie sieht fast aus wie ein Sarg. Nach einem anstrengenden Fußmarsch durch Matsch und Gestrüpp erreichen wir schließlich den Bunker. Auf dem Weg die Treppen hinunter stoßen die Männer mit der Box gegen die Wand. Erschrocken halten sie inne. Ich winke ihnen ungeduldig, und sie folgen mir mit gesenkten Köpfen ins Labor. Wofür die Vorsicht, tot ist die Alte schließlich schon?

Ich habe alles vorbereitet, inklusive einer neuen Trage in der Mitte des Raumes.

»Einfach hier drauflegen«, sage ich.

Die Männer öffnen die Box und legen die in Plastik gehüllte Leiche behutsam ab. Offenbar sind sie in alles eingeweiht. Sie schauen mich an und warten.

»Gibt es sonst noch etwas?«, will ich wissen. »Denn falls nicht, würde ich jetzt gern mit der Arbeit beginnen.«

Das muss ich den beiden nicht zweimal sagen. Sie verlassen das Labor und eilen zurück zu ihrem Wagen.

Ich löse die Hülle und befreie nach und nach Arme und Beine, hebe den Kopf aus dem Plastik und lege ihn sanft wieder nieder. Um den Leichnam hat sich bereits ein Bestatter gekümmert. Mund und Unterkiefer wurden fixiert, die eingefallenen Wangen ausgepolstert. Die Haut ist fahl und kalt. Sie sieht friedlich aus, doch mit der Frau auf dem Gemälde hat dieses Geschöpf nicht mehr viel zu tun. Wie auch. Dafür bin ich zuständig.

Die Formalinlösung steht bereit. Zum Glück ist die Leiche nicht tiefgekühlt worden. Die Zellflüssigkeit bildet beim langsamen Gefrieren nadelspitze Kristalle, die die Zellwände durchstechen. Wird der Leichnam dann wieder aufgetaut, setzt die Verwesung aufgrund der zerstörten Zellen oft umso schneller ein. Mit dem elektrischen Regler reduziere ich die Raumtemperatur auf frische fünf Grad, und während Oma Eckhart sich langsam akklimatisiert, gehe ich das Fotomaterial durch, das mir ihr Sohn per Mail übermittelt hat. Sie schien keine lebenslustige Person gewesen zu sein. Zumindest gibt es kaum ein Bild, auf dem sie lächelt. Auch gut. Lächelnde Gesichter sind ohnehin schwer zu rekonstruieren.

Jetzt aber an die Arbeit. Ich öffne die linke Beinarterie und injiziere die Formalinlösung über einen Infusionsbeutel in das Arteriensystem des Körpers. Das dauert ungefähr drei bis vier Stunden, das Blut läuft währenddessen komplett ab. Nach Ablauf dieser Zeit sollten sämtliche Bakterien in Großmutter Eckhart abgetötet sein. Zusätzlich verleiht das Formalin dem Gewebe Stabilität und reduziert Schrumpfungen. Als nächsten Schritt werde ich die Formalinzufuhr stoppen und die Arterie abbinden, damit nichts ausläuft. Im Grunde ein sehr simpler Vorgang. Wobei es darauf ankommt, wie man »simpel« definiert.

Ich habe übrigens beschlossen, den Körper vorerst nicht zu zersägen. Zwar besitze ich eine Wurstschneidemaschine für eben diesen Zweck, aber ich möchte abwarten, inwieweit sich die alte Dame im Ganzen präparieren lässt. Spannend wird es auf jeden Fall.

Die Plastination kann beginnen.

18.

IN DEN NÄCHSTEN WOCHEN sind Skalpell, Pinzette und Schere meine besten und treuesten Freunde. Zuallererst kommt die Haut. Man setzt an Oberkörper und Beinen mehrere exakt geplante Schnitte und beginnt dort, wo sich die Schnitte überkreuzen, die einzelnen Hautlappen abzuziehen. Sind es kleine Lappen, benötigt man die Pinzette, bei größeren kann man mit der Hand nachhelfen. Wichtig ist, dass das Unterhautfettgewebe zunächst am Körper verbleibt, das schützt die darunterliegenden Strukturen vor Austrocknung oder Verletzungen. Als Nächstes kommt die richtige Feinarbeit. Organe, Muskeln und Sehnen sowie Nerven und Gefäße sind von einer dünnen Schicht faserigem Bindegewebe umgeben, das ich mit viel Fingerspitzengefühl entferne. Man benutzt zwei Pinzetten im Messer-und-Gabel-Prinzip und arbeitet sich Schicht für Schicht voran. Fett und Gewebe lassen sich verhältnismäßig leicht herauszupfen, während Sehnen oder Muskelfasern sehr fest im Körper verankert sind. Das macht es leichter, nicht aus Versehen etwas Falsches zu entfernen, wenn man in Anatomie nicht so versiert ist. Die Haut muss ich zur

Gänze entfernen, da ich nicht glaube, dass sie eine Gerbung überstehen würde. Das macht aber nichts, ich überziehe den Körper am Schluss einfach mit einer künstlichen Haut. Dafür gibt es bereits sehr gute Methoden und Materialien.

Anfangs arbeite ich im Akkord. Ich mache die Nächte durch und vergesse zu essen. Doch schon bald muss ich feststellen, dass die Arbeit unerwartet stark an die Substanz geht. Was ich sonst routiniert und mit Leichtigkeit erledige, ruft plötzlich größte innere Abneigung gegen jeden einzelnen Schritt hervor. Dabei tue ich eigentlich nichts Neues. Schneiden, abziehen, rupfen. Aber diesmal ist es ein Mensch. Ich präpariere einen Menschen, verflucht noch mal.

Der Gedanke wiegt schwer. Kreist ständig in meinem Kopf. Immer wieder muss ich Pausen einlegen, mich zurücklehnen und meinem Verstand etwas Ruhe gönnen. Wenn ich vor Müdigkeit kurz einnicke, träume ich die verrücktesten Dinge: von Eckhart mit seinem flehenden Gesicht, von Oma Eckharts gruseligen Porträt an der Wand, dessen Details sich allerdings stark verändert haben. Es zeigt kein friedvolles Stillleben mehr, sondern ein verbranntes Brachland, Rauchsäulen steigen am Horizont auf, am Himmel kreisen die Geier. Und Oma Eckhart sitzt auf ihrem flammenden Thron und trägt Hörner auf dem Kopf.

Ich träume auch von Heinz Eckhart. Sein lebloses Gesicht hat sich in eine blutrünstige Grimasse verwandelt. Sein starrer Blick durchbohrt mich, schwebend bewegt er sich auf mich zu. Kommt immer näher. Und näher. Mit einem Zittern erwache ich aus diesen Träumen.

Hexe ist ständig bei mir. Ich brauche sie derzeit mehr denn je, ihre unschuldige Freude an allem, was sie umgibt, ist eine gute Ablenkung. Wenn ich mit den Nerven komplett am Ende bin, setze ich mich zu ihr auf den Boden und rede mit ihr. Und auf einmal weiß ich wieder, wofür ich das hier tue – für uns. Für unser Wohlergehen, für eine Zukunft ohne Geldsorgen.

Mit der Zeit werde ich ruhiger. Akzeptiere die Tatsache, dass das hier Monate dauern wird. Dass ich mich freiwillig dazu entschieden habe und verflucht noch mal die Nerven behalten muss. Und plötzlich ist es Teil meines Alltags geworden. Morgens präpariere ich Großmutter Eckhart, abends arbeite ich an meinem Werwolf. Ein strikter Zeitplan, der kaum Raum für etwas anderes lässt. Habe ich zwischendurch doch etwas Luft, verbringe ich Zeit mit Jonathan und Klara. Dass es die beiden großteils nur im Doppelpack gibt, habe ich mittlerweile verstanden. Manchmal organisiert Jonathan für seine Tochter einen Besuch bei den Nachbarn oder eine Übernachtung bei Klaras bester Freundin, damit wir etwas Privatsphäre haben. Erstaunlich, wie gut es zwischen uns läuft. Dass ich damals an seiner Tür geläutet habe, muss Schicksal gewesen sein.

Beim alljährlichen Laternenumzug der Kindergarten- und Grundschulkinder möchte er mich dabeihaben. Es ist einiges an Überredungskunst nötig, aber schließlich sage ich zu. Nachdem ich mich in letzter Zeit ohnehin öfters in der Stadt habe blicken lassen, hege ich die Hoffnung, dass die Leute mich allmählich tolerieren. Und wenn sie sich bloß an meine Gegenwart gewöhnen. Irgendwann müssen sie das, wenn sie nicht vorhaben, den einzigen Tierarzt weit und breit zu boykottieren. Wobei er mir erzählt hat, dass er auf der Suche nach einer neuen Sprechstundenhilfe ist, weil Becky urplötzlich gekündigt hat. Hört, hört. Hatte sie keine Lust mehr, hin und wieder dieselbe Luft atmen zu müssen wie ich? Dabei sollte ich es sein, die bei ihrem Anblick Ausschlag bekommt.

Das ist es, was ich nicht verstehe: Die Feindseligkeit geht von ihnen aus, von all den Menschen, die mich mit Blicken traktieren, mein Auto verunstalten und im Supermarkt auf eine andere Kasse ausweichen. Sie haben angefangen, und doch wollen sie mir einreden, ich wäre hier das Problem.

Für den heutigen Abend möchte ich das alles ausblenden. Jonathan soll sehen, dass ich mich integrieren kann. Dass die Schuld nicht bei mir liegt – nur für den Fall, dass er das manchmal heimlich annimmt.

Klara marschiert in der ersten Reihe und zeigt allen ihre selbst gebastelte St.-Martins-Laterne. Sie sieht lustig aus in ihrem dicken flauschigen Mantel mit der weiten Kapuze. Wie ein ulkiges Klabautermännchen. Es ist ein großer Umzug, Eltern und diverse Schaulustige folgen der leuchtenden Kinderkarawane geruhsam durch die abendliche Stadt. Anschließend treffen sich alle zum Punschtrinken am hiesigen Bauernmarkt, der zu diesem Anlass seine Tore öffnet.

Es ist kalt, aber windstill und sternenklar. Eine wunderschöne Nacht. Die Stadt sieht richtig romantisch aus mit all ihren Lichtern, und doch fühle ich mich unwohl. Ich spüre wieder die Blicke der Leute – niemand will mich hier dabeihaben, nichts hat sich verändert. Im dichten Gedränge werde ich mehrmals angerempelt, ein halbwüchsiger Junge schüttet mir »versehentlich« Punsch auf die Jacke. Hinter meinem Rücken höre ich sie tuscheln. Dieses empörte Pack. Zur Hölle mit ihnen. Ich würde mich am liebsten zurück in den Schutz meines Waldes begeben, doch Jonathan überredet mich, zum Punschtrinken zu bleiben. Bestimmt hat er gemerkt, was hier los ist. Seine Blicke in die Menge sind wachsamer geworden, aber noch sagt er nichts dazu. Wir setzen uns auf einen mit Heu beladenen Karren, der etwas abseits des Trubels steht, während Klara mit ihren Freundinnen im kleinen Streichelzoo die Ziegen füttert.

»Vielen Dank, dass du mitgekommen bist«, sagt Jonathan. »Hoffentlich ist es auch für dich halbwegs lustig?«

»Aber klar doch.«

»Ich hatte schon befürchtet, dass du spontan absagst. Weil du in letzter Zeit so viel zu tun hast.«

»Ehrlich gestanden tut mir ein bisschen Abwechslung ganz gut.«

»Magst du mir endlich verraten, woran du arbeitest?«

»Es sind zwei größere Projekte für zwei sehr wichtige Kunden. Mehr kann ich leider nicht sagen, meine Kunden vertrauen auf meine Diskretion.«

Er nimmt lachend einen Schluck Punsch. »Ich hoffe, es ist nichts Illegales, was du da treibst.«

Ich schüttle den Kopf, und er legt grinsend seinen Arm um mich.

»Klara ist neugierig«, murmelt er mir zu. »Sie möchte unbedingt mal deine Werkstatt sehen. Ich sage ihr ständig, dass du das wahrscheinlich nicht willst, aber sie lässt nicht locker.« Er umarmt mich noch fester. »Was meinst du? Du brauchst sie nicht mithelfen zu lassen, und deine wichtigen Projekte muss sie auch nicht sehen, aber vielleicht kannst du ihr einen kleinen Einblick gewähren, damit sie endlich Ruhe gibt? Jeden Tag kaut sie mir ein Ohr deswegen ab.«

»Ich weiß nicht. Mein Atelier ist nichts für Kinder. Da liegen viele scharfe Sachen rum.«

»Das verstehe ich. Du musst ja auch nicht, es war nur ein Gedanke.«

Wir schweigen. Dass er seiner Tochter erlauben will, in meine Werkstatt zu kommen, macht mich misstrauisch. Gehört das zu seinem Plan? Will er auf diese Weise ein paar Punkte für sie holen? Da kann er lange warten. Obwohl ihr Interesse für meinen Beruf sie schon etwas sympathischer macht ...

Wenn man vom Teufel spricht. Klara kommt zu uns gelaufen,

um sich Geld für einen Krapfen zu holen. Sie schwenkt immer noch ihre Laterne. Jonathan drückt ihr einen Schein in die Hand und nimmt im Gegenzug die Laterne an sich, die er neben sich auf dem Boden abstellt. Zufrieden zieht Klara wieder von dannen.

»Hättest du gerne noch weitere Kinder?«, frage ich, ohne nachzudenken.

Er schaut mich überrascht an und überdenkt die Antwort sehr genau. »Ein zweites wäre schon nicht schlecht. Einzelkinder sind so verwöhnt. Schau dir meines an.«

»Du hast mir nie erzählt, was mit ihrer Mutter passiert ist, außer dass es Krebs war. Was für einer denn?«

»Lungenkrebs. Es ging sehr schnell.«

»Oh. Das muss schrecklich gewesen sein.«

Er nickt, sein Gesicht ist mit einem Schlag ernst geworden. »Es war nicht leicht.«

»Vermisst Klara ihre Mutter sehr?«

»Sie war noch sehr klein, als es passiert ist. Ich glaube nicht, dass sie allzu viele Erinnerungen an Vera hat. Obwohl ich natürlich viel mit ihr über sie rede. Ich denke, sie vermisst es mehr, überhaupt eine Mutter zu haben, als ihre Mutter an sich.«

Sanft lege ich meine Hand auf seine. »Tut mir sehr leid.«

Er nickt. »Sie fehlt mir.«

Ist das der Grund, weshalb du mit mir zusammen bist?, möchte ich fragen. *Erinnere ich dich an sie?*

Es würde so vieles erklären. Seine grenzenlose Zuwendung. Das Tempo, mit der er unsere Beziehung von Anfang an vorangetrieben hat. Eine Beziehung, in die ich einfach so hineingestolpert bin, während er jeden einzelnen Schritt haargenau geplant zu haben scheint. Keine Ahnung, wie es ist, die Liebe seines Lebens zu verlieren, aber vermutlich ist man danach hungrig – nach Nähe, Zuneigung, Wärme, ein paar liebevollen Worten, die dich den Schmerz und die Trauer für eine gewisse Zeit vergessen lassen. Klara kommt mit einem viel zu großen Krapfen angelaufen. Ihr Mund ist mit Staubzucker verschmiert, und sie quasselt wie aufgezogen auf uns ein.

»Papa, hast du die Ziegen dort schon gesehen? Ich kann sie aus der Hand füttern! Komm mit, schau es dir an! Los, ich will es dir zeigen! Dir auch, Sonja!«

Uns ist klar, es gibt kein Entkommen. Wir begleiten Klara zum Streichelzoo, füttern die Ziegen, loben Klara für ihren Mut, das Pony zu striegeln, und kehren später wieder zu dem Karren zurück, wo wir uns noch einen wohlverdienten zweiten Punsch gönnen.

Der Alkohol wirkt schnell bei mir. Ich muss aufpassen, dass ich mich nicht verplappere und Jonathan zu viel über meine Projekte erzähle, nach denen er schon wieder gefragt hat. Ich suche das stille Örtchen auf, ein Dixi-Klo am Rande des Getümmels, und hole mir hinterher ein großes Glas Wasser von einem der Stände.

Als ich zurück zu Jonathan an den Karren gehen möchte, mache ich eine unwillkommene Entdeckung. Lothar Jungblut hat sich mitsamt Entourage unter die Feiernden gemischt. Das ist eigentlich nichts Ungewöhnliches, man sieht ihn immer wieder durch die Stadt spazieren oder bei schönem Wetter im Garten eines Cafés sitzen. Doch heute Abend hätte ich ihn wirklich nicht gebraucht. Bevor er am Ende noch über Geschäftliches reden will, verziehe ich mich schnell hinter die Ecke eines Standes, damit er mich nicht sieht. Aus meinem sicheren Versteck beobachte ich, wie er ein Pläuschchen mit dem Bürgermeister führt. Dann entdeckt er Jonathan und geht auf ihn zu. Die beiden reichen sich die Hand und unterhalten sich. Mist.

»Was machst du da?« Plötzlich zupft Klara an meiner Jacke. »Wieso versteckst du dich?«

»Ich will nur nicht mit dem Kerl da reden.«

Klara mustert Jungblut von Kopf bis Fuß und rümpft die Nase. »Du hast recht, der sieht komisch aus.«

»Wieso gehst du nicht wieder spielen?«

»Ich will noch einen Kinderpunsch!«

»Hattest du nicht schon zwei?«

»Ich will aber noch einen. Ich geh Papa fragen.«

»Nicht, warte!«

Zu spät. Dieses kleine Wiesel hat sich bereits auf den Weg gemacht. Schamlos unterbricht sie die beiden und erbeutet von Jonathan einen weiteren Geldschein. Zur Strafe muss sie Jungblut die Hand schütteln. Der glotzt mit seinem schmierigen Grinsen auf sie herab. Ich hasse diesen Mann. Diese bitterböse Aura, sein gieriger Blick auf alles, was unschuldig ist.

Ich bin froh, als Klara ihm endlich die Hand entzieht und davonhopst. Wieso geht er nicht? Mir wird kalt. Mit starrem Blick beobachte ich Jonathan und Jungblut beim Plaudern. Endlich verabschiedet sich Jungblut und verschwindet in der Menge. Ich kehre zu Jonathan zurück und frage ohne Umschweife, was der Kerl wollte.

»Eine Kooperation«, antwortet Jonathan. »Er plant so etwas wie eine Auffangstation für Tiere in Not und hat mich gefragt, ob ich mir vorstellen könnte, dort zu arbeiten. Oder sie sogar zu leiten.«

»Aber du hast doch deine Praxis.«

»Klar, ich hab ja auch nicht zugesagt. Obwohl er ziemlich auf mich eingeredet hat. Aber egal.« Er winkt ab und zieht mich zu sich auf den Karren. Ich lege den Kopf auf seine Schulter, und gemeinsam schauen wir uns den Trubel an.

Von Jungblut ist nichts mehr zu sehen. War er am Ende bloß wegen Jonathan hier? Ein unguter Gedanke. Jungblut hat kein

Herz für Tiere, höchstens für ausgestopfte Hauskatzen der umliegenden Nachbarschaft. Hinter diesem Vorschlag muss etwas anderes stecken.

Aber darüber möchte ich lieber gar nicht weiter nachdenken. Gut, dass Jonathan keine Zeit dafür hat.

Es wird spät, Klara kommt müde zu uns zurück. Huckepack trägt Jonathan sie nach Hause, ich spaziere schweigsam neben den beiden her.

»Warum wohnen wir drei eigentlich nicht zusammen?«, fragt Klara plötzlich.

Ich runzle die Stirn, während Jonathan mich von der Seite aus ansieht.

»Ja, genau«, sagt er schmunzelnd. »Wieso eigentlich?«

Weil ich gern allein bin. Weil ich nicht hierhergehöre. Weil die Bürger dieser Stadt eine Hexenjagd veranstalten würden, wenn ich nach Jahren der Isolation plötzlich in ihr Territorium eindringe. Ein paar tun das ja jetzt schon.

»Weil ich einen Beruf habe, für den ich viel Platz und Freiraum brauche«, weiche ich aus.

Wir sind bei Jonathans Haus angekommen. Er lässt Klara von seinen Schultern und schickt sie rein, bevor ihr am Ende noch weitere verrückte Zukunftspläne einfallen. Dann verabschieden wir uns. Er hätte mich gerne noch bei sich gehabt, aber nach diesem langen Abend umgeben von Menschen sind meine letzten Kraftreserven aufgebraucht. Nachdem er Klara ins Haus gefolgt ist, mache ich mich in der Dunkelheit auf den Heimweg, und die ganze Zeit kreisen meine Gedanken um Jungbluts dubioses Jobangebot. Ein Heim für Tiere in Not – was plant dieser Mann?

Ungefähr auf halber Strecke bemerke ich Schritte hinter mir. Als ich mich umdrehe, ist jedoch nichts zu sehen.

Angespannt gehe ich weiter, etwas schneller jetzt. Dann tauchen sie plötzlich von der Seite auf. Drei, nein, vier halbwüchsige Burschen, einer von ihnen ist der Bengel, der mir Punsch auf die Jacke geschüttet hat. Sie haben die Kapuzen ihrer Hoodies über die Köpfe geschlagen und gehen neben mir her.

»Was geht?«, sagt einer.

»Haut ab.«

Gelächter. Einer überholt mich und hebt einen Stein vom Boden auf. Lässig wirft er ihn von einer Hand in die andere. »Ist dein Jeep wieder ganz? Oder braucht er noch mal einen neuen Anstrich?«

»Ihr sollt abhauen, hab ich gesagt.«

Wieder dieses Lachen, von allen Seiten. Einer rempelt mich an – ich gehe stur weiter, mache mich aber auf alles gefasst.

»Du Schlampe hältst dich gefälligst von uns fern«, sagt der Typ mit dem Stein, jetzt ohne Lachen. »Wir wollen dich in unserer Stadt nicht sehen. Bleib in deinem verrotteten Hexenhaus. Sonst zünden wir es an, wenn du schläfst.«

Ich reagiere mit einem schiefen Grinsen – das Einzige, das mir in diesem Moment in den Sinn kommt. Wäre ich doch zu Hause geblieben.

»Oh, haben wir der Hexe jetzt Angst gemacht?« Sie treten Erde und Laub nach mir, als ich meine Schritte so weit beschleunige, dass ich schon beinahe renne. Fast befürchte ich, dass sie mir nachlaufen, aber sie lassen sich mehr und mehr zurückfallen.

Schließlich bin ich wieder allein. Was bleibt, ist das hämische Gelächter in der Ferne. Und der Stein, der nur wenige Zentimeter an meinem Kopf vorbeifliegt.

19.

DER MENSCHLICHE KÖRPER besteht zu siebzig Prozent aus Wasser. Das lernt man in der Schule oder, wie ich, im Heimunterricht. Was einem allerdings nicht beigebracht wird, ist der vernünftige Umgang mit einer gehäuteten, wenig widerstandsfähigen Frauenleiche.

Beim Transport ins Azetonbad ist mir die Alte vom Tisch gefallen. Da liegt sie nun, eine waschechte präparierte Leiche auf meinem Boden, und ich weiß nicht, ob ich lachen oder weinen soll. Ich entscheide mich fürs Lachen, aber nur ganz kurz. Dann verfrachte ich sie per Hublifter ins Bad und beobachte fasziniert, wie ihr Körper geschmeidig in die Flüssigkeit sinkt. Gut so. Bei frostigen minus fünfundzwanzig Grad wird dem Körper nun das Gewebewasser entzogen. Azeton ist ein Lösungsmittel, das sich mit Wasser und Fett verbindet. Auch wenn man den Finger nur ganz kurz in die Flüssigkeit steckt, trocknet die Haut komplett aus. Großmutter Eckhart darf dies nun am ganzen Körper erfahren. Das Wasser gefriert, das Azeton löst erst das Wasser und dann, später bei Raumtemperatur, das Fett heraus. Der Körper badet so lange in diesem Tank, bis Wasser und Fett zur Gänze durch Azeton ersetzt sind.

Der Tank ist durchsichtig, ich habe also ständig ein Auge auf Großmutter Eckhart. Für die nächsten Wochen werden Zeit und Chemikalien die Arbeit für mich erledigen. Der nächste Schritt ist getan. Zurück zu meinem Werwolf.

Gorillaschädel und -gebiss wurden inzwischen geliefert. Gut verschnürt in einem Plastiksack lagert das Prachtstück in meiner Kühltruhe. »Heiße Ware« ist weit untertrieben. Allein dafür könnte ich im Gefängnis landen. Ich werde wie gehabt den Knochen von Haut und Gewebe trennen und hinterher entscheiden, ob ich das Originalfell oder Material eines anderen Tieres für den Kopf verwende. Den Rumpf habe ich mittlerweile mit dem samtigen Bärenfell ummantelt, das ich am Bauch und an den Beinen grau und minimal dunkelgrün eingefärbt habe. Gerade sitze ich am Schwanz. Erst wollte ich ihn aufgestellt anbringen, doch jetzt lieber in einer Art Schwingbewegung präparieren.

Ich muss sagen, ich bin wieder voll da. Was mich die Arbeit an der Leiche an Mühe und Kraft gekostet hat, bekomme ich nun doppelt und dreifach wieder zurück. Es macht einfach Spaß, an diesem Ungetüm zu werken, während das Plastinieren der Oma mich bestenfalls erschöpft und schlimmstenfalls traumatisiert hat.

Aber was rede ich da. So verrückt und gefährlich dieser Auftrag auch sein mag, so groß werden am Ende die Früchte meiner harten Arbeit sein. Jeden Tag werfe ich einen Blick in den Tank. Noch passiert nicht viel, aber die Zeit wird es weisen. In einigen Monaten schon werde ich vermutlich darüber lachen.

Meine frisch gewonnene Freizeit freut vor allem Klara, der ich wie versprochen erlaube, einen Blick in mein Atelier zu werfen. Natürlich unter der Aufsicht ihres Vaters und auch nur für ein paar Minuten. Davor habe ich aufgeräumt und allzu gruselige Präparate mit Planen abgedeckt oder ganz weggeschafft. Klara ist begeistert und möchte alles anfassen. Als ich ihr jedoch sage, dass sie sich benehmen soll, reißt sie sich zusammen und erkundet das Atelier von der Mitte des Raumes aus nur mit ihren Augen.

Ich zeige ihr meine Werkzeuge und erkläre ihr hier und da ein paar Dinge. Sie hört aufmerksam zu, während Jonathan im Hintergrund bleibt und uns zusieht.

Was er von alldem hält, kann ich in seinen ruhigen, stets liebevollen Augen nicht erkennen. Ob ihn dieser Raum fasziniert oder abschreckt, er gibt es nicht preis. Lediglich seine Stirn runzelt sich ab und zu, wenn ich Klara ein Skalpell zeige oder ihr erkläre, wofür man beim Präparieren einen Schaber braucht, nämlich zum Auskratzen von Geschwüren oder Eiterbeulen. Klara zieht angeekelt die Nase kraus und verkündet im selben Atemzug, dass sie das auch mal ausprobieren will. Verrücktes kleines Ding.

Abends koche ich für uns. Ich habe Klara das Gewächshaus gezeigt, das sie gar nicht mehr verlassen wollte. Nach dem Essen spielt Klara mit Hexe an der frischen Luft. Ich stehe mit Jonathan in der Küche und wasche das Geschirr ab. Durch das Küchenfenster habe ich die beiden wilden Spielkameraden im Blick. Wie glücklich sie wirken. Hexe würde ein Leben in der Stadt nicht gefallen, aber zur Not ginge es.

»Kommst du gut mit der Arbeit voran?«, fragt Jonathan, während er abtrocknet. »Du wirkst wie ausgewechselt.«

»Bei einem Projekt kann ich jetzt eine Pause einlegen und mich vermehrt um das andere kümmern. Und das macht mir viel mehr Spaß.«

»Du hast mir immer noch nicht erzählt, was du da Tolles baust. Im Atelier habe ich nichts gesehen.«

»Ich arbeite auch nicht dort daran. Sondern in meiner Außenstelle, einem alten Wasserbunker.«

»Und wo genau ist der?« Im nächsten Moment lacht er. Wahrscheinlich über mein panisches Gesicht. »Schon gut, du musst es mir nicht sagen. Ich freu mich einfach nur, dass du gut vorankommst.«

Ich lege den Küchenschwamm weg und küsse ihn auf die Nasenspitze. »Ich mich auch.«

In der Nacht träume ich von der Mühle. Ich reiße die Bretter herunter, zertrümmere die Ziegelsteine und gelange endlich ins Innere. Zunächst erwartet mich Dunkelheit. Doch dann ziehen sich die Schatten wie ein Vorhang zurück und entblößen eine grässliche Gestalt, mit dunkelbraunem Fell, spitzen Ohren und ausgefahrenen Krallen. Mein Werwolf, denke ich im ersten Moment. Doch etwas stimmt nicht. Sein Gesicht – es sieht so merkwürdig aus. Als ich näher trete, erkenne ich, dass er eine Brille trägt. Und dass er wie Großmutter Eckhart auf einem Sessel sitzt, die Gliedmaßen grotesk verrenkt. Zu seinen Füßen liegen die zerstückelten Überreste des weißen Pudels, aus seinem Maul tropft Blut. Doch am schlimmsten sind seine Augen.

Panisch bewegen sie sich hin und her, während der wuchtige Körper ganz ruhig bleibt. Als wäre es ein Kostüm. Ein Kostüm, in dem ein Mensch gefangen ist …

Das Bild reißt mich aus dem Schlaf, um ein Haar hätte ich geschrien. Hexe schreckt verwundert von ihrem Platz neben meinem Bett auf.

»Nur ein Traum«, sage ich zu ihr. »Nur ein sehr merkwürdiger Albtraum.«

20.

MITTE DEZEMBER ist der Werwolf fertiggestellt.
Kaum zu glauben nach all den Wochen der Arbeit. Ich habe darüber geschwitzt, geblutet, geflucht. Und nun ist es getan. Ein Meisterwerk. Besser als der Mantikor. Besser als alles, was meine Hände je erschaffen haben. Ich möchte weinen vor Glück, und doch schreibe ich bloß eine E-Mail.

Projekt fertiggestellt.
Bitte um Bekanntgabe des Liefertermins.

Gruß
V.

So wenige Worte. Für so unendlich große Glückseligkeit.
Hillmann schickt einen ganzen Trupp zu mir in den Wald, der den gut verpackten Werwolf in einen Lieferwagen verlädt. Und dann ist er plötzlich weg. Dieses gigantische, schreckenerregende, wunderschöne Ding.

Ich besuche Jonathan. Unser letztes Treffen liegt einige Tage zurück. Er freut sich ungemein, aber Klara noch mehr. Seit sie mein Atelier besichtigen durfte, ist sie deutlich braver geworden. Offenbar erhofft sie sich einen zweiten Besuch. Gewitztes Gör. Kurz nachdem sie und Jonathan das erste Mal bei mir im Haus waren, hatte ich an meiner Entscheidung gezweifelt. Schließlich hatte ich bisher noch nie jemanden so nahe an mich herangelassen. Doch jetzt bin ich froh darüber. Ich habe meine Welt mit ihnen geteilt, zumindest ein bisschen. Ein gutes Gefühl.

Aber ich bleibe vorsichtig. Fragen nach meiner Arbeit weiche ich aus. Und wenn Klara sich nach dem Bunker erkundigt, behaupte ich, dort drin bloß alte Gerätschaften und Autoersatzteile zu lagern.

Kurz vor Weihnachten fährt Jonathan mit Klara zu seinen Eltern, um dort die Feiertage zu verbringen. Natürlich wollte er, dass ich mitkomme, aber ich habe höflich abgelehnt. Für diesen Schritt bin ich einfach noch nicht bereit, und außerdem habe ich ohnehin zu tun. Es tut gut, ein paar Tage für mich zu haben. Die Arbeit am Werwolf ist abgeschlossen, und ich habe endlich Zeit, um Luft zu holen. Dabei fällt mir zum ersten Mal etwas auf: Es fühlt sich merkwürdig an, plötzlich so viele Geheimnisse zu haben. Dabei waren sie schon immer da, nur gab es niemanden, vor dem ich sie verbergen musste.

Ich bekomme Nachricht von Herrn Eckhart. Per Telefon erkundigt er sich, wie es denn mit Frau Mutter aussieht. Er klingt angespannt. Ich ersuche ihn um Geduld. Das Azetonbad nähert sich allmählich seinem Ende, die eigentliche Arbeit steht aber noch bevor. Als Nächstes werde ich das Präparat in eine Vakuumkammer geben, in der sich eine Kunststofflösung befindet. Durch den hohen Dampfdruck fängt das Azeton an zu sieden und perlt buchstäblich aus dem Körper heraus. Das dadurch entstandene Volumendefizit sorgt dafür, dass das gleiche Volumen an Kunststoff ins Gewebe hineingesaugt wird. Nach Abschluss dieses Vorgangs ist das Präparat vollständig mit Kunststoff angefüllt und bereit für die gewünschte Positionierung mithilfe von Klammern, Drähten und Nadeln. Finale Feinheiten wie Perückenhaare, Glasaugen und schöne Fingernägel kommen ganz zum Schluss, wenn ich den Körper mit einer Kunsthaut überziehe.

»Interessant«, sagt Herr Eckhart, nachdem ich ihm das Vorgehen geschildert habe. »Und das machen Sie alles allein? Ohne Hilfe?«

»Wenn es sonst jemanden gäbe, der sich für eine derartige Arbeit bereit erklären würde, würden wir jetzt nicht dieses Gespräch führen, oder?«

»Das stimmt wohl. Aber ich hätte meine Mutter gern wieder bei uns, verstehen Sie? Was Sie da beschreiben, klingt alles so ... schmerzhaft.«

»Welch Glück, dass Ihre Mutter nichts mehr spürt.« Er hat wenig übrig für meinen trockenen Humor, das höre ich deutlich aus der folgenden Stille. »Wie gesagt, Herr Eckhart, bitte haben Sie Geduld, so etwas braucht Zeit. Sie wollen doch, dass ich gründlich arbeite.«

»Ja, natürlich. Bitte verzeihen Sie. Wir warten. Machen Sie alles in Ruhe.«

»Das werde ich.« Wobei mir beim bloßen Gedanken, wieder Hand an die Alte legen zu müssen, ein Zittern durch alle Glieder fährt.

Ich lege auf, im selben Moment entdecke ich eine E-Mail von Hillmann in meinem Postfach. Lobeshymnen? Danksagungen? Heiligsprechungen? Vorfreudig öffne ich die Nachricht und stolpere über drei bisher nie gelesene Sätze.

Bin nicht zufrieden!
Präparat kommt zurück.
Bitte um Nachbearbeitung.

So schnell habe ich selten zum Handy gegriffen. Es läutet. Kurz darauf meldet sich Hillmanns tiefe, ungewohnt unfreundliche Stimme.
»Haben Sie meine E-Mail erhalten?«
»Gerade bekommen. Zunächst mal tut es mir leid, dass Sie mit meiner Arbeit nicht zufrieden sind. Was daran gefällt Ihnen denn nicht?«
»Es ist nicht das, was ich mir vorgestellt habe. Das können Sie besser.«
»Ich habe mich exakt an meine Pläne und Ihre Vorgaben gehalten. Sie müssen schon etwas genauer werden, sonst ...«
»Ich wollte etwas Menschliches«, fährt er mir dazwischen. »Keinen Wolf. Keine Bestie mit grünen Augen und Raubtiergebiss, davon hab ich genug bei mir stehen. Ich habe auf Sie gezählt! Und ein kleines Vermögen dafür bezahlt!«
Zum allerersten Mal höre ich diesen Mann schreien. Und mich beschleicht der Gedanke, dass sich hinter dem vermeintlich freundlich-schrulligen Kauz jemand anderes verbirgt. Ein Verrückter.
»Es gab offenbar ein Verständigungsproblem zwischen uns«, sage ich so gefasst wie möglich. »Ich dachte, Sie wollten etwas Monströses. Etwas Schreckenerregendes. Das haben Sie bekommen.«
»Aber doch nicht so! Kein billiges Monster mit scharfen Zähnen, sondern etwas Menschliches, etwas *Menschliches*!«
»Sie haben die Entwürfe begutachtet und freigegeben.«
»Ich dachte, da kommt noch mehr! Dass Sie sich einmal etwas trauen, nur ein einziges Mal!«
»Herr Hillmann, verzeihen Sie dieses Missverständnis, aber ich

habe mich genau an die Vorgaben gehalten. Falls Sie das Präparat zurückschicken, erhöhen sich die Kosten.«

»Einen Dreck werden sie das!«

»Wie bitte?«

»Tun Sie, womit ich Sie beauftragt habe! Ist das denn so schwer? Sie hatten eine simple Aufgabe, und die werden Sie erfüllen, oder wir beide haben ein riesiges …« Er bricht abrupt ab, und für einen Moment wird es still in der Leitung. Dann höre ich ihn wieder reden, etwas dumpfer als zuvor, als hätte er das Handy weggelegt. »Hanni, was machst du denn hier? Hast du Sehnsucht nach Opa?«

Hillmanns Stimme ist mit einem Mal seidenweich geworden. Säuselnd geradezu. Im Hintergrund höre ich ein kleines Mädchen quasseln.

»Nachher dann, mein Schatz. Wenn ich mit meinem Telefonat fertig bin. Jetzt gib Opa einen Kuss.«

Es durchzuckt mich unwillkürlich, als ich das höre. Hanni ist Hillmanns fünfjährige Enkeltochter. Bei meinen Besuchen in seinem Haus habe ich sie ein paarmal gesehen. Ein entzückendes blondes Mädchen, mit großer Ähnlichkeit zu Klara. Sie scheint ihm den Kuss nicht geben zu wollen. Er wiederholt seine Bitte, sie quengelt beunruhigt vor sich hin. Eine Tür wird aufgemacht, und eine dritte Stimme mischt sich ein. Es ist Astrid, Hillmanns Tochter. Sie klingt, wie meistens, wenn sie mit ihrem Vater spricht, sehr ungehalten.

»Tut mir leid, dass sie dich gestört hat. Wir sind schon weg.«

»Aber nicht doch, Herzchen, ich habe euch beide immer gern in meiner Nähe!«

Schritte entfernen sich. Die Tür fällt zu, und Hillmanns Stimme ist wieder hart und unfreundlich. »Entschuldigen Sie die Unterbrechung. Meine Enkelin ist ins Zimmer geplatzt.«

Ich sage nichts.

»Wo waren wir?«

»Beim Werwolf.«

Er schnaubt, als würde allein das Thema ihn schon zur Weißglut bringen. »Ich muss sagen, Sie enttäuschen mich.«

»Das war nicht meine Absicht.«

»Erschaffen Sie mir ein Monstrum! Ein menschliches Monstrum aus Fleisch und Blut, mit Haut und Haaren, aber ohne giftgrüne Augen!«

»Das war so aber nicht abgemacht.«

»Ich pfeife darauf, was abgemacht war. Ich will dieses Monstrum! Niemand sonst kann so etwas präparieren, nur Sie! Tun Sie es! Bauen Sie mir das Menschenmonster!«

»Wie soll ich das denn machen!« Nun brülle auch ich. Vor Wut gehe ich unruhig auf und ab. »Ich kann Ihnen keinen Menschen präparieren, das geht nicht!«

»Ach, wirklich nicht?«

Ich bleibe stehen.

Seine Stimme ist ruhig geworden, drohend fast. Mir wird unwillkürlich eiskalt.

»Erfüllen Sie Ihren Auftrag. Morgen wird das Präparat an Sie zurückgeliefert. Keine Zusatzkosten. Ich will, was ich bestellt habe.«

Ich atme einmal tief durch.

»In Ordnung«, antworte ich.

»Erstatten Sie ab jetzt regelmäßig Bericht. Ich will wissen, was Sie treiben mit meinem Geld.«

Ich halte ganz still, sonst beiße ich noch in meine Faust.

»In Ordnung«, wiederhole ich.

Er legt auf.

In der Morgendämmerung hält der Lieferwagen vor meinem Bunker. Da ist er also wieder. Eingepackt und abgewiesen, wie Dreck. Unzählige Wochen, umsonst.

Er will es menschlicher haben. Aus Fleisch und Blut, mit Haut und Haaren.

Wie, um alles in der Welt, soll ich das anstellen?

DAS II. PRÄPARAT

21.

FRISCH GEFALLENER SCHNEE erstickt den Wald unter einer glitzernden weißen Haube. Gemeinsam mit Klara suche ich nach Holzmaterialien, was bei diesen Bedingungen nicht einfach ist. Sollten wir nichts Verwertbares finden, werde ich in einem Zoofachhandel vorbeischauen, Kletterteile für Nager oder Dekor für Terrarien eignen sich genauso gut. Nur habe ich Klara versprochen, mit ihr in den Wald zu gehen, und es wäre schön, wenn dieser Ausflug auch einen beruflichen Mehrwert hätte.

Ausgerüstet mit dicken Moonboots, ihrem flauschigen Mantel und einer warmen Wollmütze stapft Klara durch den Schnee. Hexe begleitet uns selbstverständlich. Die beiden sind ein gutes Stück vorausmarschiert. Das gibt mir Zeit und Raum zum Nachdenken. Es lässt mich nicht los, dieses nagende Gefühl des Versagens. Ich habe den Werwolf auseinandergenommen und wieder von vorne begonnen. Neue Entwürfe angefertigt, diesmal aufrecht und auf zwei Beinen. Hillmann hat sie abgelehnt. Er erklärt mir nicht einmal, was ihm daran nicht gefällt. Nach Tagen und Nächten ohne Schlaf, nach etlichen Zeichnungen und Bergen an zusammengeknülltem Papier bin ich wieder zum ursprünglichen Design zurückgekehrt, bloß dass ich diesmal einen Menschenkopf auf den Monsterkörper gesetzt habe. Ich habe mir dabei Hillmanns wütendes Gesicht vorgestellt, und plötzlich ging alles wie von selbst.

Jetzt warte ich auf seine Reaktion.

Das Problem: Selbst wenn ihm dieser Entwurf gefiele, habe ich keine Ahnung, wie ich ihn in die Tat umsetzen soll. Natürlich kann ich einen menschlichen Kopf modellieren, aber er würde vermutlich nicht echt genug wirken. Höchstens, wenn ich auf formbaren Kunststoff zurückgreife. Aber damit arbeite ich eigentlich nicht. Und es macht mich langsam wahnsinnig, dass ich einfach nicht kapiere, was der Mann genau von mir will.

»Sonja, schau mal! Geht der da?« Klara hält einen leicht gebogenen Stock in die Luft, den sie eben aus dem Schnee gezogen hat.

»Ja, der sieht gut aus! Den nehmen wir mit.«

Eilig steckt sie den Stock in ihren Rucksack. Und schon ist sie wieder unterwegs, todesmutig wirft sie sich in Schneehaufen und rappelt sich lachend wieder auf die Beine. Meine Gedanken finden erneut zu diesem verfluchten Werwolf zurück. Es fühlt sich an wie ein Nagel, der zentimetertief in meinem Kopf steckt – es schmerzt, es pocht, und was am schlimmsten ist, es berührt eine Stelle in mir, die am leichtesten zu manipulieren ist, meinen Ehrgeiz. Ich möchte diesen Auftrag zu Ende bringen. Um jeden Preis. Dass ich tatsächlich an meine Grenzen gestoßen sein soll, ist inakzeptabel.

Hexes kalte feuchte Schnauze streift meine Hand. Sie ist eben zu mir zurückgelaufen gekommen und trottet müde neben mir her. Als ich mich umblicke, fällt mir auf, dass Klara nicht mehr zu sehen ist. Ich bleibe stehen.

»Klara?«, rufe ich. Keine Antwort. »Klara!«

Ich gehe ein paar Schritte, sehe mich um. Eben war sie doch noch da – spielt sie Verstecken? Dieses Kind raubt mir noch den letzten Nerv.

»Klara, lass das. Du weißt, ich mag solche Spiele nicht.« Weiterhin keine Antwort. In meiner Kehle wird es eng. »Komm zurück, das ist nicht lustig. Klara!«

Der Wind frischt auf, treibt Schnee von den Ästen und direkt in mein Gesicht. Ich entdecke Spuren am Boden, sie könnten Klara gehören, aber ich bin mir nicht sicher. Kopflos folge ich den Spuren und muss schnell feststellen, dass mich das nicht weiterbringen wird. Sie vermischen sich mit anderen Abdrücken im Schnee, die wohl von weiteren Wanderern der letzten Tage stammen.

»Klara!«, rufe ich noch einmal, so laut wie ich kann. »Wo bist du? Klara!«

Hexe beginnt neben mir zu bellen. Ich laufe los, wahllos in irgendeine Richtung, die Bäume verschwimmen vor meinen Augen. Ich darf sie nicht verloren haben. Jonathan würde mir niemals verzeihen! Ich selbst würde mir niemals verzeihen. Was, wenn sie über Stacheldraht stolpert wie Hexe damals? Oder in eine Schlucht stürzt? Ganz plötzlich habe ich all diese schrecklichen Bilder im Kopf, verrenkte Gliedmaßen, Blut auf den Ästen, starre, leere Augen wie jene in meinem Atelier.

Und dann, ganz plötzlich, sehe ich etwas anderes vor mir: Ein blasses Gesicht hinter trüben Fensterscheiben. Ein Mädchen eingesperrt bis in alle Ewigkeit, in der kalten Dunkelheit dieser verfluchten Mühle. Es ist nur eine Geschichte, aber in diesem Moment ist sie real für mich. In meinem Kopf, in meiner Erinnerung. Alles, was ich sehe, ist dieses leblose Mädchengesicht, das durch das Fenster zu mir nach draußen starrt. Regungslos und doch voller dunkler Energie, als schreie es stumm um Hilfe.

»Klara!«

Immer wieder rufe ich ihren Namen, während Hexe hechelnd neben mir her rennt. Dort vorne, was ist das? Ist das eine Kapuze? Nein, nur das Eck einer Plane über einem Holzstoß. Nackte Verzweiflung steigt in mir hoch. Ich bleibe stehen, sehe mich um, rufe erneut. Wind und das Klappern von Ästen ist alles, was mir antwortet.

Doch dann höre ich sie. Ihr Lachen, es ist nicht weit entfernt. Ich biege nach links ab und folge den Geräuschen zu einem breiten, in die Höhe ragenden Felsen, in dessen Schatten sie eine Reihe von Ästen und Stöcken zusammengetragen hat. Alles fein säuberlich zu einem kleinen Haufen geschichtet, aber meine Begeisterung hält sich in Grenzen.

»Sag mal, was hast du dir dabei gedacht?«, fahre ich sie an. »Hab ich dir nicht gesagt, du sollst in Sichtweite bleiben? Ich hab vor Schreck fast einen Herzinfarkt bekommen!«

Meine Standpauke scheint sie mehr zu verwundern als einzuschüchtern. Verwirrt legt sie den letzten Stock ab und zuckt mit den Schultern. »Aber ich war doch gar nicht weit weg.«

»Ich hab dich nicht mehr gesehen. Und geantwortet hast du mir auch nicht!«

»Hast du etwa gerufen? Tut mir leid, hab ich nicht gehört.«

»Das ist alles, was du zu sagen hast?«, gifte ich sie an. »Mach das nie wieder! Du hättest verloren gehen können.«

Da lacht sie doch tatsächlich höhnisch auf. »Aber ich kenn mich hier doch aus! Ich weiß genau, wo wir sind, ich hätte schon zu dir zurückgefunden.«

Dieses kleine selbstgerechte Wiesel. Ich bin so wütend, am liebsten würde ich sie über die Schulter werfen und bei Jonathan abliefern wie einen Sack Kohlen, aber ich zwinge mich zur Ruhe.

»Mach das einfach nicht wieder, okay?«, bitte ich sie und atme besinnend durch. »Ich hab mir Sorgen gemacht.«

»Tut mir leid«, antwortet sie mit einem Schmollmund.

Ich deute auf den Haufen neben dem Felsen. »Das können wir nicht alles mitnehmen.«

»Nicht? Aber es sind viele gute Stöcke dabei! Ich hab sie alle von dort vorne, da gibt es einen umgefallenen Baum!«

»Ich denke, es wird Zeit, zurück nach Hause zu gehen. Mir reicht's für heute.«

»Bist du böse?«, fragt sie, als sie mir rasch hinterherfolgt.

»Ein bisschen.«

»Es tut mir leid!«

»Ist schon gut. Bleib ab jetzt einfach bei mir.«

Sie nickt und geht artig neben mir und Hexe her. Es dauert nicht lange, bis wir die Stelle erreicht haben, wo ich sie aus den Augen verloren habe.

»Ist nicht der Bunker hier in der Nähe?«, fragt sie.

»Nein, der liegt woanders.«

»Ganz sicher? Der ist doch gleich da hinten. Ich bin nämlich voll gut in Orientierung.«

»Toll, aber der Bunker liegt trotzdem woanders.«

»Papa meint, das war früher mal ein Wasserspeicher.«

»Das stimmt. Du hast mit ihm darüber geredet?«

»Ich wollte wissen, was das für ein Bunker ist. Papa sagt, ich soll dich fragen, wenn ich mehr wissen will.«

»Soso.«

»Wieso gehört der Bunker dir? Hast du den gekauft?«

Ich überlege, wie sich dieses Thema am besten beenden ließe. »Was hältst du davon, wenn wir heute gemeinsam einen kleinen Vogel ausstopfen? Hexe hat neulich ein totes Rotkehlchen nach Hause gebracht, das wäre doch eine gute erste Arbeit.«

Klara reißt den Mund auf und nestelt aufgeregt an ihrem Rucksack herum. »Jaaa! Machen wir das, bitte! Ich will dir helfen!«

»Dann komm, ab nach Hause.«

Ich nehme sie bei der Hand, doch sie löst sich nach wenigen Schritten und läuft voran, wenn auch nicht zu weit. Sie kennt den Weg mittlerweile – sie hat wirklich ein gutes Orientierungsvermögen. Verstohlen linse ich den verschneiten Hügel hinauf, den wir gerade passieren. Gleich dahinter liegt der Bunker. Gut versteckt unter der weißen Pracht, aber dennoch. Ich hätte nicht gedacht, dass sie die Landschaft bei Schnee wiedererkennt. Ich muss aufpassen. Sie darf den Bunker niemals betreten.

Ich bereite Tee zu und lege im Ofen frisches Holz nach. Hexe, die nach dem Ausflug an der frischen Luft erst mal eine Runde Erholung braucht, rollt sich in der Stube zu einer Kugel zusammen und ist binnen kürzester Zeit eingeschlafen. Ich gehe mit der aufgeregten Klara ins Atelier und hole das tote Rotkehlchen aus der Kühlung. Klara ahnt es nicht, aber das hier wird ihre Feuertaufe. Nach all dem Gerede, dem Bitten und Betteln kann sie endlich beweisen, ob sie das Zeug dazu hat, Teil meiner Welt zu werden oder nicht.

Sie stellt sich auf den Hocker, den auch ich als Kind benutzt habe, und beobachtet konzentriert die einzelnen Arbeitsschritte. Nichts daran scheint sie zu verstören, nicht das Blut, nicht der Geruch, noch nicht einmal die Geräusche. Sie ist einfach nur fasziniert, saugt begierig alles auf, was ich tue und sage. In diesem Mädchen steckt viel mehr von mir selbst, als mir lieb ist.

Es geht schnell voran. Das Entfleischen und Häuten mache natürlich ich, das Beizen in Kartoffelmehl darf sie übernehmen. Nach dem Waschgang wickle ich den Vogel in ein Tuch und verfrachte ihn in die Kühltruhe. »Lass uns ein anderes Mal weitermachen.«

»Wieso?«

»Ich bin etwas müde.«

»Aber ich will jetzt weitermachen! Wie lange machen wir denn Pause?«

»Nicht lange, versprochen«, antworte ich, damit sie fürs Erste Ruhe gibt.

Wir gehen kochen. Sie hilft beim Formen der Knödel und schlägt sich hinterher den Bauch so voll, dass sie sich nicht mehr rühren kann. Huckepack trage ich sie zurück nach Hause, Hexe läuft voraus. Es ist bereits dunkel geworden, die Luft schmeckt frisch und rauchig. Während Klara auf meinem Rücken ein Verdauungsschläfchen hält, geistert mir schon wieder der Werwolf im Kopf herum. Vor dem Aufbruch habe ich endlich die ersehnte E-Mail von Hillmann erhalten: Er hat die Entwürfe vorerst für okay befunden, möchte aber weiterhin über jeden weiteren Arbeitsschritt auf dem Laufenden gehalten werden. Kurz fühlte ich mich erleichtert, aber dann traf mich wieder die Wucht der Aufgabe. Mit Kunststoff lassen sich zwar durchaus lebensechte Plastiken herstellen, doch die Echtheit eines richtigen Menschenkopfes kann dadurch nicht erzielt werden. Ich werde also zaubern müssen. Zum Teufel noch mal, ich werde ihm den besten falschen Menschenkopf basteln, den er je gesehen hat.

Als ich Jonathans Haus erreiche, brennt in den Fenstern der Praxis Licht.

»Sieht aus, als würde dein Papa noch arbeiten«, sage ich zu Klara, die müde von mir runterklettert. Ich sperre das Haus auf, schicke Hexe in das kuschelige Körbchen, das Jonathan für sie gekauft hat, und bringe Klara in ihr Zimmer. Jonathan hat mir vor einiger Zeit einen Schlüssel gegeben. Ein seltener Vertrauensbeweis in meinen Augen, für ihn wahrscheinlich eine Selbstverständlichkeit. Ich schicke Klara zum Zähneputzen und bringe sie ins Bett. Seltsam, wie routiniert ich die Mutterrolle mittlerweile beherrsche.

Zum Teil ist es tatsächlich eine Rolle, die ich spiele und mit der ich im Laufe der letzten Monate einfach gelernt habe umzugehen. Doch es wäre gelogen, wenn ich behaupten würde, die Zeit mit Klara bereite mir keine Freude.

Jonathan kommt wenig später die Treppe rauf und fällt sogleich auf die Couch vor dem Fernseher.

»Harter Tag?«, frage ich.

»Vor allem lang. Die neue Sprechstundenhilfe macht immer noch lauter Fehler. Zu schade, dass Becky gekündigt hat.«

»Das tut mir leid.«

»Und am Schluss war wieder diese Frau mit dem weißen Husky da. Du weißt schon. Die, die du nicht ausstehen kannst.«

»Ja, ich erinnere mich. Was war diesmal los?«

»Sie hat sich beklagt, dass der Hund alles zerfleddert und zerlegt in ihrem Haus. Ich sollte ihn auf Tollwut untersuchen. Dass Huskys von Natur aus gerne alles auseinandernehmen, wenn sie unterbeschäftigt sind, hat sie mir nicht abgekauft.«

»Ich sag doch, die ist überfordert. Man sollte ihr den Hund wegnehmen.«

»Ja.« Er reibt sich übers Gesicht und legt den Kopf in den Nacken. Als ich mich zu ihm setze, sinkt er gegen mich und schließt die Augen. »Danke, dass du auf Klara aufgepasst hast. War sie brav?«

»Sogar sehr brav. Wir haben gemeinsam ein Rotkehlchen entfleischt.«

»Mhm.« Er öffnet die Augen. »Moment, was?«

»Beruhige dich, sie durfte nur ein bisschen mithelfen. Und jetzt herrscht mal ein paar Tage Pause.«

»Toll. Sie wird ausflippen vor Ungeduld.«

»Das ist dann dein Problem.«

Er hebt den Kopf und zieht mich fest an sich heran. »Ich bin so froh«, sagt er leise. »Dass du sie inzwischen doch ein bisschen leiden kannst.«

»Sie lässt einem ja auch keine Wahl.«

»Wie geht es mit deinem Projekt voran? Ist der Kunde mittlerweile zufrieden?«

Ich seufze. In meiner Verzweiflung habe ich ihm von Hillmanns Reklamation erzählt. Ohne die Details zu erwähnen, aber das Grundproblem kennt er nun. »Die neuen Entwürfe hat er zumindest mal bestätigt. Aber jetzt muss ich mir überlegen, wie ich es konkret umsetze.«

»Hm, verstehe.«

Ich kann seine Neugier förmlich spüren. Vielleicht ist es sogar Besorgnis. Wie gern würde ich ihm alles erzählen. Von meiner Ratlosigkeit und dieser furchtbaren Verzweiflung. Weil ich nicht weiß, wie ich alles hinkriegen soll. Ich bin total blockiert. Was vorher noch Freude war, hat sich in Abneigung verwandelt. Meine Nerven liegen noch von Oma Eckhart blank, und dieser Werwolf kotzt mich an. Alles daran. Aber eine großzügige Summe dafür ist schon auf meinem Konto gelandet und zum Teil auch wieder für Körperteile verbraten worden. Da komme ich jetzt nicht mehr raus.

»Lass uns über etwas anderes reden«, sage ich und kuschle mich an seine Brust.

»Okay.«

Sanft streichelt er mein kurzes Haar. Er sagt aber nichts mehr, und so schalten wir den Fernseher ein und lassen uns berieseln. Jeder in seine eigenen Gedanken vertieft.

In der Nacht habe ich wieder einen Albtraum.

Ich bin in der Mühle, und plötzlich rast ein Auto mit voller Wucht in die Fassade. Holz splittert, Staub wirbelt durch die Luft.

Im grellen Licht der Scheinwerfer erkenne ich die zersprungene Frontscheibe, aber nicht, was sich im Wageninneren verbirgt.

»Mama, Papa!«, rufe ich.

Ich kämpfe mich am Schutt vorbei und reiße an der Fahrertür. Sie klemmt. Atemlos hechte ich auf die andere Seite. Diesmal lässt sich die Tür öffnen, aber die beiden Vordersitze sind leer. Leer, aber blutverschmiert.

Da kommt von der Rückbank ein Rascheln.

Ich beuge mich ins Wageninnere und entdecke hinten eine Gestalt. Es ist mein Großvater, der genüsslich eine in Papier gehüllte Hühnerkeule verspeist. Der üppige Saft rinnt ihm vom Kinn und tropft mit lautem Ploppen auf den zerbeulten Sitzbezug. Sobald er aufperlt, färbt er sich rot. Alles ist plötzlich rot.

»Wo sind sie?«, frage ich ihn verzweifelt. »Wo sind Mama und Papa?«

Aber er mampft unbekümmert weiter. Zupft mit den Zähnen ein großes Stück Fleisch vom Knochen, und plötzlich erkenne ich, dass es keine Hühnerkeule ist. Sondern eine menschliche Hand. Ich entdecke einen Ring an einem der Finger. Mamas Ring.

Ich schreie. Die Welt scheint zu erzittern. Meine Kehle brennt wie Feuer.

Und er isst weiter. Bis nichts mehr übrig ist.

Schweißgebadet wache ich auf. Jonathan schlummert friedlich neben mir, Hexe liegt eingerollt auf dem Teppich. Ruckartig setze ich mich auf, habe kurz Angst, mich übergeben zu müssen. Schließlich ebbt der Brechreiz ab, aber die Furcht bleibt.

Was, um Himmels willen, geht in meinem Kopf bloß vor?

22.

Liebe Mama, lieber Papa,
jetzt sind schon wieder fünf Monate vergangen, es tut mir so leid! Gestern haben Großvater und ich einen Hirsch fertiggestellt. Wisst ihr, wie viel Arbeit das ist? Eine Menge! Und so ein Fell ist schwer, ich kann es allein gar nicht tragen. Großvater übrigens auch nicht, wir mussten es zusammen machen.

Ich will auf jeden Fall auch Präparatorin werden. Ich will alle Tiere präparieren, die es gibt. Und am besten auch noch die, die es nicht gibt. Stellt euch einen Drachen vor! Wäre das nicht toll? So groß wie ein ganzes Haus. Eines Tages werde ich so gut sein, dass ich einen Drachen präpariere. Ihr werdet es sehen. Ich werde ganz viel üben.

Liebe Mama, lieber Papa,
tut mir leid, dass ich mich so lange nicht gemeldet habe. Ich weiß, das sage ich jedes Mal. Ich weiß nicht, was ich erzählen soll. Es fühlt sich nicht so an, als würdet ihr zuhören.

Liebe Mama, lieber Papa,
ich muss euch was erzählen. Mit Großvater kann ich nicht darüber reden, weil ... keine Ahnung. Er reagiert ganz merkwürdig auf dieses Thema. Es geht um Becky. Becky ist ein Mädchen aus dem Dorf, das mal furchtbar gemein zu mir war. Einmal hat sie mich auf dem Spielplatz mit Dreck beworfen, nur weil ich gefragt hab, ob ich mitspielen darf. Und alle anderen Kinder haben mitgemacht! Ich hab mich heimlich von zu Hause weggeschlichen, weil ich unbedingt mit den Kindern am Spielplatz spielen wollte, aber sie waren echt nicht nett zu mir. Neulich ist Becky dann zu uns nach Hause gekommen und wollte mit mir spielen. Ich hab sie davor auch schon öfter im Wald gesehen, aber immer weiter weg und mit Freunden. Und ich hab mich so gefreut, weil ich ja sonst niemanden habe. Großvater war gerade beim Arzt, deswegen konnte ich ihn nicht um Erlaubnis fragen. Eigentlich hat er mir verboten, Fremde ins Haus zu lassen, aber ich wollte unbedingt mit Becky spielen! Also hab ich gesagt, dass wir draußen bleiben müssen. Wir haben erst ein bisschen Fangen und dann Verstecken gespielt, draußen auf der Lichtung und ums Haus rum. Ich hab mich total gefreut. Aber irgendwann hab ich gesucht und gesucht und Becky nicht gefunden, weil sie sich nämlich drin versteckt hat, obwohl das gar nicht gegolten hat. Und genau da ist Großvater heimgekommen und hat natürlich gleich gemerkt, dass ich ein schlechtes Gewissen hatte. Und als er dann das von Becky gehört hat, hat er mit so einem strengen Ton nach ihr gebrüllt, dass sie schnell die Treppe runtergekommen ist. Keine Ahnung, was sie da oben gesucht hat! Und sie hat auch ganz komisch ausgesehen, als wär sie bei was ertappt worden.

Großvater hat sie dann mords geschimpft, was sie bei uns im Haus verloren hat, und hat ihr in die Taschen gelangt, ob sie was eingesteckt hat, und immer wieder gefragt, was sie da oben in seinem Schlafzimmer gesucht und gesehen hat. Ich wollte sie verteidigen und hab gesagt, dass wir doch nur gespielt haben. Aber da hat sie mich plötzlich ganz kalt angeschaut und gerufen, sie würde nicht mit einem Hexenkind spielen und ich sei pfui und was weiß Gott noch alles.

Und dann ist sie raus aus der Tür und ganz schnell davongelaufen. Das hat so wehgetan. Ich wollte doch nur endlich eine Freundin haben. Und sie war am Anfang so nett. Dabei hasst sie mich, weil ich anders bin. Sie ist das wahre Monster, nicht ich. Oder?

Liebe Mama, lieber Papa,
es ist lange her, ich weiß. Großvater ist vor einer Woche gestorben. Keine Ahnung, wieso ich diese Zeilen schreibe. Wieso ich überhaupt nach diesem Heftchen gekramt habe. Ich habe es unter meiner Matratze gefunden, ganz vergilbt, und mir alles noch mal durchgelesen, jeden einzelnen Eintrag, und ich denke, es wird Zeit, euch loszulassen. Das wollte ich euch sagen. Auch wenn es lächerlich ist, was ich hier mache, irgendwie tut es gut. Ich bin nun allein, aber so ist der Lauf der Dinge. Ich liebe euch. Lebt wohl.

23.

ZWEI TAGE SPÄTER sitze ich gerade an den feinen Linien der Augenpartie des Wolfsmenschenkopfes, als eine E-Mail von Herrn Jungblut eintrudelt. Besser gesagt, seines kleinen Arschkriechers.

Sehr geehrtes Fräulein Valkyria,
Herr Jungblut bittet Sie höflich um ein Treffen, wie immer in seinem Haus. Morgen, Mittwoch, 10.00 Uhr?

MfG
A. K.

Ich habe das Gefühl, mein Magen stülpt sich nach außen. Ein weiteres Haustier für Jungbluts perverse Sammlung zu präparieren ist das Letzte, wofür ich Nerven habe. Niemals. Trotzdem schreibe ich zurück. Einem Mann wie ihm kann man nicht per E-Mail absagen. Ich werde persönlich antanzen und mich erklären müssen.

Komme zur gewünschten Zeit vorbei.

Gruß
V.

Danach kümmere ich mich wieder um den Kopf meines Werwolfes.

Ich bin keine Maskenbildnerin, zum Teufel. Trotzdem mache ich weiter, ziehe stur den Pinsel über den Kunststoff, obwohl meine Finger schmerzen und ich mit dem Ergebnis jetzt schon nicht zufrieden bin. Noch habe ich keinen Ersatzplan.

Als mir vor Müdigkeit bereits die Augen wehtun, lehne ich mich zurück und werfe einen Blick in den Tank.

Das Azeton habe ich aus dem Tank gelassen und entsorgt. Großmutter Eckharts dürrer, gehäuteter Körper wird nun mit Kunststoff vollgepumpt, das wird noch mehrere Wochen dauern. Allmählich müssten die Organe fest werden. Auf absurde Weise warte ich, dass sie den Kopf dreht und mich ansieht. Was würde ich dann tun? Schreien oder lachen?

Neulich hatte ich ein seltsames Erlebnis hier im Bunker. Ich saß an den Skizzen des neuen Werwolfes, als ich mir plötzlich einbildete, die Leiche hätte sich in ihrem Tank bewegt. Nicht viel. Ich meinte nur aus dem Augenwinkel heraus so ein kurzes Zucken wahrzunehmen. Ich versuchte mir einzureden, dass es bloß ein Streich meiner übermüdeten Augen war, aber ich konnte danach nicht mehr weiterarbeiten. Ständig sah ich zum Tank hinüber. Schließlich stand ich auf und starrte der Leiche sekundenlang ins Gesicht. So wie jetzt gerade.

Mit dem Finger tippe ich an das Glas des Tanks. Die Leiche bewegt sich nicht. Ich tippe noch einmal. Warte.

Nichts passiert.

»Du bist doch tot, oder?«, frage ich die Alte. »Du bleibst schön brav in deinem gläsernen Sarg. Sonst werde ich hier noch verrückt.«

Ich parke den Jeep vor dem Tor, das gütigerweise bereits offen steht. Die Einfahrt wurde geräumt, der Rasen ist mit Schnee bedeckt. Von den Dachrinnen und Fensterbrettern hängen große, tropfende Eiszapfen, die dem Gebäude den Eindruck verleihen, es hätte Reißzähne. Ein bösartiger, dunkler Ort, der mich selten so stark abgestoßen hat wie jetzt. Mit ziehenden Bauchschmerzen nähere ich mich der Eingangstür, wo Arschkriecher wie üblich auf mich wartet. Am liebsten würde ich kehrtmachen und einfach davonfahren, nie wieder einen Gedanken an dieses Haus verschwenden, aber das würde nichts bringen. Wenn ich mich aus Jungbluts Fängen befreien will, muss ich das so unmissverständlich wie möglich tun.

Arschkriecher ermahnt mich, die Schuhe ordentlich abzustreifen, was ich getrost ignoriere. Ich eile die Treppe hoch und durch den langen dunklen Korridor zu Jungbluts Büro. Ich klopfe nicht, sondern gehe einfach rein. Arschkriecher stolpert wütend hinter mir her.

»Herr Jungblut, die Präparatorin ...«

»Ich hab nicht viel Zeit«, sage ich und setze mich auf den üblichen Stuhl. »Was gibt's?«

Jungbluts seliges Lächeln sticht wie Nadeln in meinen Augen. Ich frage mich, wie dieser Mann sein eigenes Spiegelbild erträgt. Immer dieses Lächeln. Nicht mal der Teufel könnte es imitieren.

»Sie sehen nicht gut aus«, bemerkt er. »Viel Stress?«

»In der Tat. Mein Terminplan ist voll.«

»Mir ist zu Ohren gekommen, dass Sie und der neue Tierarzt jetzt ein Paar sind. Herzlichen Glückwunsch.«

»Was Ihnen alles zu Ohren kommt.«

»Ich freue mich für Sie. Dr. Jordan ist ein reizender junger Mann. Und er hat eine ganz entzückende kleine Tochter. Das ist bestimmt eine große Herausforderung für Sie. Kinder können so anstrengend sein. Verzeihen Sie mir, wenn ich das sage, aber ... ich könnte Sie mir als vieles vorstellen, aber nicht als Mutter. Wie fühlen Sie sich in der neuen Rolle?«

Unmerklich sehe ich mich im Raum um. Keine Box. Das erleichtert mich, vielleicht geht es um etwas anderes. »Muss noch reinkommen«, antworte ich knapp.

»Ach, das wird schon. Sie haben ja zum Glück einen wunderbaren Mann an Ihrer Seite. Ich habe ihm unlängst ein Geschäft vorgeschlagen, wussten Sie das?«

Da haben wir's. »Ja.«

»Leider scheine ich ihn noch nicht überzeugt zu haben. Dabei wäre es eine tolle Sache! Es gibt so viele Tiere, die unsere Hilfe brauchen, und er ist ein hervorragender Arzt. Vielleicht können Sie ihn ja davon überzeugen? Er würde natürlich ein entsprechend hohes Gehalt bekommen. Sie beide hätten dann eine gesicherte Zukunft.«

»Mir schmeckt das nicht, was Sie da sagen.«

»Haben Sie etwas gegen eine gesicherte Zukunft?«

»Soll das eine Art illegaler Basar für Sie werden? Ein Gratisbuffet sozusagen? Und Jonathan soll es zum Schein leiten?«

Er neigt milde den Kopf. »Auf was für unsinnige Gedanken Sie immer kommen, mein Fräulein.«

»Geht es darum? Möchten Sie, dass ich bei Jonathan ein gutes Wort für Sie einlege?«

»Wird es nicht langsam Zeit, dass wir uns duzen?«

»Absolut nicht.«

Und das Lächeln steht. Es kostet ihn Kraft, aber es steht. »Dieser Charme«, sagt er. »Sucht doch immer wieder seinesgleichen.«

Ich schlage ungeduldig die Beine übereinander.

»Also gut. Kommen wir zum Geschäftlichen«, sagt er.

Er öffnet seine Lade und zieht ein Foto heraus. Mit der Rückseite nach oben schiebt er es wie üblich über den Tisch.

Mein Puls geht unvermittelt in die Höhe – ich hätte es ahnen sollen. Am Ende geht es immer um das gleiche schäbige Thema.

»Ich sehe keine Box«, sage ich dennoch, einer letzten schwachen Hoffnung folgend.

»Richtig, keine Box diesmal. Nur das Foto.«

»Ich verstehe nicht.«

»Sehen Sie, Fräulein ... es gibt keine Box, weil das Tier noch gar nicht hier ist. Aber ich arbeite daran, haben Sie keine Sorge. Meine Männer sind bereits an der Sache dran.«

Mir wird übel bei der abartigen Leichtigkeit, mit der er das sagt. Hier ein Kätzchen aus Nachbars Garten, dort ein Hund aus einem Hinterhof. Ich wusste die ganze Zeit, dass da eine Menge krumme Dinge im Hintergrund ablaufen, aber ihn zum ersten Mal so offen darüber sprechen zu hören, ist schreckenerregend.

»Es ist diesmal nicht so leicht, müssen Sie wissen. Das Exemplar ist sehr aufgeweckt und demnach schwer zu fassen. Aber ich hätte es liebend gerne in meiner Sammlung. Angstfrei und ohne Schmerzen. Wie immer, Fräulein.«

Ich runzle die Stirn. *Angstfrei und ohne Schmerzen.* Seit wann ist das Teil meiner Aufgabe?

»Was ist hier los?«, frage ich, meine Stimme zittert ganz leicht.

»Wieso weichen Sie von der üblichen Vorgehensweise ab? Sie liefern die Tiere, ich präpariere sie, so lautet die Abmachung. Ich will nichts von Ihren schäbigen Machenschaften wissen, schon gar keine Details.«

»Ich weiß, so lautet die Abmachung, aber in diesem Fall hätte ich gerne im Voraus Ihre Zusage. Einfach zur Sicherheit. Damit das Tier nicht umsonst herbeigeschafft wird.«

»Wieso, was ist es für ein Tier?«

»Schauen Sie es sich an«, ermutigt er mich seelenruhig. »Dann werden Sie verstehen.«

Ich hebe das Foto auf und wage kurz nicht zu atmen. Ich kann es einfach nicht – dieselbe Luft zu atmen wie dieser Mann.

»Das ist Rambo«, sage ich entsetzt. Der quirlige weiße Husky.

»Fräulein, Sie sehen blass aus. Ich kann doch weiterhin auf Sie zählen, oder etwa nicht? Unser Deal steht. Ich liefere, Sie präparieren. Für gutes Geld.«

Ein eiskaltes Grauen drückt sämtliche Luft aus meiner Lunge. Ich stütze mich an der Sessellehne ab, will aufstehen und kann mich dennoch nicht vom Fleck rühren. All diese Tiere ... Ich wusste es und habe geschwiegen. Wie eine Söldnerin habe ich mich für meine Dienste bezahlen lassen, und ganz plötzlich begreife ich, wohin mich dieser Weg unweigerlich geführt hat.

»Auf der Rückseite des Fotos finden Sie wie immer eine Anleitung. Und sobald sich das Tier in meinem Besitz befindet, werde ich Sie verständigen. Ich möchte zuvor Ihre unbedingte Zusage, damit es zu keinen Komplikationen kommt. Es wäre ärgerlich, wenn sich die Beschaffung des Tieres als unnötig erweisen würde, da dies ja immer mit einem gewissen Risiko verbunden ist. Aber Sie werden doch bestimmt die Professionalität wahren und den Auftrag annehmen, nicht wahr?«

In mir steigt etwas hoch. Etwas Kaltes, Kratziges. Es könnte Panik sein. Ich schlucke es mit aller Gewalt hinunter.

»Damit ich das richtig verstehe: Sie möchten, dass ich für Sie diesen Hund präpariere. Genau diesen Hund. Keinen anderen.«

»Ja, mein Fräulein. Diesen Hund.«

Mir fehlen die Worte. Und gleichzeitig drängt alles auf einmal an die Oberfläche: Dieser Mann ist wahnsinnig, ich stecke mächtig in der Scheiße, ich muss schnellstmöglich von hier verschwinden, und doch ist es am Ende bloß ein einziger, naiver Gedanke, den ich aus all dem Chaos in meinem Kopf herausfiltern und laut aussprechen kann: »Aber ich ... ich kenne diesen Hund. Er heißt Rambo. Er ist ein lieber Kerl.«

»Ich bin mir sicher, das ist er. Und er ist auch wunderschön. Ich hätte ihn gerne in meiner Sammlung.«

»Aber er ist jung und gesund. Kein Grund, ihn einzuschläfern!«

»Seit wann müssen die Tiere alt und krank sein, damit ich sie haben darf? Habe ich das je so gesagt?«

Ich stutze, völlig vor den Kopf gestoßen. Nein, hat er nicht.

»Aber um Ihr Gewissen etwas zu beruhigen: Er gehört einer Person, die seiner nicht würdig ist, das wissen Sie sicher. Bei mir wäre er glücklich. Also. Lässt sich das arrangieren? Oder nicht?«

Wie giftig er die letzte Frage ausspuckt, wie hart sein Gesicht mit einem Mal geworden ist. Eine unmissverständliche Drohung. Mit beiden Händen halte ich das Foto umklammert, in meinen Ohren rauscht es. Meine eigenen Gedanken, ich kann sie nicht mehr hören. Da ist nur ein Satz, gellend laut.

Renn, so schnell du kannst.

»Übrigens, da wir uns letztes Mal nicht so leicht einig geworden sind.« Er holt Stift und Papier hervor und schreibt eine Zahl auf. Mit einer Null mehr als sonst. »Entspricht dieses Honorar eher Ihren Vorstellungen?«

Wie festgefroren haftet mein Blick auf dem Blatt Papier. Er muss es für ein Zeichen des Zögerns halten, denn er ändert die erste Ziffer von einer 3 in eine 4. Meine Gedanken spielen verrückt.

Das ist eine verdammt hohe Summe für einen Hund.

Ich könnte es tun. Einmal nur, einmal.

Nein, das geht nicht.

Nicht um alles Geld der Welt.

»Gibt es ein Problem?«, fragt Jungblut.

»Nein.« Ich stehe auf und lasse das Foto auf dem Tisch liegen. »Ich werde keine Aufträge dieser Art für Sie ausführen.«

»Aber mein Fräulein, was haben Sie denn? Sie haben es doch schon so oft getan. Wo ist der Unterschied? Nur weil Sie den Hund persönlich kennen? Ach kommen Sie.« Er wartet. Ich rühre mich nicht. »Möchten Sie einen Tee, und wir besprechen alles noch mal ganz in Ruhe?«

»Nein. Es ist alles geklärt. Noch einen schönen Tag.«

Er macht ein überraschtes Gesicht, hält mich aber nicht auf. Auf dem Weg zu meinem Auto fühle ich mich schwindlig. Mein Herz rast. Ich versuche es zu unterdrücken, diese Kälte, diesen stechenden Schmerz in meinem Bauch, der sich immer tiefer in mich hineingräbt. Ich klemme mich hinters Steuer und steige aufs Gas, als könnte ich so die abscheulichen Bilder in meinem Kopf zunichtemachen. Rambo in einer weißen Transportbox, sein schlanker Körper auf meinem Arbeitstisch, gehäutet, leblos.

Durch den eisigen Morast pflüge ich mich nach Hause, immer noch sind meine Nerven zum Zerreißen gespannt. Ohne mir Jacke und Schuhe auszuziehen, eile ich in die Stube, öffne alle Fenster und atme minutenlang die kühle, frische Luft. Dann raste ich aus. Gehe auf und ab, spreche mit mir selbst, sage mir immer wieder, dass meine Entscheidung, den Auftrag abzulehnen, die richtige war. Auch wenn es mich mehr als nur Geld kostet. Auch wenn ich in diesem Moment das Gefühl habe, durch meine Absage das Tor zur Hölle aufgestoßen zu haben.

Plötzlich verlassen mich alle Kräfte, und ich liege erschöpft und träge auf meiner Couch. Die Bauchschmerzen werden wieder schlimmer und breiten sich schließlich auf meinem ganzen Körper aus.

Hexe kommt zu mir getrottet. Mit der Schnauze streift sie meine Hand, schleckt tröstend meine Finger ab. Ich setze mich zu ihr auf den Boden und drücke sie ganz fest an mich. Sie wird unruhig, will sich aus meiner Umarmung befreien. Ich halte sie nur noch fester. Es kommt mir vor, als ersticke ich gerade.

Im Morgengrauen werde ich von einem näher kommenden Motorengeräusch geweckt.

Ich springe aus dem Bett und blicke verwirrt aus dem Fenster. Vor dem Haus hat ein fremdes Auto gehalten. Verdammt. Ich ziehe mir was über und rausche nach unten. Hexe bellt. Es hämmert an der Tür.

»Wer ist da?«, frage ich.

»Machen Sie auf«, donnert eine Männerstimme durch die alte Holztür.

»Was soll das? Wer sind Sie und was wollen Sie?«

Keine Antwort. Ich erkenne Bewegungen unter dem Türschlitz. Draußen kläfft ein Hund. Hexe stimmt in das Gekläffe ein, es wird laut um mich, und plötzlich höre ich meine eigenen Gedanken nicht mehr.

Erneut ein heftiges Klopfen, gefolgt von den drohenden Worten: »Wir kommen so oder so rein.«

Ich denke nicht weiter nach, greife nach meinem Handy und tippe mit zittrigen Fingern die Notrufnummer. Da ertönt plötzlich ein lauter Knall, und die Tür springt sperrangelweit auf. Vor Schreck lasse ich mein Handy fallen. Ich taumle zurück, im Augenwinkel sehe ich Hexe panisch die Flucht unter den Tisch ergreifen. Mit rasendem Puls stehe ich da, während zwei fremde Männer in mein Haus eindringen. Mit dem Rücken an der Wand will ich schreien, um Hilfe rufen, aber schon hat sich einer der beiden bedrohlich vor mir aufgebaut. Er führt einen weißen Husky an der Leine.

»Mit besten Grüßen von Herrn Jungblut.« Ich zucke zusammen, als seine Hand sich nach mir ausstreckt, aber er rührt mich nicht an. Er drückt mir bloß die Leine an die Brust. »Er erwartet, dass Sie Ihren Auftrag erfüllen. Eine großzügige Summe wurde bereits auf Ihr Konto überwiesen. Machen Sie keine Umstände.«

Wortlos halte ich die Leine umklammert. Rambo tänzelt verspielt um mich herum. Er ahnt nicht, was hier vor sich geht. Wer diese Männer sind und wohin sie ihn gebracht haben. Zur Schlächterin ohne Gewissen. Zu seiner letzten Ruhestätte.

»Ich habe den Auftrag abgelehnt«, sage ich heiser.

»Das ist für Herrn Jungblut nicht akzeptabel.«

»Was soll das heißen? Wer seid ihr Typen und wieso habt ihr meine Tür aufgebrochen?«

Kalte Gesichter starren mich an. Rambo wird unruhig, will Aufmerksamkeit.

»Hier.« Ich halte dem Mann die Leine entgegen. »Ich weigere mich. Nehmt ihn wieder mit. Bringt ihn zu seiner Besitzerin zurück!«

»Das geht jetzt nicht mehr.«

»Was heißt, das geht nicht mehr? Bringt ihn zurück! Was soll das, ich habe abgelehnt! Und der Hund lebt noch!«

»Das lässt sich doch bestimmt schnell ändern, oder? Sie haben sicher alles, was man braucht.«

Ich verstehe gar nichts mehr. Und dann verstehe ich auf einmal alles. Ich soll die Drecksarbeit für diesen Bastard erledigen. Ohne mich. Ich will dem Mann die Leine in die Hand drücken, aber er weicht zurück. Rambo steht da und wedelt mit dem Schwanz. Nackte Verzweiflung steigt in mir hoch.

»Erfüllen Sie den Auftrag«, sagt der andere. »Oder wir werden es für Sie tun.«

»Was?«

»Sie haben schon richtig verstanden. Entweder Sie tun, was Herr Jungblut möchte, oder wir ziehen dem Vieh hier und jetzt das Fell ab.« Er holt ein großes Messer aus seinem Gürtel. Ein verfluchtes Fleischermesser.

»Ihr seid ja irre«, sage ich, die Angst schnürt mir die Kehle zu. Ich stelle mich vor den Husky, will ihn beschützen, aber auf einmal grapscht das Arschloch vor mir nach der Leine und zerrt Rambo brutal zu sich. Er packt ihn am Hals, der andere lässt das Messer blitzen.

»So, wo fangen wir an?«, fragt er hämisch.

»Nein!«, kreische ich.

Sie halten inne. Einer lächelt, der andere wirkt todernst.

»Ihre Entscheidung«, sagt der Ernste. »Sie können es auf die Weise tun, die am besten für den Hund ist.« Er greift in seine Tasche und holt ein Fläschchen und eine in Plastik verpackte Einwegspritze hervor. »Oder wir erledigen es auf unsere Art. Aber deutlich weniger fachmännisch. Und vielleicht auch mit ein bisschen Spaß an der Qual. So oder so, dieser Hund wird sterben. Es liegt in Ihrer Hand.«

Das Bild wird unscharf. Tränen brennen in meinen Augen. Ein Albtraum, aus dem ich einfach nicht aufwache. »Gebt mir das Narkotikum«, flüstere ich.

Jetzt grinst auch der andere.

»Wir warten solange hier.«

24.

ICH HATTE NOCH NIE im Leben solche Kopfschmerzen. Ich kann nicht klar denken. Nichts ergibt hier Sinn.

Ich habe Rambo ins Wohnzimmer gebracht, wo er übermütig alles beschnüffelt. Hexe ist misstrauisch und verkriecht sich immer noch unter dem Tisch. Rambo findet die Schüssel mit Trockenfutter und frisst schamlos drauflos, während diese Arschlöcher draußen vor dem Haus Schmiere stehen. Ich bin wie in Trance. Ich beobachte Rambo, streichle mechanisch seinen Rücken und bin ansonsten denk- und bewegungsunfähig, völlig erstarrt.

Was soll ich jetzt tun?

Ich wusste, dass dieser Mann wahnsinnig ist. Sie sind alle wahnsinnig. Und Rambo ist verloren. Ich versuche fieberhaft, einen klaren Gedanken zu fassen, finde aber keinen Ausweg. Außer den einen: meinen Auftrag zu erledigen.

Ich nehme Rambo an die Leine. »Komm, Kleiner. Ich zeige dir mein Atelier.«

25.

ICH REDE MIT IHM. Streichle über seinen Kopf. Er zuckt etwas, als ich die Injektion setze. Dann wird er mit einem Mal sehr ruhig. Ich halte ihn, bis er sich nicht mehr bewegt. Bis seine Atmung stoppt und seine schönen blauen Augen sich schließen.

Die Männer warten weiterhin vor meinem Haus. Ich zeige ihnen das Ergebnis – zeige ihnen, wozu sie mich gezwungen haben. Ein Leben zu nehmen, zur Belustigung eines abartigen reichen Mannes. Sie nicken und gehen. Sie gehen einfach. Autotüren werden zugeschlagen, Reifen spritzen Schlamm hoch. Der Wagen verschwindet im Wald, und ich bleibe mit Tränen in den Augen zurück.

Hexe sitzt neben mir und schaut mich an. Ich weiß nie, ob sie begreift, was ich mit den Tieren tue. Ob sie den Unterschied erkennt zwischen normalen Kadavern und jenen Tieren, die ich von Jungblut bekommen habe. Jenen Tieren, an deren Fertigstellung ich bis zur totalen Erschöpfung arbeite, nur um es hinter mich zu bringen. Aber diesmal scheint sie es zu wissen. Sie scheint ganz genau zu wissen, was ich da eben Furchtbares getan habe.

Ich arbeite ohne Pause. Und ohne Gefühl. Professionalität ist alles, was jetzt zählt. Ich habe es früher getan – ich kann es auch jetzt tun. Diesen Satz spreche ich mir mantrahaft vor. Er hilft mir, meine Emotionen abzuschalten.

Häuten, entfleischen, waschen, gerben. Wickeln, stopfen, nähen.

Klara und Jonathan sperre ich für die Dauer der gesamten Präparation aus. Ich sage, ich hätte zu tun und bräuchte Ruhe. Es stimmt ja auch. Rambo soll schnellstmöglich wieder weg von hier. Dazu muss ich die Tür reparieren. Und mit mir selbst ins Reine kommen. Das ist das mit Abstand Schwierigste.

Sie akzeptieren es. Bleibt ihnen ja nichts anderes übrig. Fenster und Türen meiner Welt sind verschlossen, das Licht ist aus. Was hier drin passiert, bleibt im Dunkeln. Nur ich kenne die Wahrheit.

Er sieht schön aus. Wie neulich, als er noch gelebt hat. Ein stolzes, prachtvolles Tier. Bloß die Augen sind nun anders. Das Leben ist erloschen. Selbst ich konnte es nicht nachstellen. Diesmal nicht.

Knapp zwei Wochen später liefere ich das Präparat bei Sturm und Regen. Durchnässt komme ich bei Jungbluts Haustür an. Arschkriecher bittet mich herein, ich stelle das in Plastik verpackte Präparat ab, drehe mich um und gehe.

Jonathan macht ein besorgtes Gesicht, als Hexe und ich unangemeldet vor seiner Tür stehen. Ich muss schrecklich aussehen.

»Was ist denn mit euch passiert?«, fragt er entsetzt. »Seid ihr zu Fuß hergekommen? Es schüttet in Strömen.«

»Kann ich eine Weile bei dir bleiben?«, frage ich, während Hexe bereits ins Haus läuft und sich schüttelt. »Zumindest bis morgen?«

»Natürlich, komm rein. Ich freu mich immer, wenn du bei mir bist.«

Er nimmt mir meine Jacke ab, ich schlüpfe rasch aus meinen durchnässten Stiefeln. Klara kommt aus dem Wohnzimmer gelaufen und begrüßt mich mit einer Umarmung.

Es duftet nach frischem Kaffee. Es ist warm und hell im Haus. Hier drin ist das Leben einfach weitergegangen. Die heile Welt der beiden existiert nach wie vor, während meine in einem tiefen, dunklen Krater versunken ist. Ich will nicht mehr dorthin zurück. Ich will hierbleiben, im Licht, in der Wärme. Will meine Hölle gegen ihren Himmel tauschen. Ich wünschte, es wäre möglich.

Wir essen gemeinsam zu Abend. Spielen mit Klara eine Runde »Schwarzer Peter«. Hexe liegt auf dem Teppich und beobachtet uns. Als wäre alles ganz normal. Eine unbekümmerte Routine, die im Moment kaum zu ertragen ist.

»Ach ja, das habe ich dir noch gar nicht erzählt«, sagt Jonathan. »Du warst so beschäftigt, und ich wollte dich nicht mit solchen Dingen belasten. Aber Rambo ist seiner Besitzerin offenbar entlaufen. Sie kam vor einer Woche in die Praxis und hat überall Zettel verteilt.«

Ich schweige.

Er schüttelt den Kopf. »Da meinst du noch, dass man ihr den Hund wegnehmen sollte, und dann ist er verschwunden.«

Ich schweige weiter. Er soll aufhören zu reden. Einfach still sein.

»Was ist mit Rambo?«, will Klara wissen. »Ist er tot?«

»Aber nein, Mäuschen, er ist sicher nur weggelaufen. Mach dir keine Sorgen. Sie werden ihn bestimmt bald finden.«

Ich kann nicht schlafen. Der Regen hält mich wach.
Nein, es ist nicht der Regen.
»Alles in Ordnung?«, fragt Jonathan, als ich mich im Bett aufsetze. »Bist du gar nicht müde?«
»Ich muss so viel nachdenken.«
»Worüber denn?«
Über die Männer, die Rambo zu mir gebracht haben. Sie sind bei mir eingebrochen, einfach so. Sie haben den Hund gestohlen. Einfach so. Jungblut. Niemand ist vor diesem Mann sicher. Und offenbar auch nicht vor mir.

Jonathan stützt sich auf. »Hey. Was ist denn los? Was beschäftigt dich?«

»Hast du eigentlich eine Vorstellung davon, wer ich bin? Wozu ich alles fähig bin?«

Er antwortet nicht, aber ich spüre seine Hand über meinen Rücken streichen, unendlich sanft.

»Manchmal weiß ich nicht ... wieso das alles passiert ist«, rede ich mit trockener Kehle weiter. »Wieso du bei mir bist. Wieso du alles akzeptierst, meinen Beruf, meine Zurückgezogenheit, die Tatsache, dass jeder in dieser Stadt mich hasst.«

»Sonja ...«, setzt er an, aber ich lasse ihn nicht weitersprechen. So viele Gedanken sind plötzlich in meinem Kopf. All die neuen Ängste und Befürchtungen, die mich beschäftigen, seit wir uns kennen.

»Ich bin kein guter Ersatz«, spreche ich jene Worte aus, die er endlich hören muss. »Ich bin keine gute Mutter für Klara und erst recht keine gute Partnerin. Ich weiß, du sehnst dich nach jemandem, der dich den Tod deiner Frau vergessen lässt, aber du hast die Falsche! Ich hab das alles nicht verdient ... du solltest mich nicht ...«

Endlich unterbricht er meinen Redeschwall, viel zu spät, wie ich finde, aber vielleicht hat er ja ein Fünkchen Wahrheit darin entdeckt. Er streichelt meine Hand, dann meine Wange, und sein Blick ist voller Zärtlichkeit, genau wie seine Stimme. »Sonja, hör mir zu. Du bist ein gütiger, warmherziger, manchmal etwas verschlossener Mensch. Ich kenne niemanden, der so voller Leidenschaft seine Arbeit tut. Du wohnst dort draußen ganz allein, hast niemanden sonst und gibst trotzdem alles, was du hast. Du hast gelernt, meine Tochter zu lieben, obwohl das nicht leicht für dich war. Du bist kein Mensch, der seine Gefühle offen zeigt, und versuchst trotzdem, mich glücklich zu machen. Und das tust du. Egal, was die anderen sagen, für mich bist du perfekt.«

»Aber du kennst mich nicht. Du hast keine Ahnung ... keine Ahnung, was ...« Meine Stimme versagt.

Jonathan schlingt die Arme um mich, als gäbe es nichts Leichteres für ihn, als wäre diese verrückte blinde Zuneigung, die er mir schenkt, absolut selbstverständlich. In dem Moment merke ich: Ich bin kein Ersatz, sondern etwas viel Schlimmeres. Etwas so Machtvolles und Bedeutsames, dass die Last dieser neuen Rolle mich zu erdrücken droht: sein neuer Anfang.

»Beruhige dich«, sagt er. »Ich glaube, das kommt alles vom Stress. Du musst nur endlich dieses Projekt abschließen, dann wirst du diese ganzen negativen Gedanken vergessen. Ganz sicher.«

»Du hast recht. So wird es sein.«

Ich lege mich wieder hin. Er zieht mich an sich, und in seinen Armen finde ich endlich Ruhe und Schlaf.

Im Traum sehe ich Rambos Kopf aufgespießt an einer Wand hängen. Gleich neben der hübschen Flocke. Und dem schwarzweiß gefleckten Cockerspaniel vom letzten Jahr. Dem schlanken Dobermann mit dem stolzen Blick. Und allen anderen, die ich für ihn präpariert habe.

Ich wünschte, ich wäre frei. Frei von diesen kranken Menschen, deren Geld mir offenbar so wichtig ist. Die ich mir herangezüchtet habe wie Parasiten und die ich jetzt nicht mehr loswerde. Stattdessen bin ich eine Gefangene. Gefangen in den Diensten von Wahnsinnigen, die zu allem bereit sind. Die kein Nein akzeptieren. Und ich spure wie ein Wachhund.

Zum ersten Mal erkenne ich, dass die Freiheit, die ich so hochhalte, nicht existiert. Ich sitze in einem Gefängnis. Und bin darin zu einem Monster geworden.

26.

DAS TAUWETTER HAT Schäden hinterlassen. Muren haben Geröll und Schlamm die Hänge hinuntergespült, der Boden ist matschig. Obwohl es mir schwerfällt, erlaube ich Klara vorerst nicht, mich im Wald besuchen zu kommen. Ich muss ihr dafür versprechen, das Rotkehlchen auf keinen Fall ohne sie fertigzustellen. Versprochen habe ich es, aber ich werde ein bisschen tricksen müssen. Gestern beim Laufen habe ich am Rand des Pfades einen ähnlichen Vogel gefunden, der wohl einem Wildtier zum Opfer gefallen war. Da seine Verletzungen so gravierend waren, dass es keinen Sinn mehr ergeben hätte, ihn gesund zu pflegen, schläferte ich ihn daheim schmerzlos ein, und nun wartet der gekühlte Kadaver auf seine Verwertung. Mit etwas Glück wird Klara den Unterschied nicht merken. Denn warten kann ich nicht auf sie. Das Rotkehlchen durfte nicht länger unvollendet herumliegen. Genauso gut könnte ich mir einen Finger abschneiden und dabei zusehen, wie er verfault. Meine Präparate sind ein Teil von mir.

Apropos abgeschnittene Finger.

Jungbluts Schlägertypen sind gestern vorbeigekommen, um mir

eine Prämie zu überreichen. Zehntausend Euro in bar. Für meinen wackeren Einsatz.

Was wohl wirklich passiert wäre, hätte ich den Auftrag nicht durchgeführt? Hätten sie mich umgebracht?

Ich hätte mich nicht einschüchtern lassen sollen. Jungblut mag ein reicher, verrückter Perversling sein, aber er gibt mit Sicherheit keine Morde in Auftrag. Dass er mit zwielichtigen Personen verkehrt, war mir klar, schließlich bin auch ich eine zwielichtige Person. Ich habe mich von ihm viel zu lange für Dinge bezahlen lassen, die weder legal noch moralisch vertretbar sind, daher darf es mich nicht wundern, dass Jungblut auch andere Leute meines Schlags kennt und beschäftigt. Aber genau das ist der Punkt: Leute meines Schlags. Ich bin in der Kriminalität zu Hause, wieso also habe ich klein beigegeben? Wäre ich bloß etwas fitter gewesen an jenem Tag.

Das war's. Jungblut wird von der Liste der Auftraggeber gestrichen. Dieser Scheißkerl kann sich eine andere Sklavin suchen, die seine kranken Gelüste erfüllt.

Ab nun gilt meine ganze Aufmerksamkeit dem Werwolf und der Leiche in meinem Bunker. Und dann bin ich frei.

Ich habe Hillmann per Videochat zugeschaltet. Seine faltigen Augen verengen sich voller Skepsis, als ich die Plane lüfte und ihm die überarbeitete Version des Werwolfes präsentiere.

Nervös knete ich die Hände. Viele Stunden Arbeit stecken in diesem Präparat. Und Verzweiflung. Und Tränen. Ja, ich habe geweint wegen dieses Dings. Gestern, kurz nachdem ich den fertigen Kopf auf die Skulptur geschraubt hatte, da hat es mich schlagartig überkommen. Ich konnte nicht fassen, dass ich es tatsächlich geschafft hatte. Nach all der Kritik. Nach all der Planlosigkeit. Jetzt liegt es an ihm. Noch sagt er nichts.

»Näher«, befiehlt er schließlich.

Ich nehme den Laptop und wandere mit der Kamera die einzelnen Teile des Präparats ab. Beim Gesicht halte ich etwas Abstand. Es ist mir gut gelungen, aber dass es nicht echt ist, merkt man. Von der Schädelform her habe ich mich erneut an einem Affen orientiert, die Gesichtszüge diesmal jedoch deutlich menschlicher modelliert. Er sieht wütend aus, fletscht aber nicht die Zähne. Die Augen sind golden und liegen tief in den Höhlen, wodurch ein böser, irritierender Ausdruck entsteht.

Stille. Meine Nerven liegen blank.

»Entspricht das eher Ihren Vorstellungen?«, frage ich.

»Nein.«

Verfluchte Scheiße noch mal!

»Das sieht nicht echt genug aus«, spricht er weiter.

»Echter geht es nicht.«

»Doch. Es muss. Sie geben immer noch nicht hundert Prozent.«

Ich stelle den Laptop zurück auf den Tisch, obwohl ich ihn am liebsten durch den Raum schleudern würde. »Herr Hillmann. Sie verstehen sicher, dass modellierte Gesichter niemals so echt aussehen können wie natürliches Material. Das liegt in der Natur der Sache, das habe ich Ihnen bereits erklärt. Ich fürchte, Sie müssen sich damit abfinden, anders lassen sich Ihre Wünsche nicht erfüllen.«

»Wieso haben Sie den Kopf aus Kunststoff gefertigt?«

»Weil Sie einen Menschenkopf wollten.«

»Das da ist kein echter Menschenkopf.«

»Korrekt. Wäre es einer, hätten wir ein Problem.«

Er schnaubt verächtlich. »Wieso denn? Es wird doch irgendwelche Körperspenden aus der Pathologie geben, kommen Sie da nicht an etwas Passendes ran?«

»Verzeihung?«

»Leichen! Sie werden doch sicher Ihre Verbindungen haben! Und wenn nicht, dann knüpfen Sie welche! Wofür bezahle ich Sie?«

Mir entkommt ein kurzes bitteres Lachen. »Sie meinen das wörtlich, nicht wahr? Sie wollen wirklich einen Menschenkopf.«

»Davon rede ich doch die ganze Zeit!«

»Okay, damit ich das richtig verstehe. Sie möchten eine Skulptur mit einem echten menschlichen Schädel. Um sie sich ins Wohnzimmer zu stellen. Und um Ihrer Enkeltochter Furcht einzujagen.« Ich lasse einen Moment verstreichen. Als Hillmann weiter schweigt, vergeht mir jedes Lachen. »Das ist nicht möglich.«

»Machen Sie es möglich.«

»Ich wüsste nicht, wie.«

»Finden Sie einen Weg. Ich möchte ein echtes menschliches Gesicht sehen, wenn wir uns das nächste Mal sprechen!«

»Sonst was?«, frage ich.

Keine Antwort. Kurz glaube ich, der Bildschirm sei eingefroren. Aber dann lächelt er.

»Meine Liebe. Wir haben doch bereits so oft erfolgreich zusammengearbeitet. Erfüllen Sie den Auftrag, und alles wird gut.«

Meine Kehle wird trocken. Dieses Lächeln – es macht mir Angst.

»Erfüllen Sie den Auftrag«, säuselt er.

»Sonst was!«, wiederhole ich.

Er löst die Verbindung. Schwarzer Bildschirm. Ich erkenne mein entsetztes Gesicht in der Spiegelung – offenbar bin ich bleich wie eine Leiche geworden während dieses Gesprächs.

Zum Thema Leiche. Herr Eckhart möchte bezüglich Großmütterchen auf den neuesten Stand gebracht werden. Bloß dass es nicht viel zu berichten gibt. Sie liegt immer noch im Tank. Gut konserviert und für alle Schandtaten bereit. Doch ich kann derzeit nicht an die Arbeit an Oma Eckhart denken. Dieses Werwolf-Problem macht mich fertig. Ich nehme den Kopf wieder ab. Verlasse damit den Bunker und schleudere ihn in den Wald. Er landet im Laub.

Danach hole ich ihn wieder und verfrachte ihn in die Kühltruhe, obwohl er theoretisch gar nicht gekühlt werden muss. Ich will ihn einfach nicht mehr sehen. Dieses traurige Mahnmal all der verlorenen Stunden. Weg damit. Wie sehr ich dieses Projekt hasse.

Ich bin unruhig, marschiere auf und ab. Starre auf das kopflose Ungetüm. Versuche mit dem Werwolf zu kommunizieren. Will herausfinden, was ich tun soll. Stunden, Tage. Zwischendurch schlafe ich. Essen lasse ich vorerst bleiben. Nimmt nur Zeit weg.

Jonathan macht sich starke Sorgen. Als das Wetter sich bessert, kommen er und Klara übers Wochenende zu mir in die Wildnis. Ich habe für Klara ein Zimmer hergerichtet, den kleinen Raum neben meinem Schlafzimmer, wo früher mein Großvater geschlafen hat. Ich habe extra eine neue Matratze gekauft und das Bett mit einer Disney-Prinzessinnen-Bettwäsche überzogen, was Klara sehr gefällt. Als Erstes möchte sie natürlich das Rotkehlchen fertig präparieren. Ich vertröste sie auf später, betone immer wieder, wie müde ich bin. Was ja auch stimmt.

Die nächsten zwei Tage versuche ich mein Bestes zu geben. Jonathan merkt trotzdem, dass etwas nicht stimmt. Als wir abends gemeinsam im Bett liegen, spricht er das Thema vorsichtig an. »Du wirkst so erschöpft. Und so zerstreut. Ist irgendwas passiert?«

»Nein. Alles gut.«

Er nickt und liegt eine Weile schweigsam neben mir. Ich warte darauf, dass er mich küsst oder zumindest das Thema wechselt, doch die Stille geht immer so weiter. Bis er sich plötzlich aufstützt und mir ernst in die Augen sieht.

»Okay, ich mische mich normalerweise nicht in deine Angelegenheiten ein, aber irgendetwas läuft schief, und ich will, dass du es mir sagst. So kann es nämlich nicht weitergehen. Du isst fast nichts! Und du schläfst schon seit Wochen schlecht. Wenn nicht sogar seit Monaten. Was ist los, Sonja?«

Ich will es ihm ja sagen. Alles. Er soll sehen, wer ich wirklich bin. Soll endlich erkennen, dass die Traumfrau, die er verrückterweise in mir sieht, nicht existiert. Dass er sich stattdessen in eine Schlächterin verliebt hat. In eine Frau, die ein Tier für Geld getötet hat. Die Menschenleichen im Bunker versteckt. Er soll es endlich sehen, zum Teufel. Dann fühle ich mich vielleicht nicht mehr wie eine gottverdammte Hochstaplerin.

Aber ich kann mich ihm nicht anvertrauen. Niemandem kann ich erzählen, welche Angst ich habe – dass Jungbluts Schlägertypen zurückkommen, dass Hillmann Amok läuft, dass diese verfluchte Leiche aus ihrem Tank steigt und mich bei lebendigem Leib auffrisst. Ich bin ganz auf mich gestellt. Und ich werde allmählich wahnsinnig. Ich höre Geräusche, sehe Dinge. Und ich habe es mir ganz allein zuzuschreiben. Nur ich allein bin schuld, dass es so weit gekommen ist.

»Es ist nichts«, sage ich noch mal. »Ich habe bloß viel um die Ohren in letzter Zeit.«

»Gibt es nichts anderes?« Er sieht mich weiterhin sorgenvoll an. Mit dem Handrücken streichelt er über meine Wange. »Du kannst es mir sagen. Du kannst mir alles sagen.«

Mir steigen Tränen in die Augen. Unaufhaltsam. Ein Glück, dass es so dunkel im Zimmer ist.

»Das mit dem Husky tut mir so leid«, flüstere ich.

»Ach Sonja. Das war doch nicht deine Schuld.« Er kuschelt sich an mich und umschlingt mich mit den Armen. »Er ist weggelaufen. Wahrscheinlich hat er längst eine Ersatzfamilie gefunden. Denk nicht mehr darüber nach.«

»Du weißt so wenig über mich ...«

»Und trotzdem bin ich verrückt nach dir. Du bist das wunderbarste Geheimnis, das es geben kann.« Er küsst meine Schläfe. »Jetzt versuch zu schlafen. Morgen geht es dir bestimmt besser. Und wenn deine verrückten Kunden dich noch länger so quälen, dann solltest du einfach die Aufträge abgeben. Was sollen sie schon tun, dich umbringen?«

Er hat keine Ahnung, wovon er da spricht.

27.

DER WALD TROCKNET. Die Sonne kommt hervor. Ein wunderschöner Tag für einen Spaziergang. Ich sitze in meinem Bunker, wo es kalt und ungemütlich ist, tief unter der Erde.

Ich habe das Modellieren eines neuen Kopfes begonnen. Das allein bleibt mir übrig: besser zu werden, die perfekte Täuschung zu erschaffen. Gelingt es mir, den Kopf so lebensecht zu gestalten, dass Hillmann denkt, es wäre ein echter Menschenschädel, bin ich diesen verdammten Auftrag los und kann mich endlich wieder um andere Dinge kümmern. Wenn ich mich zusammenreiße und Oma Eckhart wie gewünscht fertigstelle, haben sich meine finanziellen Sorgen erledigt, und ich müsste nie wieder einen dieser verrückten Aufträge annehmen. Ich könnte Tiere präparieren, bloß weil es mir Spaß macht.

Ich ziehe die ersten Linien des Mundes. Nase und Augenpartie habe ich bereits modelliert. Die Form an sich ist nicht das Problem, das Bemalen wird die Herausforderung. Menschliche Haut ist nichts für Anfänger. Ein Geräusch unterbricht mich, und ich sehe wütend auf. »Hexe, lass das.«

Erneut höre ich etwas.

»Hexe!«

Ganz langsam lege ich das Modellierwerkzeug weg. Mit wem rede ich da? Hexe ist nicht hier.

Gänsehaut breitet sich auf meinen Armen aus. Ich stehe auf, blicke mich um. Arbeitstisch, Stellagen, Wasserhahn, Trage. In der Ecke der kopflose Werwolf. Abgedeckt mit der Plane, die sich leicht im Zug der Lüftung bewegt. Das muss das Geräusch gewesen sein. Die Plane hat geflattert.

Trotzdem sehe ich mich weiter um. Kälte kriecht mir die Wirbelsäule hoch. Dort drüben steht der Tank. Der dürre Körper wirkt verschwommen durch das zentimeterdicke Glas. Ich erkenne eine Hand, die sich von innen gegen den Tank drückt. Sie regt sich leicht, als setzten Wellen sie in Bewegung. Aber da sind keine Wellen.

Ich hocke mich vor den Tank und schaue konzentriert ins Innere.

Die Hand ist ruhig. Völlig reglos liegt die Leiche in ihrem gläsernen Sarg. Eine Schreckensgestalt. Gehäutet, präpariert.

Sie bewegt sich nicht. Nichts ist hier lebendig außer meiner blühenden Fantasie.

Ich gehe umher, rastlos, mit geschlossenen Augen. Diese Kopfschmerzen. Sie kommen und gehen, doch heute pochen sie besonders stark. Vor dem Werwolf bleibe ich stehen. Ich ziehe die Plane weg und starre auf den kopflosen Körper.

»Was willst du von mir?«, frage ich. Dann brülle ich es an die Wände. »Was willst du von mir!«

Etwas Menschliches, höre ich Hillmanns Stimme zurückbrüllen.

Aber wie soll ich das machen, verflucht? Ich kann diesem Ding keinen Menschenkopf aufsetzen. Es geht einfach nicht!

Es sei denn ...

Ich schaue zurück zum Tank.
Ich habe es schon einmal getan. Ich kann es wieder tun.
Ein Menschenkopf für das Ungetüm.
Ist es das, was nötig ist?

28.

DICKE TROPFEN PRASSELN auf die Motorhaube meines Jeeps. Das perfekte Wetter für fragwürdige Aktionen. Das Gebäude wirkt verschwommen durch die regennassen Scheiben. Ich habe etwas abseits auf dem kleinen Parkplatz geparkt. Die friedhofseigenen Kühlkammern gehören zum hiesigen Bestattungsunternehmen, mit dem ich vor drei Tagen unter falschem Namen einen Termin ausgemacht habe. Bei diesem Sauwetter dauerte es ewig, das Gebäude in diesem Labyrinth zu finden. Aber nun sitze ich hier und überlege.

Pathologien waren mir natürlich als Erstes in den Sinn gekommen. Aber die sind richtige Festungen. Ohne Zugangsberechtigung kommt man dort nicht rein, erst recht nicht unbeaufsichtigt. Also werde ich es hier versuchen. Größere Friedhöfe haben eigene Kühlräume, in denen Leichen zwischengelagert werden, wenn in der Pathologie kein Platz mehr ist. Ich habe mich als Geschichtsstudentin ausgegeben, deren Diplomarbeit sich mit dem Bestattungswesen beschäftigt, und per E-Mail angefragt, ob man mir eine kleine Führung durch die Kühlräume geben könnte.

Antwort kam von einem netten jungen Bestatter namens Lorenz, der meine Anfrage offenbar sehr erfrischend fand. Er erklärte sich dazu bereit, mir Zugang zur Leichenhalle zu gewähren und mir ein paar Dinge zu zeigen. So weit, so gut. Doch nun hadere ich, ob ich das wirklich tun soll. Eine riskante Sache. Wenn das klappt, kann ich meinem Lebenslauf definitiv einige zweifelhafte Qualifikationen hinzufügen, Betrug und Leichenraub inklusive. Ist es das wert?

Ich denke an Jonathan. Er wäre nicht bloß schockiert, wenn er wüsste, was ich vorhabe – er wäre angewidert. Regelrecht abgestoßen von der beispiellosen Hemmungslosigkeit, mit der ich neuerdings ans Werk gehe. Aber das ist nicht, was sich in mein Hirn brennt. Nicht das Entsetzen und die Wut, sollte er je von meinen Schandtaten erfahren, sondern allein sein Strahlen, wenn er sieht, dass dieses furchtbare Projekt endlich erledigt ist. Jenes Projekt, das mich Monate meines Lebens gekostet hat. Das ich zu hassen gelernt habe und das mich endgültig an meine Grenzen gebracht hat. Oh nein. Noch gebe ich mich nicht geschlagen. Ich werde es vollenden. Um jeden Preis.

Ich werfe einen prüfenden Blick in den Rückspiegel. Meine blonde Perücke sitzt, der Lippenstift glänzt. Auf dem Rücksitz lagert die Kühlbox. Den Rucksack voller Ausrüstung habe ich dabei. Alles ist bereit.

Ersatzplan gibt es keinen. Entweder das hier oder scheitern.

Ich steige aus und laufe durch den Regen ins nahe gelegene Gebäude.

Es ist nach neunzehn Uhr. Ich stehe vor verschlossenen Türen, doch als ich läute, öffnet mir Lorenz: ein schmächtiger Kerl mit Brille, dem man auf einen Blick ansieht, dass er mehr Zeit mit Toten als mit Lebenden verbringt. Blasse Haut, schüchterne Aura, kein Händeschütteln. Aber dasselbe trifft wohl auch auf mich zu, deswegen ist er mir auf Anhieb sympathisch.

Er erzählt mir einiges über die Geschichte des familiengeführten Bestattungsunternehmens und ist natürlich auch sehr neugierig, was meine Anfrage betrifft. Zum Glück habe ich meine Rolle gut einstudiert und erzähle ein bisschen über mein nicht vorhandenes Studium. Lorenz hängt an meinen Lippen, als hätte er nie etwas Spannenderes gehört. Wahrscheinlich hat er nicht oft mit Frauen zu tun. Unsere kleine Verabredung ist wohl sein Highlight des Tages. Das könnte mein entscheidender Vorteil sein.

Er bringt mich in den Keller, wo die Kühlkammern untergebracht sind. Es sieht genau so aus, wie man es sich vorstellt: blassblauer Linoleumboden, weiß gekachelte Wände, grelle Leuchtstoffröhren an der Decke, meterlange Wände mit Kühlfächern. In der Mitte des Raumes stehen Untersuchungstische mit Schläuchen zum Säubern und einer Vorrichtung zur Fixierung des Kopfs. Sieht gespenstisch aus. Auf der gegenüberliegenden Seite befinden sich breite Waschbecken an der Wand. Desinfektionsmittel, chirurgische Instrumente, Plastiksäcke. Die blitzsauberen Metallmöbel glänzen.

Vor einer der Kühlkammern bleiben wir stehen.

»Da wären wir«, sagt Lorenz stolz. »Das hier sind die Körperdepots.«

»Beeindruckend!«

»Ach, für mich ist es Routine.«

»Hat man gar keine Angst hier unten? Wenn man allein ist und plötzlich Geräusche hört?«

Er grinst verlegen. »Am Anfang war es schon etwas gruselig. Aber man gewöhnt sich daran.«

»Wie lange arbeitest du schon hier?«

»Mein Vater führt das Unternehmen in vierter Generation, und ich soll die fünfte werden. Ich hab also schon recht früh damit angefangen.«

»Verstehe. Und schauen dich die Leute manchmal komisch an wegen deines Berufs?«

»Pausenlos«, antwortet er lachend. »Aber das ist mir egal. Ich mag die Arbeit. Es ist ruhig hier unten.«

»Ich weiß genau, wovon du redest.«

Kurz schweigen wir. Es wird Zeit, zu Phase zwei überzugehen. Ich komme ein wenig näher und spiele mit meinem blonden Perückenhaar.

»Sag mal ...«, beginne ich zuckersüß. »Ich weiß, das klingt jetzt sicher komisch, aber ... könnte ich mir mal eine der Leichen anschauen? Nur ganz kurz? Das würde mich total interessieren!«

»Das klingt absolut nicht komisch«, antwortet er. »Ich bekomme diese Frage ständig gestellt.«

»Was, echt?«

»Klar, du bist nicht die Erste, die neugierig ist.«

»Und?« Ich kaue verspielt auf meiner Lippe. »Darf ich?«

Er läuft rot an. »Na ja ...«

»Nur ganz kurz«, wiederhole ich und vollführe meinen überzeugendsten Augenaufschlag. »Ich will nur mal wissen, wie so was aussieht. Ist schon irgendwie spannend.«

Er kämpft sichtlich mit der Frage, ob er sich an die Regeln halten oder bei der hübschen Studentin ein wenig Eindruck schinden soll. Allmählich werde ich unruhig. Lange werde ich die Show mit der heißen Blondine nicht mehr glaubhaft durchziehen können. Doch heute ist eindeutig mein Glückstag.

»Okay. Aber du darfst es keinem verraten.«

»Ich schwöre«, sage ich.

»Und auch keine Fotos! Ich könnte dafür echt Probleme kriegen.«

»Du hast mein Wort. Oh, mein Gott, wie aufregend!«

Das ist es wirklich. Meine Hände kribbeln, so nervös bin ich mittlerweile. Er öffnet eines der Depots und zieht die darin versenkte Trage mitsamt Körper heraus. Die Leiche ist abgedeckt, es scheint sich um einen Mann zu handeln. Lorenz lüftet vorsichtig das Laken, sodass der Oberkörper sichtbar wird. Der Leib wirkt blass, sonst sieht alles normal aus.

»Kann ich auch den Kopf sehen?«, frage ich.

»Lieber nicht. Das Gesicht sieht nicht mehr gut aus.«

»Ach bitte! Ich verrate es auch keinem, versprochen!«

Er überlegt, schüttelt dann aber den Kopf. Spielt auch keine Rolle. Phase drei ist soeben angelaufen.

Ich deute auf die Instrumente, die neben uns auf einem Beistelltisch liegen. »Wofür benutzt man das alles?«

»Das sind unsere Arbeitsinstrumente. Skalpelle, Scheren, Pinzetten, alles in verschiedenen Größen.«

»Und du kannst damit umgehen?«, frage ich gespielt beeindruckt.

»Selbstverständlich.«

»Wow! Dann bist du ja ein richtiger Arzt.«

»Das nicht, aber man muss schon geschickt mit den Händen sein, um diesen Job zu machen.«

»Geschickt mit den Händen, soso.«

»Äh, ja.«

»Das gefällt mir.«

Ihm huscht ein dümmliches Grinsen übers rote Gesicht, als ich erneut mit meinem Haar spiele. Mit jeder Sekunde komme ich mir blöder vor, diesen ahnungslosen Knilch um den Finger wickeln zu wollen, gleichzeitig wächst meine Angst, das hier zu versauen. Ich darf jetzt nicht aus der Rolle fallen. Ich kann das. Konzentration.

»Weißt du, irgendwie finde ich dich total süß«, rede ich weiter.

»Ähm, ach ja?«

»Und ich finde diesen Raum so spannend. Alles hier ist so düster. Da schießt einem das Blut durch den Körper.«

»Ja, es ist cool hier unten.«

»Weißt du, ich finde, wir sollten auf diesen toten Knaben hier einen trinken. Auf alle Toten. Sorry, ich werde hier richtig melancholisch.«

»Nein, nein, ist schon okay, ich verstehe das! Also du, äh, du willst was trinken gehen?«

»Klar, wieso nicht? Oder hast du noch was anderes vor?«

Er sieht mich überrascht an und strahlt plötzlich wie ein kleiner Junge.

»Ich muss nur meine Sachen holen«, sagt er hastig.

Erleichterung macht sich in mir breit – so plötzlich, dass ich beinahe einen Fehler gemacht und laut durchgeatmet hätte. Das hier ist noch nicht überstanden. Eine letzte Hürde muss ich noch meistern.

»Aber bleiben wir noch ein bisschen hier zum Vorglühen«, schlage ich vor.

»Wie meinst du das?«

»Wie gesagt, ich find's hier irgendwie total aufregend. Muss an meiner morbiden Ader liegen. Hast du auch eine morbide Ader?«

»Äh ...«

»Schau, ich hab was zu trinken dabei. Gönnen wir uns ein bisschen Spaß.«

Aus meinem Rucksack hole ich die beiden Fläschchen Jägermeister heraus, die ich wohlweislich eingepackt habe. Ein Fläschchen ist mit Cola gefüllt, das andere mit Rambos Betäubungsmittel.

Lorenz wirkt verwundert, als ich ihm eines der Fläschchen hinhalte. Wieso sollte eine Geschichtsstudentin Alkohol zu einer Friedhofsbesichtigung mitnehmen? Er überdenkt diese äußerst berechtigte Frage, während mir vor Anspannung die Hitze ins Gesicht steigt, doch dann zuckt er mit den Schultern und nimmt das Fläschchen. Offenbar ist ihm die Absurdität dieser Aktion nicht so wichtig wie die Chance, sich mit einer schrägen Blondine in der Leichenhalle einen hinter die Binde zu kippen. Hervorragend.

»Du bist ganz schön merkwürdig«, sagt er und schraubt sein Fläschchen auf.

Grinsend proste ich ihm zu. »Auf das Leben!«

Wir trinken in einem Zug unsere Fläschchen leer, er greift sich kurz darauf verwirrt an den Kopf.

»Warte ...«, sagt er. »Irgendwie ... irgendwie ist mir ...«

Weiter kommt er nicht. Er knickt ein und fällt mir geradewegs in die Arme. Noch ist er bei Bewusstsein, aber nicht mehr lange. Seine Augen fallen zu, und ich schleife ihn in den wärmeren Nachbarraum und lege ihn behutsam auf den Boden.

Wer hätte das gedacht? Da kommt man mit nichts als den besten Absichten in eine Friedhofskühlkammer, und schon wird man mit einer Leiche und einer Säge allein gelassen.

Es geht relativ schnell. Ich habe Übung im Umgang mit Knochensägen. Diese hier habe ich extra mitgenommen. Sie ist zwar nicht optimal geeignet für einen menschlichen Hals, aber sie tut, was sie soll.

Es ist Kraft vonnöten. Und Geduld. Und eine Schürze. Und eine Schutzbrille.

Im Hals laufen die beiden großen Schlagadern zusammen, was selbst nach dem Tod eine fürchterliche Sauerei bedeutet. Das Blut spritzt an die Wände, auf den Boden und auf mich. Der Schnitt wird unsauber, aber das kann mir ja egal sein. Ich brauche bloß den Kopf.

Die Wirbelsäule wird knifflig. Ritsch-ratsch, ritsch-ratsch, doch schließlich ist es erledigt, und der Kopf gehört mir.

Merkwürdig fühlt sich das alles an. Wie aus einem schlechten Horrorfilm. Ich packe den Kopf in einen mitgebrachten Plastiksack, umwickle den wiederum mit einem Sack mit Eiswürfeln und stopfe das Paket in meinen geräumigen Rucksack.

Dann wird geputzt. Lorenz soll nach dem Aufwachen nicht gleich wieder umkippen vor Schreck. Mit Schwamm und Seifenlauge mache ich mich ans Werk, jeder noch so winzige Fleck wird entfernt, danach ziehe ich meine besudelte Plastikschürze aus, nehme die Brille ab und verlasse schnurstracks den Tatort.

Lorenz schlummert friedlich auf dem Boden im Nachbarraum. Bevor ich gehe, vergewissere ich mich noch einmal, dass es ihm gut geht, prüfe seinen Puls und seine Pupillen. Alles bestens. Während Lorenz also im Traum die blonde Studentin flachlegt, packe ich meine Siebensachen und schleiche mich aus dem Gebäude. Ich kann lautlos sein, wenn ich will. Leise wie ein Mäuschen. Ich verfrachte den Schädel in die Kühlbox auf dem Rücksitz und gebe dem Jeep Saures. Es regnet immer noch. Mit fiebernden Gedanken biege ich auf die Straße ein und lasse den Friedhof im grauen Regendunst zurück.

Armer Lorenz. Wenn ich Glück habe, wird er die Sache mit dem Schädel vertuschen, damit keiner rausfindet, dass er nach Feierabend mit fremden Frauen Alkohol in der Kühlkammer trinkt. Zu raten wäre es ihm.

Ich kann nicht glauben, dass es funktioniert hat.

Dann wiederum: Ich bin Profi.

Offenbar auch im Stehlen von Leichenteilen.

29.

ICH VERLIESS DEN TATORT meines Verbrechens als Siegerin. Heim kehre ich als Nervenbündel.

Ein menschlicher Kopf in einer Kühlbox. Gestohlen wie ein Laib Brot. Ist das mein Tiefpunkt und das Einläuten einer absurden neuen Ära?

Mit der Kühlbox unter dem Arm haste ich den Hügel hinauf und betrete den Bunker. Ich nehme den Kopf heraus, befreie ihn aus den Plastiksäcken und setze ihn aufrecht auf meinen Arbeitstisch. Dann gehe ich in die Hocke und inspiziere ihn genau. Die Lider sind geschlossen, die Wangen eingefallen, die Haut ist trocken und fahl. Ich hole meinen Stuhl herbei und greife zu Schere und Skalpell.

Kein Plastinieren dieses Mal. Nichts Aufwendiges, kein langes Warten. Ich scheiße aufs Warten. Dieser Kopf wird nach der altmodischen Methode präpariert. Abziehen der Haut. Entfernen des Gewebes und der Muskeln. Bis nur noch der Knochen übrig bleibt. Ein kalter, grauer Totenschädel. Es wird schmutzig und eklig. Auch das ist mir gleich.

Die Gesichtshaut wird nun gereinigt. In Kartoffelmehl, ganz wie gehabt. Danach kommt sie in die Gerbung. Er will ein menschliches Gesicht, also kriegt er eines. Einen Zombie werde ich ihm machen. Und danach kann er mich mal.

Ich bin wie rasend. Arbeite ohne Unterbrechung. Befestige Schrauben am Schädel, stecke ihn auf den Werwolf-Körper, und was nicht passt, wird passend gemacht. Er wollte es so.

Drei Tage vergehen. In den Medien wird über eine blonde Frau berichtet, die einen menschlichen Kopf aus einer Leichenhalle geklaut hat. Die Polizei bittet um Hinweise. Hat Lorenz also doch nicht dichtgehalten. Ärgerlich. Jonathan findet die Geschichte so skurril, dass er mir den Link zum Bericht via Whatsapp schickt, mit dem Zusatzkommentar: »Leute gibt's!«

Richtig, Leute wie mich. Wenn er nur wüsste.

Das Gesicht ist jetzt fertig. Es ist eingegangen, verschrumpelt, ledrig geworden. Es hat seine bleiche Farbe gegen ein fleckiges Gelbbraun getauscht. Egal.

Jonathan bombardiert mich mit Nachrichten und Anrufen. Er macht sich Sorgen, weil er schon länger nichts mehr von mir gehört hat. Er meint, Klara hätte Sehnsucht nach mir.

Ich arbeite weiter. Sperre mich ein, komme nur heraus, wenn ich muss. Um mich um Hexe zu kümmern und ab und zu etwas zu essen. Schlaf wird überbewertet. Ich muss das hier fertigkriegen. Damit endlich Ruhe herrscht.

Das Gesicht wird nun an den Schädel genäht. Dazwischen stopfe ich Holzwolle. Die Lider verrutschen, der Mund reißt ein. Das schlampig platzierte Füllmaterial wölbt sich unter der Haut, sodass der Kopf eine groteske, verbeulte Form annimmt. Die struppige schwarze Löwenmähne, die ich vor Monaten gekauft und als abnehmbare Perücke angefertigt habe, verleiht dem Ganzen eine schöne, voluminöse Silhouette. Zum Schluss die Augen.

Menschliche Augen aus Glas. Das Ding starrt mich an. Und ich starre zurück. Mein Werk – zum Fürchten. Genau so wie er es wollte.

Ungeduldig fahre ich den Laptop hoch. Er soll es sehen, jetzt sofort. Er soll tot umfallen vor Schock und Ekel.

Die Kamera ist bereit. Alles, was ich tun muss, ist, die Verbindung herzustellen.

Ich warte.

Und warte.

Und plötzlich schreie ich los. Ich schreie alles aus mir heraus. Den Ekel, den Unglauben, diese ungemeine Erschöpfung. Was habe ich da getan? Ich bin irre geworden. Das da ist ein Menschenkopf. Ich habe einen Menschenkopf benutzt. Dieses Ding muss verschwinden.

Die Plane drüber, das Licht abgedreht, hoch die Stufen und raus aus diesem Bunker, nur raus. Verzweifelt sauge ich die kalte, feuchte Luft ein, höre das Tropfen der Nadelbäume, die sich im kühlen Wind biegen.

Atmen, ich muss atmen.

Wenn ich die Augen schließe, sehe ich es vor mir. Dieses Gesicht, ledrig und verzerrt, eine Schreckensgestalt, widernatürlich. Ich hole den Laptop, schließe die Tür ab und renne durch den Nieselregen nach Hause. Hexe schreckt von ihrem Platz am Ofen auf, als ich durchnässt und keuchend in die Stube platze. Ich setze mich an den Tisch, klappe den Laptop auf und schreibe eine E-Mail an Hillmann.

Sehr geehrter Herr Hillmann,
leider sehe ich mich aufgrund der mehrmals besprochenen Probleme nicht imstande, Ihren Wünschen gerecht zu werden. Hiermit gebe ich den Auftrag Nr. 98 ab. In Anbetracht der enormen Produktions- und

Recherchekosten, die das Projekt im Vorfeld verschlungen hat, behalte ich mir das Recht vor, den bereits ausgezahlten Vorschuss gemäß unserem Vertrag einzubehalten. Weitere Kosten fallen für Sie nicht an.

Ich bedauere, dass unsere Zusammenarbeit diesmal nicht geklappt hat.

Gruß
V.

Abgeschickt.
 Laptop zu.
 Runter auf die Knie und beten.

30.

DIE TAGE WERDEN wieder länger. Es wird wärmer. Im Wald ist es leise zu dieser Jahreszeit. Keine Menschenseele verirrt sich in diese matschige, kahle Einöde. Seit einigen Tagen schon denke ich unaufhörlich an die alte Mühle im Wald. Wie ein Ruf aus der Vergangenheit spukt Großvaters Geschichte durch meinen Kopf. Ich hatte beschlossen, dieses Thema ruhen zu lassen, doch nun möchte ich endgültig Gewissheit haben.

Ich nehme die Bretter ab und zerschlage die Steinmauer in der Tür mit einem Vorschlaghammer. Im Inneren ist es stickig. Man riecht die vielen Jahre, die unter Staub und Spinnweben dort drin begraben liegen. Beinahe höre ich das Plätschern des Wassers, das dieses Rad vor so langer Zeit in Bewegung hielt. Jetzt ist der Bach ausgetrocknet, und das Rad ist morsch. Dieser ganze Ort ist tot.

Ich taste die schmutzigen, kalten Wände ab, tappe vorsichtig über den Boden. An einer Stelle knarrt er besonders laut. Es klingt, als wäre es darunter hohl. Bevor ich am Ende mit den Füßen einbreche, gehe ich nach draußen und betrachte die Mühle mit einem seltsamen Gefühl der Enttäuschung.

Keine Geister, keine Erklärungen. Noch nicht einmal ein großer Schrecken. Bloß dieser leere, kleine Raum, in dem nie jemand gewesen zu sein scheint. Ich überlege, die Bretter wieder dranzunageln, aber welchen Sinn hätte das? Ich muss mich jetzt nicht mehr davor fürchten. Diese Zeit ist vorbei.

Es geht mir deutlich besser, seit ich die Arbeit am Werwolf abgebrochen habe. Ich habe den Kopf wieder frei. Den präparierten Schädel habe ich abgenommen und im Wald tief in der Erde verscharrt. Den Rest habe ich abgedeckt und in eine Ecke im Bunker verbannt. Von Hillmann habe ich seitdem nichts gehört. Er scheint meine Entscheidung stillschweigend akzeptiert zu haben. Ich konzentriere mich wieder auf normale Aufträge. Jagdtrophäen, medizinische Präparate und ausgestopfte Haustiere. Das ist zwar nicht die herausforderndste Arbeit, aber harmlos und hält mich momentan finanziell so weit über Wasser, dass ich sogar überlege, auch die Arbeit an Großmutter Eckhart einzustellen. Vielleicht habe ich mir mit alldem zu viel zugetraut. Ich war hochmütig und geldgierig, habe das Unmögliche versucht und kann mir jetzt nicht einmal mehr im Spiegel in die Augen sehen.

Als die Sonne den dritten Tag in Folge scheint, schnappe ich mir Hexe und mache mich zu Fuß in die Stadt auf. Ich möchte Jonathan und Klara besuchen und auch ein paar Einkäufe erledigen. Im hiesigen Supermarkt erwartet mich eine unangenehme Überraschung: Becky sitzt mit Namensschild und gelangweilter Visage an der Kasse, an der ich bezahlen möchte. Das ist also ihr neuer Job. Lieber Supermarktkassiererin als garantiert gut bezahlte Sprechstundenhilfe in Jonathans Praxis. Eine Frechheit, wie sie ihn behandelt hat. Von einem Tag auf den anderen war sie weg, völlig egal, ob ihm das Umstände bereitet oder nicht.

Kurz überlege ich, die Kasse zu wechseln, aber dann bezahle ich doch bei ihr. Während sie mit deutlichem Widerwillen meine Sachen über den Scanner zieht, starre ich ihr ungeniert ins Gesicht. *Sieh dich an*, möchte ich sagen. *Du schmeißt einen guten Job hin und stößt obendrein den besten Menschen weit und breit vor den Kopf, nur weil du nichts mit mir zu tun haben willst. Und jetzt sitzt du hier. Wie erbärmlich. Ihr alle seid erbärmlich.*

Ich wette, sie kann mir ansehen, was mir durch den Kopf geht. Jetzt bin ich diejenige mit dem Schlammpaket in der Hand, aber ich übergebe ihr bloß das Geld und gehe – ohne sie eines weiteren Blickes zu würdigen.

Auf dem Weg zu Jonathan läutet mein Handy. Nummer unbekannt. Da ich prinzipiell keine Anrufe mit fremder Nummer annehme, lasse ich es läuten.

Jonathan wartet bereits in der Tür auf mich. Er hatte heute bloß am Vormittag Sprechstunde, und Klara ist noch bei der Nachmittagsbetreuung. Wir haben Zeit für uns. Ich komme kaum dazu, mir die Schuhe auszuziehen, da hat er mich schon gepackt und gegen die Wand gedrückt.

»Klara kommt um halb vier nach Hause«, sagt er gehetzt, während er meinen Hals mit Küssen übersät.

»Mehr als genug Zeit.«

»Meinst du?«

Ich lache, als er mich ein bisschen zu fest anpackt. Wir verziehen uns ins Schlafzimmer und kommen für die nächsten zwei Stunden nicht mehr heraus. Als Klara um Punkt halb vier zur Tür hereinspaziert, sind wir bereits angezogen und haben ihr ein Stück Kuchen auf den Esstisch gestellt.

Klara sagt gar nicht viel, setzt sich hin und beginnt zu mampfen. Während Jonathan den Geschirrspüler ausräumt, schaue ich auf mein Handy.

Erneut ein Anruf von der unbekannten Nummer. Ich ziehe mich auf die Terrasse zurück und gehe in meinen E-Mails die Briefköpfe meiner einzelnen Kunden durch. Mit keiner der dort aufscheinenden Nummern stimmt diese überein. Wer also kann das sein? Hillmann? Oder der arme Lorenz, dem ich noch einen Kopf schuldig bin?

»Sonja, kommst du? Klara will was spielen.«

»Sofort!« Ach, was soll's. Ich drücke auf Rückruf und lausche gespannt dem Freizeichen.

»Hallo, mein Fräulein.«

»Herr Jungblut«, antworte ich überrascht.

»Wer sonst?«

»Ich hatte Ihre Nummer nicht eingespeichert.« Verstohlen schiebe ich die Terrassentür ein Stück zu und verschwinde aus Jonathans Blickfeld. Mit gedämpfter Stimme fahre ich fort. »Wieso bombardieren Sie mich mit Anrufen?«

»Was glauben Sie wohl?«

»Ich dachte, ich hätte mich das letzte Mal klar ausgedrückt. Ich bin an keiner weiteren Zusammenarbeit interessiert.«

»Das ist mir neu. Wann haben Sie das klar ausgedrückt?«

»Ich hab's Ihren zwei Schlägertypen mitgegeben, als die mir die Prämie für den ermordeten Husky gebracht haben!«

»Ach so«, antwortet er, als wäre der gesamte Vorfall nicht der Rede wert. »Das hat man mir nicht weitergeleitet. Da Sie die Prämie aber bedenkenlos angenommen haben, gehe ich davon aus, dass dieses Thema abgehakt ist. Wie dem auch sei. Ich rufe an, weil ich einen Auftrag für Sie habe.«

»Haben Sie mir nicht zugehört?«

»Einen letzten Auftrag«, spricht er unbeirrt weiter. »Wenn Sie den für mich ausführen, bin ich zufrieden. Wir alle sind dann zufrieden.«

»Wir alle? Wie meinen Sie das?«

»Kommen Sie morgen Abend in mein Haus. Dann erkläre ich Ihnen alles Weitere. Sagen wir zwanzig Uhr?«

»Warten Sie …«

»Ich freue mich auf unser Wiedersehen. Küss die Hand, Fräulein.«

Er legt auf.

Klara kommt auf die Terrasse gelaufen und wedelt aufgeregt mit dem »Uno«-Karten-Set. »Komm rein, wir wollen spielen!«

»Ja … ich komme gleich.«

»Hast du schlechte Laune?«

»Nein, ich muss nur über etwas nachdenken.«

»Das kannst du auch drinnen machen. Los, gehen wir spielen!«

Sie lässt nicht locker, zerrt an meiner Hand. Es gelingt ihr, mich zurück ins Haus zu ziehen, wo ich auf das Sofa sinke und nachdenklich ins Leere starre.

Jonathan setzt sich mit einer Tasse Kaffee zu mir. Mir hat er einen Schwarztee mitgebracht. »Mit wem hast du telefoniert?«

»Mit Jungblut.«

»Hast du nicht gesagt, du willst nichts mehr für ihn präparieren?«

»Schon.«

Er sieht mich abwartend an. »Gibt es ein Problem mit ihm?«

Ich schüttle den Kopf. Klara teilt die Karten aus, Hexe springt aufs Sofa und kuschelt sich in ein Kissen. Wir spielen drei Runden. Bei der vierten Runde breche ich ab. In meinem Kopf dreht sich alles.

»Ich muss nach Hause«, sage ich. »Mir geht's nicht so gut.«

Klara macht große Augen. »Bist du krank?«

»Ich bin nur etwas erschöpft. Muss am Wetterumschwung liegen.«

»Hm, na gut. Du darfst nicht krank werden!«

»Mach dir keine Sorgen«, sage ich sanft.

Jonathan begleitet mich zum Waldrand. Ich spüre, dass er mich ausquetschen möchte. Meine gelegentliche Schweigsamkeit ist er mittlerweile gewohnt, genauso wie meine verkopften Denkphasen, aber er kennt mich auch gut genug, um den Unterschied zwischen normal und besorgniserregend zu erkennen. Ein paarmal scheint er kurz davor zu sein, seine Fragen zu stellen, aus dem Augenwinkel bemerke ich seinen bohrenden Blick, seine angespannte Haltung. Doch er bleibt den ganzen Weg über still.

»Ruh dich aus«, sagt er schließlich, als wir uns verabschieden. »Wir sehen uns, wenn es dir besser geht.«

Er küsst mich, und ich rufe Hexe zu mir und mache mich mit ihr auf den Heimweg.

Ein letzter Auftrag, hat Jungblut gesagt. Danach herrscht Ruhe. Endlich Ruhe.

Ich werde mich auf alles gefasst machen.

31.

DAS TOR STEHT OFFEN. Ich parke den Jeep an der üblichen Stelle, unter einem Baum nahe der Mauer, die das Grundstück umgibt. Ein gespenstischer Abend. Schwarzer Himmel, keine Sterne. Geisterhaft still. Die Laternen, die die Einfahrt säumen, leuchten mir den Weg zum Haus, der Rest des Geländes wird von der Dunkelheit verschluckt. Nichts sonst ist zu sehen. Als gäbe es bloß diese Einfahrt. Und die Tür am anderen Ende, wie der Eingang in die Unterwelt.

Arschkriecher wartet bereits auf mich. »Hier entlang«, sagt er und geht voraus.

Wir nehmen einen anderen Korridor dieses Mal, nicht den üblichen Weg zu Jungbluts Büro. Das macht mich nervös. Nur wenige Lampen brennen, sie spenden kaum Helligkeit. Wir biegen nach links ab. So viele Türen. Ich frage mich, was in all diesen Zimmern ist. Noch weitere tote Tiere? Tote Menschen? Hinter einer Ecke scheint endlich Licht hervor, und wir gelangen in ein riesiges Wohnzimmer. Dunkle, antike Holzmöbel, große Teppiche, bodenlange, schwere Vorhänge. Die vollen Bücherregale reichen bis zur Decke. Im Kamin flackert knisternd ein Feuer vor sich hin. Ich entdecke Jungblut in einem Lehnstuhl, im Schein einer Leselampe, vor ihm steht ein kleiner Glastisch. Er ist nicht allein. Zwei Männer sitzen neben ihm auf einem Sofa. Ich bleibe wie angewurzelt stehen.

»Was ist hier los?«, frage ich.

Jungblut deutet auf das zweite Sofa, das auf der anderen Seite des Glastisches steht. »Guten Abend, mein Fräulein. Bitte nehmen Sie doch Platz. Herrn Hillmann und Herrn Eckhart kennen Sie ja bereits.«

Ich möchte zurückweichen, doch auf einmal werde ich von zwei bulligen Typen in Anzügen flankiert. Das sind die Typen, die mir Rambo gebracht haben. Arschkriecher tritt aus ihrem Schatten und stellt ein Tablett mit Schwarztee für mich auf den Tisch.

»Bitte«, wiederholt Jungblut. »Setzen Sie sich.«

Was hab ich schon für eine Wahl? Ich setze mich aufs Sofa, überkreuze die Beine auf dem Tisch und warte. Meine schmutzigen Stiefel hinterlassen Schlieren auf der Glasfläche. Hillmann und Jungblut wechseln einen Blick.

»Immens, dieser Charme, nicht wahr?«, fragt Jungblut.

Hillmann schaut undurchdringlich.

»Ich will wissen, was hier los ist«, sage ich. »Sie drei kennen sich?«

»Aber natürlich kennen wir uns, meine Liebe.« Hillmann faltet die Hände auf seinem Schoß wie ein Priester. Ich bemerke, dass er eine Wolldecke über die Beine gelegt hat. Sein Rollstuhl steht hinter ihm in einer Ecke. »Um genau zu sein, ist es sogar Ihr Verdienst, dass wir drei zueinandergefunden haben.«

»Mein Verdienst? Was soll das heißen?«

»Sehen Sie uns als eine Art Fanclub«, ergreift Jungblut wieder das Wort. »Wenn man so besondere Vorlieben hat wie wir, dann ... nun ja, dann fühlt man sich oft sehr einsam. Und missverstanden. Man sucht nach Gleichgesinnten, verstehen Sie? Und so haben wir drei uns gefunden. Erst haben wir uns nur ein wenig ausgetauscht. Irgendwann haben wir eine interessante Gemeinsamkeit festgestellt. Ich meine, abgesehen von unserer Vorliebe für besondere Präparate. Können Sie erraten, welche Gemeinsamkeit das ist, mein Fräulein?«

Ich antworte nicht. Ich nehme bloß die Füße vom Tisch und setze mich aufrecht hin.

»Was wollen Sie drei von mir?«, frage ich.

Sie tauschen Blicke aus. Ich lese Anspannung darin, Nervosität. Und einen Hauch Vorfreude, der mich von allem hier am meisten irritiert.

»Nichts Neues eigentlich«, antwortet Jungblut. »Wir haben einen Auftrag für Sie. Herr Hillmann, Herr Eckhart und ich. Wir würden uns die Kosten teilen.«

»Das muss aber ein Mordspräparat sein, wenn drei so reiche Kerle ihr Taschengeld zusammenlegen müssen.«

Jungblut lächelt. »Wir möchten bloß Ihre wertvollen Dienste als Präparatorin in Anspruch nehmen. Zu den gewohnten Konditionen. Sind Sie interessiert?«

Das muss ein Traum sein. Einer dieser verrückten Albträume, die ich in letzter Zeit habe. Die drei auf einem Fleck – verrückter geht es kaum.

»Ich sehe, Sie sind unschlüssig«, merkt Jungblut an.

»Wie haben Sie drei sich kennengelernt? Auf einer Dating-Plattform, oder wie darf ich mir das vorstellen?«

»Es freut mich, dass Sie das so amüsiert, meine Liebe«, sagt Hillmann. »Aber ich bitte um etwas Ernsthaftigkeit. Schließlich sind wir Geschäftspartner. Auch wenn Sie neuerdings dazu tendieren, die Professionalität nicht ganz so ernst zu nehmen, wie es sich gehört.«

»Soll das eine Anspielung auf den Werwolf sein? Sie wollten das Unmögliche. Indem ich den Auftrag abgegeben habe, habe ich das einzig Professionelle getan.«

Ein verkniffenes Lächeln zuckt in Hillmanns Gesicht. Er atmet langsam und besinnend durch, dann wendet er sich an Jungblut. »Ich hab immer noch meine Zweifel. Sie wird es nicht hinkriegen, ihr fehlt die Vision.«

»Die Vision für was?«, frage ich.

Jungblut und Hillmann reden leise miteinander. Ich verstehe kein Wort, fühle mich unsicher und werde von Sekunde zu Sekunde wütender.

»Und Sie?« Ich wende mich an Eckhart, der bisher nichts gesagt hat. »Was ist Ihr Geheimnis? Das der beiden tuschelnden Herren da drüben kenne ich ja bereits.«

Das flüsternde Duo wird still, Eckhart wird etwas blass um die Nase.

»Sie können es mir ruhig sagen«, rede ich weiter. »Was ist Ihr Fetisch? Worauf stehen Sie? Auf Menschenleichen? Haben Sie mir Großmütterchen deswegen überlassen? Finden Sie das geil?«

Mein Plan, ihn damit aus der Ruhe zu bringen, geht auf. Eckhart sieht hilfesuchend zu Jungblut, der schüttelt gelassen den Kopf.

»Jörg ist erst vor Kurzem zu uns gestoßen, mein Fräulein. Er ist noch etwas zurückhaltend, was dieses ganze ... Thema angeht. Aber er hat uns erzählt, was Sie gerade für ihn basteln. Alle Achtung, Fräulein. Einen kompletten Menschen zu präparieren – das muss schwierig sein.«

»Ich habe meine Methoden.«

»Das ist uns bewusst. Und genau deswegen sind wir heute alle hier. Sie und Ihre Methoden.«

Und nun passiert es – der Höhepunkt dieser unheimlichen Show, das große Finale, auf das wir alle gewartet haben, ohne Trommelwirbel und ohne Zögern: Jungblut zieht ein Kuvert hervor. Er öffnet es und holt ein Foto heraus. Mit der Rückseite nach oben legt er es auf den Tisch. »Ihr Auftrag, mein Fräulein.«

Die Kleiderschränke sind dicht hinter mich getreten. Einfach weglaufen geht schon mal nicht. Die Gesichter der drei Männer sind erwartungsvoll auf mich gerichtet, meine Rolle in diesem Spiel ist klar. Kein Abweichen vom Szenenplan. Also schön. Ich greife über den Tisch und drehe das Foto um.

Die Geräusche werden plötzlich laut. Flackerndes Kaminfeuer. Stockender Atem. Das Knittern des Fotopapiers in meiner Hand. Mir scheint, ich höre sogar die Mäuse unter dem Dach krabbeln. Ich höre alles, am lautesten mein eigenes Herz. So still ist es in diesem Moment.

»Wir haben uns sehr lange und intensiv ausgetauscht«, dringt Jungbluts Stimme zu mir vor. »Als die Entscheidung endlich getroffen war, standen wir vor dem nächsten Problem. Erst waren wir uns nicht sicher, ob Sie der Aufgabe gewachsen sind. Vor allem, nachdem Sie Walters letzten Auftrag abgebrochen hatten und die Sache mit dem Husky ebenfalls eine schwere Geburt war. Ich will nicht abstreiten, dass dies einen kleinen Test darstellte, den Sie leider nur mit Ach und Krach bestanden haben. Sich so aufzuführen, wegen eines Hundes. Fräulein, Fräulein. Doch da Sie uns in der Vergangenheit nie enttäuscht haben und auch immer noch brav an der seligen Frau Eckhart werken, sind wir zuversichtlich, dass Sie die Richtige zur Verwirklichung unserer Vision sind. Wir schätzen Ihre Diskretion und Ihre Fähigkeit, Ihr Gewissen auszuschalten. Denken wir nur an all die hübschen Tiere, die Sie für mich präpariert haben, ohne Fragen zu stellen. Es wäre doch eine Schande, diesen makellosen Lauf zu unterbrechen. Zumal es aus Ihrer Sicht auch nicht gerade klug wäre. Sowohl finanziell als auch, was die rechtlichen Konsequenzen Ihres Handelns angeht. Ich meine, stellen Sie sich vor, ich würde anderen gegenüber darüber auch nur ein Wort verlieren! An was Sie alles arbeiten. Was sich auch ganz konkret seit einiger Zeit bei Ihnen als Präparat befindet.«

Er unterbricht sich, scheint auf eine Antwort zu warten. Eine Antwort auf diesen unverhohlenen Versuch, mich zu erpressen. Ich schweige. Starre immer noch das Foto an. Kann meinen Blick nicht davon abwenden. Jungblut spricht weiter.

»Wie immer haben wir für Sie eine Präparationsanleitung erstellt und sämtliche notwendigen Informationen zusammengetragen. Da es aus gegebenem Anlass diesmal jedoch mehr Details zu wissen gibt, finden Sie eine entsprechende Liste in diesem Kuvert.« Er schiebt es über den Tisch. »Aber möglicherweise benötigen Sie das auch nicht. Vielleicht sind Sie in diesem Fall ja sogar bereits im Vorteil? Was meinen Sie?«

»Der Preis spielt keine Rolle«, fügt Hillmann hinzu. »Wir zahlen Ihnen alles, was Sie wollen. Was aus Ihrer Sicht bestimmt ein wichtiges Argument ist, nehme ich an. Uns ist bekannt, dass Sie unter gewissen Geldproblemen leiden. Sie kommen schwer über die Runden, nicht wahr? Haben Schulden abzuzahlen. Das könnte alles ein Ende haben. Sie hätten dann ein gutes Leben. Nie wieder Sorgen, meine Liebe. Nie wieder Zukunftsängste. Sie könnten tun und lassen, was Sie wollen. Sofern Sie den Auftrag annehmen.« Eine erneute Pause. »Was sagen Sie?«

Das Bild vor meinen Augen flackert. Vielleicht ist es aber auch meine Hand, die zittert. Etwas knarrt – Jungblut hat sich über den Tisch gebeugt. Die drei starren mich an. In meinem Rücken atmen die Schlägertypen. Wie Wölfe haben sie mich umkreist, ein lauerndes, blutrünstiges Pack, das darauf wartet zuzuschlagen.

Es gibt nur einen Weg, Wölfen zu entkommen: rennen.

Ich lege das Foto auf den Tisch und stehe auf. »Ich lehne den Auftrag ab.«

Stille.

Drei todernste Augenpaare durchlöchern mich mit Blicken.

Ich atme, atme einfach nur. Die Kleiderschränke weichen zur Seite, als ich mich mit bemüht festem Schritt zur Tür begebe. Niemand hält mich auf. Schnell weg, bevor sich das ändert. Bevor die Hölle, deren Hitze bereits den Raum erfüllt, über mich hereinbricht. Die Stille folgt mir. Genau wie die Blicke der Männer. Ich kann sie schon beinahe spüren – kann spüren, wie sie mich anspringen und in Stücke reißen. Gleich ist es so weit. Mein Herz zertrümmert meine Brust.

»Fräulein!«

Ich bin an der Tür angelangt. Nur ein Schritt und ich bin draußen. Dennoch stehe ich still wie eine Statue.

»Dass diese Unterhaltung unter uns bleiben muss, versteht sich von selbst, möchte ich hoffen. Halten Sie sich daran. Oder Sie werden es bereuen. Küss die Hand, mein Fräulein.«

Ich verlasse den Raum und marschiere los. Den langen, finsteren Gang entlang, durch die Tür, raus in den Garten, an die frische, kalte Luft. In der Dunkelheit finde ich den Autoschlüssel nicht. Ich beginne zu schwitzen. Mein Atem rast. Endlich ist der Schlüssel gefunden, ich steige ein, starte den Jeep und gebe Vollgas.

Straßenlichter flimmern vor mir auf wie die Gedanken in meinem Kopf. Ich muss etwas tun. Ich muss sie beschützen. Bevor es ihr so ergeht wie dem weißen Husky. Bevor man sie mir in einem Käfig vor die Tür stellt. Bereit für die Präparation. Diese verfluchten Schweine.

Klara.

Es war ein Foto von Klara.

32.

JONATHAN GEHT NICHT an sein Handy. Ich versuche es trotzdem weiter, während ich mit dem Jeep durch die Nacht rase. In meinem Kopf herrscht Chaos. Ich könnte zur Polizei gehen und alles erzählen. Diese drei perversen Dreckschweine ans Messer liefern. Doch dann würde alles ans Licht kommen. Die vielen getöteten Haustiere. Oma Eckharts plastinierter Leichnam in meinem Bunker. All die illegal herbeigeschafften Einzelteile für Hillmanns Kuriositäten. Ich stecke bereits metertief mit drin. Habe mitgemacht bei all den grauenvollen Spielchen, habe mich dafür bezahlen lassen, jahrelang. Ich bin Teil des Verbrechens, und die drei wissen das natürlich. Abgesehen davon: Wer würde mir eine dermaßen absurde Geschichte glauben, wenn alle Männer sie abstreiten? Die Polizei ist keine Option.

Jonathan ruft endlich zurück. Er soll nicht merken, dass mein Verstand gerade verrücktspielt. Ich räuspere mich, erst dann beginne ich zu reden. »Hab ich dich gestört? Warst du in der Praxis?«

»Nein, bloß unter der Dusche. Was ist denn los? Du klingst angespannt.«

Ich atme ein paarmal tief durch, ehe ich so gefasst wie möglich weiterspreche. »Ich wollte nur wissen, wie es euch geht. Alles in Ordnung? Geht es Klara gut?«

»Ja, ja, wunderbar.«

»Kann ich mit ihr sprechen?«

»Sonja, sie liegt doch schon im Bett.«

»Bitte«, sage ich heiser. »Nur kurz. Ich will ihr Gute Nacht sagen.«

»Also schön.« Ich höre, wie er die Treppe hochgeht und ihre Zimmertür öffnet. »Mäuschen, bist du noch wach? Sonja will kurz Hallo sagen.«

Er übergibt Klara das Handy, und ich höre ihre verschlafene hohe Stimme. »Hallo, Sonja.«

»Hallo, Kleine.« Es geht ihr gut. Natürlich geht es ihr gut. Trotzdem ist die Erleichterung kaum auszuhalten. »Na, wie geht's dir? Wie war dein Tag?«

»Lustig«, antwortet sie gähnend. »Wir haben mit der Klasse einen Ausflug ins Museum gemacht. Und dort gab es ganz viele ausgestopfte Tiere! Hast du die alle gemacht?«

»Nein, das war jemand anderes.«

»Dachte ich's mir. Die haben nämlich alle nicht so schön ausgeschaut wie deine. Du machst das besser.« Etwas raschelt, wahrscheinlich kuschelt sie sich in ihr Kopfkissen. »Wann kommst du denn wieder zu uns?«

»Bald. Ich hab mir sogar überlegt, dass es doch schön wäre, wenn du mal ein paar Tage bei mir übernachtest. Dann könnten wir das Rotkehlchen fertigstellen. Und du darfst mir im Garten und beim Kochen helfen.«

»Oh ja, das klingt toll! Wann denn?«

»Das bespreche ich noch mit deinem Vater. Aber es wäre doch eine Superidee, oder?«

»Jaaa! Bitte, Papa, hast du gehört, darf ich das?«

Jonathan sagt etwas im Hintergrund, kurz darauf ertönt wieder das Rascheln.

»Okay, ich muss jetzt schlafen. Weil es schon so spät ist. Schlaf gut, Sonja, hab dich lieb!«

»Ich dich auch.«

Jonathan ist wieder am Handy. Er verlässt Klaras Zimmer und schließt die Tür hinter sich. »So, was habt ihr beiden da genau ausgeheckt?«

Ich sammle mich. Ich darf ihn nicht beunruhigen. Er darf nichts von all dem erfahren. Niemand darf es erfahren. Ich bin jetzt auf mich allein gestellt.

»Es wäre doch schön, wenn Klara für eine Weile bei mir bleiben würde«, schlage ich so unschuldig wie möglich vor. Es ist die einzige Lösung, die mir in den Sinn gekommen ist. Bei Jonathan ist sie nicht sicher. Er hat ständig in der Praxis zu tun. Es wäre ein Leichtes, an sie heranzukommen, sie einfach aus dem Haus zu rauben, wie sie es mit dem Husky getan haben. Ich werde sie beschützen. Ich werde ab sofort nicht mehr von ihrer Seite weichen. Sollen die Schlägertypen nur kommen. Sollen sie versuchen, sie mir wegzunehmen – ich reiße ihnen die hohlen Köpfe ab. »Ich könnte sie jeden Morgen zur Schule bringen. Und sie auch wieder abholen. Du hättest ein bisschen Ruhe, kommst uns aber natürlich besuchen, und Klara könnte sich bei mir im Wald austoben.«

»Hm, das klingt doch nach einem schönen Plan. Aber nur, wenn es dir auch wirklich recht ist. Du musst das nicht tun, ich hoffe, du weißt das.«

Er irrt sich. Ich muss es tun. Mehr als jemals zuvor.

»Ich mache es gerne«, sage ich.

»Ganz wie du willst.« Ich höre das Lächeln in seiner Stimme. »Aber ich hoffe, ich bin auch willkommen in eurer kleinen Hexen-WG.«

»Gelegentlich wird das schon in Ordnung gehen.«

Er lacht. »Mein Gott, ich liebe dich so.«

Ich schlucke. Das hat er noch nie gesagt.

Du kennst mich nicht, möchte ich antworten. *Du hast keine Ahnung, was ich alles getan habe. Und in welchen Schwierigkeiten ich stecke.* Das wäre die Wahrheit. Stattdessen sage ich: »Ich dich auch.«

Denn auch das ist wahr.

33.

DER MORGEN IST düster und frisch. Nachdem es die Nacht über geregnet hat, umrankt dichter Nebel die Lichtung und webt den Wald in ein Netz aus Kälte und Nässe.

Ich habe kaum ein Auge zugetan. Ständig kreisten meine Gedanken um Klara und dieses verfluchte Foto auf dem Tisch. Wie eine Bestellkarte haben sie es mir überreicht. Noch immer spüre ich das Gewicht ihrer abwartenden Blicke auf mir, höre den Klang ihrer zuversichtlichen Stimmen. Wie tief muss ich in den Schlund der Hölle gefallen sein, dass solche Menschen annehmen, ich stünde auf ihrer Seite? Dass sie tatsächlich denken, ich wäre zu so etwas fähig? Aber genau das ist passiert, ich bin abgerutscht, den schlammigen Hang hinab und blitzschnell über die Kante in den Abgrund der Niederträchtigkeit. Und jetzt kauere ich dort unten, umgeben von Wahnsinn und Perversion, und weiß nicht, was zu tun ist. Jungblut, Hillmann und Eckhart. Drei Monster, die dachten, sie hätten eine Gleichgesinnte gefunden. Kaum auszudenken, was sie jetzt tun werden.

Ich hole Klara mit dem Auto ab. Jonathan ist schon in der Praxis.

Er denkt wohl, ich tue das nur ihm zuliebe – um mein Verhältnis zu ihr zu vertiefen und mehr in die Mutterrolle reinzuwachsen, in der er mich so gern sehen würde. Von der Wahrheit ahnt er nichts. Dass ich sie beschützen muss, um jeden Preis. Dass ich sie ab jetzt nicht mehr aus den Augen lassen werde, bis ich einen Weg aus diesem Schlamassel gefunden habe und sie wieder in Sicherheit ist.

Klara ist von diesem Plan natürlich begeistert. Offenbar glaubt sie, wir machen Urlaub. Dass sie weiterhin zur Schule muss, auch wenn sie bei mir wohnt, begreift sie erst, als ich sie bitte, all ihre Schulsachen einzupacken.

»Echt jetzt?«, raunzt sie mit hängenden Mundwinkeln, als ich ihre Schultasche für sie schultere.

»Nur weil du bei mir wohnst, heißt das noch lange nicht, dass du die Schule ausfallen lassen darfst.«

»Muss ich überhaupt zur Schule gehen, um Präparatorin zu werden? Bist du zur Schule gegangen?«

»Nein, aber das war nicht unbedingt die beste Entscheidung. Mein Großvater hat mich selbst unterrichtet, weißt du. Er hat sich sehr bemüht, aber er konnte mir nicht alles beibringen, was wichtig ist. Das bereue ich heute ein bisschen.«

»Wieso?«

»Manchmal kommt man sich dumm vor, wenn man gewisse Dinge nicht weiß oder nie gelernt hat. Und man wird von anderen schnell missachtet.«

»Du bist doch nicht dumm!«, stößt sie voller Empörung aus. »Du weißt sogar mehr als Papa! Nämlich was mit den Tieren passiert, wenn sie tot sind.«

»Aber das ist nichts, worum andere dich beneiden, verstehst du? Du willst doch nicht wirklich so werden wie ich. Ich bin anders, und das mögen die Leute nicht.«

»Ich glaube eher, sie mögen es nicht, dass sie selbst alle so gleich sind«, antwortet sie schulterzuckend.

Dieses Mädchen. Diese quirlige, anstrengende Nervensäge. Mit eisernem Willen habe ich sie auf Abstand gehalten, wollte sie aussperren aus meinem heiligen Refugium der Stille und der Einsamkeit, dabei ist sie die Einzige, die es auf Anhieb verstanden hat. Meine Welt und die strengen Gesetze darin, mein kompliziertes und doch so simples Leben und warum niemand bisher Platz darin gefunden hat. Ohne es zu wollen, habe ich sie Teil von all dem werden lassen. Habe sie mutwillig dem Blick des Bösen ausgesetzt, der ständig auf mich gerichtet ist, weil ich jahrelang gedankenlos zurückgestarrt habe. Und nun ist es meine Pflicht, sie zu beschützen. Mit allem, was ich habe.

»Komm, ab ins Auto«, sage ich und sperre die Haustür hinter uns ab. »Fahren wir zur Schule.«

34.

ALS KLARA UM KURZ nach dreizehn Uhr mit ein paar Freundinnen aus dem Schulgebäude kommt, warte ich bereits auf sie.

Jonathan hat mir ihren Stundenplan gemailt. Ich wollte mich vorher noch am Schulgelände umsehen und bin vorsorglich schon etwas früher hier gewesen. Immer wieder habe ich Ausschau nach Jungbluts Schlägertypen gehalten oder nach anderen verdächtigen Gestalten, die Klara gefährlich werden könnten. Einerseits scheint es absurd zu denken, Jungblut würde tatsächlich riskieren, seine Bluthunde auf ein kleines Mädchen anzusetzen, am helllichten Tag, inmitten all dieser Menschen. Doch nach Rambos Entführung weiß ich, dass dieser Mann vor nichts zurückschreckt, um zu bekommen, was er will. Und er will Klara. Aufgespießt auf einem Pfahl, ausgestopft wie all die armen Kreaturen, die ich bereits für ihn präpariert habe. Und seine zwei Freunde machen mit beim Spielen. Ich sehe die drei förmlich vor mir: Wie sie im Schein des Kaminfeuers bei einem guten Glas Wein beisammensitzen und darüber plaudern, welche Gräueltat ich diesmal für sie erledigen soll. Haustiere fremder Leute. Menschen, kleine Kinder.

Ich kann sehen, wie sie sich beim Gedanken an Klara die Lippen lecken. Höre ihre gierigen Stimmen: *So ein wunderschönes Exemplar. Ich bekomme sie zuerst, wenn sie fertig ist. – Nein, ich möchte sie zuerst haben! – Nein, ich!*

Klara entdeckt mich und kommt grinsend auf mich zugelaufen. Ihre Freundinnen beobachten mich misstrauisch aus dem Hintergrund. Bestimmt haben sie zu Hause allerlei fragwürdiges Zeug über mich gehört. Dass sie sich von mir fernhalten sollen. Dabei gibt es da draußen weitaus Gefährlicheres als mich.

»Alles in Ordnung?«, frage ich angespannt, als Klara mich umarmt. »Ist heute was Ungewöhnliches passiert? Haben dich irgendwelche Leute angeredet?«

»Nein, wieso fragst du das?« Sie drückt mich fester. »Was machen wir heute? Präparieren wir was?«

»Du weißt hoffentlich, dass du mit keinem Fremden reden darfst. Und erst recht nicht mit jemandem mitgehen.«

»Jaja, klar. Du bist komisch heute.«

»Ich mache mir nur Sorgen.«

»Du bist ja schon wie Papa. Der macht sich auch immer Sorgen.«

»Worüber macht er sich denn Sorgen?«

»Na, über dich.«

»Über mich?«

Sie nickt fest. »Weil du immer so müde bist. Und so verstreut.«

»Zerstreut, meinst du.«

»Genau. Deswegen macht er sich Sorgen. Er glaubt, du hast Geheimnisse.« Sie senkt die Stimme zu einem Flüstern. »Wenn du wirklich welche hast, dann kannst du sie mir verraten! Ich sage es auch keinem. Was hast du für Geheimnisse, Sonja?«

Ich schlucke den Eisklumpen in meinem Hals mit aller Gewalt hinunter. Im Grunde sind es keine einzelnen Geheimnisse mehr, die ich vor den beiden verstecke. Es ist mein ganzes Leben. Alles, was ich bin und was ich aufgebaut habe – ein Scherbenhaufen, in dem ich jetzt zu versinken drohe.

»Komm«, sage ich. »Fahren wir heim, du hast sicher Hunger.«

Sie lässt mich los und wuchtet ihre rosafarbene Schultasche auf den Rücksitz. Ich lasse sie vorne sitzen, und gemeinsam machen wir uns auf den Heimweg.

Ich habe gekocht und ihr Zimmer hergerichtet. Jonathan hat mir strikte Anweisungen gegeben. Nach dem Mittagessen müssen zunächst die Hausaufgaben erledigt werden, dann erst darf sie spielen. Zunächst motzt Klara ein bisschen herum, doch als sie merkt, dass ich die Regeln ihres Vaters konsequent durchsetzen werde, gibt sie nach und macht sich an die Arbeit.

Deutsch geht relativ schnell, bei den Sachaufgaben für Mathe helfe ich ihr, ehe Hexe mit einem Ball im Maul zur Tür hereinkommt und verspielt mit dem Schwanz wedelt. Klara setzt einen Schmollmund auf und blinzelt mich fragend an. Hexe winselt.

»Ihr zwei Manipulanten«, sage ich. »Na schön, dann geh schon.«

Klara springt auf und läuft mit Hexe nach draußen vor das Haus. Durch das Wohnzimmerfenster beobachte ich die beiden beim Spielen. Die Angst wird beinahe unerträglich. Ich gehe unruhig in der Stube umher, setze mich an den Tisch und stehe noch unruhiger wieder auf. Hier ist sie in Sicherheit, sage ich mir. Wenn ihr jemand zu nahe kommt, reiße ich ihm die Eingeweide raus. Ich weiß, wie man das macht.

Unser neuer Alltag wird schnell zu einer nervenaufreibenden, aber auch schönen Routine. Jeden Morgen wecke ich Klara in ihrem frisch überzogenen Bett, frühstücke mit ihr und sorge dafür, dass sie sich wäscht und die Zähne anständig putzt. Wenn sie ab und zu mal nicht sofort aufstehen möchte, lasse ich sie noch ein paar

Minuten schlummern und fahre dann ein bisschen schneller. Ich warte, bis sie das Schulgebäude betreten hat, und bin mindestens eine Viertelstunde vor Ende des Schultages wieder zurück auf dem Parkplatz. Abgesehen von den wenigen Stunden, die sie in der Schule verbringt, habe ich ständig ein Auge auf sie.

Es ist schwer, meine Sorgen und Ängste vor ihr geheim zu halten, aber ich gebe mein Bestes. Nachts brauche ich ewig, um einzuschlafen, weil ich auf verdächtige Geräusche im Wald achte. Ständig rechne ich mit Gefahr, mit dem Brummen eines Motors in der Ferne, mit einem drohenden Klopfen an der Tür und den Worten: »Wir kommen so oder so rein.«

Es ist fünf Tage her. Fünf lange Tage, die sich nur darum drehten, keinen Fehler zu begehen, achtsam zu sein und dabei stetig den Schein zu wahren. Ich habe keine Ahnung, wie Jungblut und seine kranken Freunde auf meine Absage reagieren, ob sie es akzeptieren oder die Sache selbst in die Hand nehmen, aber ich werde nichts dem Zufall überlassen.

Während ich einerseits in ständiger Alarmbereitschaft bin, versuche ich gleichzeitig Klara ein ausgewogenes Spaßprogramm zu bieten, damit sie nicht auf die Idee kommt, zurück zu ihrem Vater zu wollen. Wir präparieren den Vogel zu Ende und machen uns anschließend an unser zweites Projekt, ein kleines Eichhörnchen. Sie ist sehr aufmerksam und lernt schnell. Diesmal lasse ich sie bereits ein bisschen beim Entfleischen helfen. Während der Zeit, die das Fell in der Gerbung verbringt, versuche ich sie anderweitig beschäftigt zu halten. Wir graben gemeinsam die Beete im Gewächshaus um und pflanzen ein paar neue Gemüsesorten: Erbsen, Bohnen und eine Staude mit Tomaten. Wir verpassen Hexe ein Bad, was Hexe weniger spannend findet. Ich krame die alten Donald-Duck-Comics hervor, die ich als Kind so gern gelesen habe, damit Klara eine Beschäftigung hat, wenn ich den

Haushalt mache oder Arbeit im Atelier zu erledigen habe. Ich habe zwei neue Aufträge angenommen, nichts Großartiges, einen Fuchs und einen Cockerspaniel für hoffentlich ganz normale Leute. Irgendwie muss das Geschäft schließlich weiterlaufen.

Was Großmutter Eckhart betrifft, habe ich meine Entscheidung nun endgültig gefällt. An diesem Projekt werde ich nicht länger weiterarbeiten. Und ich werde Herrn Eckhart auch nicht darüber in Kenntnis setzen. Wenn dieses Arschloch seine Mutter zurückhaben möchte, soll er herkommen und sie persönlich aus dem Tank fischen. Soll er sich nur trauen, dieses perverse Heinzelmännchen. Ich serviere ihm die Überreste seiner Mutter in Scheibchen in einer Blechdose.

Überhaupt sollte ich den Bunker dauerhaft außer Betrieb nehmen. Da drin sind nur Schandtaten entstanden. Ich sollte diese Höllenschmiede verbarrikadieren, so wie mein Großvater einst die Mühle verbarrikadiert hat. Allerdings steckt in diesem Labor einiges an Geld, und vieles lässt sich weiterhin benutzen, die Instrumente zum Beispiel. Skalpelle, Pinzetten, Scheren und dergleichen. Die schweren Gerätschaften wie die Tanks und meine Vakuumpumpe werde ich jedoch dort lassen. Ich will mit diesem Teil meines Jobs nichts mehr zu tun haben.

Als am Wochenende Jonathan zu Besuch kommt und Klara mit »Papa zu Tode kuscheln« beschäftigt ist, ziehe ich mich in den Bunker zurück, um auszumisten. Ich packe die OP-Instrumente ein und überprüfe den Lagerbestand der Chemikalien. Das Azeton kann ich auch im Atelier verwenden. Außerdem werde ich den Arbeitssessel mitnehmen. Zum Schluss werfe ich noch einen Blick in den Tank.

Ein kühles, steriles Grab – das also wird Oma Eckharts letzte Ruhestätte sein. Sofern ihr Sohn nichts Gegenteiliges plant, wird sie da drin nackt und unvollendet ihr ewiges Dasein fristen. Es tut mir nicht leid um die alte Schachtel. »Bedank dich bei deinem Abkömmling«, sage ich und drehe das Licht hinter mir ab.

Der Tank und die Umrisse des Labors verschwinden in der Dunkelheit. Mit einem seltsamen Gefühl gehe ich die Treppe hoch. Die Taschenlampe nehme ich mit, die kann ich gut woanders gebrauchen. Ich schließe die Tür des Bunkers, möchte den Schlüssel ein letztes Mal drehen. Etwas hält mich zurück. Soll ich das wirklich tun? Meine Karriere, mein Leben, alles hat dort unten stattgefunden. In diesem Labor habe ich Träume verwirklicht. Und Albträume. Es war nicht immer alles richtig, aber es war harte Arbeit, Stunden über Stunden, Jahr für Jahr. Ich kann noch nicht damit abschließen, nicht sofort. Eine Nacht will ich noch darüber schlafen. Wenn ich morgen weiterhin gewillt bin, diese Tür für immer zur verriegeln, dann soll es so sein.

Jonathan flicht Klara Zöpfe ins frisch gewaschene Haar, als ich mit dem Rucksack voller Utensilien nach Hause komme. Ich bringe alles ins Atelier und verstaue es bestmöglich in den ohnehin schon vollen Stellagen. Kurz darauf taucht Hexe auf, und Klaras Aufmerksamkeit ist im Nu bei meinem Hund und dem Ball, um den sie sich balgen.

Jonathan geht in die Küche, wo er sich ein Glas Wein einschenkt. Als ich ihn mit den Armen umschlinge, stößt er ein überraschtes Lachen aus.

»Du siehst verändert aus«, stellt er fest, als ich mich von ihm löse. »So munter.«

»Ich habe etwas vor. Noch bin ich mir nicht zu hundert Prozent sicher, aber spätestens morgen weiß ich es. Dann wird sich vieles ändern.«

Er stellt das Glas weg und nimmt mich in den Arm. »Wenn es dich glücklich macht, ist es bestimmt die richtige Entscheidung.«

35.

DIE UHR ZEIGT acht Uhr morgens, als ich träge den Kopf vom Kissen hebe und zum Nachttisch linse. Ich habe überraschend gut und tief geschlafen letzte Nacht. Zwar beschäftigt mich nach wie vor die Frage, wie lange ich Klara noch bei mir behalten kann, ohne dass Jonathan Verdacht schöpft, aber ich habe mich nun endgültig entschieden, zumindest den Bunker ein für alle Mal aus meinem Leben zu verbannen. Das macht mir Mut.

Mag sein, dass ich in der Vergangenheit Fehler begangen habe, aber ich werde alles tun, um meine Schuld zu begleichen. Und wenn ich mein altes Leben komplett aufgeben muss für dieses Mädchen. Valkyrias Tage sind vorüber.

Sonnenschein fällt durch die Fenster ins kühle Zimmer. Gähnend wälze ich mich in meinem Bett und stelle fest, dass Jonathan nicht neben mir liegt. Unten höre ich die Dusche laufen. Ich habe gar nicht gemerkt, dass er schon aufgestanden ist. Immer nimmt er Rücksicht, tut alles auf diese sanftmütige, ruhige Art, mit der er auch mit seinen vierbeinigen Patienten umgeht. Ich habe solches Glück, dass er bei mir ist. Er und Klara sind mein neuer Anfang.

Ich ziehe mich an und gehe mit Hexe, die wie immer neben meinem Bett geschlafen und offenbar auf mich gewartet hat, nach unten in die Stube. Durch die angelehnte Badezimmertür dringt Seifengeruch.

Ich beschließe, die Zeit, die ich ungestört bin, zu nutzen, um meinen Entschluss in die Tat umzusetzen. Ich werde den Bunker verriegeln. Jetzt ist der richtige Zeitpunkt. Wenn Jonathan unter der Dusche ist und Klara noch schläft.

»Bin kurz mit Hexe spazieren«, rufe ich ins Badezimmer, aber er scheint mich nicht zu hören. Auch gut, ich werde nicht lange brauchen.

Ich ziehe mir Stiefel und Jacke an und lasse Hexe aus dem Haus. Automatisch greife ich nach dem Schlüssel an der Wand, aber er ist nicht da. Zum Glück finde ich ihn rasch – er ist noch in meiner Jackentasche, wo ich ihn gestern offenbar gelassen habe.

Draußen ist es angenehm warm und windstill. Hexe rennt über die Wiese, als wäre sie tagelang eingesperrt gewesen, verjagt Vögel von der Lichtung und hebt willkürlich Stöcke vom Boden auf. Ich pfeife sie hinter mir her, sie folgt mir übermütig in den kühlen Wald und den steilen Hügel hinauf.

Gemeinsam erreichen wir den Bunker, ich möchte aufsperren und merke überrascht, dass bereits offen ist. So ein Mist, ich habe gestern doch tatsächlich vergessen zuzusperren. Das kommt davon, wenn die Gedanken woanders sind. Sorgsam sehe ich mich um. Keine Menschenseele weit und breit. Ich ziehe die Tür bis zum Anschlag auf und gehe zügig die Stufen hinunter. Hexe wartet oben.

Unten mache ich Licht an. Alles ist unverändert. Der Tisch,

die Tanks, Hillmanns unvollendetes Monstrum unter der Plane. Ich gehe umher, öffne wahllos ein paar Schränke. Keine Ahnung, wonach ich suche. Hier unten war niemand. Noch mal Glück gehabt.

Ich schalte den Hauptschalter des Stromzugangs ab, der diesen Ort mit Energie versorgt. Das Licht geht aus, und ich lasse das Labor und all die Jahre, die ich hier verbracht habe, in der Dunkelheit zurück. Ich schließe die Tür und drehe den Schlüssel. Diesmal wirklich und ein letztes Mal. Doch es wäre dumm und viel zu riskant, es lediglich bei einer verschlossenen Tür zu belassen. Dieser Ort muss verschwinden, und zwar richtig.

Aus der unmittelbaren Umgebung zerre ich allerhand große, verzweigte Äste hervor. Ein paar davon habe ich gestern bereits gesammelt und hinter dem Bunker bereitgelegt, den Rest schlage ich mit meiner aus dem Labor mitgebrachten Axt von den Bäumen und verbarrikadiere damit das Gebäude. Nichts soll mehr vom Bunker zu sehen sein, verschwinden soll er, für immer verrotten hinter dem Gespinst aus Holz, Tannenwedeln und Moos. Die graue Fassade ist nahezu nicht mehr zu sehen, einzig die Tür blitzt schemenhaft hervor, als ich einen letzten Blick darauf werfe.

Das Horrorkabinett ist versperrt. Der Wald hat es buchstäblich verschluckt und wird es bald gänzlich zu einem Teil von sich machen. Und so soll es bleiben.

Auf dem Weg nach Hause zurück nehme ich ein Motorengeräusch im Wald wahr. Fährt Jonathan etwa weg? Ich beeile mich den Abhang hinunter und bin schneller zurück als sonst. Die blassgoldene Frühlingssonne taucht den Wald in Licht. Morgentau perlt von den frisch gesprossenen Blättern der Laubbäume. Die Lichtung erstrahlt im Grün und Gelb der ersten Frühlingsprimeln, und Hexe wälzt sich vergnügt im Gras.

Jonathans Range Rover ist in der Tat nicht mehr da. Im Haus riecht es nach Kaffee, in der Spüle steht ein benutzter Becher. Auf dem Esstisch liegt ein Zettel in Jonathans Handschrift.

Musste in die Praxis, leider ein kleiner Notfall. Melde mich, wenn ich fertig bin.
Liebe dich.

Armer Jonathan. Wahrscheinlich eine Katze mit akutem Durchfall oder ein Hund mit Hinkebein. Macht nichts, dann werden Klara und ich einen Kuchen backen oder an unserem Strickschal weiterarbeiten. Es wird zwar immer wärmer, aber Klara besteht darauf.

Apropos. Zeit, die kleine Nervensäge aus den Federn zu werfen, es ist kurz vor neun. Zunächst versuche ich es mit lauten Geräuschen, während ich das Frühstück zubereite. Ich mache Tee und Kakao, schneide frisches Brot auf und stelle ihr ein Glas Nutella hin. Meine Begeisterung über dieses Zeug hält sich in Grenzen, aber Jonathan meint, es sei schon okay. Ausnahmsweise. Weil heute Sonntag ist. Ich fülle Hexes Wasserschüssel auf und klirre noch ein bisschen mit dem Geschirr. Keine Lebenszeichen aus dem ersten Stock. Dann muss ich wohl zu härteren Mitteln greifen.

»Klara, aufstehen! Frühstück ist fertig.«

Ich steige extra laut die Treppe hoch und betrete ihr Zimmer – und halte vor Schreck den Atem an.

Ihr Bett ist leer.

Sie ist nicht in ihrem Zimmer.

»Klara? Wo bist du?«

Vielleicht ist sie auf der Toilette. Oder im Badezimmer. Beides leer. Ich gehe in zunehmender Panik das gesamte Haus ab, Stube, Schlafzimmer, Keller, Dachboden. Rufe immer lauter. Renne suchend ums Haus herum. Ihre Schuhe stehen im Vorzimmer, die Jacke hängt am Haken. Nur sie ist nicht da.

Jonathan. Er muss sie mitgenommen haben. Auch wenn auf seiner Nachricht davon nichts stand. Ich rufe ihn an.

»Hey«, begrüßt er mich fröhlich. »Na, wie geht's dir? Entschuldige, dass ich so plötzlich los musste, die Katze der Staudingers hat Junge bekommen, und da gab's ein paar Komplikationen. Aber alles gut verlaufen.«

»Hast du Klara mitgenommen?«

»Was?«

»Klara. Ist Klara bei dir?«

Er antwortet nicht.

Mir wird schwindlig. Abrupt setze ich mich hin. Ich höre es rauschen, irgendwo tief in meinem Kopf. Es überschwemmt mich – all die Befürchtungen, die Ängste und die Panik der letzten Tage sind in dieser Stille gebündelt.

»Ist sie etwa nicht bei dir?«, fragt er verwirrt.

Ich schweige. Kein Ton kommt aus meinem Mund, obwohl ich am liebsten gellend schreien würde.

Jonathans Stimme wird lauter. »Sonja, was ist los? Wo ist Klara?«

Sie wissen, wo ich wohne. Sie wissen, wie man stiehlt. Wie man unbemerkt ein Lebewesen entwendet. Aus dem sicheren Heim, vielleicht sogar aus dem Bett.

Das Motorengeräusch. Wer sagt, dass es Jonathans Auto war, das ich wegfahren gehört habe?

Sie waren hier. Sie haben Klara mitgenommen. Während ich im Bunker war und Jonathan schon weg.

Jungblut hat sich Klara geholt.

»Sonja!«, brüllt Jonathan. »Jetzt sag schon was! Wo ist Klara, was ist hier los?«

»Warte im Haus auf mich«, antworte ich. »Ich bin so schnell wie möglich da.«

DAS III. PRÄPARAT

36.

WIR GEHEN ZUR POLIZEI. Jonathan ist verzweifelt. Ich auch, aber ich versuche es nicht zu zeigen. Will Ruhe bewahren, um jeden Preis. Mein Kopf muss klar bleiben. Bereit für die nächsten Schritte.

Wir müssen Fragen beantworten. Wann und wo wir sie das letzte Mal gesehen haben. Wie kindersicher mein Haus ist. Schnell gerate ich als Hauptverdächtige ins Visier. Weil ich diejenige bin, die ihr Verschwinden bemerkt hat. In Gedanken spiele ich alles immer wieder durch: wie ich sie gestern ins Bett gebracht habe, wie wir zusammen einen alten Comic durchgeblättert haben, wie Jonathan und ich ihr einen Gutenachtkuss gegeben und ihre Zimmertür geschlossen haben und rüber in mein Schlafzimmer gegangen sind. Dann der nächste Morgen. Dieser ruhige, klare Morgen. Jonathan war unter der Dusche. Später ist er mit dem Auto zu den Staudingers gefahren, er weiß nicht mehr genau, um welche Uhrzeit. Irgendwann nach acht Uhr. Er behauptet, ihm wäre nichts Merkwürdiges aufgefallen, als er das Haus verlassen hat. Er dachte, ich sei nur kurz mit Hexe unterwegs, und hat nicht noch einmal nach Klara gesehen. Ich versuche mich zu erinnern, was ich alles gesehen habe – Spuren am Boden, Kratzer an der Tür. Da war nichts. Nichts außer diesem Motorengeräusch, was aber auch Jonathans Range Rover gewesen sein kann. Und selbst wenn nicht, Hexe hätte doch Alarm geschlagen.

Nein, hätte sie nicht, denn sie war bei mir. Ich habe Klara im Haus allein gelassen. Wir beide haben sie im Haus allein gelassen.

Wir fahren mit einigen Polizeibeamten in den Wald zurück, und sie durchsuchen mein ganzes Haus. Auch die Garage und das Atelier. Ich lasse sie machen. Wissend, dass sie nichts finden werden. Klaras Jacke und Schuhe sind noch da. Nichts fehlt, bloß sie. Schließlich weiten sie die Suche auf den Wald aus. Sie versuchen uns zu beruhigen. Meinen, dass Klara vermutlich nur spazieren gegangen sei und jetzt den Weg nach Hause nicht mehr findet. So etwas sei nicht ungewöhnlich. Wir sollen ganz ruhig bleiben.

Sie haben ja keine Ahnung.

Nach der stundenlangen Suche fahren wir zu zweit zu Jonathan nach Hause. Er ist komplett fertig mit den Nerven. Telefoniert noch einmal mit der Polizei, weil ihm eingefallen ist, dass Klara in den kleinen versteckten Park am Stadtrand gegangen sein könnte, ohne uns Bescheid zu sagen. Immer mehr Erklärungen kommen ihm in den Sinn, eine abwegiger als die andere. Er versucht das alles logisch zu durchdenken, jedes noch so harmlose Szenario in Betracht zu ziehen, doch als ihm klar wird, dass sie für all diese Szenarien Schuhe und Jacke gebraucht hätte, verzweifelt er.

Unruhig geht er im Haus umher, sagt alle Termine ab und sperrt die Praxis zu. Er spricht mit sich selbst, murmelt wie in Trance, dann wendet er sich plötzlich an mich und redet aufgebracht drauflos. Er wiederholt konzentriert seinen Tagesablauf an diesem Morgen und geht alles von vorne durch. Immer und immer wieder. Es tut weh, ihn so zu sehen. Einen erwachsenen Mann, hilflos wie ein Kind.

Fieberhaft überlege ich, was ich nur tun soll. Es ist meine Schuld. Ich habe nicht gut genug auf sie aufgepasst. Habe sie allein gelassen, und jetzt ist sie fort. Die Schlägertypen haben sie geholt. Wie einst den armen weißen Husky.

Es ist Nachmittag geworden. Von Klara fehlt nach wie vor jede Spur. Ich sitze mit Jonathan an seinem Esstisch. Hexe liegt zusammengerollt zu unseren Füßen, ihre großen Knopfaugen blicken traurig zu mir hoch. Jonathan hat die Stirn in die Hände gestützt und starrt vor sich auf die Tischplatte. Nachdem er die letzten Stunden fast pausenlos geredet hat, sagt er mittlerweile überhaupt nichts mehr. Er ist erschöpft, genau wie ich. Und macht sich Vorwürfe. Genau wie ich. Von meinen Vermutungen ahnt er nichts. Im Gegenteil, dass ich so ruhig bin, regt ihn auf. Aber ich brauche diese Ruhe, ich muss mich sammeln, um herauszufinden, was jetzt zu tun ist. Er will natürlich losziehen und erneut den ganzen Wald nach ihr absuchen, notfalls auch allein. Völlige Zeitverschwendung. Ich versuche ihn davon zu überzeugen, dass wir fürs Erste nichts tun können, und wiederhole mechanisch die Worte der Polizei: *Vielleicht ist sie nur spazieren gegangen. So etwas ist nicht ungewöhnlich.* Hauptsache, er beruhigt sich, aber es funktioniert nicht.

Ohne ein weiteres Wort zieht er sich Schuhe und Jacke an und marschiert los. Über eine Stunde ist er weg und kommt erschöpft und mit leerem Gesicht zurück. Und wieder sitzen wir hier. Wir schauen uns an und schweigen.

»Ich verstehe das nicht«, sagt er schließlich. Zum hunderttausendsten Mal. »Ich verstehe das einfach nicht.«

»Wir werden sie finden. Ich verspreche dir, wir finden sie.«

»Wo kann sie nur sein? Sie geht nicht mehr allein in den Wald, sie weiß ganz genau, dass sie das nicht darf. Nur zu dir oder zurück nach Hause. Aber nirgends sonst hin. Sie weiß das! Ich hab es ihr hundertmal verboten!«

Hilflos schüttle ich den Kopf. Ich kann ihm nicht helfen. Aber ich kann etwas anderes tun. Ich muss sogar. Jetzt weiß ich endlich, wie es weitergeht.

Ich werde warten, bis er sich hingelegt hat. Zum Glück dauert das nicht lange. Nach all der Aufregung und dem langen Marsch ist sein Körper an sein Limit gelangt. Er fällt ins Bett und schläft sofort ein, als suche sein Verstand Zuflucht vor diesem Albtraum, als könne er so die Verzweiflung überwinden. Auch ich bin am Ende meiner Kräfte, aber das spielt keine Rolle.

Ich verlasse das Haus und gehe noch einmal zur Polizei. Diesmal werde ich erzählen, was ich weiß. Ich habe keine andere Wahl.

37.

FÜR KLARAS FALL wurde mittlerweile das Bundeskriminalamt eingeschaltet. Den Tag über wurden Nachbarn befragt, Schulfreundinnen, Lehrer, die halbe Stadt. Am meisten wurde ich angeschwärzt. Natürlich gelte ich bereits als Hauptverdächtige, während die wahren Täter auf freiem Fuß sind, mehr noch, unbehelligt ihrem Dasein frönen.

»Ich habe wichtige Informationen«, sage ich dem hiesigen Polizeichef Walthers, an dessen Schreibtisch ich gütigerweise trotz später Stunde Platz nehmen durfte. Bestimmt ist er mächtig gespannt, welche Aussage die Hexe aus dem Wald machen will, wenn sie am Abend noch hier antanzt. Mit steinerner Miene wartet er ganz offensichtlich auf ein Geständnis.

»Ich weiß, wer hinter Klaras Verschwinden steckt«, sage ich. »Es war Jungblut.«

In seinen undurchdringlichen Gesichtsausdruck mischen sich kurz Misstrauen und Überraschung. »Lothar Jungblut?«

»Ganz genau.«

Wortlos sieht er mich an. Jungblut ist nicht nur reich, er hat auch Einfluss. Ich möchte wetten, er unterstützt die Stadt jährlich mit großzügigen Spenden, um die Stadtregierung und somit auch die örtliche Exekutive bei Laune zu halten. Was zählt das Wort einer Aussätzigen gegen das des einflussreichsten Bürgers weit und breit?

»Das ist eine ganz schön heftige Anschuldigung«, spricht Walthers weiter. »Haben Sie dafür auch einen Grund?«

»Allerdings, den habe ich.«

Ich beginne zu erzählen. Es fällt mir nicht leicht. Vieles muss ich verschweigen. Die unmoralischen Aufträge, die toten Haustiere, Oma Eckhart, das Geld, das in großzügigen Mengen auf mein Konto geflossen ist. Das tut für den Kern des Ganzen auch nichts zur Sache. Ich erzähle, was wichtig ist, die Wahrheit: Jungblut, Hillmann und Eckhart haben mich zu sich zitiert, um mich zu bitten, Jonathans Tochter zu töten und anschließend lebensecht zu präparieren. Ich habe abgelehnt, worauf Jungblut mir gedroht hat. Aus Angst, mir oder Klara und Jonathan könnte etwas zustoßen, wenn ich den Mund aufmache, habe ich die Sache vorerst für mich behalten, doch jetzt sehe ich keine andere Möglichkeit mehr.

Walthers' strenges Gesicht hat sich während meiner gesamten Erzählung nicht verändert. Auch jetzt rührt er keine Miene.

»Sie glauben mir nicht«, sage ich. »Es ist ja auch eine haarsträubende Geschichte. Aber die Wahrheit. Gehen Sie zu Jungblut, befragen Sie ihn, durchsuchen Sie sein Haus. Er hat Klara. Er und seine Freunde.«

Walthers runzelt die Stirn.

»Präparieren«, wiederholt er. Allein das Wort scheint in ihm nichts als Irritation hervorzurufen.

Dennoch bleibe ich standhaft. »Genau. Präparieren.«

»Damit ich das richtig verstehe. Sie behaupten ernsthaft, Lothar

Jungblut hätte Ihnen Geld dafür geboten, wenn Sie Klara quasi ausstopfen? Was wollte er denn mit der ausgestopften Klara tun? Sie sich ins Wohnzimmer stellen?«

»Schon klar, Sie halten das für Blödsinn, aber welche Spur haben Sie denn vorzuweisen?«

»Vor einigen Jahren ist in dieser Gegend schon mal ein Mädchen verschwunden. Zwar war es ein bisschen jünger als Klara, vom Typ her aber sehr ähnlich. Möglich, dass da eine Verbindung besteht.«

»Das glaube ich nicht.«

»Bitte lassen Sie uns unsere Arbeit machen.«

»Und das Mädchen von damals, was ist mit dem passiert? Hat man sie je gefunden?« Als er nichts sagt, werde ich wütend. »Diese drei Perverslinge stecken hinter Klaras Verschwinden! Ich denke mir das doch nicht aus! Was hätte ich davon?«

»Lassen Sie mich überlegen. Vielleicht haben Sie Angst, weil Sie streng genommen kein Alibi haben für den heutigen Morgen. Niemand kann bezeugen, was Sie gemacht haben. Und nun wollen Sie mit dieser absurden Geschichte Ihre Haut retten. Bin ich nah dran?«

»Kein Alibi? Was soll das, ich war zu Hause!«

»Dann müssten Sie doch wissen, wo Klara steckt. Wenn Sie die ganze Zeit im Haus waren. Kleine Mädchen lösen sich nicht in Luft auf.«

»Ich meine, nicht die ganze Zeit. Für eine halbe Stunde war ich mit meinem Hund spazieren.«

»Also doch kein Alibi.«

Kurz weiß ich nicht, was ich sagen soll. Was passiert hier gerade? Bin ich im Begriff, mich um Kopf und Kragen zu reden?

»Sagen Sie mal, was denken Sie eigentlich von mir?«, frage ich und meine es todernst. Wofür hält diese Stadt mich?

»Was ich von Ihnen denke, tut nichts zur Sache. Fest steht, dass Klaras Vater seine Tochter heute Morgen in Ihrem Haus allein gelassen hat und nicht weiß, wo Sie zu diesem Zeitpunkt gewesen sind und was Sie getrieben haben. Seitdem ist Klara verschwunden. Laut Ihnen zumindest.«

»Ich kann es nicht fassen«, erwidere ich. »Wollen Sie damit ernsthaft andeuten, ich hätte Klara etwas angetan? Das ist doch total absurd!«

»Nicht absurder als die Geschichte, die Sie mir gerade erzählt haben, das müssen Sie zugeben.«

Ich fasse mir an die Stirn, kann kaum noch klar denken. Klaras Gesicht taucht vor mir auf. Ihre Augen sind weit aufgerissen, aus ihrem Mund ragt ein blutiger Speer. Aufgespießt wie ein Vieh an Jungbluts Wand.

Aber ein kleiner Hoffnungsschimmer bricht sich in meinem gehetzten Gehirn Bahn: Er hat außer mir niemanden, der sie für ihn präparieren könnte. Ich war seine vorerst einzige Chance, sein krankes Vorhaben in die Tat umzusetzen. Noch ist nicht alles verloren.

»Hören Sie«, sagt Walthers. »Ich will ganz ehrlich zu Ihnen sein. Viele hier sind davon überzeugt, dass Sie hinter der ganzen Sache stecken. Ich will keine Namen nennen, aber Sie wurden schon von einigen hier angeschwärzt. Sie sollten mit solchen Geschichten daher nicht noch zusätzlich Aufmerksamkeit auf sich ziehen. Und Herrn Jungblut sollten Sie sowieso aus alldem raushalten. Einen solchen Mann beschuldigt man nicht einfach so der Kindesentführung, erst recht nicht aufgrund einer so haarsträubenden Geschichte.«

»Ich habe Beweise«, platze ich heraus. »Hier, ich kann Ihnen mein Handy zeigen, im Verlauf ist noch seine Nummer. Daran können Sie sehen, dass er mich angerufen hat.« Ich fummele mein

Handy aus der Tasche, suche die Nummer heraus und halte Walthers das Display vor die Nase. »Hier, Jungbluts private Handynummer. Testen Sie es, wenn Sie mir nicht glauben.«

»Nur weil Sie mit Herrn Jungblut telefoniert haben, macht ihn das noch lange nicht zum Verbrecher.«

»Aber Sie haben doch mein Haus durchsucht! Ihre Leute haben mein gesamtes Haus und die ganze Umgebung durchsucht und nichts gefunden. Weil ich nichts zu verstecken habe! Und wie erklären Sie sich, dass ihre Sachen noch da sind? Jemand ist in mein Haus eingedrungen und hat sie mitgenommen! Stellen Sie Jungblut wenigstens ein paar Fragen. Ist das zu viel verlangt?«

Er stößt ein müdes Seufzen aus. Vermutlich hat er Mitleid mit mir. Mit der armen Irren aus der Wildnis, die jeder für schuldig hält. Die einen Hexenprozess nicht einmal dann überleben würde, wenn sie tatsächlich Zauberkräfte besäße. Jeder in dieser Stadt will mich brennen sehen. Aber so leicht gebe ich mich nicht geschlagen. Lieber würde ich sterben, als zuzulassen, dass die Suche nach Klara im Nichts verläuft, bloß weil man an den falschen Stellen sucht. Sollen sie mich verbrennen. Solange Jungblut zuerst brennt.

»Bitte«, wiederhole ich. »Diese Männer sind krank und gefährlich. Jungblut am allermeisten. Ich würde Klara niemals etwas antun! Ich muss ... ich muss sie retten. Bitte helfen Sie mir dabei.«

Walthers' Gesicht bleibt hart und unbewegt – aber er nickt. »Wir werden der Sache nachgehen. Jetzt beruhigen Sie sich und fahren Sie nach Hause. Und halten Sie sich am besten etwas im Hintergrund. Die Stimmung in der Stadt ist ziemlich aufgeladen zurzeit. Sie sollten auf sich achtgeben.«

»Ich danke Ihnen«, sage ich und stehe auf.

Als wir uns die Hände schütteln, habe ich das Gefühl, dass dieses Gespräch sinnlos war. Sie werden Jungblut nicht befragen.

Und falls doch, wird nichts dabei herauskommen. Walthers hat Angst vor diesem Mann. Weil er Einfluss hat und mit dem Bürgermeister Golf spielt. Weil er sich gut verstellen kann und jedem in der Stadt seit Jahren den braven, wohltätigen Mitbürger vorspielt.

Oder aus ganz anderen Gründen.

Jonathan schläft noch, als ich zu ihm ins Schlafzimmer komme. Er muss komplett erledigt sein. Ich habe Hexe bei ihm gelassen, sie liegt am Fußende des Bettes und hält Wache. Ich will ihn nicht wecken, darum lasse ich das Licht ausgeschaltet. Es ist Nacht geworden. Draußen fällt der Regen. Ich denke an meinen Jeep, der erneut einen neuen Anstrich benötigt.

Diesmal haben sie sich nicht mal die Mühe gemacht, es heimlich zu tun. Als ich aus dem Polizeipräsidium gekommen bin, standen sie noch da. Menschen, die ich noch nie zuvor gesehen hatte. Menschen, die mich für schuldig halten. Sie haben den Jeep mit Abfall beworfen. Und auf die Windschutzscheibe »Kinderfresserin« geschrieben.

Auf dem Weg zum Jeep haben sie mich angestarrt. So voller Verachtung und Hass, dass mich die Wucht ihrer Blicke beinahe ins Stolpern versetzt hätte.

Walthers hat recht, ich muss mich von hier fernhalten. Solange die Stimmung derart aufgeladen ist, bringe ich mich und Jonathan bloß unnötig in Gefahr. Wer weiß, wie lange es dauert, bis diese Arschlöcher denken, er wäre mein Komplize und wir hätten Klara gemeinsam auf dem Gewissen. Wobei ich so weit gar nicht denken will. Sie ist noch am Leben. Ich weiß, dass es so ist. Tot nützt sie Jungblut nichts, für die Präparation müsste sie möglichst frisch sein. Kein Einkühlen, kein langes Lagern in irgendwelchen Kammern. Das ist sein Ding, sein perverser kleiner Fetisch.

Je frischer, desto besser. Am liebsten mitten aus dem Leben gerissen. Weil es das Leben selbst ist, das er zu sammeln versucht. Das er konservieren möchte, in Flaschen abgefüllt zur persönlichen Entnahme. Einen Zirkus aus Leichen hat er sich erschaffen und hält sich für deren Gott.

Ich gebe Jonathan einen Kuss auf die Stirn. Er regt sich im Schlaf, wacht aber nicht auf. Ganz leise verlasse ich das Zimmer.

»Pass auf ihn auf«, flüstere ich Hexe zu. »Er braucht dich jetzt mehr. Sei brav, mein Kleines.«

Sie legt den Kopf zurück auf den Boden und gehorcht. Sie kennt ihre Aufgabe. So wie ich meine kenne.

38.

DER NÄCHSTE MORGEN. Eine lange, verregnete Nacht ohne Schlaf liegt hinter mir, ohne Rast, ohne einen einzigen ruhigen Gedanken. Er braucht sie lebend für die Präparation – an diesen Strohhalm klammere ich mich wie verrückt. Wahrscheinlich wartet er. Sucht in Ruhe nach einem Ersatz für mich. Recherchiert, sortiert aus, führt Gespräche. Währenddessen bangt Klara um ihr Leben. Irgendwo in diesem großen, gespenstischen Haus. Am liebsten würde ich an seine Tür klopfen. Mit einer Axt über der Schulter und dieser beißenden Wut in meinem Bauch würde ich ins Haus stürmen und mich um diesen Bastard kümmern. Aber das geht nicht. Ich muss warten, was die Polizei sagt. Alles andere wäre unvernünftig.

Hexe ist in den frühen Morgenstunden nach Hause gekommen. Sie liegt verlässlich zu meinen Füßen und spendet mir Ruhe und Trost. Wenn es nur etwas nützen würde. Die Zeit dehnt sich aus. Eine Stunde allein in meinem Haus ist wie eine Ewigkeit in einem dunklen, engen Loch. Ich telefoniere mit Jonathan und erzähle ihm, was Walthers mir geraten hat. Keine Aufmerksamkeit auf mich zu ziehen, quasi unterzutauchen, bevor die Situation eskaliert. Er weiß jetzt auch, was mit dem Jeep passiert ist. Ich bitte ihn, sich vorerst von mir fernzuhalten, auch wenn er das nicht versteht. Auf keinen Fall darf ich ihn in den Verdacht bringen, etwas mit Klaras Verschwinden zu tun zu haben.

»Nur dass das klar ist«, sagt er, »das glaube ich niemals. Nie könntest du Klara etwas antun. Die Leute da draußen ... die sind alle irre. Manchmal glaube ich, die ganze Welt ist dem Wahnsinn verfallen. Das macht mich so ... so wütend.«

Mir geht es genauso. Dieser unbändige Zorn, nichts tun zu können, auf die Kompetenz anderer angewiesen zu sein, verzweifelt auf deren Hilfe zu hoffen, eine Hilfe, die einfach nicht kommt. Es bringt mich um, nicht zu wissen, ob es Klara gut geht. Wo sie gerade ist. Ob sie Angst hat oder Schmerzen. Ob sie gefesselt in einem dunklen Keller liegt oder gar bereits auf einem Operationstisch irgendwo in Jungbluts Anwesen, bereit für die Schandtat, bereit für die Präparation. Ich kann es vor mir sehen, jedes winzige Detail. Zuerst das Entnehmen der inneren Organe. Dann das Entfernen der Haut und des Gewebes. Gerade, schnelle Schnitte, die jede Menge Blut zutage fördern. So viel Blut.

Ich möchte schreien. Den Kopf aus dem Fenster stecken und aus tiefstem Halse losbrüllen, bis die ganze Welt mich hört.

»Ich will sie wiederhaben«, sagt Jonathan. »O Gott, ich will sie wiederhaben.«

»Sie werden sie finden«, antworte ich.

Wir schicken Hexe zwischen unseren Häusern hin und her. Er braucht sie, sie tut ihm gut. Hexe ist klug, sie kennt den Weg. Als er sie am Abend zu mir zurückschickt, warte ich bereits auf der Lichtung auf sie. Ich wünschte, er würde sie begleiten. Ich wünschte, sie kämen einfach mit Klara zurück zu mir gelaufen. Als wären sie bloß ein bisschen spazieren gewesen.

Ich habe mittlerweile mehrmals versucht, Walthers telefonisch zu erreichen. Weit nach zwanzig Uhr, als ich schon gar nicht mehr damit rechne, ruft er schließlich zurück. Er erklärt mir, dass sie Jungblut bezüglich Klaras Verschwinden befragt hätten, angeblich ohne Ergebnis.

»Sie haben Glück, wenn Herr Jungblut Sie nicht wegen Verleumdung anzeigt«, fügt er hinzu. »Es gibt keine Anzeichen, dass er etwas mit Klaras Fall zu tun hat, und er hat für besagten Zeitraum ein glaubwürdiges Alibi. Und was Ihre Geschichte mit dem Präparieren angeht: Herr Jungblut zeigte sich äußerst überrascht darüber, dass ihm so etwas zur Last gelegt wird. Er erwähnte, dass es in der Vergangenheit leider Streitigkeiten zwischen Ihnen beiden gegeben habe. Und dass Sie nun möglicherweise versuchen, es ihm auf diesem Wege heimzuzahlen. Ist da was Wahres dran?«

»Wieso fragen Sie mich das überhaupt noch? Sie haben sich doch ohnehin schon Ihre eigene Meinung gebildet.«

»Hören Sie ...«

»Mir ist klar, was hier läuft. Die Einsiedlerin gegen den reichsten Mann der Stadt. Ich weiß, wie meine Chancen stehen.«

»Versuchen Sie die Sache auf sich beruhen zu lassen. Herr Jungblut hat nichts mit Klaras Verschwinden zu tun. Akzeptieren Sie das, Sie handeln sich sonst nur Ärger ein.«

Das war unser ganzes Gespräch. Seitdem quält mich der Gedanke, was Jungblut jetzt tun wird. Es wird ihm nicht gefallen, dass ich ihm die Polizei auf den Hals gehetzt habe. Ob er nun alle Schuld von sich weisen konnte oder nicht. Ich muss auf der Hut sein.

Ich versuche mit Jonathan darüber zu sprechen. Obwohl mir bewusst ist, dass ich ihm nicht die Wahrheit sagen kann. Aber ich will, dass auch er sich vorsichtig verhält. Er muss wissen, was da draußen lauert.

»Wieso sagst du das?«, fragt er, als wir am späten Abend noch einmal telefonieren und ich ihn bitte, vorerst nicht das Haus zu verlassen.

»Bitte hör auf mich. Da draußen sind Menschen, die ... bitte pass einfach auf dich auf.«

»Sonja, was ist los? Du machst mir ja Angst.«

»Es tut mir leid«, flüstere ich und versuche, die Tränen zu unterdrücken. »Es tut mir alles so leid.«

Er antwortet nicht, und zum ersten Mal fühle ich mich richtig allein. Allein und hilflos.

»Morgen schicke ich Hexe wieder zu dir«, sage ich.

»Okay.« Und dann, nach einer langen Pause: »Sie fehlt mir so.«

»Sie werden sie finden.«

»Niemand wird sie finden. Verstehst du nicht, Sonja? Niemand wird sie finden! Es ist über vierundzwanzig Stunden her! Du weißt, was das heißt!«

Ich schließe die Augen, kann die Tränen nicht mehr aufhalten.

»Ich werde sie finden«, sage ich fest. »Wenn es sonst niemand tut, dann mache ich es selbst. Ich verspreche es dir.«

Es ist mitten in der Nacht, draußen heult der Wind. Ich sollte schlafen, Ruhe finden, Kräfte sammeln, aber ich denke an meinen Großvater. An unser letztes Gespräch, das mir in der stillen Dunkelheit des Zimmers allzu lebendig im Kopf herumspukt.

Bis kurz vor seinem Tod hatte er den Darmkrebs vor mir geheim gehalten. Ich wusste es erst, als er in diesem Krankenbett lag und die Ärzte mir sagten, ich solle mich von ihm verabschieden.

Ich erinnere mich noch gut an diesen Tag. Es war warm draußen. Einer der seltenen schönen Sommer hier. Ich hatte eben erst Hexe aus dem Tierheim geholt. Wenige Wochen zuvor hatte er es mir endlich erlaubt. Im Nachhinein weiß ich jetzt, warum – weil er wusste, dass ich bald Gesellschaft brauchen würde. Er wollte mich nicht allein zurücklassen.

»Schau, das ist sie. Sie ist perfekt.« Ich zeigte ihm ein Foto von ihr auf dem Handy.

Er war schon sehr schwach. Seine Stimme klang brüchig. »Wie hast du sie genannt?«, fragte er.

»Hexe.«

Er lächelte.

Noch heute sehe ich dieses Lächeln vor mir. Zumindest wusste er, dass ich jetzt stark genug war. Ich nahm der Welt ihre Feindseligkeit nicht länger übel. Ich machte mich sogar lustig darüber. Die Aussätzige aus dem Wald, mit einem schwarzen Hund namens Hexe.

39.

EINE WEITERE SCHLAFLOSE NACHT. Gleich am Morgen schicke ich Hexe auf den Weg, trotz des Regens, der erneut auf den Wald niederprasselt wie eine göttliche Plage. Zu Mittag telefoniere ich mit Jonathan. Er sagt, ihm fällt die Decke auf den Kopf, weil er es allein einfach nicht mehr aushält in seinem leeren Haus ohne mich und ohne Klara.

Den dritten Tag ist sie nun schon verschwunden. Mit jeder Sekunde, die sie nicht bei uns ist, droht Jonathan mehr und mehr den Verstand zu verlieren vor Panik und Verzweiflung. Seine Praxis ist weiterhin geschlossen, und er schwankt permanent zwischen zwei Gemütsregungen: entweder aufgewühlt durch den Wald zu laufen und ihren Namen zu brüllen oder still und mit zitternden Knien vor der Haustür zu warten, dass sie zurückkommt.

Im Hintergrund höre ich Hexe bellen, auch sie hat Sehnsucht nach mir. Aber das Wetter ist zu schlecht, um sie zurück nach Hause zu schicken. Ich bin allein, mit mir und meinen Gedanken und dieser fürchterlichen Angst, weiß nichts mit mir anzufangen und überlege pausenlos, wie ich Klara finden könnte. Wie ich an diese elenden Schweine nur rankäme, ohne selbst in einem Keller zu landen. Es wäre Wahnsinn, es selbst in die Hand zu nehmen, aber was wäre die Alternative? Auf die Arbeit der Polizei vertrauen? Ich muss sie finden, bevor es zu spät ist. Ich muss!

Jonathans Stimme zu hören, tut gut. Sie durchbricht den eisigen Nebel in meinem Kopf und hilft mir, wieder etwas runterzukommen. Doch dann ändert sich sein Tonfall plötzlich, nimmt eine ungewohnte Härte an.

»Ich habe mit Walthers gesprochen. Er hat mir erzählt, dass ...« Er bricht ab.

Dabei weiß ich längst, was ihm auf der Zunge brennt. Welche giftigen Gedanken sich in seinem Kopf eingenistet haben und ihn seither nicht mehr in Ruhe lassen: dass ich verrückt bin. Denn ich habe Jungblut angeschwärzt, habe mir diese absurde Geschichte ausgedacht, die doch unmöglich stimmen kann. Ich sollte es dabei belassen, da ich ohnehin nicht meine Variante der Geschehnisse erzählen kann – nicht ohne ihm die ganze Geschichte zu beichten, mit allen grausigen Facetten. Trotzdem habe ich den absurden Drang, mit ihm darüber zu reden.

»Dass?«, hake ich nach.

Er schnaubt, als bereue er, das Thema angeschnitten zu haben. Aber dann spricht er doch weiter. »Was hat es mit diesem Jungblut auf sich? Wie kommst du darauf, dass er etwas mit Klaras Verschwinden zu tun haben könnte?«

»Was hat dir Walthers denn erzählt?«

»Ich hab es nicht ganz verstanden, gebe ich zu. Irgendwas mit Ausstopfen. Sonja, was soll das?«

Nicht mal er will mir glauben. Wie könnte er auch? Für den Rest der Welt ist der Albtraum, in dem ich lebe, einfach nur das, wonach es klingt – eine verrückte Einbildung.

»Es beunruhigt mich, so was über dich zu hören«, fährt er fort. Schneller jetzt, wütender. »Dass du so haarsträubende Dinge erzählst. Jungblut mag ein unsympathischer Zeitgenosse sein, aber dass er so was tun würde, das ist doch unmöglich.«

»Wieso bist du dir so sicher, dass es unmöglich ist?«

»Weil es einfach nur krank ist! Irre, verrückt, such dir was aus!«

»Du brauchst mich nicht anzubrüllen«, erwidere ich, obwohl ich seine Wut sehr gut nachvollziehen kann. »Ich weiß genau, wonach das alles klingt.«

»Und warum erzählst du es dann? Als ob dich die Leute nicht ohnehin schon für merkwürdig genug halten würden! Und dann kommst du mit so einer Geschichte daher, gerade jetzt, wo alles auseinanderbricht und die Leute immer misstrauischer dir gegenüber werden. Du tickst doch nicht mehr richtig!«

»Jonathan, hör zu ...«

»Nein, jetzt bin ich derjenige, der redet, und du hörst zu! Meine Tochter ist verschwunden! Das ist alles ein einziger Albtraum, ich weiß nicht mehr, was ich machen soll, und du verschanzt dich im Wald und tust mal wieder nichts anderes, als mir Rätsel aufzugeben! Was erzählst du mir nicht? Willst du mein Vertrauen am Ende auch noch verlieren?«

Es sind nicht seine Worte, die mich treffen, sondern allein der Klang seiner Stimme. Noch nie habe ich ihn brüllen hören, noch nie habe ich ihn in Rage erlebt, diesen ruhigen, sanftmütigen Mann, der in nahezu jeder Situation sein Lächeln beibehält. Wie blind war ich doch die ganze Zeit und wie selbstsüchtig, mich in meiner eigenen Panik und all den Selbstvorwürfen zu verkriechen, während er droht, den Kampf gegen die Verzweiflung endgültig zu verlieren. Sie ist seine Tochter. Sie ist alles, was er hat. Und ich bin nicht für ihn da.

»Diese ganze Geheimniskrämerei«, stößt er aus, als ich bloß

schuldbewusst schweige. »Du und dein Bunker und deine Kunden und deine Aufträge. Vielleicht haben die Leute ja recht und du bist tatsächlich an allem schuld. Ganz die Hexe aus dem Wald. Die Kinderfresserin.«

»Das glaubst du doch nicht wirklich, oder?«, frage ich mit heiserer Stimme.

Stille.

»Jonathan? Das glaubst du doch nicht wirklich! Antworte mir.«

Ein langes, schweres Seufzen. »Ich weiß nicht. Ich weiß nicht mehr, was ich glauben soll. Seit Klara verschwunden ist ...«

»Ich würde Klara niemals etwas antun. Das hast du selbst gesagt. Du hast es gesagt, Jonathan!«

Ich höre ihn tief ein und aus atmen, als ringe er um den letzten Rest Selbstbeherrschung. In den wenigen Sekunden, die er nicht antwortet, sehe ich alles vor mir zu Staub zerbröseln. Unsere Beziehung, unsere Zukunft, sogar Klaras Gesicht tief in meinem Gedächtnis. All das ist verloren, wenn er zu zweifeln beginnt. Aber dann sagt er: »Bitte entschuldige. Ich habe die Fassung verloren. Natürlich hast du nichts damit zu tun.«

»Du musst dich nicht entschuldigen. Es tut mir so leid, dass das alles passiert ist. Ich wünschte, ich könnte ...« Mir versagt die Stimme.

Erneut ist es still zwischen uns, und ich spüre, wie in dieser Stille etwas zerbricht. Ein kleines Stück des Vertrauens zwischen uns zersplittert einfach in hundert Teile. Zerschmettert von der Last all der Dinge, die ich ihm nicht erzählt habe.

»Bitte erkläre es mir.« Auch seine Stimme klingt nun schwach und heiser, des Streitens müde. Er räuspert sich. »Wieso hast du der Polizei diesen Irrsinn aufgetischt? Wieso, Sonja?«

Weil es wahr ist. Gnade der Lügnerin, die einmal die Wahrheit sagt. Man wird ihr nicht glauben.

»Weil es doch durchaus möglich wäre«, antworte ich stattdessen.

»Aber wo steckt die Logik dahinter? Angenommen, dieser Mann hätte tatsächlich so etwas von dir verlangt. Er hätte verlangt, meine Tochter zu ...« Er kann es gar nicht aussprechen. »Angenommen, er hätte dir solch einen Auftrag erteilt, hättest du dann nicht sofort die Polizei verständigt? Und es mir erzählt? Hättest du all die Jahre überhaupt mit ihm zusammengearbeitet, wenn er so ein kranker Mensch ist? Das ergibt doch alles keinen Sinn!«

»Wer weiß«, antworte ich leise. »Vielleicht bin ich ja genauso krank wie dieser Mann.«

Er schnaubt, erneut voller Wut und Unverständnis. »Du magst vielleicht skurrile Werwölfe da unten basteln, aber das, was du Walthers erzählt hast, sprengt ja nun wirklich die Skala.«

»Skurrile was?«

Ich setze mich kerzengerade auf. Mein Herz beginnt zu klopfen.

»Du warst in meinem Bunker«, sage ich, als er nicht antwortet.

»Nein.«

»Lüg nicht.«

»Tue ich nicht ...«

»Werwolf, du hast Werwolf gesagt! Woher weißt du davon?«

Zorn und Panik steigen rasend schnell in mir hoch und vertreiben mit einem Schlag jede Schuld, die eben noch in mir gebrodelt hat.

Wenn er wirklich dort unten war ...

Großer Gott, wenn er dort unten war und alles gesehen hat, dann ...

»Du hast mir davon erzählt«, antwortet er hastig. »Als wir darüber geredet haben, dass einem deiner Kunden das Präparat nicht gefällt. Da hast du erwähnt, dass es ein Werwolf ist. Schon vergessen?«

Wie ruhig er plötzlich klingt. Wie überzeugend. Meine Panik

verebbt, und ich überlege, ob er recht haben könnte. Habe ich ihm wirklich erzählt, was ich für Hillmann baue? Oder war er heimlich schnüffeln? Vielleicht sogar an jenem Morgen, als Klara verschwunden ist?

»Sonja. Es tut mir leid, ich will nicht mit dir streiten. Ich bin nur so verwirrt. Das ist alles so verrückt.«

»Ich weiß. Ich will auch nicht streiten. Bitte verzeih mir.«

»Walthers sagt, sie hätten Jungblut genauestens unter die Lupe genommen und nichts sei dabei herausgekommen. Ich will nicht, dass du dich da in etwas verrennst. Wir müssen jetzt einen klaren Kopf behalten.«

»Das versuche ich ja.«

»Ich möchte, dass du weißt, ich vertraue dir. Wenn du wirklich denkst, dass mit diesem Jungblut etwas nicht stimmt, dann glaube ich dir. Nur musst du es mir sagen, verstehst du? Sag mir, was du denkst, Sonja!«

»Ich kann nicht«, flüstere ich so leise, dass er es nicht hört. Denn er wird mir nicht glauben, solange ich nicht die volle Wahrheit erzähle. Und sollte ich das je tun, wird er der Letzte sein, der mir zur Seite steht.

»Sie haben ihn befragt, und nichts ist herausgekommen«, sage ich. »Lassen wir es darauf beruhen.«

Er sagt nichts mehr.

»Was ist mit Hexe?«, wechsle ich das Thema. »Ich habe sie bellen hören.«

»Sie ist angespannt. Sie spürt sicher auch, dass etwas nicht stimmt.«

»Du fehlst mir. Ihr beide fehlt mir.«

»Dann komm zu mir!«, stößt er aus, und ich höre wieder all seine Verzweiflung. Und dann noch, leise und hoffnungslos: »Ich … ich brauche dich, Sonja. Ich werde hier noch wahnsinnig.«

»Ich weiß. Aber ich muss im Wald bleiben. Ich versuche dich doch bloß zu beschützen. Bitte vertrau mir. Und schick Hexe zu mir zurück, sobald es geht. Spätestens am Abend.«

»Wie du willst«, antwortet er, und ich spüre seine Enttäuschung mit jeder Faser meines Körpers. Könnte er nur begreifen, dass ich all das nur für uns tue. Für uns und seine Tochter. Ich darf sie nicht im Stich lassen. Ich muss sie finden, irgendwie. Weil sie mir genauso viel bedeutet wie ihm.

Ich lächle, einfach nur um nicht zu weinen.

»Ich liebe dich«, sage ich und lege auf.

40.

AM ABEND KOMMT HEXE immer noch nicht nach Hause.

Der Regen hat mittlerweile aufgehört. Ich warte auf der Lichtung auf sie. Es dämmert. Die Schatten der Bäume werden länger.

Ich rufe Jonathan an. Er behauptet, er hätte sie vor über zwei Stunden auf den Weg geschickt.

Ich beende das Gespräch und begebe mich auf die Suche nach ihr.

Überall. Ich laufe die Strecke zur alten Mühle ab. Renne den Hügel zum Bunker hinauf. Rufe nach ihr, bis ich ganz heiser bin.

Die Nacht bricht über den Wald herein und taucht die Welt in Dunkelheit.

Den Gedanken, der sich wie ein Nagel in meinen Kopf bohrt, dränge ich zurück. Ich darf ihn einfach nicht zulassen.

Ich suche weiter, krächze mit erschöpfter Stimme. Für einen Moment weiß ich nicht mal mehr genau, wo ich bin. Irgendwo zwischen meinem Haus und der Stadt. Der Wald hat mich umzingelt. Durch Dickicht und dornige Sträucher kämpfe ich mich voran, die Sicht wird schlechter. Doch dann rieche ich es. Unverkennbar. Blut.

Verwirrt blicke ich um mich, schließlich nach oben. Dort im Geäst. Gehäutet. An allen vieren an den Baum gebunden. So hängt sie da. Die großen braunen Augen starren mich an. Als wäre Hexe noch am Leben.

Meine Hand presst sich auf den Mund. Unterdrückt den Schrei, immer fester. Ich drehe mich weg, erstarre zu Stein. Leises Winseln, ich kann es hören. Dort oben im Geäst.

O Gott, sie lebt tatsächlich noch. Ich muss sie runterholen. Das ist alles, was ich denke.

Ich muss sie von dort oben runterholen.

41.

WIR SIND ZU HAUSE. Endlich sind wir zu Hause. Es brennt Licht, und es ist warm. Sie muss jetzt keine Angst mehr haben. Ich bin da. Jetzt bin ich da, und ich weiß, was zu tun ist. Ich kann ihr helfen. Mit dem Narkotikum, das ich bei Rambo benutzt habe. Ich kann das alles wiedergutmachen. Versprochen.

Als es getan ist, starre ich sie an. Ich kann den Blick nicht von ihr abwenden. Wie sie daliegt. Ganz still. Das Hecheln hat aufgehört. Der Schmerz hat aufgehört. Die Augen stehen leicht offen. Aus einem Impuls heraus greife ich zum Messer und setze einen Schnitt von der Kehle bis zum Bauch. Öffne den Brustkorb, so sanft es nur geht. Ich muss ihr Herz berühren. Damit ihre Seele frei ist zu fliegen.

Ich trage sie hinter das Haus. An die Stelle, wo früher Brombeerbüsche wucherten und jetzt ein kleiner verwaister Rosenstrauch steht. Es war mein erster und bisher einziger Versuch, Blumen zu pflanzen. Die Rose gedeiht nie so richtig, weil Hexe sie ständig markiert hat. Es war einer ihrer Lieblingsplätze. Hier schaufle ich das Grab. Dann bette ich Hexe zärtlich in die Grube, schütte Erde auf sie und klopfe mit der Schaufel alles fest. Es soll schön aussehen. Würdevoll. Sie soll es warm haben.

Dann sitze ich da. Neben dem Grab meines Hundes, stundenlang. Ich sitze einfach da.

Und irgendwann beginne ich zu schreien.

42.

ES IST SO STILL DRAUSSEN. Kein Wind, kein Regen. Nur das Ticken der Uhr an der Wand. Wir sind in Jonathans Haus. Ich bin zu ihm gekommen, mitten in der Nacht. Nachdem ich es endlich geschafft hatte aufzustehen. Nachdem ich Ewigkeiten durch den Wald geirrt war auf der Suche nach Linderung. Ohne Pause. Ohne Hexe.

Jonathan sieht mich an. Sein Daumen streicht sanft über meinen Handrücken. Er weiß nicht, was er sonst tun soll. Wie soll er mir auch helfen?

»Du musst zur Polizei gehen«, sagt er.

Ich schüttle den Kopf.

»Doch. Du musst. Sonst tue ich es.«

»Das würde nichts bringen. Sie war bloß ein Hund. Die Polizei interessiert so etwas nicht.«

»Das waren diese Irren, die vorgestern wieder dein Auto attackiert haben. Die schrecken vor nichts zurück, Sonja. Du musst es der Polizei melden!«

»Und dann?«, fahre ich ihn an. Er schweigt. »Ich habe keine

Beweise. Das kann jeder gewesen sein. Vielleicht auch Jäger. Sie ist herrenlos im Wald herumgelaufen.«

»Das waren keine Jäger. Jäger tun so etwas nicht!«

»Was soll ich denn machen?«, brülle ich.

Er zuckt zusammen, schüttelt den Kopf. Völlig hilflos wirkt er in diesem Moment. »Wir müssen doch etwas tun können«, erwidert er trotzig. »Die dürfen nicht damit durchkommen!«

»Wir wissen nicht, wer es war.«

»Wenn es sein muss, zerre ich die halbe Stadt vor Gericht. Diese abartigen Schweine!«

Er steht auf, um sich die Beine zu vertreten. Ich bleibe reglos am Tisch sitzen, umklammere meine Teetasse. In diesem Zustand bin ich seit Stunden gefangen, reglos mit nur einem Gedanken: das Wimmern im Geäst. Dieses entsetzliche Wimmern.

Die Erinnerung hat sich in meinem Kopf verknotet. Ich sehe sie vor mir, wie sie in meinen Armen liegt. Ich spüre ihr Zittern. Die schweren, röchelnden Atemzüge, das Blut an meinen Händen, in meinem Gesicht. Sie hechelt, aber nur ganz schwach. Immer leiser und leiser.

Im Gegensatz zu Jonathan weiß ich genau, wer das getan hat. Wer da willentlich meine Welt zerstört hat, mir alles genommen hat, was noch wichtig war. Um mir eine Lektion zu erteilen. Um mich daran zu erinnern, was er mir bei unserem letzten Treffen geraten hat. *Dass diese Unterhaltung unter uns bleiben muss, versteht sich von selbst, möchte ich hoffen. Halten Sie sich daran. Oder Sie werden es bereuen.*

Auf verrückte Weise sehe ich endlich klar. Ich weiß jetzt, was zu tun ist. Was ich schon die ganze Zeit hätte tun sollen. Ohne Rücksicht auf Verluste. Ohne Gnade, denn mir wird auch keine gewährt.

Jonathan kommt zurück in den Raum. »Wo willst du hin?«

»Ich muss etwas erledigen.«

»Sonja, was ist los? Es ist mitten in der Nacht. Wo gehst du hin?«

Ich verlasse das Haus, steige in meinem Jeep und gebe Vollgas.

Es gibt viel zu tun. Vorbereitungen zu treffen.

Hexe mögen sie mir genommen haben, aber für Klara ist es noch nicht zu spät. Sie muss noch am Leben sein. Und wenn niemand sonst diese Bastarde zur Rechenschaft ziehen will, dann werde ich es eben selber tun. Ich werde sie mir schnappen, die Räuber meiner Welt. Und sie werden den Tag verfluchen, an dem sie sie mir wegnahmen.

43.

ICH BEGINNE MIT dem schwächsten Glied der Kette. Mit demjenigen, dessen Rolle mir in dieser Freakshow bis heute nicht ganz klar ist.

Jörg Eckhart.

42 Jahre alt, Haupterbe des Familienimperiums, seit Kurzem geschieden. Nach dem absehbaren Tod seines Vaters vor wenigen Tagen hat er sämtliche Aufgaben als Firmenoberhaupt des Versicherungsunternehmens übernommen. Es stand in der Zeitung. Ob er Opa Eckhart ebenfalls ausstopfen lassen will? Gleich kann er es mir sagen.

Sein ohnehin blasses Erbschleichergesicht verliert den letzten Tropfen Farbe, als ich ihn mit einem unsanften Tritt aus dem Nachmittagsschläfchen reiße.

Wir sind in seinem Schlafzimmer im zweiten Stock. Vogelgezwitscher dringt durch die offenen Fenster, die Sonne steht hoch am wolkenlosen Himmel. Eckhart traut seinen angsterfüllten Augen nicht.

»Sie?«, fragt er heiser.

»Ich muss mich mit Ihnen unterhalten.«

»Was soll das? Wie sind Sie hier hereingekommen?«

»Hab geklingelt.«

»Viktor!«

»Vergessen Sie Viktor. Er schläft tief und fest.« Ich zeige ihm die Spritze mit dem Narkotikum, das ich von Jungbluts Henkern bekommen habe. Der Butler war keine große Herausforderung. Er ist sofort umgekippt. »Wir sind unter uns.«

Sein Blick tanzt panisch zwischen mir und der Tür hin und her. Noch scheint er nicht ganz begriffen zu haben. Ich öffne meinen mitgebrachten Rucksack und hole eine zweite Spritze und eine Glasphiole heraus.

»Hierzulande sind verschiedene Substanzen zum Einschläfern von Tieren zugelassen. Pentobarbital, Embutramid und Kaliumchlorid. Hier haben wir, lassen Sie mich nachsehen ... Pentobarbital. Um einen Mann Ihrer Größe in den Schlaf zu versetzen, sollte eine kleine Menge ausreichend sein.« Ich versenke die Nadel im Gummideckel der Phiole und ziehe die Spritze bis zum Anschlag hoch. »Zwingen Sie mich nicht, herauszufinden, was so viel von diesem Zeug anrichten kann.«

»Sie sind keine Mörderin.«

»Und ob ich das bin. Ob Mensch oder Tier, macht für mich keinen Unterschied.«

»Was wollen Sie von mir?«, fragt er panisch.

»Wo ist Klara?«

»Was?«

»Sie und Ihre beiden kranken Freunde haben Klara entführt. Ich will wissen, wo sie ist. Sofort.«

Er setzt sich hektisch in seinem Bett auf, sieht sich hilfesuchend um. »Viktor!«, brüllt er.

Ich schüttle den Kopf. »Ihre Frau lebt nicht mehr hier, richtig?

Sind Sie ganz allein in diesem riesigen Haus? Nur Sie und dieser komische Butler, der jetzt ein Nickerchen hält? Wie fahrlässig.«

»Hören Sie«, beginnt er aufgeregt. »Ich habe nichts mit dieser Sache zu tun. Ich schwöre es beim Leben meiner Familie. Ich weiß nicht, wo Klara ist.«

»Aber Sie wissen, dass sie verschwunden ist.«

»Natürlich, es war ja auch überall in den Nachrichten! Aber ich habe nichts damit zu tun!«

»Als wir uns das letzte Mal gesehen haben, waren Sie bereit, mir alles Geld der Welt zu zahlen, wenn ich Klara für Sie und Ihre Freunde umbringe.«

»Ich weiß«, antwortet er schnell. Er möchte aufstehen – ich verpasse ihm einen Stoß gegen die Brust und halte ihm die Spritze an den Hals. »Ich weiß, ich weiß!«, beteuert er verzweifelt. »Ich weiß, wie das auf Sie gewirkt haben muss. Aber die Wahrheit sieht ganz anders aus! Ich wollte das nicht, ich ... ich war nicht bei Trost.«

»Ist das alles, was Ihnen einfällt: Sie waren nicht bei Trost?«

»Bitte«, sagt er gequält, während er versucht, der Nadel auszuweichen. »Sie müssen das nicht tun. Ich ... ich war ein Narr, mich darauf einzulassen, das ist mir jetzt klar! Aber die beiden haben mir keine Wahl gelassen. Ich hatte ihnen erzählt, womit ich Sie beauftragt habe ... und als es um Klara ging, da ... da hieß es plötzlich: Entweder bin ich dabei oder sie lassen mich auffliegen.«

»Sie mieser Feigling. Soll das heißen, Sie haben lieber das Leben eines Kindes auf dem Gewissen, bevor Sie sich für Ihre eigenen Entscheidungen verantworten müssen?«

Er atmet gequält durch, seine Stimme klingt zunehmend weinerlich. »Sie haben recht. Das ist alles ein einziges Desaster. Meine Frau hat mich verlassen. Sie hat unsere Söhne mitgenommen. Sie sagte, sie könne nicht länger diesen Weg mit mir gehen. Dabei wollte ich doch nur etwas Gutes tun, verstehen Sie? Ich wollte sie ihm zurückgeben.«

»Wovon sprechen Sie? Die Sache mit Ihrer Mutter?«

»Sie war alles für meinen Vater. Und als sie starb, da ... da hat auch er aufgehört zu leben. Es hat ihm das Herz gebrochen, verstehen Sie, es wollte einfach aufhören zu schlagen! Seitdem konnte er weder sprechen noch laufen. Ich wollte sie ihm zurückgeben, wenigstens einen Teil von ihr, aber es war falsch. Nach Ihrer Beauftragung ging es immer weiter mit ihm bergab. Und dann, kurz vor seinem Tod letzte Woche, hat er ein letztes Mal gesprochen. Geflüstert hat er: ›Wie konntest du nur?‹ Wissen Sie, wie sich das anfühlt? Wissen Sie, wie es ist, wenn derjenige, den man am meisten geliebt und geachtet hat, voller Hass und Trauer in den Tod gehen muss? Es bringt dich um! Es zerstört einfach alles in dir!«

Er kann nicht weitersprechen, aus seinem Mund dringt bloß noch ein leises Wimmern. Kurz überlege ich, das hier abzubrechen. Dieses jämmerliche Häufchen Elend seinem traurigen Schicksal zu überlassen, auf dass es an seiner eigenen Schuld zugrunde geht. Aber ich bleibe hart.

»Erzählen Sie mir, was dahintersteckt«, fordere ich ihn auf. Er schüttelt schwach den Kopf. Ich ramme die Faust gegen die Wand, dass meine Fingerknöchel brennen. »Reden Sie! Woher kennen Sie drei sich? Wie sind Sie auf diese abscheuliche Idee gekommen?«

»Ich war auf der Suche nach einer Präparatorin.« Er sammelt sich, richtet sich auf und blinzelt seine Tränen weg. »Schließlich stieß ich im Internet auf eine Art ... Forum. Ein Sammelpunkt für Präparationsliebhaber. Es sah zunächst alles recht harmlos aus. Man tauschte sich aus, postete Fotos seiner Präparate und berichtete sich gegenseitig von seinen Erfahrungen, so was in der

Art. Hier stach mir ein User ins Auge, der sich allerhand Fabelwesen präparieren ließ.«

»Hillmann.« Ich spucke ihm den Namen ins Gesicht, er nickt und spricht rasch weiter.

»Ich schrieb ihn an und fragte, wer diese Kunstwerke präpariert habe. Er nannte mir Ihren Namen und wollte auch wissen, was ich denn geplant hätte. Ich habe natürlich nichts erzählt, aber unser Kontakt blieb bestehen. Wir begannen uns auszutauschen, vielleicht sogar anzufreunden. Zumindest hielt ich es für eine Art Freundschaft. Ich schrieb Sie an und bat Sie in mein Haus. Wie es weitergeht, wissen Sie ja.«

»Nein, weiß ich nicht. Wie passt Jungblut ins Bild?«

Er seufzt tief, als falle ihm dieser Teil seiner Beichte besonders schwer. »Walter und ich sprachen über alles Mögliche, und irgendwann erzählte ich es ihm schließlich. Die Sache mit meiner Mutter, meine ich. Mit meiner Frau stritt ich mich nur noch deswegen, also musste ich mich jemandem anvertrauen, und er schien mich zu verstehen. Es klang für ihn überhaupt nicht abwegig, was ich mir wünschte. Und auch Lothar schien mich von Anfang an zu verstehen.« Er unterbricht sich kurz, schließt die Augen, atmet konzentriert ein und aus. Als er fortfährt, ist seine Stimme bloß ein Flüstern. »Walter hat uns drei zusammengebracht. Woher die beiden sich kennen, weiß ich nicht. Vielleicht auch durch das Forum. Lothar war sehr neugierig, er wollte alles über unseren Auftrag wissen, wie weit Sie schon sind, wie viel es kostet, welchen Eindruck ich von Ihnen habe. Und so weiter. Er war mehr an Ihnen und meinen Gedanken zu unserem Geschäftsverhältnis interessiert als am Auftrag selbst. Das hätte mich stutzig machen sollen, aber ich war naiv. Wir begannen uns zu dritt privat zu treffen, wir mochten uns, weil wir diese absurde Gemeinsamkeit hatten – Sie. Ich öffnete mich immer mehr, man trank Wein, man sagte sich auch mal unüberlegte Dinge, und dann … dann machte Lothar schließlich den Vorschlag.«

»Klara?«

Er nickt steif. »Ich hätte niemals Ja sagen sollen«, flüstert er voller Grauen. »Aber ich … ich hatte Angst, verstehen Sie? Diese Männer wussten alles, weil ich dumm genug war, sie für meine Freunde zu halten und ihnen alles zu erzählen. Sie haben mich damit erpresst. Sie drohten mir, alles ans Licht kommen zu lassen, als sie merkten, dass ich für solche … *Dinge* nicht zu haben bin. Da bin ich eingeknickt.« Seine Schultern sinken erschlafft herab, als würde er die Hilflosigkeit von damals noch einmal durchleben. »Ich träume nachts davon. Auch von der Präparation meiner Mutter … Es war verwerflich, das von Ihnen zu verlangen. Sie in die ganze Sache mit reinzuziehen. Meine Ehe ist deswegen in die Brüche gegangen. Mein Vater hat mich kurz vor seinem Tod verflucht. Und dann die Sache mit dem Mädchen. Wobei ich daran unschuldig bin, ich hatte keine Wahl! Hillmann und Jungblut waren es! Die haben mich dazu überredet! Sie sagten, sie bräuchten noch einen dritten Sponsor. Sie sagten, entweder wir alle oder keiner von uns. Pausenlos haben sie auf mich eingeredet! Bis zu diesem Zeitpunkt war mir gar nicht bewusst, in was ich da hineingeraten bin, in welch abartigen Kreisen ich mich herumdrückte. Ich dachte, ich hätte einfach nur zwei Gleichgesinnte gefunden, verstehen Sie? Menschen, die Erfahrung mit solch heiklen Aufträgen haben. Ich hab es zunächst auch für einen schlechten Scherz gehalten, gebe ich zu. Meine Güte, wer denkt denn an so etwas? Aber dann begriff ich, dass es bitterer Ernst war. Ich wollte nichts damit zu tun haben, aber sie haben mich mit ihrem Wissen dazu gezwungen! Die beiden sind wahnsinnig. Ich wollte nie, dass der Kleinen etwas passiert! Ich hatte bloß Angst! Das ist die Wahrheit!«

»Feiges Arschloch.« Ich packe ihn am Hals, drücke sein jämmerliches Gesicht an die Wand, bis er winselt. »Genug der Ausflüchte, ich habe es satt. Wo ist sie? Du weißt es ganz genau. Wo halten die beiden sie versteckt?«

»Bitte ... ich kann ... nicht mehr atmen ...«

»Ich ramm dir diese Spritze in den Hals, wenn du mir nicht sofort sagst, wo sie ist!«

»Bitte!« Er röchelt, kämpft mit den Armen gegen mich an. Ich bin stärker als diese halbe Portion.

»Ich schwöre, ich tue es«, sage ich. »Ich spritze dir dieses Zeug in die Venen. Und dann bekommst du Zuckungen. Kotzt deine Eingeweide raus. Ehe du ganz erbärmlich krepierst.«

»Bitte ...« Mehr bringt er nicht heraus. Seine Augenlider flattern, er röchelt. Ich lasse ihn los, und er sackt vornüber, ringt keuchend nach Luft. Speichel tropft aus seinem Mund auf die teure Satinbettwäsche. Mit gekrümmtem Rücken hockt er da. Ich lege die Spritze beiseite und trete zurück.

»Erzählen Sie mir, was Sie wissen«, sage ich. »Oder Sie werden mich nicht mehr los.«

Erschöpft schüttelt er den Kopf. Allmählich kommt er wieder zu Atem. Er fasst sich an den geröteten Hals, sieht mich an und schluckt.

»Ich weiß nicht, was mit Klara passiert ist. Ich hatte mit den beiden seit dem verhängnisvollen Abend keinen Kontakt mehr.« Ich greife wieder nach der Spritze. »Aber ich kann Ihnen helfen!«, spricht er eilig weiter. »Ich kann versuchen, etwas herauszufinden.«

»Wieso sollte ich Ihnen auch nur ein Wort glauben?«

»Weil ich ... weil das einfach nicht richtig ist. Es war ein Fehler. Die beiden sind zu allem fähig! Sie dürfen damit nicht durchkommen.«

»Womit dürfen sie nicht durchkommen? Sagen Sie mir die Wahrheit! Haben sie Klara etwas angetan?«

Erneut schüttelt er den Kopf. »Ich weiß es nicht«, antwortet er leise. »Ich weiß gar nichts. Aber wir beide können uns zusammentun.«

Ganz langsam lasse ich die Spritze sinken. Ich erkenne einen Lügner für gewöhnlich aus weiter Ferne, und er ist keiner. Ein Freak vielleicht, ein feiger Verräter, dessen Rückgrat die Widerstandsfähigkeit einer Christbaumkugel hat, aber er sagt die Wahrheit – er hat nichts mit Klaras Verschwinden zu tun.

»Ich gebe Ihnen noch den heutigen Tag Zeit«, sage ich. »Finden Sie heraus, was möglich ist. Wenn ich bis Mitternacht nichts von Ihnen höre, komme ich zurück und führe mein Verhör zu Ende. Und wenn Sie in ein anderes Land abhauen, ich finde Sie. Ich warne Sie, Eckhart.«

Er nickt. »Sie können mir vertrauen.«

Ich verlasse das Haus auf die gleiche Art, wie ich reingekommen bin, durch den Vordereingang. Viktor der Butler liegt nach wie vor bewusstlos auf dem Boden. Er wird nach dem Aufwachen vielleicht ein bisschen Kopfweh und Übelkeit spüren, mehr nicht. Ihn zu überwältigen war so einfach, dass es fast schon lachhaft ist. Er öffnete mir, weil er mich noch vom letzten Mal in Erinnerung hatte. Und natürlich hat er nicht im Geringsten damit gerechnet, dass die harmlose Präparatorin so plötzlich eine Spritze aus der Tasche zieht. Haben alle Kriminellen nach der Tat dieses Gefühl? Wie absurd leicht alles ging?

Im Auto öffne ich die Glasphiole und schütte den Inhalt auf die Straße. Nur destilliertes Wasser. Dachte Eckhart wirklich, ich würde ihm eine tödliche Injektion verabreichen? Er ist nur ein kleiner Fisch in diesem Teich aus menschlichem Abschaum, aus dem ich verzweifelt meine Füße zu ziehen versuche. Doch ich fürchte, ich muss noch tiefer eintauchen, bis zum Grund.

Jungblut und Hillmann.

Herr und Knecht.

Tod und Teufel.

Ich werde sie ausweiden, diese Schweine.

44.

ICH LIEGE MIT JONATHAN im Bett. Seine warme nackte Haut klebt an meiner. Er schläft. Ich liege da und schaue ihn an.

Wie ähnlich sie sich sehen. Die gleichen Augen, die gleiche Nase. Ich möchte sein Gesicht abziehen und mir eine Puppe daraus nähen. Eine kleine Klara. Mit Watte oder Heu gefüllt, ganz und gar meins. Mit langen blonden Haaren, die ich zu einem Zopf flechten kann.

Es ging nicht mehr ohne ihn. Ich musste ihn sehen, und ihm ging es genauso. Gleich nach meinem Besuch bei Eckhart bin ich wieder zu ihm gefahren, noch immer aufgeputscht von meinem Verhör, doch mit seiner Hilfe konnte ich etwas runterkommen. Verrückt, wie sehr ich ihn inzwischen brauche. Ich dachte immer, meine Stärke liegt darin, dass ich allein am besten zurechtkomme, aber er hat das widerlegt. Nie wieder möchte ich ohne ihn sein. Ich möchte meine Welt gegen seine eintauschen und nicht, wie bisher, meine vor seiner verstecken. Ohne Hexe liegt meine ohnehin in Trümmern.

Eine Fliege kitzelt ihn auf der Nase. Träge öffnet er die Augen.

»Woran denkst du gerade?«, möchte er wissen.

»Wie sehr ich euch beide liebe. Dich und Klara.«

Er lächelt traurig. »Ich hab von ihr geträumt. Es ging ihr gut. Sie war wieder zu Hause.«

»Sie wird bald wieder zu Hause sein.«

Er dreht den Kopf von mir weg. Er schließt die Augen wieder, und mir ist, als hätte ich ihn verloren. Als hätte sich eben eine Tür zwischen uns geschlossen, und ich müsste ihn dahinter zurücklassen. Denn dorthin, wohin ich möchte, kann er mir nicht folgen.

»Was hast du vor?«, fragt er, als ich aufstehe.

»Schlaf weiter. Ich muss mir nur die Beine vertreten.«

Ich ziehe mich an und gehe ins Erdgeschoss. Fünf Uhr morgens. Die Frist ist abgelaufen. Ich wähle Eckharts Nummer.

»Hallo, Valkyria«, meldet sich eine gedämpfte Stimme. »Ich wollte mich schon bei Ihnen melden ... hören Sie ... es ist alles nicht so leicht. Verzeihen Sie, aber ich kann Ihnen nicht helfen.«

»Was haben Sie herausgefunden?«

»Hören Sie zu. Ich kann mich nicht weiter vorwagen, das ist zu gefährlich. Die beiden ahnen etwas.«

»Dann haben Sie anscheinend unsere Abmachung vergessen. Liefern Sie mir Infos oder ich töte Sie im Schlaf.«

Eine lange Pause. Im Hintergrund sind Geräusche zu hören – das Schließen von Türen und das Tappen von Schritten.

»Was tun Sie?«, frage ich. »Haben Sie vor zu türmen?«

»Ich muss gehen. Für immer, es ist meine einzige Chance. Meine einzige Chance, das alles wieder ins Lot zu bringen. Ich muss meinen Ruf reinwaschen.«

»Eckhart, was haben Sie vor?«

»Und ich würde Ihnen raten, dasselbe zu tun«, spricht er so ruhig und sanft weiter wie zuvor. »Vergessen Sie das Mädchen. Sie ist es nicht wert, sich mit Wölfen anzulegen.«

»Wie meinen Sie das? Was ist los? Reden Sie mit mir!«
»Ich muss jetzt auflegen.«
»Warten Sie!«
»Leben Sie wohl, Valkyria. Ich mache jetzt Schluss.«
»Nein, halt!«
Die Verbindung bricht ab.

Mit Blick aus dem Fenster setze ich mich an den Küchentisch. Im ersten Stock sind Schritte zu hören. Kurz darauf kommt Jonathan in einer frischen Hose und einem T-Shirt nach unten. Sein Haar ist strubblig, seine Augen liegen tief in den Höhlen. Trotzdem versucht er zu lächeln.

Er setzt sich zu mir und streichelt meine Wange. »Mit wem hast du telefoniert?«

»Mit einem Kunden. Nicht so wichtig.«

Gemeinsam stieren wir aus dem Fenster. Es ist noch dunkel, aber man spürt, dass es ein wunderschöner Frühlingstag wird. Mit blühenden Wiesen und zirpenden Insekten. Klara und Hexe hätten es geliebt.

45.

SIE BRINGEN ES IM RADIO. Vorstand eines Versicherungsimperiums begeht Selbstmord, nachdem er in kurzer Zeit beide Elternteile verloren und seine Frau sich von ihm getrennt hat. Man fand seine Leiche am Vormittag an einem Strick baumelnd zwischen dem ersten und zweiten Stock seines Hauses.

Kein Abschiedsbrief.

Das schwächste Glied der Kette mag sich selbst aus dem Spiel genommen haben, aber es ist noch lange nicht vorbei. Wenn Eckhart mir nicht mehr helfen kann, muss ich zum nächsten Namen auf der Liste übergehen.

Walter Hillmann.

78 Jahre, ehemaliger Kunsthändler und pensionierter Kurator des städtischen Museums für moderne Kunst. Das Verrückte ist, ich mochte ihn immer. Den schrägen, aber sympathischen alten Mann, der wie ich das Skurrile liebt und aufgrund seines Spleens bei anderen auch mal aneckt. Wie blickdicht manche Fassade doch ist. Ein Mann, der sich gern mit Monstern umgibt, ist meistens selbst eines.

Von meinem Jeep aus beobachte ich sein Haus. Er lebt als Witwer allein mit seiner polnischen Haushälterin und Pflegerin Alina, so viel weiß ich. Und dass seine Familie ihn lediglich an den Wochenenden besuchen kommt. Bei Schönwetter macht er in seinem riesigen Garten bestimmt mal eine kleine Ausfahrt. Wenn Alina sich eine Auszeit gönnt und auf ihrem Zimmer fernsieht. Wenn der Nachmittagstee serviert wurde und er sich mit einem guten Buch in die Weinlaube zurückzieht, dann ist meine Zeit gekommen.

Die Mauer, die das Anwesen umgibt, ist alt und nicht sehr hoch. Ein geübter Kletterer hat sie im Handumdrehen überwunden. Die Irre aus den Wäldern weiß, wie man klettert. Und sie weiß auch, wie man sich anschleicht.

Im Schatten der Laube, neben dem Gedenkstein seiner Frau, wo auch der Brunnen plätschert, dort lege ich mich auf die Lauer. Und tatsächlich.

Er hat eine Strickdecke über den Schoß gelegt. Trotz milder Temperaturen trägt er einen Wollpullunder und hat das Kinn tief in den Kragen seiner Jacke gesteckt. Er fühlt sich sicher. Hier in seinem trauten Heim. Dass ich bereits ganz nahe bin, ahnt er nicht.

Ein Piks in den Hals, ein Griff auf den Mund. Kein Schrei. Dafür hat er keine Zeit. Der Körper sackt vornüber und plumpst beinahe aus dem Rollstuhl. Zügig schiebe ich den Rollstuhl durch die Terrassentür und das Wohnzimmer und luge vorsichtig in die Eingangshalle – die Bahn ist frei. Von oben dringen Fernsehgeräusche und eine aufdringlich laute Stimme, anscheinend telefoniert Alina. Raus aus der von innen versperrten Eingangstür und schnell zu meinem Jeep auf die anderen Seite der ruhigen Straßenallee, an der außer Hillmann niemand weit und breit wohnt.

Und weg bin ich. Gestohlen wie einen Sack voll Gold habe ich den Kerl. Wobei sein Wissen noch sehr viel mehr wert ist als Gold.

46.

SCHWÄRZE. KALTES, unendliches Nichts.

Es muss schrecklich sein, das Bewusstsein zu verlieren. Und noch viel schrecklicher ist es gewiss, an einem unbekannten Ort wieder aufzuwachen.

Stöhnend kommt er zu sich. Vermutlich auch durch die unruhige Fahrt. Das hier ist kein Ort für einen Rollstuhlfahrer. Der Untergrund ist uneben, voller Steine, Wurzeln und Erdlöcher. Mit einem gequälten Schmerzenslaut öffnet er die Augen, und ich frage mich, was ihm wohl als Erstes auffällt. Die Fesseln um seine Arme und Beine, mit denen er an den Rollstuhl gebunden ist? Der aggressive Geruch des Benzins, mit dem ich seine Strickdecke getränkt habe? Oder doch ganz profane Dinge wie der in der Dämmerung versinkende Wald, die gespenstische abendliche Stille oder die schwarzen Umrisse der Bäume.

Ich habe ihn weit von meinem Haus fortgebracht. Hier draußen gibt es keine Menschen mehr, nur noch die wilden Tiere. Meine Heimat, mein Spielfeld. Meine Regeln. Unser Weg führt uns bergauf. Am Rande der Schlucht entlang, die bei Großvaters geheimer Mühle liegt. Doch die Mühle ist nicht das Ziel. Wir wollen noch etwas höher hinauf. Bis an die höchste Stelle des Felsens, wo das Wasser in die Tiefe stürzt und sich mit Dunst vermischt.

Ratternd fährt der Rollstuhl über Stock und Gestein. Wenn es zu steil wird, ziehe ich ihn.

»Ich hoffe, die Fahrt ist nicht zu unangenehm? Ich habe keine Erfahrung mit Rollstühlen. Keine Ahnung, ob er das hier aushält.«

»Was soll das?«, fragt er aufgeregt. »Lassen Sie mich sofort frei! Wohin bringen Sie mich?«

»An den Aussichtsplatz.«

Er zerrt an seinen Fesseln, vergeblich. Ich weiß, wie man Knoten bindet. Ich hätte ihn auch hierher tragen können, aber ich schiebe ihn lieber in seinem Rollstuhl. Meter für Meter dem Abgrund entgegen.

»Falls Sie sich fragen, was hier so stinkt – Ihre Decke ist mit Benzin getränkt.«

Er scheint keines meiner Worte zu begreifen, sieht panisch umher und rüttelt wie wild an den Armlehnen. Der Teil mit dem Benzin dient rein zur Abschreckung. Im Rucksack habe ich sogar einen kleinen Feuerlöscher dabei, sollte etwas schiefgehen. Aber ich hoffe ohnehin, dass Hillmann bei einem Verhör in dieser angsteinflößenden Umgebung schnell nachgeben wird.

»Was sagen Sie zum Tod Ihres kleinen Freundes? Oder stecken am Ende Sie und Jungblut dahinter? Haben Sie Jungbluts Schlägertypen in sein Haus geschickt, als Sie gemerkt haben, dass er Schiss bekommt? Sollte es nur wie ein Selbstmord aussehen?«

»Sie sind ja verrückt! Ich habe keine Ahnung, wovon Sie da reden!«

»Sie und Jungblut, Sie haben das alles eingefädelt. Nachdem Sie Klara aus ihrem Bett gestohlen haben. Sie und dieser Haufen Scheiße haben sie entführt. Und jetzt haben Sie auch noch Eckhart beseitigt.«

»Was reden Sie da? Glauben Sie, Sie kommen damit durch? Lassen Sie mich sofort frei!«

»Sagen Sie mir, wo Klara ist, dann lasse ich Sie gehen. Beziehungsweise kriechen.«

Erneut versucht er sich aus dem Rollstuhl zu befreien. Die Decke lockert sich, ich rücke sie wieder zurecht, während ich den Rollstuhl die letzte Wegstrecke weiterschiebe. Es wird lauter. Wir erreichen den Wasserfall, der zu dieser Jahreszeit in all seiner mächtigen Pracht die Schlucht hinabstürzt. Wenn der Schnee im Gebirge schmilzt und das Wasser wie eine entfesselte Naturgewalt ins Tal schießt, gleicht dieser Ort dem Inneren eines eisigen Vulkans. Es lärmt und brodelt, darunter wartet der dunkle, rauschende Schlund des Abgrundes.

Knapp vor der Kante halte ich an. Feuchter Nebel zieht aus der Tiefe zu uns hoch. Ich werfe einen Blick nach unten, wo sich das wütende Wasser mit der Finsternis vermischt. Hillmann presst sich panisch in die Rückenlehne des Rollstuhls.

»Was haben Sie vor?«, will er wissen.

Ich lasse den Rollstuhl los und drehe sein Gesicht zu mir. »Wo ist Klara?«

»Sie ... Sie sind ja irre! Komplett irre! Lassen Sie mich los! Bringen Sie mich von der Kante weg!«

»Wieso sie? Alles hätten Sie mir wegnehmen können. Warum ausgerechnet meine Klara?«

Er starrt mich an, sucht nach Worten. Ich packe seinen Kiefer mit solcher Wucht, dass sein ganzer Körper erzittert, und er stammelt unter Schmerzen: »Sie ... sie ist so perfekt. Die perfekte Schönheit.«

»Sie ist ein Kind! Haben Sie überhaupt kein Gewissen?«

»Genau das ist es ja ... sie ist so jung. Sie erinnert mich an ... an meine Tochter. An schöne Zeiten mit meiner Astrid. Und an Hanni.«

Abrupt lasse ich ihn los. In meinem Kopf tauchen verstörende Bilder auf: die kleine Hanni auf seinem Schoß, seine feuchten Lippen auf ihrer Stirn. Die Augen seiner Tochter. Dunkel, leer. Vor langer Zeit gebrochen.

»Sie Drecksau«, stoße ich aus. »Dafür wollten Sie Klara haben? Steif und wehrlos, damit Sie mit ihr anstellen können, was Sie mit Hanni nicht dürfen?«

»Sie verstehen es nicht«, erwidert er hektisch. »Sie haben keine Ahnung, was Liebe ist. Wenn man sich nach etwas sehnt, von ganzem Herzen. Wie auch, Sie haben ein Herz aus Stein. Deswegen sind wir an Sie herangetreten – weil auf Sie Verlass ist. Was Sie alles getan haben, ohne mit der Wimper zu zucken ...«

»Ruhe! Seien Sie still!«

»Sie sind die geborene Söldnerin. Diese ganzen Haustiere für Lothar. Der Werwolfkopf für mich ... Menschen wie Sie sind rar und kostbar. Sie hätten es tun können, das wissen Sie. Wir hätten Ihnen alles Geld der Welt bezahlt!«

»Ich sagte, Sie sollen still sein!« Ich packe erneut seinen Kiefer, beuge mich ganz nahe an sein Gesicht. »Sie ekeln mich an«, raune ich ihm ins Ohr. »Männer wie Sie sind eine Seuche, die man nur mit einem Flächenbrand auslöscht. Sagen Sie mir jetzt sofort, wo Klara ist. Oder ich zeige Ihnen, wozu ich wirklich fähig bin.«

Ich schiebe ihn ein winziges Stück über die Kante, gerade so viel, dass der Rollstuhl zu wackeln beginnt. Hillmann reißt verzweifelt an seinen Fesseln, seine Hände krallen sich um die Armlehnen, dann hält er plötzlich still, wagt kaum noch zu atmen.

»Wo ist Klara?«, wiederhole ich.

»Ich weiß nicht, wo sie ist! Ich habe nichts damit zu tun!«

»Sie wissen es genau. Wo habt ihr sie hingebracht?«

Seine Augen sind vor Schreck weit aufgerissen. Er starrt in den Abgrund, dann in mein Gesicht, so wie ich auf Klaras Foto gestarrt habe, hilflos.

»So kommen wir hier nicht weiter«, sage ich.

»Jetzt seien Sie vernünftig! Was auch immer Sie vorhaben, es wird Ihnen die Kleine nicht zurückbringen!«

»Wieso sind Sie sich da so sicher? Ist Klara tot?«

»Bitte! Lassen Sie mich frei! Was machen Sie da?«

Ich ziehe ein Feuerzeug aus meiner Hosentasche. Showdown.

»Wo ist Klara?«, frage ich erneut.

»Hören Sie … Wir hatten unsere Differenzen. Ich habe Ihnen zu viel abverlangt. Das tut mir leid.«

»Zu viel abverlangt? Sie wollten, dass ich ein Kind für Sie ausstopfe!«

»Die Fantasie ist mit uns durchgegangen! Wir … wir wussten nicht, was wir da tun.«

»Ist das hier ein Witz für Sie?«, schreie ich. »Sagen Sie mir auf der Stelle, wo Klara ist!«

»Ich weiß es nicht! Ich schwöre, ich weiß es nicht!«

»Sie lügen! Sagen Sie es mir, sonst stecke ich diese Scheißdecke in Brand!«

»Warten Sie!«

»Reden Sie endlich!«

Ein hysterisches Grinsen breitet sich auf seinem Gesicht aus. Er will noch mehr sagen, aber die Worte stauen sich in seinem Mund.

Ich mache das Feuerzeug an und halte die Flamme dicht an seine Strickdecke.

»Wo. Ist. Klara?«

»Nicht!«, kreischt er. »Um Gottes willen! Was machen Sie da? Machen Sie das aus, machen Sie es aus!«

»Wo ist Klara!«, brülle ich. »Zwingen Sie mich nicht, zum Äußersten zu gehen! Wo ist Klara?«

»Ich weiß es nicht! Ich weiß es nicht!«

»Wo ist sie, Sie dreckiges Arschloch! Ich stecke diese Scheißdecke in Brand, ich bringe Sie um, wenn Sie es mir nicht sagen! Jetzt reden Sie endlich!«

Er beginnt panisch zu kreischen, presst seinen Oberkörper verzweifelt gegen die Rückenlehne. Hektisch versucht er sich hochzustützen, dabei trifft sein Ellenbogen meinen Arm, und das Feuerzeug fällt zu Boden. »Scheiße«, fluche ich. Hastig bücke ich mich, um es aufzuheben, da bäumt sich Hillmann plötzlich auf. Durch seinen Körper läuft ein heftiges Zucken, einmal, zweimal, er keucht, er röchelt, schnappt verzweifelt nach Luft. Seine Augen weiten sich in einem Anflug von absurdem Staunen. Und dann erstarrt er auf einmal. Seine Pupillen fixieren einen Punkt irgendwo im Himmel. Der Mund ist zu einem stummen Schrei verzerrt. Kraftlos kippt sein Kopf vornüber, und er hängt da wie tot.

Ich weiche abrupt zurück und beobachte entsetzt, was geschieht. Die Decke rutscht langsam von seinen Füßen. Fällt über die Kante und verschwindet in der Gischt des Wasserfalls. Sein Brustkorb bewegt sich nicht mehr. Er hat aufgehört zu atmen.

Es dauert keine drei Sekunden, bis mir klar wird, was geschehen ist, und doch wage ich es nicht zu glauben. Das darf einfach nicht sein.

»Denken Sie, Sie können mich damit täuschen?«, rufe ich.
»Jetzt sagen Sie mir, wo Klara ist! Sagen Sie es mir, oder ich zünde Sie an!«

Er antwortet nicht. Natürlich nicht. Sein Anblick gefriert mir das Blut in den Adern, wie ein zu Stein erstarrter Wahnsinniger sieht er aus, mit diesem grotesk verzerrten Gesicht, den in Todesangst aufgerissenen Augen. Nebel zieht aus der Schlucht herauf und lässt die Szene noch gespenstischer wirken. Er ist vor meinen Augen krepiert, dieser verfluchte Dreckskerl. Für einen winzigen Augenblick möchte ich auf die Knie sinken und einfach bloß weinen.

»Sie Idiot!«, kreische ich mit Tränen in den Augen. »Sehen Sie, was Sie getan haben? Sehen Sie, wozu Sie mich gebracht haben, Sie verdammtes Arschloch!«

Ein Schrei kämpft sich tief aus meinem Inneren an die Oberfläche und explodiert. Der Klang vermischt sich mit der kalten, nassen Luft und scheint im ganzen Wald widerzuhallen. Ich kippe den Rollstuhl mit Hillmanns lebloser Gestalt nach hinten, presse meine Handflächen gegen seine Brust, versuche zu retten, was ohnehin längst verloren ist, wieder und wieder und wieder. Ich brülle, kreische, heule. Ehe mir klar wird, dass es zu spät ist. Viel zu spät. Wut packt mich. Unbeschreibliche Wut.

»Verfluchter Scheiß noch mal!«, stoße ich aus.

Ich trete den Rollstuhl über den Abgrund. Für Klara, für Hexe. Für alle, die dieser Schweinehund auf dem Gewissen hat. Der Rollstuhl verliert sich in den Tiefen der Schlucht, das Wasser verschluckt ihn in Sekundenschnelle, zieht ihn nach unten, immer weiter runter, hinab ins Vergessen. Hinab in die Hölle, zu seinen Monstern, die er so geliebt hat.

Reglos stehe ich an der Kante und starre in die Tiefe. Mein

Kopf ist leer, wie ausgehöhlt von der Kälte, Hillmanns letztem entsetzlichen Todeskampf und meiner unendlichen Wut.

Bis mein Zorn abebbt und mit einem eisigen Schlag die Klarheit zurückkommt. Ich habe ihn umgebracht. Ich habe Walter Hillmann getötet. Obwohl ich ihm kein Haar gekrümmt habe.

Entsetzen, Panik, Furcht. Zitternde Hände, rasendes Herz. Gedanken, die meinen Schädel spalten, die alles in mir zum Kochen bringen. Die Umgebung verliert ihre Formen, plötzlich sind da nur noch Schemen, dunkle Flecken auf einem noch dunkleren Hintergrund, alles dreht sich, und doch steht alles still. Ich habe einen Menschen umgebracht. Ich habe dabei zugesehen, wie sein Herz aufhörte zu schlagen.

Er sollte doch nur Angst bekommen. Ich wollte das nicht. Großer Gott, ich wollte das nicht.

Und plötzlich – völlige Ruhe. Sie betäubt mich wie eine Droge, diese Ruhe. Er hat den Tod verdient. Und ich muss es zu Ende führen. Für Hexe, für Klara.

Ich steige hinab. Rein in den Abgrund, in Hillmanns feuchtes Grab, nachsehen, was von ihm übrig geblieben ist. Und diese Überreste muss ich einsammeln. Ich klettere die kargen, nassen Felsen hinab, immer mit nur einem Gedanken: Es musste sein.

Die Luft unten am Fluss ist dunstig und kalt. Ich kann fast nichts sehen. Dort drüben, was ist das? Der Rollstuhl. Zwischen Felsen eingeklemmt, treibt er im Wasser. Rasch berge ich ihn, verstaue ihn neben einem Baum und suche weiter. Kein Hillmann. Der Strom wird ihn bereits ein gutes Stück flussabwärts getrieben haben. Ich laufe am Ufer entlang, halte verzweifelt nach ihm Ausschau. Der Fluss wird hier ruhiger, und das Rauschen des Wasserfalls verliert sich in der Ferne.

Es dauert nicht lang, bis ich ihn gefunden habe. Ans Ufer gespült wie Treibholz, vollgesogen und zerschmettert. Sein erschlaffter Körper fühlt sich doppelt so schwer an. Ich ziehe ihn aus dem Wasser, wuchte ihn über meine Schulter und marschiere los.

Er muss verschwinden. Er und sein Rollstuhl, auf Nimmerwiedersehen.

Und ich weiß auch schon, wohin.

47.

EIN DUNKLER UMRISS hinter den Bäumen, mehr ist aus der Entfernung nicht zu sehen. Durch den Spalt im Fels und über die kleine nächtliche Lichtung erreiche ich mein Ziel. Erschöpft von all dem toten Gewicht auf den Schultern.

Da steht sie, die Mühle. Als wäre sie dafür gebaut worden, ein finsteres Grab für einen bitterbösen Mann.

Vom Boden steigt Staub auf, als der tote Körper auf den Holzdielen aufprallt. Ich überlege, ihn so liegen zu lassen, zerre ihn dann aber in eine Ecke und lehne ihn mit dem Rücken an die Wand.

Welch groteske Ironie. So sicher war ich mir immer, dass hier drin die Geister der Verstorbenen umgehen. Jetzt habe ich selbst mit einer Leiche den Albtraum zur Wirklichkeit werden lassen.

Es ist drei Uhr in der Früh, als ich zurückkehre. Auf Zehenspitzen betrete ich das Schlafzimmer. Jonathan schläft, wenngleich unruhig. Das Haus kommt mir gespenstisch still vor nach Hillmanns Schreien und dem lärmenden Rauschen des Wasserfalls, dessen

Kälte immer noch auf meiner Haut klebt. Ich hätte nach Hause gehen sollen, nachdem ich die Leiche und nach einem zweiten Marsch auch den Rollstuhl in der Mühle abgeladen hatte, aber mich zog es unwillkürlich hierher, in Jonathans Nähe, in seine schützende reine Welt. Wo Verbrechen stets von anderen begangen werden. Wo die Mühle einfach nicht existiert.

Hier ist meine Zuflucht, begreife ich. Der eine Ort, wo niemand mich finden kann. Ich wüsste nicht, was ich täte, wenn ich ihn auch noch verlieren würde. Wenn meine letzte Verbindung zu einer sicheren Zukunft plötzlich nicht mehr da wäre. Als ich mich zu ihm lege, wacht er sofort auf und dreht sich erschrocken zu mir um.

»Kommst du erst jetzt ins Bett?«, fragt er, noch halb im Schlaf.

Ich streichle seinen Kopf. »Schlaf weiter«, flüstere ich. »Schlaf einfach weiter.«

Er krallt sich an mich, ist genauso unruhig wie ich. Doch nach einiger Zeit hat ihn die Erschöpfung wieder überwältigt und in den Schlaf zurückgerissen, während ich mich weiter an ihn klammere wie an einen rettenden Felsen auf hoher See.

Ich mache kein Auge zu in dieser Nacht. Zu groß ist die Angst, dass ich allein aufwache. Dass Jonathan verschwunden ist und ich plötzlich zurück in dieser Mühle bin, zusammen mit dem Geist, der neuerdings dort wohnt. Geister sind real. Heute Nacht habe ich sie in die Welt entlassen.

48.

ICH SITZE MIT JONATHAN am Frühstückstisch. Es gibt Tee, Marmelade und frisches Brot. Appetit haben wir beide nicht. Er denkt garantiert an Klara, ich denke an letzte Nacht. An Hillmanns erstarrte Totenmaske. Aber ich spüre kein Mitleid. Er hätte nur reden müssen. Einer weniger. Einer bleibt.

Ich bin rastlos. Innerlich am Verbrennen. Jonathan fragt, wieso ich letzte Nacht erst so spät zu ihm gekommen bin.

»Ich musste zu Hause nach dem Rechten sehen. Ob noch alles steht.«

Er trinkt wortlos seinen Tee.

Lass es bleiben, beschwöre ich ihn innerlich. *Misch dich nicht ein.*

»Und war alles in Ordnung?«, fragt er weiter. »Im Haus, meine ich.«

»Ja. Alles bestens.«

»Wie lange warst du dort?«

»Ein paar Stunden.«

»Wieso hast du nicht gleich dort geschlafen, anstatt so spät noch zu mir zu kommen?«

»Vielleicht hatte ich ja Sehnsucht nach dir.«

Sein Blick trifft mich über den Tisch hinweg, ernst und sehr direkt. Ich könnte weiter lügen, ihn weiter zu beschwichtigen versuchen, aber welchen Sinn hätte das? Wir wissen beide, dass ich letzte Nacht nicht in meinem Haus gewesen bin.

»Becky war gestern bei mir«, fährt er fort, als gehöre es zum Thema. Tut es wahrscheinlich auch.

»Ach ja? Wollte sie ihren Job zurück?«

»Nein. Sie wollte mit mir über dich sprechen. Sie meinte, sie wisse Dinge über dich, die mich eventuell interessieren könnten. Du weißt nicht zufällig, was sie damit gemeint hat?«

»Keinen blassen Schimmer.«

»Nur damit das klar ist, ich habe sie abgewimmelt und ihr gesagt, dass sie uns nicht weiter belästigen soll. Dass es nichts gibt, was du mir nicht erzählst, und dass ich dir vertraue.« Er wartet einen Augenblick, sieht mich weiterhin durchdringend an. »Das war doch die richtige Entscheidung, oder?«

Ich schiebe abrupt meinen Frühstücksteller weg und stütze die Stirn in die Hände. Es ist nicht leicht, jetzt ruhig zu bleiben. Aber ich schaffe es. »Bitte, Jonathan, du kennst die Leute hier doch. Die führen einen Kreuzzug gegen mich. Jeder wird behaupten, irgendwelche Gerüchte über mich zu kennen, erst recht jetzt, nachdem das mit Klara passiert ist.«

»Aber woher kommt das?«, hakt er nach, und es klingt, als würde er sich die Frage zum ersten Mal ernsthaft stellen. »Warum hassen dich die Leute so sehr? Einen Grund muss es doch geben.«

»Frag sie, nicht mich.«

»Nein, ich frage dich. Was ist passiert, Sonja? Hat es mit deinem Großvater zu tun?«

Wie seltsam, dass er ausgerechnet das als Erstes annimmt. Dass Menschen einfach nur grundlos feindselig sind, wenn sie deinen

Lebensstil nicht verstehen, kommt ihm offenbar nicht in den Sinn.

»Mein Großvater hatte mit niemandem Probleme«, antworte ich.

»Was ist es dann? Hast du mal was ausgefressen? Hattest du Probleme mit der Polizei? Ich versuche das hier nur zu verstehen! Und du sitzt da, als wäre dir das alles scheißegal.«

»Weil es das ist!«, bricht es aus mir heraus. »Es muss mir scheißegal sein, verstehst du, sonst hält man das nicht aus! Diese ganzen Arschlöcher können mich kreuzweise!«

Darauf weiß er nichts zu erwidern, und ich lehne mich zurück und verschränke die Arme vor der Brust. Er versteht den Wink. Endlich reißt sein misstrauischer Blick ab, und er widmet sich wieder seinem Frühstück. Minutenlang herrscht Schweigen.

»Hast du dir schon überlegt ... wegen Hexe.« Zögerlich finden seine Augen wieder meine, und er greift unverhofft nach meiner Hand. »Möchtest du wirklich nicht zur Polizei gehen?«

»Ich will nicht mehr daran denken. Bitte lassen wir dieses Thema.«

»Aber wer weiß, was diese Leute sonst anstellen. Am Ende zünden sie dein Haus an, wenn du schläfst.« Mit dem Daumen streift er über meinen Handrücken, ganz sachte. Das Misstrauen ist aus seinem Gesicht verschwunden, er wirkt bloß noch müde und besorgt. »Ich will nicht, dass dir etwas passiert«, sagt er sanft, aber bestimmt.

»Mir wird nichts passieren.«

»Wie kannst du dir so sicher sein? Wenn sie jetzt schon vor meiner Haustür auftauchen ... und Hexe ...«

»Sie waren es nicht. Sie haben Hexe nicht umgebracht.«

»Wer dann?«

Ich schüttle bloß den Kopf. Jonathans Hand zieht sich zurück, das stumme Drängen in seinen Augen bleibt jedoch. Er will zu mir durchdringen, mich irgendwie erreichen in dem Chaos, das mich umgibt, aber ich bin nun wieder in meiner eigenen Welt. Plane meine nächsten Schritte.

Ich sitze da, bis der Tee kalt wird. Bis Jonathan aufhört, mich mit Blicken zu traktieren. Bis er stattdessen aufsteht und wortlos die Küche verlässt. Ich verliere ihn. Wir verlieren uns gegenseitig in diesem Albtraum aus Verzweiflung, Lügen und Ungesagtem. Außer ich finde Klara. Einen habe ich noch. Und er muss reden.

49.

HILLMANNS VERSCHWINDEN bleibt nicht lange unbemerkt. Wie auch. Bereits am Vormittag steht die Polizei vor Jonathans Tür.

Ich brauchte die ruhigen Stunden, um zu rasten und die nächsten Schritte zu planen. Jetzt fühle ich mich gefasst und klar und darf keine weitere Zeit verlieren. Heute Nacht werde ich ein drittes und letztes Mal losziehen. Deshalb ist es wichtig, dass ich das hier kläre. So schnell wie möglich.

»Wir müssen mit Ihrer Freundin reden«, höre ich die Stimme eines Mannes. Kurz darauf kommen sie zu mir ins Wohnzimmer. Polizeichef Walthers in Begleitung zweier Männer. Ich sitze auf der Couch und bin vollkommen ruhig. Darauf war ich vorbereitet.

»Können Sie mir sagen, was hier los ist?«, fragt Jonathan.

Die beiden Männer stellen sich als Beamte vom Bundeskriminalamt vor. Ruprecht und Stikovic. Ernste Gesichter, professionelles Auftreten. Sie wirken nicht feindselig oder einschüchternd. Sie stellen mir lediglich die Frage, wo ich gestern gewesen sei.

»Zu Hause«, antworte ich. »Ich wollte nach dem Rechten sehen.«

»Kann das jemand bestätigen?«, fragt Ruprecht.

»Ja, ich!« Jonathan stellt sich dazwischen und sieht aufgebracht von einem Gesicht zum anderen. »Sie war bei sich zu Hause, ist das verboten? Jetzt sagen Sie mir endlich, was hier los ist!«

»Wir ermitteln im Fall Walter Hillmann. Er gilt seit gestern Nachmittag als vermisst.«

»Ja und?«

Walthers mischt sich ein. »Wir würden Sie bitten, kurz draußen zu warten.«

»Das ist mein Haus, einen Scheißdreck werde ich draußen warten.«

»Dr. Jordan …«

»Wieso sind Sie eigentlich hier? Wieso suchen Sie nicht nach meiner Tochter?«

Walthers schluckt. »Wir tun unser Menschenmöglichstes –«

»Eine Hexenjagd ist das hier! Sie sollten meine Tochter suchen, stattdessen befragen Sie Sonja wegen des Verschwindens irgendeines Mannes? Suchen Sie Klara, finden Sie meine Tochter, tun Sie endlich irgendwas!«

»Jonathan«, sage ich. »Ist schon gut. Beruhige dich. Lass mich kurz mit den Herren reden. Ist sicher nur Routine.«

Meine Worte besänftigen ihn etwas. Er stößt erschöpft die Luft aus, dann geht er nach nebenan.

Die drei Polizisten setzen sich zu mir.

»Sagen Sie uns bitte noch mal, wo Sie gestern zwischen fünfzehn und zwanzig Uhr gewesen sind«, sagt Stikovic.

»Hier. Und dann zu Hause.«

»Und Ihr Freund kann das bezeugen?«

»Nicht zu hundert Prozent. Er hatte lange in der Praxis zu tun, weil so viel Arbeit nachzuholen war. Er hatte sie ja geschlossen gehabt wegen … Sie wissen schon.«

»Also kann niemand bestätigten, wo Sie zu besagter Zeit waren?«

»Ich war hier und dann zu Hause«, wiederhole ich nachdrücklich.

»Woher kennen Sie Herrn Hillmann?«

»Er war einer meiner Kunden.«

»Nennen Sie uns bitte noch mal Ihren Beruf.«

»Ich bin Tierpräparatorin.«

»Und Herr Hillmann wollte, dass Sie etwas für ihn präparieren?«

»Richtig.«

»Die Tochter Ihres Freundes?«

Ich funkle wütend in Walthers' Richtung. »Hat der Ihnen das erzählt?«

»Er hat uns erzählt, was Sie ihm erzählt haben. Deswegen sind wir hier. Zwei der Männer, die Sie der Entführung der kleinen Klara bezichtigt haben, sind tot.«

»Woher wollen Sie wissen, dass Hillmann tot ist?«

»Ist er es etwa nicht?«, fragt Ruprecht. »Wissen Sie, wo er ist?«

»Ich weiß gar nichts.«

Die beiden schauen sich an. Walthers ergreift das Wort.

»Frau Raich, Sie müssen schon zugeben, dass das ein seltsamer Zufall ist. Sie behaupten, die Herren Eckhart, Hillmann und Jungblut hätten etwas mit dem Verschwinden von Klara zu tun. Kurz darauf begeht Eckhart Selbstmord und Hillmann ist unauffindbar. Das ist schon merkwürdig.«

»Was glauben Sie denn, was passiert ist? Denken Sie, ich hätte die beiden umgebracht, oder wie?«

»Haben Sie?«, fragt Stikovic ganz ungeniert.

»Nein.«

»Der Butler der Eckharts hat uns erzählt, dass Sie seinen Arbeitgeber kurz vor dessen Selbstmord besucht haben«, sagt Ruprecht. »Und er vermutet, dass Sie ihn betäubt haben, kurz nachdem er Sie ins Haus gelassen hat.«

»Er vermutet?«, wiederhole ich. »Was ist denn das für eine Aussage?«

»Ihm fehlen da ein paar Erinnerungen. Aber er ist sich sicher, dass Sie kurz vor Eckharts Tod in dessen Haus waren.«

»Das stimmt, ich hatte etwas mit ihm zu besprechen.«

»Und zwar?«

»Es ging um ein Präparat. Seine Vorstellungen waren undurchführbar, das wollte ich mit ihm klären.«

»Mit welchem Ergebnis?«

»Unsere Vereinbarung wurde einvernehmlich aufgelöst.«

Erneut tauschen die beiden Beamten einen Blick.

»Und Hillmann, in welchem Verhältnis stehen Sie zu ihm?«, will Stikovic wissen.

»Er ist einer meiner Kunden, das habe ich doch bereits gesagt.«

»Gab es zwischen Herrn Hillmann und Ihnen je irgendwelche Differenzen? Aus seinen E-Mails geht hervor, dass Sie beide sich offenbar wegen eines Präparats uneinig waren.«

»Richtig, seine Vorstellungen waren undurchführbar.«

»So wie bei Herrn Eckhart. Das kommt demnach öfter vor?«

Ich knirsche mit den Zähnen. »Ab und zu.«

»Also standen die Geschäftsverhältnisse mit beiden Männern unter keinem guten Stern, sehe ich das richtig?«

»Wie steht es derzeit um Ihre Finanzen?«, fragt Ruprecht, ehe ich auf den vorherigen Kommentar reagieren kann. »Sie sind stark verschuldet, soweit wir wissen. Dass zwei so lukrative Aufträge nicht zustande gekommen sind, muss ein schwerer Schlag für Sie gewesen sein. Mit Sicherheit waren Sie wütend auf die beiden Männer, oder?«

Ich sage nichts mehr. Auch Stikovic und Ruprecht schweigen.

»Ich glaube, das wäre vorerst alles«, mischt Walthers sich ein. »Es sei denn, die Kollegen haben noch eine Frage?«

Ruprecht und Stikovic schütteln die Köpfe. Sie verabschieden sich höflich von mir und verlassen das Haus. Walthers bleibt noch einen Augenblick.

»Ich kann mich nur wiederholen«, raunt er mir zu. »Halten Sie sich zurück. Geben Sie den Leuten nicht noch zusätzlich Stoff, sich gegen Sie zu verschwören. Sie sehen doch, was passiert. Sie erzählen mir diese Geschichte, und im nächsten Moment geraten Sie deswegen selbst ins Visier.«

»Und wenn es mich tausendmal ins Visier bringt: Jungblut, Hillmann und Eckhart sind für Klaras Verschwinden verantwortlich.«

»Nun, zwei davon können wir ja im Moment nicht fragen. Deshalb glaube ich ehrlich gesagt nicht, dass Sie etwas mit Eckharts Selbstmord oder Hillmanns Verschwinden zu tun haben. Wieso sollten ausgerechnet Sie Interesse daran haben, die beiden aus dem Verkehr zu ziehen? Wo Sie doch alles daransetzen, den Verdacht von sich auf diese Männer zu lenken. Aus meiner Sicht wäre das ein Schuss ins eigene Knie.«

»Was Sie nicht sagen.«

»Hören Sie, ich will Ihnen hier helfen! Sagen Sie mir, wie ich das tun kann.«

»Gehen Sie noch mal zu Jungblut«, antworte ich. »Fragen Sie ihn aus. Knöpfen Sie sich diesen Bastard vor.« Bevor ich es mache.

Er seufzt frustriert. »Passen Sie auf sich auf.«

Er folgt seinen Kollegen aus dem Haus.

Jonathan kommt zurück ins Wohnzimmer, sein Gesicht ist blass und verunsichert.

»Was ist hier los, Sonja? Wieso glaubt die Polizei, dass du etwas mit dem Verschwinden dieses Mannes zu tun hast?«

»Ach nichts. Die Leute in der Stadt reden nur wieder. Irgendjemand hat mich wohl angeschwärzt. Mach dir keine Sorgen.«

»So einfach ist das nicht. Je länger Klara verschwunden bleibt, umso verrückter wird das alles! Ich will wissen, was hier los ist! Was geschieht hier, Sonja?«

»Was glaubst du denn?«, frage ich zurück.

Er ringt überrumpelt nach Worten. Mit beiden Händen greift er sich an die Stirn. Er schüttelt den Kopf, sieht verloren umher und setzt sich zu mir aufs Sofa.

»Wo warst du heute Nacht?«, will er wissen. Richtig erschöpft klingt er. Als wäre es sein letzter Versuch. »Als dieser Mann verschwunden ist und du erst so spät zu mir gekommen bist. Wo warst du da?«

»Bei mir zu Hause.«

»Und sonst?«

Ich könnte schweigen. Auch das wäre eine Antwort, die ihm womöglich alles verraten würde, ohne dass ich dafür auch nur ein Wort aussprechen muss. Es wäre die einfache Variante. Stattdessen greife ich nach seiner Hand, schaue ihm tief in die Augen, und dann sage ich: »Vertrau mir.«

Das tut er. Er verkriecht sich regelrecht in diesem Vertrauen, weil es alles ist, was ihm geblieben ist. Weil es die Geister in ihren Käfig sperrt und uns ein letztes bisschen Hoffnung schenkt. Auf eine glückliche gemeinsame Zukunft. Mit Klara und ohne einen Hauch Bedauern.

Er zieht mich an sich und nimmt mich in den Arm. Viel zu fest, ich kann kaum atmen. Er flüstert meinen Namen wie ein Mantra. Er hat Angst. Er spürt, dass ich etwas vorhabe, was mich noch tiefer in diesen schrecklichen Albtraum hineinzerren könnte. Aber es ist seine letzte Hoffnung.

50.

JUNGBLUTS HAUS gleicht einer Festung. Natürlich, bei seinen Machenschaften. Er hat Kameras, Wachpersonal, nicht zu vergessen das verrückte Labyrinth an Gängen, in dem man sich nur allzu leicht verläuft. Aber ich kenne das Haus seit Langem.

Im Schutz der Dunkelheit schleiche ich um das Grundstück. Das weitläufige Areal ist von einer Steinmauer umgeben, die Kameras am Eingang und bei der Einfahrt kenne ich zur Genüge. Die erste Hürde ist jedoch die Mauer. Anders als Hillmanns Mauer ist diese neu und deutlich höher. Ich brauche ewig, bis ich einen geeigneten Baum zum Drüberklettern gefunden habe. Die Äste reichen bis über die Mauer, der Sprung aus der Krone auf das Grundstück brennt gehörig in den Fußsohlen. Ich unterdrücke ein Stöhnen, richte mich auf und schleiche geduckt voran.

Der Großteil der Kameras ist auf die Einfahrt und den Eingangsbereich gerichtet. Es gibt vermutlich aber auch ein paar hier hinten, ich muss extrem aufpassen. Ich halte mich im Schatten der Büsche und komme dem Haus vorsichtig näher. Hinter einem breiten Buchsbaum warte ich. Von hier aus kann ich den Hintereingang des Anwesens sehen. Die unteren Fenster sind hell erleuchtet, in den oberen zwei Stockwerken herrscht Dunkelheit.

Vielleicht werden an einem solch lauen Abend die Fenster geöffnet. Oder es ergibt sich eine andere Möglichkeit, ins Haus zu gelangen. Die Zeit vergeht. Ich überlege schon, den Standort zu wechseln, als die Hintertür sich plötzlich öffnet. Arschkriecher marschiert über den Rasen in Richtung Schuppen, die Tür lässt er offen. Ich sammle Atem und mache mich bereit. Ich habe nur diese eine Chance. Als Arschkriecher im Inneren des Schuppens verschwindet, sprinte ich los. Es sind ungefähr sechzig Meter bis zum Haus. Ich bin eine gute Läuferin. Ich erreiche die Hintertür, ehe die von Arschkriecher eingeschalteten Gartensprenger loslegen, und schon bin ich drin.

Hier unten ist die Waschküche. Waschmaschinen, Trockner, Heizöfen. In der Finsternis tappe ich voran, durchsuche den Raum, obwohl ich nicht erwarte, dass Klara hier ist. Ich kann auch nichts finden außer Waschmittel und einen kleinen Lüftungsschacht. Mein Herz klopft. Mit angehaltenem Atem lausche ich in die Stille. Schnell jetzt. Eine schmale Steintreppe führt nach oben. Am Ende wartet eine weitere offene Tür auf mich, dahinter liegt bereits der erste Korridor. Vorsichtig luge ich um die Ecke. Etwas weiter vorne dringt Licht aus einem Raum, ich höre auch Stimmen. Offenbar die Angestellten. Auch im Inneren des Hauses gibt es Kameras, eine ist vor Jungbluts Büro angebracht, eine weitere befindet sich im Eingangsbereich, wer weiß, wo sonst noch welche lauern.

Ich folge dem Korridor und gelange tiefer ins Gebäude. Mitten ins Herz dieses dunklen, riesigen Geisterhauses. Mit jedem Schritt habe ich das Gefühl, Klara näher zu kommen. Schon höre ich ihre Stimme, sie sagt ganz leise meinen Namen, um niemanden zu warnen. Keine Angst, ich bin bald da. Nur noch ein kleines Stück.

Ich komme zu einer weiteren Treppe, die nach oben führt. Keine Kameras in Sicht. Erneut höre ich Stimmen. Da kommt jemand.

Abrupt bleibe ich stehen, schaue in alle Richtungen. Wo jetzt lang? Dort drüben, schnell. Ich drücke mich um die Ecke in einen unbeleuchteten Gang und verstecke mich hinter einer großen Holzkommode.

Zwei Männer im Anzug spazieren den Korridor entlang. Offenbar zwei Aufpasser. Sie unterhalten sich leise und gehen nichts ahnend an mir vorbei. O Gott, das war knapp. Ich warte, bis sie am Ende des Ganges um die Ecke gebogen sind, dann komme ich aus meinem Versteck und husche lautlos die Treppe hoch in den ersten Stock.

Hier ist es dunkel. Bloß das Licht der Außenbeleuchtung fällt durch hohe, schlanke Fenster, die den wehrgangartigen Korridor säumen. Auf der anderen Seite verlaufen Türen wie eine Reihe aus namenlosen Gräbern. Vielleicht ist Klara in einem dieser Zimmer. Ich versuche eine der Türen zu öffnen. Verschlossen. Ebenso wie die nächste. Aus der anderen Richtung kommen Schritte. Ich sehe mich eilig um. Keine Nebengänge, keine Schlupfwinkel. Die Schritte kommen näher. Verdammt, was soll ich tun? Ich probiere hektisch die Türen durch. Hinter mir werden Stimmen laut. Wieder die beiden Securitys. Sie kommen die Treppe hoch, gleich sind sie da. Ich drücke die Klinke der letzten Tür. Sie öffnet sich, und ich stolpere in einen dunklen Raum ohne Fenster.

Schwärze. Stickige, kalte Luft. Ganz vorsichtig schließe ich die Tür, lediglich einen winzigen Spalt lasse ich offen, damit es keinen Laut gibt. Die beiden Männer gehen langsam draußen im Gang vorbei. Sie reden miteinander. Mein Puls rast. So leise wie möglich lasse ich die Tür einrasten, dann hole ich meine Taschenlampe aus meinem kleinen Rucksack und knipse sie an.

Erschrocken weiche ich zurück. Tierhafte Fratzen starren mich von allen Seiten an. Präparate. Etliche davon, zusammengepfercht in diesem Raum, der mehr eine Kammer ist. Viel zu wenig Platz für diese Menge an Tieren. Mit der Taschenlampe leuchte ich von einer Fratze zur anderen. Merkwürdige Präparate sind das. Nicht aus meiner Werkstatt, das erkenne ich sofort. Handwerklich gut gearbeitet, und doch stimmt etwas an ihnen nicht. Ihre Gesichter – was ist bloß mit ihren Gesichtern los?

Ich gehe umher. Berühre Felle, blicke in leblose Augen. Eine grauenvolle Kälte breitet sich in mir aus.

All diese Präparate haben Menschengesichter. Das heißt … mehr oder weniger.

Zusammengeschustert, ledrig, schlampig vernäht. Es sieht abartig aus. Als hätte jemand alte Puppenköpfe auf die Tierkörper gesetzt. Manche haben etwas regelrecht Dämonisches im Blick, man spürt die Wut, die im Spiel war, als diese Werke entstanden sind. Wut, Hass, Abscheu. Es steht ihnen ins Gesicht geschrieben, wie eine teuflische Signatur.

Ist eines dieser Dinger etwa …?

Nackte Panik ergreift mich, ich irre von Gesicht zu Gesicht, aber keines der Präparate ist Klara. Keines ist Klara.

Atemlos halte ich inne. Erstarre für einen Augenblick zu Stein, ohne Gedanken. Die Fratzen glotzen mich an, ihre toten, reglosen Augen umzingeln mich.

Ich muss hier raus. Auf der Stelle. Am anderen Ende des Raumes liegt eine weitere schmale Tür. Ich stolpere darauf zu und probiere, ob sie sich öffnen lässt. Glück gehabt. Schnell, aber lautlos schiebe ich mich hindurch, dahinter befindet sich ein großer Raum mit einem Balkon. Ein Schlafzimmer.

Bilder aus der Kammer jagen mir noch durch den Kopf. Tierhafte Menschenpräparate. Oder menschliche Tiere. Das also ist Jungbluts wahrer Fetisch. Dafür wollte er Klara haben. Ich versuche den Gedanken aus meinem Kopf zu drängen, ihre Schreie, ihre unsagbar große Angst – als er sie aus ihrem Bett stahl. Als er sie hierherbrachte. Aber noch ist sie nicht Teil seiner skurrilen Puppenarmee geworden. Ich wette, er hält sie hier irgendwo versteckt. Wartet auf den richtigen Moment, auf den richtigen Geschäftspartner. Auch ich habe lange genug gewartet. Die Zeit der Abrechnung ist gekommen.

Ich schließe ganz leise die Tür hinter mir und bewege mich langsam auf das große Bett zu.

Da drin liegt er.

Lothar Jungblut.

61 Jahre, ledig, pensionierter Immobilienbaron. Leidenschaftlicher Sammler menschlichen Glücks.

Ich spüre, dass ich Klara ganz nahe bin. Vielleicht hat er sie mit Haut und Haaren gefressen. Ich werde seinen Bauch aufschneiden und sie aus ihm herauszerren. Mit bloßen Händen.

Ich beuge mich über ihn. Die Spritze mit dem Narkotikum ist bereit. Nur ein einziger Stich ...

Die Zimmertür springt auf, Licht geht an. Ich erstarre. Die beiden Securitys stehen plötzlich im Zimmer. Einer murmelt etwas in sein Mikro, der andere fixiert mich drohend mit den Augen.

»Lassen Sie sofort die Spritze fallen!«, befiehlt er mir.

51.

JUNGBLUTS BÜRO. So eng und düster kam es mir selten vor. Die Tierköpfe an den Wänden starren mich an. Scheinen über mich zu richten, mich zu verhöhnen mit ihren reglosen, leeren Gesichtern. Ich war nicht vorsichtig genug. Habe überstürzt gehandelt. Jetzt stecke ich in Schwierigkeiten. In richtig schlimmen Schwierigkeiten.

Ich sitze auf einem Stuhl. Der Mann rechts von mir hält seine Hand auf meine Schulter gepresst, auf der linken Seite drückt mir sein Kollege eine Waffe an die Stirn. Damit ich nicht auf blöde Gedanken komme. Jungblut sitzt hinter seinem Schreibtisch und trägt einen Morgenmantel. Er sieht müde und gelangweilt aus. Als käme mein Auftauchen ihm lediglich ungelegen an diesem wunderschönen Abend. Er deutet auf das Telefon auf seinem Schreibtisch und sieht mich stirnrunzelnd an.

»Nennen Sie mir einen Grund, warum ich nicht die Polizei rufen sollte, mein Fräulein.«

Ich kann nur müde lächeln. Hätte er vor, die Polizei zu rufen, würden wir nicht hier sitzen. Er hat etwas anderes im Sinn. Und das ist es, wovor ich wirklich Angst habe.

»Wissen Sie, ich verstehe Sie einfach nicht«, fährt Jungblut fort. »Sie machen einen so gewitzten Eindruck. Stets professionell und gefasst. Und dann stellen Sie plötzlich etwas derart Dummes an.«

»Wo ist Klara?«, frage ich.

Er wechselt mit seinen Männern einen Blick und runzelt abermals die Stirn. »Sie sind doch immer wieder für Überraschungen gut.«

»Sagen Sie mir, wo Klara ist!«

»In der Stadt kursiert das Gerücht, dass Sie selbst für das Verschwinden des Mädchens verantwortlich sind. Was sagen Sie dazu?«

»Antworten Sie mir, oder es sind zwanzig von diesen Typen nötig, um mich loszuwerden!«

Er streicht sich nachdenklich über das Kinn, ehe ihm plötzlich etwas klar zu werden scheint.

»Sie stecken dahinter, nicht wahr? Sie haben Walter verschwinden lassen. Sie rachsüchtiges, irres Miststück.«

»Bringen Sie mich zu Klara, auf der Stelle! Ich mache Sie fertig, wenn Sie mir nicht sagen, wo sie ist.«

»Aus Ihrer derzeitigen Position wird das schwierig werden, Fräulein. Ganz abgesehen davon: Haben Sie denn vergessen, dass Sie bereits vor Ihrem dreisten Eindringen in mein Haus auf der schwarzen Liste standen? Ihretwegen ist die Polizei bei mir aufgetaucht. Man hat mir Fragen gestellt. Mir Dinge an den Kopf geworfen. Völlig absurde Dinge. Alles nur, weil Sie unsere Vereinbarung gebrochen haben und Ihren Mund nicht halten konnten. Ich sagte doch, Sie würden es bereuen.«

»Wie auch immer Sie es geschafft haben, Ihren Kopf aus der Schlinge zu ziehen, mir machen Sie nichts vor. Bringen Sie mich zu Klara!«

»So stur. Unglaublich. Wissen Sie, ich hatte wirklich gehofft, der Denkzettel mit dem Hund hätte ausgereicht. Denn damit wir uns hier verstehen, es war keinesfalls leicht für mich, das arme Tier für Ihre Dummheit zu bestrafen. Hätten Sie sich einfach wie eine professionelle Geschäftspartnerin verhalten und die Polizei da rausgehalten, dann wäre nichts weiter passiert. Aber so ...« Er zuckt mit den Schultern.

Der Druck der Hand auf meiner Schulter verstärkt sich. Auch die Waffenanzahl hat sich verändert – jetzt sind schon zwei auf mich gerichtet.

»Ich bringe Sie um, Sie Schwein«, sage ich.

Er stutzt. »Ach kommen Sie. Wie viele Tiere haben Sie auf dem Gewissen? Wie lange konnten Sie sich dank meiner großzügigen Honorare über Wasser halten? Wäre ich nicht gewesen, würden Sie doch längst unter einer Brücke schlafen!«

»Die Tiere waren krank! Ich dachte, es geht Ihnen darum, sie nicht länger leiden zu lassen.«

»So war es auch. Aber woher die Tiere stammen, war Ihnen egal. Ihnen war alles egal.«

»Das stimmt nicht. Rambo war mir nicht egal.«

»Ach ja, der Husky. Da haben Sie sich wirklich nicht mit Ruhm bekleckert, Fräulein.« Er ignoriert meinen vergeblichen Versuch, mich loszureißen. »Wissen Sie, Sie ergeben keinen Sinn. So sprunghaft in Ihrer Meinung, genau wie Ihr Großvater.«

»Was?«

Auf seinem Gesicht macht sich ein ungläubiges Lächeln breit. »Sagen Sie bloß, Sie wussten es nicht.«

»Was soll ich wissen?«

Wieder stutzt er. »Sie waren doch in meiner Kammer. Sie haben die Präparate gesehen. Alles Werke Ihres Großvaters. Leider nicht ganz so wie gewünscht, ihm fehlte das nötige Geschick.

Oder die Vision. Es waren eher Übungsstücke, aber er hat sich Mühe gegeben. Erkennen Sie die Handschrift nicht?«

Doch … jetzt, wo er es sagt.

»Deswegen bin ich damals überhaupt erst an Sie herangetreten. Ich dachte, er hätte Ihnen beigebracht, wie es geht.«

»Wovon zur Hölle reden Sie?«, brülle ich.

Er schweigt.

Ich sehe die Fratzen vor mir, Hunderte davon, zusammengepfercht in dieser dunklen Kammer. Die bestialischen Gesichter glotzen mich an. Experimente, allesamt fehlgeschlagen. Deswegen wurden sie in die Kammer verbannt. Sie waren noch nicht perfekt. Aber mein Großvater hat nie für Jungblut gearbeitet, geschweige denn solche gespenstischen Mischwesen präpariert. Er war ein ehrlicher, guter Mann. Er war stolz auf seine Arbeit.

»Wo ist Klara?«, frage ich wieder.

»Sie begreifen es nicht, oder? Das alles hier ist Schicksal. Ihr Großvater hat zu sehr auf Sie abgefärbt.«

»Lassen Sie meinen Großvater aus dem Spiel und sagen Sie mir, wo Klara ist!«

»Spielt auch keine Rolle mehr«, antwortet Jungblut seufzend. »Ihr Großvater ist tot. Und Sie bald ebenfalls.«

Er gibt seinen Männern ein Zeichen. Ich werde aus dem Stuhl gezerrt und zur Tür befördert.

»He, was soll das?«, rufe ich. »Was haben Sie mit mir vor?«

»Es tut mir sehr leid, mein Fräulein. Aber Sie haben sich als enttäuschend nutzlos erwiesen. Sie können meine Vision einfach nicht mit mir teilen. Es ist so schade. Denn diesmal dachte ich wirklich, dass es klappt. Sie haben solch ein Talent. Alles verschwendet. Nun denn. Bringt sie weg.«

»Warten Sie! Ich muss wissen, wo Klara ist!«

»Ihr wisst, was zu tun ist«, sagt er seinen Männern. »Lasst es möglichst realistisch aussehen.«

»Was haben Sie vor?«, kreische ich.

»Sehen Sie, mein Fräulein, ich könnte Sie natürlich der Polizei übergeben, aber ein Gefühl sagt mir, dass ich Sie dadurch nicht loswerden würde. Sie sind mir ein bisschen zu zäh. Und Sie können Ihren vorlauten Mund nicht halten. Darum machen wir am besten endgültig Schluss. Die Stadt wird es mir danken, und ehrlich gesagt: Sie gehen mir allmählich auf die Nerven. Richten Sie Walter und Jörg schöne Grüße von mir aus, falls Sie sie sehen. Und der kleinen Klara. Küss die Hand, Fräulein.«

Ich werde aus dem Raum gezogen, Widerstand ist zwecklos. Klaras Gesicht taucht vor mir auf. Sie weint, fleht mich an, ihr zu helfen. Ich habe versagt. Wie konnte ich nur so versagen?

Jemand verpasst mir einen Hieb gegen den Kopf, und es wird schlagartig dunkel.

52.

ES RIECHT NACH BENZIN. Das ist das Erste, was ich merke.

Dann die Fesseln. Um meine Hände ist ein Strick gebunden. Und um meine Fußgelenke. Ein dumpfer Schmerz pocht in meiner Stirn und zieht sich weit bis ins Innere meines Kopfes. Benommen öffne ich die Augen und sehe mich um. Ich bin an einen Stuhl gefesselt, bewegungsunfähig. Bei mir zu Hause. Die Lichter sind eingeschaltet, der Ofen brennt. Und ich bin nicht allein.

Die beiden Männer stehen vor mir. Jungbluts Henker. Einer von ihnen hält ein Feuerzeug in der Hand, der zweite schüttet das letzte bisschen Benzin an den Wänden aus. Er stellt den Kanister weg und sieht mich an.

»Weißt du, eines möchte ich dir noch sagen, kleine Präparatorin. Was mir schon die ganze Zeit auf der Zunge gebrannt hat. Es war ein Mordsspaß, deiner Töle das Fell über die Ohren zu ziehen.«

»Lars, komm schon, lass uns abhauen!«

Er bringt seinen Kumpel mit einer ruppigen Handbewegung zum Schweigen. Ganz nah beugt er sich an mich heran, sodass ich seinen modrigen Atem rieche. »Ich wünschte, du wärst dabei gewesen«, raunt er mir grinsend zu. »Glaubst du, Hunde schreien in Gedanken nach ihrer Mami, wenn sie Schmerzen haben? Glaubst du das?«

»Verflucht, Mann, dafür haben wir keine Zeit! Lass uns die Schlampe endlich grillen.«

Lars tritt zurück und nimmt seinem Freund das Feuerzeug aus der Hand. »Brenn, Hexe, brenn.«

Das Feuerzeug fällt zu Boden.

Flammen züngeln hoch. Es geht schnell. Die Männer verlassen eilig das Haus. Ich reiße an meinen Fesseln. Zerre, so fest ich nur kann. Es ist aussichtslos.

Ich hätte nie gedacht, dass ich so sterben würde. Hilflos. Im Wald. Ohne sie retten zu können.

Rauch steigt mir in die Nase, meine Augen beginnen zu tränen und zu brennen. Mein getrübter Blick hetzt durch den Raum auf der Suche nach einem Ausweg. Das Feuer hat die Wände erreicht, klettert in die Höhe, frisst Vorhänge und Balken, kreist mich ein. Wenn es die Generatoren in der Garage erreicht hat, fliegt hier alles in die Luft.

Das darf nicht das Ende sein. Ich muss die Fesseln loswerden. Irgendwie. Meine Hände sind hinter der Rückenlehne zusammengebunden. Der Strick ist fest, aber nicht allzu dick, mit einem Messer oder einer spitzen Schere leicht durchzuschneiden. Die Küche. Ich versuche mit dem Stuhl rückwärts zu rücken. Zunächst drohe ich umzukippen in meiner Hektik, dann mache ich langsamer, konzentriere mich auf meine Atmung, und es gelingt mir, vom Teppich wegzukommen und näher an den Ofen zu gelangen.

Meter für Meter lege ich auf diese Weise zurück, während die Flammen sich ungehindert weiter ausbreiten. Während mein Haus, meine Heimat unter dem Schmerz des Feuers ächzt und jede Bewegung im dichten Qualm zur Qual wird.

Ich erreiche die Küche. Schweiß rinnt mir in die Augen, ich huste. Die Luft knistert vor Hitze, Rauch und Funken. Ich stoße gegen den Geschirrschrank, irgendetwas fällt zu Boden und zerbricht. Weiter zur Lade mit den Messern. Währenddessen erreichen die Flammen die Decke. Der Rauch verschleiert alles zu undeutlichen Schemen. Ich kann kaum noch atmen.

Mit den Fingern ertaste ich den Griff der Lade. Sie geht nicht auf. Sie klemmt. Ich ziehe fester. Brülle um mein Leben. Mit einem Ruck springt die Lade auf und kracht gegen meine Hände, um ein Haar kippe ich mit dem Stuhl nach vorne. Blind taste ich umher, ein Stich in meinem Finger. Die Schneide des Fleischmessers. Das muss jetzt einfach klappen. Mit den Fingern fummle ich das Messer aus der Lade, wie wahnsinnig wetze ich meine Fesseln an der Klinge, ich schneide mich, egal. Und endlich reißt das Seil, ich bin frei. Schnell streife ich es ab, zerschneide die Fesseln um meine Knöchel und springe auf.

Hustend stolpere ich ins Wohnzimmer. Alles brennt. Mein Zuhause, meine Welt. Putz rieselt von der Zimmerdecke, Glühlampen zerspringen. Ich versuche mich zur Haustür durchzuschlagen, drehe dann aber noch mal um und laufe in Richtung Atelier. Die Tür lodert, dahinter höre ich es lärmen. Höre meine ganze Existenz auseinanderbröckeln. Alles, was mir wichtig ist, befindet sich in diesem Haus. Alles, was ich besitze.

Ich stürze aus der Haustür und renne, so schnell ich nur kann. Über die Lichtung, rein in den Wald. Der Schein des Feuers verliert sich zwischen den Bäumen. Die Nacht hüllt mich ein. Ich falle zu Boden, meine Kraft verlässt mich. Ein ohrenbetäubender Knall ertönt, und über den Wipfeln steigt eine riesige Feuerfontäne hoch.

Das waren die Generatoren. Der Lärm ist am schlimmsten. Wie ein Todesschrei.

Mein Kopf sinkt gegen den kalten Waldboden. Die Geräusche schwinden. Erneut sehe ich Klara vor mir. Wie sie mit Hexe über die Lichtung tollt. Wie sie lachend die Arme von sich streckt, als wolle sie die ganze Welt umarmen. Wie Hexe bellend um sie herumtänzelt. Wie alles in magischem bunten Licht erstrahlt.

Klara lebt noch. Ich spüre es, ich kann spüren, wie sie nach mir ruft, wie ihre kleinen Arme versuchen, mich zu erreichen.

Es ist noch nicht vorbei. Meine Welt mag in Trümmern liegen, doch geschlagen gebe ich mich nicht. Soll das Haus nur brennen. Sollen sie glauben, sie hätten mich erledigt. Es hat auch seine Vorteile, tot zu sein: Niemand rechnet mehr mit dir.

Ich hebe den Kopf vom Boden. Stütze mich hoch. Stehe auf und wappne mich für den nächsten Kampf.

Eine Hand packt mich grob am Nacken. »Lebst du immer noch, du Schlampe!«

Die beiden Henker, sie sind zurück. Klug, noch ein Weilchen hierzubleiben, um die Exekution zu überwachen. Dumm, zu denken, sie hätten es mit einem wehrlosen Opfer zu tun. Es reicht.

Lars will mich mit sich zerren, er und sein Kumpel, ein Stück weiter hinein in den Wald, um es endgültig zu Ende zu bringen. Ein Schuss in den Kopf, ein Schnitt durch den Hals. Aber diesmal wird es ihnen nicht gelingen. Diesmal sind wir auf meiner Seite des Spielfeldes.

Mit voller Wucht ramme ich dem Kerl meinen Ellenbogen in den Bauch, stöhnend lässt er von mir ab und taumelt gegen seinen Spießgesellen. Ich zögere nicht und renne los, die beiden Männer folgen mir fluchend. Die Dunkelheit ist mein Vorteil. Ich kenne hier jeden Winkel, jeden Stein, jedes Erdloch. Als ich hinter mir ein Stolpern höre, schlage ich einen Haken und springe hinter einen breiten Baum. Zu meinen Füßen liegt ein großer kantiger Stein. Ganz langsam hebe ich ihn auf, horche auf die Schritte, die sich auf dem feuchten Laub nähern. Sie haben mich aus den Augen verloren. Aber sie suchen nach mir. Gleich sind sie da. Als der Erste neben mir auftaucht, wirble ich herum, hebe den Stein und schlage zu. Der Schlag kommt unerwartet und mit all meiner Kraft, direkt gegen seinen Kopf. Der Mann sinkt keuchend in die Knie und rührt sich nicht mehr, sein Kumpel kommt mit einem Mordstempo auf mich zugelaufen. Da schlage ich ein zweites Mal zu. Und ein drittes Mal. In seinen Bauch, auf seine Gliedmaßen, gegen seine Stirn. Mit aller Kraft, die noch in meinen Knochen steckt, mit all meiner Wut. Nummer zwei sackt mit blutender Stirn zu Boden, ich stürze mich auf ihn, drücke ihn mit dem Knie am Hals in den Dreck und krame sein Handy aus seiner Tasche.

»Ruf deinen Boss an. Du sagst ihm, dass alles nach Plan gelaufen ist. Die Hexe ist tot. Mach schon.«

Es ist Lars, der da unter mir kauert. Der grinsende Henker Lars. Er röchelt, versucht sich rauszuwinden, ich drücke mit dem Knie noch fester zu. Ich finde eine Pistole an seinem Gürtel. Beides, die Pistole und das Handy, drücke ich ihm an den Schädel.

»Ruf an.«

Langsam greift er nach dem Handy. Wählt. Sein Blick fixiert den Lauf der Waffe in meiner Hand.

»Lars hier«, sagt er. »Alles erledigt. Sie ist tot.«

Ich höre Jungbluts Stimme durch die Leitung. »Gut«, sagt er bloß. Dann legt er auf.

Langsam nehme ich das Knie vom Hals dieses Drecksacks. Er hebt die Hände, starrt mich an. Blut rinnt über seine Schläfe und aus seiner Nase. Er schielt rüber zu seinem Kumpel, der nicht mehr zu atmen scheint. Als er realisiert, dass er auf sich allein gestellt ist, versucht er es auf die sanfte Tour.

»Ganz ruhig«, sagt er zu mir. »Nimm die Waffe runter. Du weißt doch gar nicht, wie man damit umgeht.«

Meine Gedanken sind erstaunlich klar. Ich kann ihn nicht gehen lassen. Er würde unverzüglich zu seinem Herrn zurückkriechen und erzählen, was vorgefallen ist. Selbst wenn ich ihn irgendwo gefesselt im Wald zurücklasse, wäre ich nicht sicher. Er könnte gefunden werden, er könnte fliehen. Oder niemand findet ihn, und er krepiert elendiglich in der Wildnis. Und ihn der Polizei übergeben? Derselben Polizei, die vor Jungblut spurt und mich als Hauptverdächtige behandelt? Oh nein. Er und sein Kumpel müssen hier bleiben. Um genau zu sein, müssen sie verschwinden. Komplett.

Glaubst du, Hunde rufen in Gedanken nach ihrer Mami, wenn sie Schmerzen haben?

Ich ziele auf seine Stirn.

»Doch«, antworte ich. »Das weiß ich.«

53.

EIN GUTER PLAN, eine der Leichen zum brennenden Haus zu schleppen. Das Feuer breitet sich aus. Wenn man mich sucht, hier bin ich – verkohlt bis auf die unterste Schicht.

Den zweiten Henker schleife ich in die Mühle, damit er Hillmann ein bisschen Gesellschaft leistet. Die Leichen und der verunstaltete Rollstuhl sind dort vorerst gut eingelagert. Bis ich alles abfackele. Doch es fehlt noch jemand. Mein kleines Horrorkabinett benötigt noch eine letzte Attraktion, ehe sich die Freakshow mit einem Knall verabschieden wird.

Ich wasche mich an dem schmalen Bach nahe der Mühle und kehre nach einer kurzen Atempause zu meinem Haus zurück. Aus sicherer Entfernung beobachte ich die Feuerwehr und die Polizei bei der Arbeit. Eine derart heftige Explosion mitten im Wald bleibt natürlich nicht unbemerkt. Soweit ich sehe, haben sie die Lichtung abgesperrt und das Feuer gelöscht, das zum Glück nicht auf den Schuppen, in dem der Jeep geparkt ist, übergegriffen hat. Ich habe das Auto rechtzeitig weggefahren, damit niemand es mir wegnehmen kann.

Vom Haus ist nicht viel übrig geblieben. Die Einsatzkräfte waten über ein Feld aus Asche und verkohltem Holz. Offenbar durchstöbern sie den Schutthaufen nach sterblichen Überresten. Knochen gab es da drin genug. Und eine verkohlte Leiche obendrein. Bis sie herausgefunden haben, dass das nicht ich bin, wird Zeit vergehen, genau die Zeit, die ich noch brauche. Und wer weiß, vielleicht stellen sie ja nicht mal großartig Fragen. Endlich ist es getan. Die Hexe aus dem Wald ist Geschichte. Verbrannt in ihrem eigenen Zuhause, welch groteske Ironie. Ich war verrückt. Klaras Verschwinden hat mich bis zum Äußersten getrieben, und wem das nicht als Erklärung reicht, der wird schnell den anonymen wütenden Mob dafür verantwortlich machen. Der Großteil der Stadt wollte mich loswerden. Seit Klara verschwunden ist, war ich Verdächtige Nummer eins. Jonathan hatte recht: Irgendwann würden sie mein Haus anzünden, während ich schlafe. Mich hinrichten, weil sie mich so hassen. Zum ersten Mal ist dieses hohlköpfige Gesindel für etwas gut. Denn eine Tote kann man nicht mehr suchen.

Ich muss jetzt sehr vorsichtig sein. Muss jeden weiteren Schritt haargenau planen.

Und ich brauche Hilfe.

Es gibt nur einen Menschen, der jetzt noch auf meiner Seite steht.

54.

DIE STADT IST wie ausgestorben. So ein ruhiger, menschenleerer Morgen. Die braven Leute. Endlich fühlen sie sich sicher. Jetzt können sie ruhig schlafen. Keine Ahnung haben sie, dass die Hexe noch immer unter ihnen weilt – dass sie im Schutz der Dämmerung durch die Gassen schleicht, unmittelbar an ihren Türen vorbei. Nicht mehr lange, versprochen. Ich habe bloß noch etwas zu erledigen.

Am Praxiseingang hängt wieder ein handgeschriebener Zettel. *Vorübergehend geschlossen.* Ich schleiche geduckt durch den Garten, durch die offene Terrassentür gelange ich ins Haus, weil ich meinen Schlüssel verloren habe. Jonathan sitzt auf dem Sofa. Sie haben es ihm natürlich bereits gesagt. Dass mein Haus bis auf die Grundmauern niedergebrannt ist und ich nicht auffindbar sei. Dass man eine Leiche in den Überresten gefunden habe und er mit dem Schlimmsten rechnen solle. All das haben sie ihm gesagt, nachdem er bereits so viel erdulden musste. Nachdem seine Tochter verschwunden ist und niemand sie finden kann. Ich wäre sofort zu ihm gekommen, um ihm den Kummer zu ersparen, aber ich musste warten. Niemand darf mich hier sehen. Ich bin ab sofort ein Geist.

Müde sieht er aus. Und hoffnungslos. Das Hemd voller Schweißflecken, das Haar ungekämmt. Aber er atmet noch, ist lebendig, mein sicherer Hafen. Er ist das Einzige, woran ich mich jetzt noch klammern kann. Die letzte Verbindung zwischen meinem Albtraum und der rettenden, weit entfernten Realität.

Vorsichtig betrete ich das Wohnzimmer. Sage seinen Namen. Er reißt erschrocken den Kopf zu mir, sein Gesicht wird noch eine Spur blasser, noch begreift er es nicht. Er steht vom Tisch auf, weicht zurück. In seinen Augen steht blankes Entsetzen.

»Ich wäre früher gekommen«, sage ich, ehe er den Mund aufmachen kann. »Aber es ging nicht. Ich musste ganz sicher sein. Bitte verzeih mir.«

Ungläubig starrt er mich an. Ich kann sehen, wie die Gedanken in ihm toben, dann scheinen ihn schlagartig alle Kräfte zu verlassen. Er setzt sich wieder hin und schüttelt wie in Trance den Kopf.

»Ich dachte, du bist tot ... Sie haben gesagt, dass dein Haus abgebrannt ist. Und dass man eine Leiche gefunden hat.«

»Ich weiß.«

»Sie sagten, sie wissen noch nicht, ob du die Tote bist, aber sie ... sie meinten ...«

»Ich weiß, ich weiß«, wiederhole ich. »Es tut mir so leid. Aber es geht mir gut. Mir ist nichts passiert.«

Ihm versagt die Stimme. Ich komme zu ihm, und er schlingt verzweifelt die Arme um mich, immer noch sagt er nichts, aber ich höre, dass er weint. Ohne Fragen, ohne Zweifel. Wir beide, das ist alles, was zählt.

»Ich liebe dich so sehr«, sage ich. »Und ich brauche jetzt deine Hilfe.«

Ruhig und schweigsam hört er zu, als ich ihm alles erzähle. Von Jungblut und Hillmann und Eckhart und was diese drei Scheusale mit Klara vorhatten. Endlich kann ich ihm die Wahrheit sagen. Dass die Polizei mir nicht geglaubt hat. Dass Jungblut Hexe auf dem Gewissen hat. Und ich erzähle ihm auch von meinen eigenen Schandtaten, von den vielen schäbigen Aufträgen, die ich über die Jahre ausgeführt habe. Gerne würde ich behaupten, ich hätte einfach kein Gewissen gehabt, aber das entspräche nicht der ganzen Wahrheit. Ich wusste, dass es nicht richtig war, was ich tat. Ich hatte bloß gehofft, deswegen niemals Schwierigkeiten zu bekommen.

Als alles gesagt ist, wirkt er erleichtert. Vielleicht überlagert diese Erleichterung sogar das Entsetzen. Er hat immer gespürt, dass ich etwas verberge. Jetzt weiß er, wen er vor sich hat. Er kennt mich nun. Möglicherweise ahnt er, was ich als Nächstes vorhabe. Oder aber er wusste es insgeheim die ganze Zeit: dass ich zu allem fähig bin, genauso wie der Mann, auf den ich nun Jagd machen muss.

»Was sollen wir jetzt tun?«, will er wissen, obwohl er in Wahrheit ganz andere Fragen stellen sollte: *Wie konnte es so weit kommen? Wieso hast du mir das niemals gesagt? Wieso hast du all das zugelassen?* Aber das spielt keine Rolle. Jetzt nicht mehr.

»Klara lebt noch«, antworte ich. »Ich weiß es. Jungblut wird mir sagen, wo sie ist, aber dafür brauche ich deine Hilfe.«

Er starrt an mir vorbei, sein Gesicht ist ausdruckslos. Keine Wut, keine Verwirrung, bloß eine kalte Gewissheit.

»Ich bringe ihn um«, sagt er tonlos. »Wenn er Klara etwas angetan hat, bringe ich ihn um.«

»Das wird nicht nötig sein. Überlass das alles mir.«

Ich berühre sanft seine Wange, und sein Blick findet wieder meinen, krallt sich regelrecht an mir fest. Weil ich die Einzige bin, die uns Klara zurückbringen wird.

»Ich habe einen Plan. Es ist riskant, aber wenn wir es klug anstellen, wird es klappen. Also pass jetzt genau auf, was ich sage.« Abermals beginne ich zu reden. Erkläre ihm mein Vorhaben, und er hört wortlos, aber aufmerksam zu. Jetzt wäre der richtige Zeitpunkt, um einzuschreiten. Um mich aufzuhalten, ein für alle Mal, aber er vertraut mir, trotz allem. Wollen wir je wieder eine glückliche Familie sein, muss er den Dingen nun ihren Lauf lassen.

»Erzähl ihm, du hättest es dir überlegt«, trage ich ihm auf, nachdem alles gesagt ist. »Dass du nun doch diese geplante Auffangstation mit ihm verwirklichen willst. Du möchtest mit ihm darüber reden. Hier in deinem Haus.«

»Und wenn er nicht kommen will?«

»Überrede ihn. Er hat vor dir nichts zu befürchten. Er wird kommen.«

Er nickt und wählt die Nummer. Wie verzweifelt er sein muss, um jetzt nicht zu zögern. Um auf mich zu hören, eine Mörderin, eine Tote. Die ihn die ganze Zeit nur belogen hat. Klara ist es wert.

Jungblut meldet sich sehr rasch. Ich kann mithören. »Dr. Jordan, guten Morgen. Was verschafft mir die Ehre?«

Jonathan zögert nun doch. Ich greife nach seiner Hand und drücke sie fest.

Er sammelt sich und beginnt zu reden.

55.

SIE MACHEN EIN TREFFEN noch für denselben Abend aus. Jungblut scheint kein Problem damit zu haben, dass Jonathan ihn zu sich nach Hause einlädt. Bestimmt geilt ihn das auf. Mit Klaras Vater an einem Tisch zu sitzen, mit ihm übers Geschäft zu plaudern, während Klara in einem Käfig kauert und die Waldhexe auf ewig in der Hölle schmort.

Zwei seiner Schlägertypen sind abgängig, aber das scheint ihn nicht zu beunruhigen. Wahrscheinlich wechselt er sie wie Golfschläger. Je nachdem, welche Schlagkraft nötig ist.

Am Ende des Telefonats drückt Jungblut seine Anteilnahme aus. Wegen Klara und meines schrecklichen Unfalls. *Verrückt, wie leicht so alte Häuser brennen.* Jaja. Beinahe kaufe ich es ihm ab. Jonathan legt auf und schließt erschöpft die Augen.

»Du musst mir nicht sagen, was du weiter vorhast«, sagt er. »Du musst mir gar nichts mehr sagen. Ich will nur ein Versprechen von dir. Versprich mir, dass das alles ein Ende haben wird. Dass wir Klara zurückbekommen. Und wieder ganz normal leben werden.«

»Ich verspreche es«, antworte ich, ohne zu zögern.

56.

ICH STEHE IN KLARAS ZIMMER. Ihr Bett ist gemacht, ihre Spielsachen sind aufgeräumt. Offenbar hat Jonathan die Gunst der Stunde genutzt und hier drin alles auf Vordermann gebracht, gleich nachdem sie vorübergehend zu mir gezogen war. Und seitdem hat sich nichts verändert. Das Bett blieb leer, die Schränke und Kästen blieben geschlossen. Vieles hatte sie in mein Haus mitgebracht, Schulsachen, Stifte, die Hälfte ihrer Kleidung. Alles im Feuer verloren gegangen.

Dieser Raum wirkt wie eine Kulisse. Als hätte jemand versucht, Klaras Zimmer nachzubauen, und aus Mangel an Requisiten bei der Hälfte aufgegeben. Nicht ein Hauch von Lebendigkeit ist hier drin zu spüren. Das Zimmer wirkt tot ohne Klara, aber ich werde nicht zulassen, dass es so bleibt.

Ich glaube, ich verstehe jetzt, warum Eltern ihre Kinder so lieben. Es ist dieser Egoismus, der keine Grenzen kennt. Der unbedingte Drang, jemanden hemmungslos zu lieben. Wir alle müssen lieben, sonst verkümmern wir doch. Wir müssen etwas finden, das unserer Liebe standhält, das stark genug ist, das Gewicht all dieser

Gefühle auszuhalten. Damit wir endlich loslassen können. Damit wir befreit von dieser Last sind, die uns sonst unweigerlich zermalmen würde.

Jonathan kommt zu mir ins Zimmer. »Er wird bald da sein«, sagt er mit deutlicher Nervosität in der Stimme.

Ich nicke.

»Sollen wir das wirklich tun? Wir können immer noch die Polizei rufen.«

»Damit die mich einsperren anstatt ihn?«

Er schüttelt hilflos den Kopf. »Ich halte das für keine gute Idee.«

»Du weißt doch gar nicht, was ich vorhabe.«

»Ich weiß, was ich tun würde, wenn dieser Mann mir in die Hände gerät. Und das wäre keine gute Idee.«

»Es geht um Klara. Vertrau mir.«

Er weicht meinem Blick aus.

»Und das ist wirklich alles wahr?«, fragt er. »Du hast in diesem Bunker tatsächlich eine Frauenleiche präpariert?«

»Du hast es doch selbst gesehen. Du warst dort.«

»War ich nicht.«

»Hör endlich auf zu lügen. Jetzt ist es doch ohnehin schon egal.«

Er schluckt schwer, seine Augen blicken ratlos ins Leere. »Ich war neugierig«, sagt er schließlich, und es klingt wie ein Geständnis, das schon viel zu lange auf seiner Seele lastet. »Du hast nie etwas erzählt, und da wollte ich einfach … Ich wollte es wissen. Was du da unten treibst. Also hab ich den Schlüssel genommen und bin in den Bunker gegangen. Aber ich habe nicht herumgestöbert, ich schwöre. Ich bin bloß reingegangen, hab das Licht aufgedreht, hab diesen riesigen Werwolf gesehen und bin wieder verschwunden. Zuerst war ich einfach nur erschrocken, und dann ... Es hat sich einfach nicht richtig angefühlt. Dir hinterherzuspionieren, ich wollte das nicht. Tut mir leid.«

»Ist schon gut. Ich hätte dir davon erzählen sollen, aber ich wusste nicht, wie. Ich wollte nicht, dass du ... schockiert bist. Solche Dinge erwähnt man nicht einfach so am Esstisch.«

Er nickt hastig, wirkt jetzt noch nervöser als zuvor. »Wir haben beide einen Fehler gemacht.«

»Jetzt ist der Bunker jedenfalls Geschichte«, versichere ich ihm. »Und alles, was ich da drin erschaffen habe. Das ist endgültig vorbei. Ich habe jetzt ein neues Leben, mit dir und Klara, und ich verspreche dir, ich werde nie wieder einen Fuß dort hineinsetzen. Wenn das alles vorbei ist, beginnt für uns ein neuer Abschnitt. Du wirst es sehen.«

57.

EIN AUTO HÄLT VOR dem Haus. Ich eile ins Schlafzimmer, wo Jonathan friedlich auf dem Bett schlummert. Es war nicht viel, was ich ihm gegeben habe. Es wird ihm nicht schaden, aber er wird nun für eine Weile weggetreten sein. Vielleicht ahnte er es, als ich ihm das Glas Orangensaft gebracht habe. Kurz davor war ich unten in seiner Praxis, um das Medikament zu holen. Er hätte den Saft nicht trinken müssen. Aber er tat es. Wenigstens kann er nun endlich tief schlafen.

Auch jetzt habe ich ein Betäubungsmittel parat. Ich beobachte Jungblut durch das Fenster. Er kommt allein. Kein Arschkriecher, keine Prügeltruppe. Wie sicher er sich fühlen muss, nachdem er mich endlich aus dem Weg geschafft hat. Wie froh er mit Sicherheit ist, dass der Tierarzt nun Vernunft angenommen hat und seinen Vorschlag besprechen möchte. Eine Auffangstation für hilfsbedürftige Tiere. Dass ich nicht lache! Ein Gratisbuffet. Hier und da mal schnell ein Hündchen mit nach Hause genommen. Und niemand würde etwas ahnen. Es wäre sein kleines schmutziges Geheimnis.

Es läutet. Ich lasse ihn nicht lange warten. Ich doch nicht.

Vermutlich hält er mich für eine Halluzination. Als ich die Spritze zücke, seinen Arm packe, schnell und präzise zusteche, steht er still wie eine Wand. Nicht einmal aufgeschrien hat er.

Und am Boden liegt der Mann, der Klara hat. Der mich zu ihr führen wird, willenlos, hilflos. Endlich ist er in meiner Gewalt.

58.

ER HÄNGT AN EINEM BAUM irgendwo im Wald, bei Regen, mitten in der Nacht. Wo die Dunkelheit so undurchdringlich wirkt, dass kein Weg zurück ins Licht führt. Wo die Äste der Bäume deine Haut aufkratzen, wenn du versuchst, dich aus dem Dickicht zu kämpfen. Wo die tropfenden Wipfel den Himmel verbergen und jeder Schrei tief im Nirgendwo verendet. Das ist der Ort, an dem er erwacht. Das Letzte, was seine Augen erblicken werden.

Er weiß nicht, wieso ich ausgerechnet diese Stelle ausgesucht habe. Wie auch, er war nicht dabei. Er hat nicht gesehen, was sie mit ihr gemacht haben. Mit Stricken und Messern. Hier, an diesem Baum. Weit weg war er zu jenem Zeitpunkt.

Es muss beängstigend für ihn sein. Zu sich zu kommen, an diesem gottverlassenen Ort, kopfüber an einem Strick baumelnd. Hände hinter dem Rücken gefesselt. Ich habe ihm das Hemd ausgezogen und irgendwohin in den Dreck geworfen. Mit der Seilwinde meines Jeeps habe ich ihn in die gewünschte Position gebracht. Er soll winseln vor Scham und Furcht. Winseln soll er.

Das alles war anstrengend. Ich keuche. Meine Armmuskeln

brennen. An meiner Hose und dem T-Shirt klebt Schlamm, nur träge wäscht der Regen ihn fort. Ich höre, wie er unter dem Knebelband um Hilfe ruft. Die Stimme kreischt er sich aus dem Leib, dann wird er schlagartig still. Seine Augen fixieren das Messer, das ich soeben aus dem Auto geholt habe. Ein Jagdmesser. Stets griffbereit in meinem Handschuhfach. Ich weiß, was er denkt. Es steht ihm ins Gesicht geschrieben: Erbarmen. Als ob er Erbarmen gehabt hätte.

Mit der Klinge schneide ich das Knebelband durch. Ich verletze ihn dabei an den Lippen. Blut tropft von seinem Mund und vermischt sich mit Schlamm. Er hat Mühe, die Augen offen zu halten. Der Regen raubt ihm die Sicht. Jetzt ist er das Opfer. Hilflos, blutend. Bereit für die Präparation.

»Wo ist Klara?«, frage ich.

Durch den Dreck und das Blut schaut er mich an. Er wehrt sich nicht mehr, hängt ganz still da.

»Ich weiß es nicht«, antwortet er.

Dann schreit er. Er schreit mir ins Gesicht, als ich das Messer über die empfindliche Haut seines Bauches gleiten lasse. Nicht tief, nicht lange. Aber weh tut es mit Sicherheit.

»Wo ist Klara?«, wiederhole ich.

»Ich weiß es nicht«, wiederholt auch er.

Ich ziehe das Messer erneut über seinen Wanst. Ich weiß, wie tief ich schneiden darf, um ihn nicht lebensbedrohlich zu verletzen. Und ich weiß auch, wie tief ich schneiden muss, damit es wirkt. Er kreischt die Schmerzen aus sich heraus, Blut sickert aus den Wunden und tropft in raschen Bahnen auf den Boden.

»Du sagst mir jetzt die Wahrheit«, fordere ich ihn auf. »Die ganze Wahrheit. Wieso ich? Wieso Klara?«

Er antwortet nicht.

»Rede!« Ich packe seinen Nacken, halte seinen Kopf. »Mit jeder

Minute, die du schweigst, verpasse ich dir einen weiteren Schnitt. Bis kein Fleck mehr heil ist.«

»Es ... es ist der Tod«, antwortet er stockend.

»Was?«

»Für eine Henkerin wie dich mag es lachhaft klingen, aber ... ich fürchte nichts so sehr wie den Tod. Den Gedanken an Vergänglichkeit, diese erschreckende Vorstellung, eines Tages Teil der Erde zu werden. Begraben in einem dunklen, engen Loch bis in alle Ewigkeit.« Er unterbricht sich, muss erst zu Atem kommen. Ich gebe ihm die Zeit. Hierfür werde ich sie ihm geben. »Manchmal ist diese Angst so stark, dass ... dass ich nachts nicht schlafen kann. Die klaustrophobischen Bilder von harten, stickigen Särgen und das dumpfe Phantomgrollen tonnenschwerer Erdschichten, die auf mich eindrücken ... das alles hält mich wach. Bis tief in meinen Verstand fressen sich diese Ängste hinein, keimen dort, stellen jede Logik auf den Kopf. *Du könntest dich verbrennen lassen – du musst nicht in einem Grab enden.* Hohles Geschwätz ohne Sinn und Zweck. Es kann mir nicht helfen, verstehst du, Fräulein? Niemand kann mir helfen.«

Ich zücke die Klinge. »Wahre Worte.«

»Oft glaube ich ...«, spricht er langsam und ruhig weiter, wie in Trance, »... ich stehe kurz davor, dem Wahnsinn zu verfallen. Dafür brauche ich meine Schätze. Sie beruhigen mich, wenn ich nicht schlafen kann. Ich gehe sie dann besuchen und beschäftige mich mit der Frage nach Perfektion. Weißt du, was Perfektion ist, kleines Fräulein? Ich wusste es auch lange nicht. Ich war nie ein großer Denker. Philosophie überlasse ich den anderen. Aber ich war immer ein Mann, der die Dinge mit einer wohlbedachten Skepsis betrachtet. Perfektion existiert nicht, davon war ich lange überzeugt. Aber wie es nun mal so ist im Leben, fällt einem ausgerechnet das, wonach man nicht sucht, irgendwann zwangsläufig vor die Füße.«

Ich betrachte ihn mit zusammengekniffenen Augen. Es muss die Nachwirkung des Narkotikums sein, die seine Stimme so träge macht, seine Gedanken hingegen so linear. Als er nicht weiterspricht, verpasse ich ihm einen scharfen Klaps gegen die Wange.

»Perfektion«, erinnere ich ihn.

Er schluckt. »Richtig. Perfektion. Sie ist wie zu grelles Licht, wenn du nicht damit rechnest – sie macht dich blind für alles, was sonst noch existiert. Bei meinen Schätzen finde ich endlich Ruhe. Beim Anblick der stillen Gesichter fühle ich mich sicher. Denn wie kann der Tod etwas Unabwendbares sein, wenn diese zauberhaften Schmuckstücke existieren?

Anfangs dachte ich, es gehe mir rein um ihre Schönheit. Um die feine Arbeitsweise, die vielen Details, ich liebe gute Handwerkskunst, und ich liebe Tiere. Ihre wilde Anmut ist wie ein kühler Luftzug von weit, weit her, es bringt Bewegung und Frische ins Leben. Aber es geht nicht um die Schönheit, Fräulein. Nicht um die Kunst dahinter, nicht um das Präparat an sich. Sondern um die Botschaft, die deine Präparate vermitteln: gestorben und wiederauferstanden. Der Tod und das Leben. Und das Leben hat gesiegt.«

»Und du glaubst, ein präpariertes Mädchen hätte dich vor dem Tod bewahren können?« Ich lache kurz und schmerzhaft auf. »Das ist Wahnsinn.«

»Ist es das? Oder ist es bloß etwas ganz Profanes wie der Wunsch nach Sicherheit? Manches lässt sich über den Tod hinweg bewahren. Das weiß ich jetzt. Schönheit. Kontrolle. Macht. Mein Haus ist voll davon. In jedem einzelnen Präparat steckt ein winziger Teil Unsterblichkeit, dank dir. Und ich sammle diese Unsterblichkeit. Sie ist meins, meins ganz allein! Klara wäre das Meisterstück geworden. Diese prachtvolle Kreatur hätte nach meinem Willen gelebt, ausgestopft und reglos, in meiner sicheren

Obhut, unter meiner strengen Aufsicht. Und das zeigt mir, dass auch ich Unsterblichkeit erlangen kann. Der Tod ist nicht das Ende, Fräulein. Man sieht es doch, wenn man in all diese Glasaugen blickt. In stillen Momenten kann man es sehen. Das Licht in der Dunkelheit. Dahinter wartet das ewige Licht.«

Er hört auf zu sprechen, die Kraft geht ihm aus, seine Worte aber bleiben. Ganz weit hinten in meinem Kopf, da setzen sie sich fest, und ich begreife: Ich verstehe ihn. Tief in meinem Inneren verstehe ich, wovon er spricht. Weil auch ich an Unsterblichkeit glaube. Mein Großvater hat mir beigebracht, wieso dieser Glauben so wichtig ist.

Mein Großvater ...

»Genug Seelengeflüster«, fauche ich. »Du hast gesagt, du hast meinen Großvater gekannt. Was genau hattet ihr beide miteinander zu schaffen? Rede!«

»Ich ... ich kann nicht fassen, dass du es nicht weißt«, röchelt er mit schwacher Stimme.

»Was weiß ich nicht? Mach den Mund auf!«

»Dein Großvater und ich ... wir waren Partner. Wir teilten dieselbe Leidenschaft für Kunst und Perfektion. Und eines Tages dachte ich, wir teilten auch die gleiche Vision. Er war ein Meister seines Faches. Aber er war nicht gerade vom Glück gesegnet. Ein typisches verkanntes Genie, niemand wollte sehen, was er konnte. Niemand außer mir. Er wollte schon alles hinschmeißen. Da erteilte ich ihm einen besonderen Auftrag. Weil ich an ihn glaubte. Ich wusste, nur so konnte man seine wahren Fähigkeiten aus ihm herauskitzeln – indem man ihn herausfordert, das Unmögliche zu schaffen. Ich gab ihm ein Foto. Du weißt bestimmt, was auf diesem Foto zu sehen war.«

Ich lasse ihn angewidert los. »Ein kleines Mädchen.«

»Ich habe ihm damals den gleichen Auftrag erteilt wie dir

neulich. Im Gegensatz zu dir hat er nicht den Schwanz eingezogen. Er hat es getan. Dieser alte Mistkerl hat alles getan, was nötig war. Zuerst hat er das Mädchen herbeigeschafft. Dann kam die Präparation. Er hat es durchgezogen. Weil er sehen konnte, was ich sah. Er verstand es.«

»Lügner«, flüstere ich.

»Das ist keine Lüge. Denk nach, kleines Fräulein.«

»Mein Großvater war ein ehrlicher, gutmütiger Mann! Er hat nie jemandem etwas zuleide getan!«

Ein Geräusch dringt aus seiner Kehle, ein feuchtes, gequältes Lachen. »Wie gut hast du ihn denn gekannt? Was hat er dir je erzählt? Hat er über deine Eltern gesprochen? Oder warum ihr zwei völlig isoliert in einer Hütte im Wald lebt? Hast du dich nie gefragt, woher du kommst?«

»Er war gerne allein. Er machte sich eben nichts aus der Welt da draußen, genauso wenig wie ich.«

»Hat er dir das eingeredet, ja? Dass die ganze Welt schlecht ist. Dass sich der wahre Frieden nur hier draußen findet. Er war nie ein großer Menschenfreund. Wahrscheinlich ist es ihm deshalb auch so leichtgefallen. Die Kleine ihrem Elternhaus zu entreißen. Ihr das Licht auszuknipsen. Sie auszunehmen wie ein Reh. Er war eiskalt, dein lieber Großvater. Wenn es darauf ankam, gab es nur die Arbeit. Und das war das Problem. Ihm fehlte es an Gefühl. Er konnte die Kleine umbringen, klar, aber danach wieder zum Leben zu erwecken ... daran ist er gescheitert.«

Ich schüttle den Kopf, fühle mich schwindlig. Erinnerungen überschwemmen meinen Verstand, lose Bilder und Gefühle, die ich kaum sortieren kann. Mein Großvater und ich bei unseren langen Streifzügen. Sein konzentriertes Gesicht bei der Arbeit. Nicht immer durfte ich ihm helfen, nicht immer waren wir gemeinsam im Wald. Es gab Dinge, die er vor mir verheimlichte.

Doch ich fragte nie nach. Ich vertraute ihm. Weil er alles war, was ich kannte. Ohne ihn wäre ich verloren gewesen. Ohne Heimat, ohne Schutz. Wieso nur, wieso hatte ich mich heimatlos gefühlt? Wann habe ich mein Zuhause verloren und bin zu ihm in den Wald gekommen?

»Falls du dich fragst, wie du in das alles hineinpasst.« Jungblut schluckt. »Das Präparat gelang ihm nicht wie geplant. Die Kleine ... war misslungen. Wie die Prototypen in meiner Kammer, du hast sie gesehen. Scheußlichkeiten. Fehlschläge. Also ab damit in die Versenkung. Aber er war ehrgeizig. Er wollte den Auftrag erledigen. Also gab ich ihm eine zweite Chance. Ein zweites Foto, ein zweites Mädchen, noch viel hübscher als das erste. Ich hatte lange überlegt, sehr sorgfältig ausgesucht. Weißt du, was du für ein schönes Gesicht hast? Wie eine Königin, so stolz. Schon als Kind hast du wie eine Königin ausgesehen.«

Ich lasse das Messer sinken. Meine Hände, sie zittern auf einmal. Er soll aufhören zu reden. Denn ich weiß, was er sagen will, ich weiß es bereits. Aber er spricht weiter.

»Es war eine Herausforderung für ihn. Der gesamte Prozess, er wollte es schaffen. Du kannst das sicher nachempfinden. Diesen rücksichtslosen Ehrgeiz. Den Willen, notfalls über Leichen zu gehen. Er tat erneut, was nötig war, und schaffte das zweite Mädchen herbei. Frag mich nicht, wie er es angestellt hat. Was sein Trick war. Sag du es mir. War er so vertrauenswürdig? Der nette Opa von nebenan? Hat er dir Süßigkeiten angeboten? Oder dich mit einem Hündchen gelockt? Zwei Mädchen, und niemand kam ihm auf die Spur. Er hätte es vollenden können, in aller Ruhe. Aber dreimal darfst du raten ... diesmal konnte er es nicht. Er hat es einfach nicht übers Herz gebracht. Vielleicht hatte er Mitleid mit dir. Vielleicht warst du einfach zu liebenswürdig. Also hat er das Mädchen behalten. Hat es einfach bei sich im Haus wohnen lassen. Ihm alles beigebracht, was er wusste. Und jetzt ist dieses Mädchen groß geworden und versteht nicht ... es versteht nicht, dass es eigentlich gar nicht hier sein sollte. Dass jeder Atemzug, den es tut, ein Geschenk ist. Denn es sollte bei mir sein. Im Mittelpunkt meiner wunderschönen Sammlung. Du wärst ein so prachtvolles Präparat geworden. Das schönste von allen.«

Meine Faust in seinem Gesicht, das Messer in seinem Bein. Er zuckt, sein Körper gerät ins Schwanken. Er lügt. Das ist alles eine einzige Lüge. Um Klara vor mir zu verstecken. Um zu verhindern, dass ich sie finde. Dieser Drecksack lügt.

»Es tut mir leid«, röchelt er. »Dass du es so erfahren musst. Offenbar hat er alles getan, um es vor dir zu verheimlichen. Er muss sich so geschämt haben. All die Jahre. Aber weißt du was ... Am Ende hat er aus dir ein noch viel größeres Kunstwerk gemacht. Sieh dich an. Sieh, wozu du fähig bist. Erstaunlich.«

Ich weiche zurück.

Die Mühle. Immer dieses seltsame Gefühl, darin jemanden gesehen zu haben. Ein blasses Gesicht, das zu mir nach draußen starrt. Das Gesicht eines kleinen Mädchens.

»Wie dumm, dass dein Haus abgebrannt ist«, keucht er. »Jetzt kannst du nicht mehr nachschauen ... kannst nicht mehr nachschauen, wo er sie versteckt hat. Wo er die kleine Lotte versteckt hat. All seine Schandtaten sind in diesem Haus verbrannt. Welch ein Jammer.«

»Nein. Nicht alle.«

Ein Schnitt, und das Seil ist durchtrennt. Mit einem dumpfen Stöhnen donnert er auf den Boden. Keuchend bleibt er liegen. Ich packe ihn und schleife ihn durch den Dreck. An den Beinen zerre ich ihn hinter mir her zum nächsten Baumstamm. Mit dem Seil binde ich ihn daran fest, gut verschnürt hockt er im Matsch und stöhnt.

»Ich sage das jetzt nur einmal«, flüstere ich. »Wenn du lügst, bist du tot. Wenn du mir nicht sagst, wo Klara ist, bist du tot.«

»So wie ich das sehe, bin ich das so oder so. Worauf willst du hinaus, kleines Fräulein?«

»Ich komme zurück. Und dann bist du fällig.«

Ein Lächeln huscht über sein Gesicht. Er lächelt mich doch tatsächlich an, dieser Teufel. »Such nicht zu lange nach der Wahrheit. Kinder verschwinden in diesem Wald. Einfach so. Mit einem Fingerschnipp.«

Ich weiß. Mein ganzes Leben schon höre ich nichts anderes. Dieser Wald ist gefährlich. Er verschluckt, was er sieht. Mein Großvater pflegte das immer zu sagen. Er war der Wald. Er war das Böse, die Kälte und die Dunkelheit. Er war es die ganze Zeit. Ich konnte es bloß nicht mehr erkennen, weil ich selbst ein Teil davon geworden war.

59.

VOR 20 JAHREN ...

Ein kleines Mädchen, ganz allein auf dem Weg nach Hause. Mit dunklem, geflochtenem Haar, rot-weiß gepunkteten Gummistiefeln und einer großen, schweren Schultasche auf dem Rücken, fast so groß wie sie selbst. Sechs Jahre alt, schmal und lieblich. Auf ihrem Schulrucksack steht ihr Name. Ein wunderhübsches Ding.

Er hat sehr lange darüber nachgedacht. Ob er es erneut versuchen soll, ein zweites Mal alles riskieren. Es geht nicht anders. Wenn er bewahren will, was ihm gehört, wenn er sein Leben, seine Zukunft, seine gesamte Existenz nicht verlieren will, dann muss er das jetzt tun. Einmal noch.

Er hat sie beobachtet, viele Male ist er bereits hier gewesen. Er ist ihr mit dem Auto gefolgt und konnte sehen, wo sie wohnt. Die kleine malerische Ortschaft liegt über zwei Stunden von Gadenhof entfernt. Ihr Vater ist beruflich sehr beschäftigt und daher nur selten zu Hause. Ihre Mutter arbeitet Teilzeit in einem Büro und kommt erst am Nachmittag zurück. Bis fünfzehn Uhr ist das

Mädchen alleine. Sie hat eben die erste Klasse begonnen und anscheinend noch keine engen Freundinnen in der Schule. Niemand begleitet sie nach Hause. Einsam und verträumt trottet sie den verregneten Weg entlang. Es gibt ein kleines Waldstück, durch das sie meistens eine Abkürzung nimmt. Dort wartet er mit dem Jeep auf sie.

Sie tritt mit dem Fuß Steine vor sich her. Steigt in Pfützen und summt vor sich hin. Sie ist so in Gedanken versunken, so sehr in ihre eigene kleine Welt abgetaucht, dass sie ihn zunächst gar nicht wahrnimmt.

»Hallo«, sagt er, und sie bleibt verwundert vor ihm stehen. »Du bist Sonja, nicht wahr?«

Sie nickt scheu, weicht aber nicht zurück. Zu Kindern hatte er stets einen guten Draht. Sie sind so unvoreingenommen, verurteilen ihn nicht. Er geht vor ihr in die Hocke und streckt ihr höflich die Hand entgegen.

»Ich bin Arthur. Deine Eltern schicken mich. Du sollst eine Weile bei mir wohnen, weil sie einen Unfall hatten. Aber keine Sorge, du wirst sie bald wiedersehen.«

Es ist eine gute Geschichte. Schon beim letzten Mal hat sie einwandfrei funktioniert. Sonjas Augen weiten sich vor Schreck, und sie weicht nun doch einen Schritt zurück. Aber als er sie anlächelt, beruhigt sie sich etwas. »Meine Eltern hatten einen Unfall? Was für einen?«

»Mit dem Auto. Sie sind im Krankenhaus und haben mich gebeten, auf dich aufzupassen, solange sie weg sind.«

»Wer bist du?«

»Ich bin dein Großvater, mein Schatz.«

»Aber ich habe doch gar keinen Großvater.«

»Doch, du hast einen. Es ist alles gut. Du kannst mir vertrauen. Deine Eltern haben mich gebeten, mich um dich zu kümmern.«

»Ich habe einen Großvater? Ich wollte immer einen haben! Wo warst du die ganze Zeit?«

»Das ist eine lange Geschichte. Aber ich kann sie dir erzählen, wenn du willst. Willst du die Geschichte hören? Dann komm mit.«

Zögerlich nimmt sie seine Hand.

Dass es tatsächlich so leicht geht. Es ist eine Schande.

60.

ICH STEHE UNMITTELBAR DAVOR. Meine Hände zittern nicht länger. Auf dem Weg hierher habe ich es begriffen. Die vielen Fragen, auf die ich keine Antwort bekam. Die etlichen Verbote, die fehlenden Erinnerungen, die Stunden allein in unserem Haus. Er wollte verhindern, dass mich jemand erkennt, und hat mich komplett von der Außenwelt abgeschirmt. Keine Schule, keine Freunde, nicht mal Besuche auf dem Spielplatz. Niemand durfte mit mir zu tun haben. Und plötzlich war ich das Hexenkind aus der Wildnis. Das seltsame, verschrobene Mädchen ohne Eltern. Das nichts kannte außer tote Tiere, Bäume und den Klang des Regens. Becky hat es herausgefunden. Damals, als sie im Haus herumgeschnüffelt und in seinem Schlafzimmer offenbar etwas gefunden hat. Das war es, was sie Jonathan sagen wollte. Jeder in der Stadt hat gespürt, dass etwas nicht stimmt, aber er konnte es immer irgendwie vertuschen. Mit seiner Zuwendung hat er sein Gewissen beruhigt. Hat mir eingeredet, dass es bei ihm am schönsten ist. Dass Eltern nicht wichtig sind. Dass ich etwas Besonderes bin. Das tapfere Waisenkind aus den Wäldern.

Gestohlen hat er mich. Und zu einer von ihnen gemacht. Zum Werkzeug des Bösen.

Ich betrete die Mühle. Hillmann und der Handlanger beginnen allmählich zu verwesen. Ich beachte sie nicht, sondern suche fieberhaft den kleinen Raum ab. Taste Wände ab, spüre die Kälte. Die Kälte der Vergangenheit, die seit jeher aus diesen Holzbalken strömt. Die man leicht mit Spuren von Geistern verwechseln kann, wenn man nicht ahnt, dass sie in Wahrheit der Hauch des Todes ist.

Am Boden schließlich finde ich die Falltür. An exakt jener Stelle, wo es so verdächtig laut knarrt. Unsichtbar für unwissende Augen, gut versteckt zwischen den morschen Brettern und dem Staub der vielen Jahre.

Ein schnelles Ziehen, mehr ist nicht nötig. Ich hebe die Tür an und blicke in eine Grube. Tief und dunkel wie ein ausgetrockneter Brunnen. Wie ein finsterer Zugang zu einer anderen Welt. Der Unterwelt.

Kurz zögere ich. Bin plötzlich unsicher, ob ich diese Unterwelt tatsächlich betreten will. Ob es stattdessen nicht klüger wäre, weiter eine Lüge zu leben. Ich könnte neu anfangen. Von hier verschwinden und alles, was war, hinter mir lassen. Mit Klara und Jonathan und sonst nichts. Ich würde, wenn ich nur könnte.

Ich beuge mich tiefer. Weit ins Innere der Grube hinab. Wo es kalt und feucht ist. Wo seit Jahrzehnten niemand mehr war. Schließlich stoße ich auf eine Schicht aus Sand und Erde, von der ich mir sicher bin, dass sie aufgeschüttet wurde. Um etwas zu begraben, das nie ans Tageslicht kommen darf. Mit den Händen schaufle ich, bis ich auf einen Fremdkörper stoße. Wie irre arbeite ich weiter und lege ihn frei. Im Schein meiner Taschenlampe wirkt es für einen kurzen Moment wie ein Puppengesicht. Aber das ist keine Puppe.

Ich ziehe die Hände aus der Grube und richte mich auf. Da bin ich also. Aug in Aug mit dem Geist meiner Kindheit.

Ein Mädchen. Halb verschluckt von Erde und Staub. Konserviert für alle Ewigkeit. Präpariert. Ein Experiment. Misslungen. Vergraben und vergessen.

Ich hätte die Nächste sein sollen.

Doch er hatte Mitleid. Dem Mitleid eines Monsters habe ich es zu verdanken, dass ich nicht auch in dieser Grube gelandet bin. Oder als Trophäe in Jungbluts Horrorkabinett.

Ich schließe die Falltür und verlasse die Mühle. Es regnet nun nicht mehr. Es ist seltsam still geworden. In der Welt, in meinem Kopf.

61.

Die wahre Geschichte des Mühlengeistes

Tief versteckt im dunklen Wald, hinter Berg und Tal, auf einer kleinen, einsamen Lichtung, wo die Sonne kaum scheint und der Bach leise rauscht, da lebte einst ein Mädchen in einer Mühle.
Ihr Name war Lotte.
Ein böser Mann hatte sie zu einer Puppe gemacht.
Und einfach dort gelassen.

62.

»WER IST DAS MÄDCHEN in der Mühle?«, habe ich ihn manchmal gefragt.

Und er hat geantwortet: »Keine Angst, mein Schatz. Das ist nur das Hausgespenst. Es heißt Lotte.«

Er hat nicht einmal gelogen.

63.

ER HAT SICH NICHT BEWEGT, seit ich ihn am Baum zurückgelassen habe. Er hört mich kommen. Ich gehe vor ihm auf die Knie. Halte ihm das Messer an die Kehle. Er seufzt leise.

»Ich dachte, du wüsstest es, Fräulein. Weil du doch so gut in allem bist. Und so gewissenlos all meine Aufträge ausgeführt hast. Ich war mir sicher, dass er dich vor seinem Tod in alles eingeweiht hat. Sein Gewissen erleichtert, und du hättest es verstanden. Weil du doch sofort sein Erbe angetreten hast. Mit all den Aufträgen, ohne zu zögern. Aber siehe da ... offenbar bist du ganz aus dir selbst heraus ein seelenloses kleines Monster.«

»Wo ist Klara?«, frage ich mit letzter Kraft. »Wo ist sie, Jungblut? Wo ist meine Klara?«

Er schüttelt schwach den Kopf. »Ich weiß es nicht«, sagt er. Fast bedauernd.

Tränen waschen jede Klarheit davon. Es gibt nun keine Wahrheit mehr. Was ich für wahr hielt, ist verloren. Alles ist verloren.

Ein Schnitt durch die Kehle. Sanft fast, ohne Wut. Dieses Monstrum muss erledigt werden, und außer mir wird das auf dieser

Welt niemand tun. Er zuckt, sein Kopf sinkt nach vorne. Dann erschlafft sein ganzer Körper.

Lothar Jungblut. Gelebt wie ein König, gestorben wie ein Tier. Geschlachtet wie das Vieh, das er war.

64.

ES WIRD HELL. In der sanften Stille, die das Unwetter hinterlassen hat, klingen meine Schritte ohrenbetäubend.

Ich bewältige die Strecke zum Bunker in Mindestzeit. Denn was jetzt noch zu tun ist, muss schnell gehen. Ich nehme meine ganze Kraft dafür zusammen. Nicht denken, bloß handeln. Alles andere ist bedeutungslos. Das Blut an meinen Händen, die Leere in meinem Kopf. Meine Vergangenheit, die mit einem Schlag nicht mehr existiert. Selbst der Gedanke an Klara ist bloß noch ein verschwommenes Bild irgendwo in meinem Verstand. Es zählen nur die Leichen in der Mühle. Die müssen verschwinden.

Der Schlüssel zum Bunker ist im Feuer verloren gegangen. Ich werde die Tür mit einer Brechstange aufbrechen. Im Jeep finde ich, was ich brauche. Der Bunker wirkt fremd, als ich mit der Stange vor ihm stehe. Als hätte er nie zu meinem Leben gehört. Bloß ein gespenstisches Gebäude mitten im Wald, längst Teil der alles verschlingenden Wildnis, eine Ruine, eine Grabstätte, in der ich Benzin für meinen Scheiterhaufen finden werde. Ich erinnere mich an einen oder zwei Kanister, ganz hinten, ich hatte sie beim Ausmisten völlig vergessen. Sie sollen mir jetzt von Nutzen sein.

Ich befreie die Tür von den Ästen, mit denen ich bei meinem letzten Besuch alles verbarrikadiert und getarnt habe, und gehe mit der Stange ans Werk. Es dauert lange, verflucht lange. Aber schließlich gibt die alte Tür nach, und ich hechte atemlos nach unten. Ich will es bloß noch hinter mich bringen. Hillmann und Jungblut und Lotte und alles, was ich kenne, auslöschen.

Und dann begreife ich mit einem Blick, was ich die ganze Zeit übersehen habe. Woran ich nie im Leben gedacht hätte, obwohl es das Erste hätte sein sollen, was mir nach Klaras Verschwinden in den Sinn kommt.

»Großer Gott«, stoße ich aus.

65.

SIE LIEGT EINFACH DA. Als würde sie schlafen.
All die Zeit war sie bei mir, und ich habe es nicht gewusst.

66.

ACHT TAGE ZUVOR ...

Es ist einer dieser Morgen, die Klara besonders liebt. Wenn alles so frisch riecht, so sauber. Papa sagt, der Wald wäre gefährlich. Papa hat keine Ahnung. Er weiß nicht, wie mutig sie sein kann.

Leise krabbelt sie aus dem Bett und schleicht nach nebenan.

Sonja und Papa schlafen noch. Gut, gut. Der Schlüssel hängt nicht wie sonst am Haken an der Wand. Das ist aber komisch. Ohne Schlüssel braucht sie es gar nicht erst zu probieren, also sucht sie eine Weile, und als sie nichts findet, schnappt sie sich die Taschenlampe aus Sonjas Werkstatt und geht trotzdem los. Vielleicht gibt es ja einen Geheimeingang. Sie wird es herausfinden.

Es ist nicht kalt heute Morgen. Ihre Jacke lässt sie im Haus. Sie schlüpft in die rot-weiß gepunkteten Gummistiefel, die sie im Schrank gefunden hat, weil sie ihre eigenen Schuhe nicht schmutzig machen darf. Dann stapft sie los, es dauert nicht lange, bis sie den Bunker erreicht hat. Ein bisschen schäbig fühlt sie sich schon. Aber sie möchte unbedingt wissen, was da drin ist. Papa konnte es schließlich auch nicht lassen und ist spionieren gegangen. Sie hat es ganz genau gesehen. Neulich, als Sonja im Atelier war. Was er darf, darf sie auch.

Sie geht eine Runde um den Bunker – kein Geheimeingang weit und breit. Wie blöd. Sie zerrt an der Tür und stellt überrascht fest, dass nicht abgeschlossen ist. Ist Sonja schlampig gewesen? Ha, ha. Das Öffnen geht schwer, aber sie schafft es.

Eine dunkle Treppe wartet auf sie. Sie mag dunkle Treppen nicht. Aber es gibt keinen Lichtschalter neben der Tür. Sie schaltet die Taschenlampe ein und geht vorsichtig nach unten. Trotz des schmalen Taschenlampenstrahls wird es immer finsterer, und plötzlich fällt die Tür hinter ihr zu, und das Tageslicht verschwindet.

Unsicher bleibt sie stehen. Soll sie umdrehen? Nein, sie ist doch kein Angsthase. So, die letzten Stufen sind geschafft. Endlich ein Lichtschalter. Es wird hell, und sie sieht sich staunend um. Das ist aber keine Gerümpelkammer, wie Sonja behauptet hat. Sieht eher aus wie die Praxis. Überall stehen glänzende Metallmöbel herum, und dort hinten stehen so komische Becken. Was ist da drin? Ist das ein Mensch?

»Igitt!«, ruft sie und taumelt zurück. Sie stößt gegen einen großen Gegenstand, der mit einer Plane abgedeckt ist. Sieht aus wie ein Ungeheuer! Bloß raus hier!

Sie möchte die Treppe hoch, als sie ein Klicken an der Tür hört.

Schnell, Licht aus und hinter dieses komische Ungeheuer, bevor Sonja sie entdeckt. Das setzt sicher eine saftige Strafe, wenn man sie hier drin erwischt.

Sonja kommt die Treppe herunter.

Klara versucht ganz leise zu atmen. Das Licht geht an, Schranktüren werden geöffnet. Sonja läuft umher, aber sie sieht sie nicht. Sie scheint ein paar Sachen einzupacken. Kurz darauf wird das Licht wieder ausgeschaltet. Die Tür fällt zu, und Klara atmet auf.

Das ist ja noch mal gut gegangen. Sie wartet ein bisschen, um sicherzugehen, dass Sonja schon weit weg ist. Dann kommt sie aus ihrem Versteck, huscht die Treppe hoch und drückt die Klinke nach unten.

Abgeschlossen. Sonja hat zugesperrt.

Was soll sie jetzt machen?

Sie rüttelt an der Tür, ganz fest. So fest sie nur kann. Bis sie müde wird und sich hinsetzt. Bis ihr allmählich die Tränen kommen.

Aber es gibt keinen Grund, Angst zu haben. Sonja wird sie bestimmt bald holen kommen. Sie geht doch ständig in diesen Bunker. Spätestens zum Mittagessen wird sie wieder zu Hause sein, da ist Klara sich ganz sicher.

67.

ICH STEHE AN IHREM BETT. Kann meinen Blick nicht von ihr lösen. Die Angst, dass sie plötzlich wieder verschwindet, ist einfach zu groß. Dass das alles nur ein Traum ist. Eine falsche Realität wie all die Jahre zuvor.

»Frau Raich«, sagt der Arzt zum wiederholten Mal. »Ich muss Sie bitten, mit mir nach draußen zu kommen. Die Polizei will mit Ihnen reden.«

Ich höre seine Stimme, die Worte sind mir egal.

»Sie lebt«, flüstere ich. »Sie ist am Leben.«

»Ja, das ist sie. Ein Glück, dass sie Wasser dort unten hatte. Wäre sie nur ein paar Tage länger in diesem Bunker geblieben, wäre es vielleicht zu spät gewesen.«

»Wird sie wieder gesund?«

»Wir hoffen es. Sie ist stark unterkühlt und abgemagert. Aber wir sind zuversichtlich. Sie muss sich jetzt ausruhen, sie steht unter Schock.«

Ich strecke die Hand aus, um Klara zu berühren. Wie winzig sie wirkt. In diesem viel zu großen Bett, an all diese Schläuche und

Geräte angeschlossen. Sie schläft jetzt. Sie war leicht wie eine Feder, als ich sie aus dem Bunker getragen habe und mit ihr zum Jeep gelaufen bin. Hätte sie kein Wasser aus dem Waschbecken im Bunker gehabt, wäre sie nach wenigen Tagen verdurstet. Aber so blieb sie am Leben. Aß die Müsliriegel und die beiden vergessenen Wurstbrote im Kühlschrank. Sie fand sogar das Hundefutter und bekam die Dosen auf. Hat das Zeug mit den bloßen Fingern herausgepult, Tag für Tag, ehe sie zu hungern begann. Ehe die Taschenlampe den Geist aufgab und sie in der Dunkelheit ausharren musste. Sie muss geschrien haben. Geweint. Geklopft. Aber niemand hat es gehört.

Der Arzt berührt meinen Arm. »Es geht ihr gut, Frau Raich. Sie wird wieder gesund, das verspreche ich Ihnen. Kommen Sie jetzt bitte nach draußen. Sie müssen Fragen beantworten.«

»Kann das nicht warten? Ich möchte zuvor mit Jonathan sprechen.«

»Klaras Vater ist bereits hierher unterwegs. Bitte kommen Sie jetzt mit.«

Er führt mich auf den Gang, wo Walthers mit den beiden Bundeskriminalbeamten wartet. Ernste Gesichter starren mir entgegen. Sie wollen kaum etwas zu Klara wissen. Ich habe ja auch bereits alles erzählt. Wie ich sie gefunden habe. Wie ich nicht zögerte. Wie ich mit ihr ins Krankenhaus gerast bin, um ihr Leben zu retten. All das interessiert die Polizisten nicht, denn das ist nicht der Grund, weshalb sie hier sind.

»Ihr Haus ist abgebrannt«, sagt Walthers. »Und wir haben einen Toten in den Trümmern gefunden. Wissen Sie, wer der Mann war?«

»Ja. Er war einer von Jungbluts Gehilfen. Er hat versucht, mich mitsamt meinem Haus zu verbrennen, aber ich konnte fliehen.«

»Einer von Jungbluts Gehilfen? Was soll das heißen?«

»Dass Jungblut versucht hat, mich umzubringen.«

»Lothar Jungblut ist verschwunden, Frau Raich.«

»Und wenn schon. Klara ist wieder da. Ist das nicht viel wichtiger?«

Walthers tritt etwas näher. Die beiden Beamten fixieren mich mit drohenden Blicken. »Ich muss Sie bitten, mit uns zu kommen.«

»Warum?«

»Woher kommt das Blut auf Ihrer Kleidung?«

Ich zucke bloß mit den Schultern.

»Frau Raich. Wir haben Grund zur Annahme, dass Sie sowohl etwas mit dem Verschwinden von Lothar Jungblut als auch mit dem Verschwinden von Walter Hillmann zu tun haben. Und der Butler der Eckharts ist sich mittlerweile absolut sicher, dass Sie ihn betäubt haben. Bitte kommen Sie mit.«

Worte. Alles nur Worte, die keinerlei Bedeutung für mich haben. Ob ich meine Welt nun gegen eine Gefängniszelle eintausche oder nicht – Klara ist wieder da. Ich habe sie gerettet. Das ist alles, was zählt.

»Ich werde mitkommen«, antworte ich. »Ich möchte vorher nur noch mal mit Jonathan sprechen. Wäre das möglich?«

Walthers nickt. »Wir warten mit Ihnen auf ihn.«

68.

WIE ER DALIEGT. So friedlich, so still. Jetzt, da seine Tochter wieder bei ihm ist, ist er endlich glücklich.

Er hat sich zu ihr gelegt, die Ärzte haben es ihm nicht verboten. Ganz sanft streichelt er ihre Wange, mit geschlossenen Augen. Er hat nicht gefragt, was mit Jungblut passiert ist. Woher das Blut auf meiner Kleidung stammt. Nur eines wollte er wissen, voller Hoffnung: »Ist nun alles wieder gut?«

Ich setze mich zu ihm. Die Morgensonne fällt durch die Fenster und taucht den Raum in Wärme. Autos werden laut. Menschen verlassen ihre Häuser und gehen zur Arbeit. Im Gang wartet die Polizei auf mich. Man wird mich mitnehmen, und ich werde alles erzählen. Ich werde gestehen, was ich getan habe. Dass ich zur Mörderin geworden bin, um ein Verbrechen zu sühnen, das ich unwissentlich selbst begangen habe. Ich muss, denn das ist alles, was ich für Klara noch tun kann. Aber diesen letzten Moment mit ihm möchte ich in Frieden verbringen. Meinen letzten Moment in einer heilen Welt.

Ich streiche über seine Stirn. Sage leise seinen Namen. Nur

widerstrebend wendet er sich von Klara ab, aber seine Augen lächeln mich an.

»Ist alles wieder gut?«, fragt er erneut.

Ich denke an jenen Abend zurück, als sie noch bei uns war. Jonathan hat ihr Zöpfe ins Haar geflochten. Ich war eben aus dem Bunker zurückgekommen und habe den Schlüssel in meiner Jackentasche gelassen. Jenen Schlüssel, mit dem ich sie am nächsten Morgen dort unten eingesperrt habe.

»*Wo warst du, Sonja?*«

Ich wirble erschrocken herum. Klara steht vor mir. Ihre großen blauen Augen fixieren neugierig mein Gesicht.

»*Warst du im Bunker? Dort, wo ich nicht hin darf?*«

Ich sehe mich nach Jonathan um. Er scheint in die Küche gegangen zu sein. Ich gehe in die Hocke und schaue Klara ernst an.

»*Hör zu, Kleine. Ich weiß, du bist neugierig. Aber dieser Bunker ist nichts für dich.*«

»*Aber wieso nicht? Immer wieder gehst du dorthin, ich will wissen, wieso.*«

»*Ich habe es dir doch schon so oft erklärt. Ich lagere da drin verschiedene Dinge, für die ich im Haus keinen Platz habe. Alte Möbel, Autoteile und so weiter. Wirklich nichts Spannendes.*«

»*Aber wieso kann ich es mir dann nicht ansehen? Nur einmal! Bitte, Sonja!*«

Ich schüttle streng den Kopf. »Okay, ich bin jetzt ganz ehrlich zu dir. Es gibt einen Grund, warum ich nicht will, dass du diesen Bunker siehst: Es ist dort drin einfach irrsinnig unaufgeräumt. Du findest das lustig«, sage ich, als sie lachend die Augen verdreht, »aber mir ist das schon etwas unangenehm. Und eben weil es so unaufgeräumt ist, ist es auch so gefährlich dort unten. Ich will nicht, dass du dir wehtust. Deshalb ist es mir so wichtig, dass du dich von dort fernhältst. Dein Vater würde mich umbringen, wenn dir etwas passiert.«

Sie zieht ein schuldbewusstes Gesicht. »Ich will aber nicht, dass er dich umbringt. Ich hab dich lieb.«

»Dann sei brav und denk nicht mehr an den Bunker. Tu es für mich. Okay?«

Sie nickt entschlossen. »Okay.«

Ich drücke sie an mich, und sie kichert in mein Ohr.

Und ich antworte voller Behutsamkeit: »Ja. Ab jetzt ist alles gut. Sie war bei uns. Sie war es die ganze Zeit.«

Er ergreift meine Hand, und gemeinsam lauschen wir dem Morgen. Dieser bittersüßen Normalität, die uns einhüllt wie eine warme, weiche Wolke. Ehe Walthers' Stimme zu uns vordringt und die Wolke mit einem lauten Knall zerplatzt.

»Frau Raich. Es wird Zeit. Bitte kommen Sie.«

Verwirrt setzt Jonathan sich auf. Ein Gefühl sagt mir, dass er weiß, dass wir uns nicht wiedersehen werden. Nicht in Freiheit.

»Ich bin bald zurück«, sage ich dennoch und stehe auf.

Eine letzte Lüge, er glaubt sie mir nicht. Hat er am Ende also doch dazugelernt.

Ich lasse ihn bei Klara zurück und schließe sanft die Tür hinter mir.

Es hätte so schön werden können. Wir drei, zusammen. Es hätte alles so schön werden können.

EPILOG

Liebe Mama, lieber Papa,
man erlaubt mir, diesen Brief an euch zu schreiben, nachdem man so freundlich war, eure Adresse für mich herauszusuchen. Vielleicht wurdet ihr auch längst benachrichtigt und seid bereits auf dem Weg zu mir. Man hat mir versprochen, dass man das tun würde, aber zur Sicherheit schreibe ich euch diese Zeilen. Jemand, der mir einst sehr viel bedeutet hat, hat mir erzählt, solche Briefe würden helfen, das Unaussprechliche zu sagen. Er war ein kluger Mann, deswegen vertraue ich ihm, was das angeht. Vielleicht erzähle ich euch eines Tages von ihm. Und von alldem, was seit unserer letzten Begegnung passiert ist. Ich hoffe, wir sehen uns bald. Ich habe euch so vermisst.

In Liebe
Eure Tochter

DANK

DANKSAGUNGEN SIND für mich stets der schwierigste Teil eines Buches. Denn sind wir ehrlich, wem gilt es wirklich zu danken? Mir selbst für meine Ausdauer und Fantasie? Einer höheren Macht, dafür, dass sie mir diese Idee eingeflüstert hat?

Ich glaube, ich tue mir deshalb so schwer mit Danksagungen, weil es im Grunde völlig nebensächlich ist, wieso sich was wie ereignet hat, wie lange es gedauert hat und wie viel Arbeit, Herzblut und Energie hineingeflossen ist – am Ende steht jede Geschichte für einen kleinen Splitter meiner selbst, ein Teilchen von etwas ganz, ganz Großem, das sich nicht in Worte fassen lässt und das ich mittlerweile aufgegeben habe, mit rationalem Verstand erklären zu wollen. »Woher nimmst du deine Ideen?« … »Wie funktioniert das alles?« … »Ich kann mir diesen Prozess gar nicht vorstellen.« Sätze wie diese höre ich tagtäglich und scheitere immer wieder an einer zufriedenstellenden Antwort. Es ist einfach so. Ich bin Autorin und tue lediglich, was ich gut kann. Dafür bin ich dankbar. Für diesen Luxus, diese Gabe, diese unermessliche Freude an jedem einzelnen Wort. Das ist nicht alltäglich, so viel weiß ich inzwischen.

Aber was wäre ich am Ende des Tages ohne jene Menschen, die mich auf meinem Weg begleiten? Die mir Türen öffnen und mit mir an meinen Fehlern arbeiten? Die mich verstehen und unterstützen und mir willentlich all den Raum geben, mich zu entfalten? Diese Menschen sind neben dem Schreiben das Wichtigste im Leben einer Schriftstellerin, und ja, wenn ich genauer darüber nachdenke, sind Danksagungen eigentlich doch nicht so schwer. Denn man muss nur sagen, wie es ist. Also. Von ganzem Herzen gilt mein Dank:

Meiner Mutter, wie immer. Meinem größten Fan und der besten Testleserin überhaupt. Seit Beginn meiner (nicht immer stolperfreien) Reise hat sie nie aufgehört, an mich und meinen Traum zu glauben. Danke, Mama.

Meinem Agenten Lars Kossack (der wohl als Einziger versteht, warum Nightwish meinen Kaiserschmarren nicht ersetzen kann) und dem gesamten Team der Literarischen Agentur Kossack. Mit euch hat ein neues Kapitel begonnen. Auf zu neuen Abenteuern!

All den engagierten Buchmenschen bei Heyne, allem voran meiner kongenialen Lektorin Julia Bauer (die Listen ... großer Gott, die Listen!!!), deren Begeisterung und Engagement für diese Geschichte noch heute in mir nachhallt.

Patrik fürs Testlesen, Kommentieren und Bewerten (2 minus, really?).

All meinen Leserinnen und Lesern da draußen. Ich glaube, da muss ich nicht mehr viel dazu sagen: Ihr seid die Besten.

Und zu guter Letzt mir selbst. Darf ich das? Ich tue es jetzt einfach. Ich danke mir selbst. Dafür, dass ich nie aufgebe und immer weitermache. Dass ich einen Traum habe und das nie vergesse. Dass ich weiß, wie wertvoll das alles ist. Ich bin so unendlich dankbar.

Johanna Mo

Eine Insel, drei Verbrechen und eine Ermittlerin, die unaufhaltsam von ihrer Vergangenheit eingeholt wird

Die packende SPIEGEL-Bestsellerreihe mit Hanna Duncker

978-3-453-42582-8
E-Book: 978-3-641-27688-1

978-3-453-42581-1
E-Book: 978-3-641-27690-4

978-3-453-42580-4
E-Book: 978-3-641-27689-8

Leseprobe unter **www.heyne.de**

HEYNE ‹

Julie Clark

Die Sensationsthriller der Nr.-1-SPIEGEL-Bestsellerautorin

»Hochspannend.«
Brigitte Woman

978-3-453-42497-5

978-3-453-42645-0

Leseprobe unter **www.heyne.de**